BASTEI
LÜBBE

CURTH FLATOW
DURCH-REISE

BASTEI LÜBBE

BASTEI-LÜBBE-TASCHENBUCH
Band 11941

Erstveröffentlichung

Einbandgestaltung: Bayer-Einck
Satz: KCS GmbH, Buchholz/Hamburg
Druck und Bindung: Cox & Wyman
Printed in Great Britain, Januar 1993
ISBN 3-404-11941-X

VORWORT

War es nicht gestern . . . ?

Wenn ich die Augen schließe, sehe ich alles genau vor mir: den Verkaufsraum, das Kontor, die Einrichtung, das Lager, die Chefs und die Kollegen. Dabei ist das nun schon mehr als ein halbes Jahrhundert her! Am 1. November 1935 begann meine Lehrzeit bei der Firma Metsaft & Co. GmbH, Mäntel und Kostüme, Berlin SW 19, Krausenstraße 29, 2 Treppen.

Meine Mutter warf zum Abschied noch einen stolzen Blick auf meine Garderobe. Ich trug den ersten grauen Zweireiher meines Lebens! 50 Reichsmark mußten wir dafür bezahlen. Das war viel Geld für uns. Wir hatten den Anzug wenige Tage vorher bei Brenninkmeyer in der Wilmersdorfer Straße gekauft. Die Firma machte damals mit dem Slogan »Tierhaare sträuben sich« Reklame für die Roßhaareinlage. Und tatsächlich, die Jacke war nicht aus der Form zu bringen! Mein kleiner Bruder hatte später noch Freude daran, das heißt, da bin ich mir nicht so sicher, denn er mußte sie auftragen.

Daß ich in die Konfektion kam, war ein Zufall. Ich hatte bereits eine dreimonatige kaufmännische Lehre in einer Autozubehörfirma hinter mir. In dieser Zeit war ich täglich ununterbrochen mit meinem Fahrrad unterwegs, um Reparaturwerkstätten mit Stoßdämpfern und anderen Ersatzteilen zu beliefern. Weil ich das Gefühl hatte, nichts zu lernen – Radfahren konnte ich ja schon – hörte ich dort auf.

Meine Tante Minna kannte einen meiner zukünftigen Chefs privat, hatte erfahren, daß die Firma einen Lehrling suchte, und machte nun mit allen Mitteln Reklame für mich, unter anderem – ob Sie es glauben oder nicht – mit dem Hinweis »der Junge hat übrigens ein Rad«.

Das hatte ich natürlich später nie benutzt, denn die öffentlichen Verkehrsmittel bedeuteten für mich bares Geld. Wenn ich für die Firma unterwegs war, fuhr ich auf Schülerfahrschein, also für 15 Pfennig, und kassierte 25 Pfennig. Das waren für hin und zurück immerhin zwei Groschen, und das in einer Zeit, in der man bei Wertheim am Leipziger Platz einen Teller Erbsensuppe mit Spitzbein für 15 Pfennig bekam. Im Schnellrestaurant Quick kosteten die belegten Brötchen 10 Pfennig, die mit Hummer allerdings 20 ...

Meine Lehrfirma lag am Ende der Krausenstraße. Direkt gegenüber war der Seiteneingang von Hermann Tietz. Und wenn man nach rechts aus dem Fenster guckte, sah man auf den Dönhoffplatz. Dazu hatte ich damals allerdings erstens keine Zeit, und zweitens arbeitete ich zunächst in der Einrichtung. Die lag nach hinten raus, und die Aussicht war wesentlich reizvoller. Man konnte direkt in die Geschäftsräume von Friedländer & Zaduck und in die Ausschnitte der Kittel der Mannequins blicken. Die waren, da man dort Kleider herstellte, wesentlich offenherziger. Jugend forscht – auch damals schon!

Metsaft & Co. war eine kleine Firma. Sie hatte nur knapp zehn Angestellte, ein Lehrmädchen und mich, aber drei Chefs. Die Kollektion entwarf Herr Metsaft, ein hochgewachsener, eleganter rumänischer Jude, Kalkulation und Verkauf besorgte Herr Gratz, ein kleiner schlagfertiger Berliner Jude, und für das rein Kaufmännische war Herr Lehmann zuständig, ein etwas strengblickender Mann, unser

Renommiergoj, ein reiner Arier, allerdings – wenn ich mich recht erinnere – mit einer rein nichtarischen Frau.

Die Firma war gerade gegründet worden. Überall standen noch die Blumenarrangements mit den Glückwünschen der Lieferanten herum. Heute im nachhinein muß man den Mut der drei Herren bewundern. Die Nazis waren schon fast zwei Jahre an der Macht, die Nürnberger Gesetze bereits verabschiedet – aber meine Chefs fühlten sich ganz sicher. Herr Lehmann, weil er Christ, Herr Metsaft, weil er Rumäne war, und Herr Gratz war ja schließlich Frontkämpfer gewesen! Wenn ich so zurückdenke, dann glaube ich, damals konnte sich kaum ein Mensch vorstellen, daß ein Deutscher einem anderen Deutschen, der für Deutschland im Schützengraben gelegen hatte, ein Leid antut. Es blieb Hitler und seinen Getreuen vorbehalten, uns eines Schlechteren zu belehren.

Meine Lehrzeit, die zweieinhalb Jahre dauerte – ein halbes Jahr schenkte man mir – war kein reines Vergnügen. Von Natur aus war ich damals schon etwas bedächtig, also nicht der Schnellste, und hatte bald den Spitznamen Nurmi weg. Aber es gab vieles, was mir Spaß machte: Die Musterung zum Beispiel, wenn die Stoffe für die Modelle herausgesucht wurden, obwohl ich alle Ballen heranschleppen mußte, die »Durchreise«, wenn ich den Mannequins beim Anziehen helfen durfte ... Manchmal ließ man mich auch schon in den Verkaufsraum, um meinem Chef zu assistieren, und dann natürlich das Couleuren. Da wird man mit Stoffproben losgeschickt, um die passende Futterseide auszusuchen.

Ich couleurte in einer Firma, die in einem prächtigen Haus in der Jerusalemer Straße residierte.

Ich kannte jede Straße rund um den Hausvogteiplatz, fuhr mit großen Paketen – Stoffen und Zutaten – zu den Schneidern, zu Herrn Kunze am Friedrichhain oder zu Herrn Krämer in der Augsburger Straße. Ich lieferte fertige Mäntel und Kostüme bei Hermann Gerson ab, bei Ida Stern neben der Komödie oder bei E. Braun & Co. neben dem Hotel Adlon.

Die Ecke Leipziger- und Friedrichstraße liebte ich besonders. Dort gab es das Moka Efti, einen Tanzpalast, in dem damals Erhard Bauschke spielte, und eine Schnellbäckerei, in deren Schaufenster ein Baumkuchen gebacken wurde. Ich habe später oft Baumkuchen gegessen, aber keiner hat so gut gerochen wie der, den ich mir damals nicht leisten konnte.

Die Zeiten wurden leider immer unerfreulicher. Es gab behördliche Schikanen, und einige Kunden kauften nicht mehr bei uns. Am 10. November 1938 ging ich durch die Charlottenstraße. Die »spontane Volkswut«, die so gut organisiert war, tobte sich aus. Schreibmaschinen wurden der Einfachheit halber gleich durch geschlossene Fenster geworfen, Pelze und Stoffe landeten auf der Straße – es wurde geplündert. Seitdem kann ich das Klirren von zerberstenden Fensterscheiben nicht mehr hören. – Jahrzehntelang hegte ich die trügerische Hoffnung, daß es so etwas nie mehr geben wird ...

Herr Gratz kam damals ins KZ, und als er nach mehreren Wochen wieder in der Firma erschien, sah man, daß man ihm die Haare, die seine Glatze umrahmten, auch noch abgeschoren hatte. Herr Metsaft, der sonst immer sehr zurückhaltend war, gab mir eines Abends zum Abschied die Hand, was mich sehr überraschte. Ich habe ihn nie wieder gesehen. Herr Gratz ging einige Wochen später über die grüne Grenze nach Holland und von dort aus – wie ich später erfuhr – ebenfalls nach England.

Als ich 1966 zum erstenmal nach London kam, stürzte ich mich sofort auf das nächste Telefonbuch und suchte die

Namen meiner früheren Chefs. Leider vergeblich. Das war der Tag, an dem ich den Plan faßte, das Theaterstück DURCHREISE, DIE GESCHICHTE EINER FIRMA zu schreiben. Daraus wurde später eine sechsteilige Fernsehserie. Als ich mit den Drehbüchern fast fertig war, gab man uns plötzlich weniger Sendezeit. Ich wurde gezwungen zu kürzen, und als ich mir alles noch einmal durchlas, stellte ich fest, daß vieles ungesagt geblieben war. Deshalb schrieb ich diesen Roman.

Einiges, was Sie jetzt lesen werden, habe ich selbst erlebt, auch die Manipulation, durch die Herr Salomon gerettet wird. Mit diesem Trick retteten wir die Mutter eines Freundes.

Wenn Ihnen einiges unglaubwürdig erscheint, ist es nicht meine Schuld. Nicht der Roman – die Zeit war unglaubwürdig.

Curth Flatow

Wenn Sie den einen oder anderen jüdischen Ausdruck nicht kennen sollten, schlagen Sie bitte Seite 365 auf!

1931

Das Haus, in dem sich die Firma Max Salomon, Modelle, befand, stand ganz am Anfang der Taubenstraße, das Nebenhaus gehörte schon zum Hausvogteiplatz. Hier residierte die Berliner Bekleidungsindustrie, hier war jeder Zentimeter Konfektion. Der Platz war nicht der Mittelpunkt, eigentlich mehr der Höhepunkt oder, noch besser gesagt, fast der nördlichste Punkt der Branche, die in der Jerusalemer-/Mohren-/Kronen-/Leipziger- und Krausenstraße etabliert war, in der Markgrafen-/Charlotten- und der Friedrichstraße bis hin zur Mauerstraße.

Die Firma Max Salomon lag in der zweiten Etage des sehr solide wirkenden Hauses. Es war Ende des neunzehnten Jahrhunderts erbaut worden. »Wie für die Ewigkeit«, pflegte Herr Lehmann, der Hausmeister, zu sagen, womit er leider nicht recht behalten sollte.

In der dritten Etage befand sich die Firma »Wassermann & Co.« – Mäntel und Kostüme, darüber »Cohn & Hoffmann« – Röcke, und ganz oben »Schuster & Bauer« – Stoffe. Direkt unter Salomon hatten »Wolf & Schädlich« – Kleider ihre Geschäftsräume, im Parterre links, neben der Toreinfahrt »Glaser & Jordan« – Morgenröcke, rechts davon »Wollmann & Gratz« – Blusen.

Wenn man in die Toreinfahrt kam, mußte man das Kabäuschen von Herrn Lehmann passieren, der alles beobachtete und die Leute sorgfältig taxierte. Kunden erkannte er sofort, stürmte förmlich ins Treppenhaus und hielt ihnen einladend die Fahrstuhltür auf. Den Lift bediente er gern. Hier gab es Trinkgeld. Der große Lastenfahrstuhl im Hof warf nicht so viel ab. Hier lieferten die Spediteure große Pakete an. Nur ab und zu kam ein Stoffvertreter mit seinem Hausdiener, der einen Riesenpacken Muster auf dem Rücken schleppte. Dann bekam Herr Lehmann einen Fünfziger oder sogar eine ganze Reichsmark.

Am ersten Oktober 1931 um halb acht war in der Gegend schon viel los. Angestellte strömten aus der U-Bahn und verschwanden in den umliegenden Geschäftshäusern. Einkäuferinnen und Einkäufer waren zum Aufschreiben unterwegs. Während der Durchreise kamen viele Kunden aus allen Teilen Deutschlands nach Berlin, um hier einzukaufen. Die Konfektionsfirmen zeigten meistens zweimal am Tag, um zehn Uhr morgens und nachmittags um zwei oder drei Uhr, ihre Kollektionen. Die Kunden sahen sie sich an, notierten sich die Namen der Kleider, Kostüme und Mäntel usw., die für sie in Frage kamen, und machten gleich einen Termin zum Aufschreiben, also zum Ordern aus. Das geschah üblicherweise ein paar Tage später. Inzwischen hatten sie andere Kollektionen gesehen und daher gute Vergleichsmöglichkeiten.

Die Kunden blieben immer nur wenige Tage in Berlin, und die kurze Zeit mußte ausgenutzt werden. Deshalb begann das Ordern oft schon um sieben Uhr morgens. Das Aufstehen fiel den Kunden sehr schwer, denn man war ja nicht oft in Berlin, man mußte unbedingt abends in die »Scala«, in den »Wintergarten«, in eines der fünfzig Theater oder Kabaretts gehen, bei Kempinski in der Leipziger Straße, bei Schlichter in der Lutherstraße oder ganz fein, gegenüber bei Horcher essen. Wenn sie wieder nach Hause fuhren, sahen sie erschöpft, aber glücklich aus. Sie hatten etwas erlebt. Berlin war anstrengend schön.

Am 1. Oktober um fünf nach halb acht hielt ein Motorrad vor dem Haus. Monika Helmholtz, eine kleine kesse Berlinerin mit dunklem Haar, kletterte vom Soziussitz, gab ihrem Vetter Fritz, dessen Gesicht fast völlig von seiner Motorradbrille bedeckt war, hastig einen Kuß auf die Wange, rief kurz: »Danke!« und verschwand in der Toreinfahrt. Fritz Wagner wendete und fuhr zurück nach Niederschöneweide.

Um Viertel vor acht hielt die U-Bahn wieder unter dem Hausvogteiplatz. Die Menschen, die jetzt die Treppe heraufkamen, hatten es sehr eilig. Um acht Uhr war Arbeitsbeginn, und sie wollten pünktlich sein, denn sie waren froh, eine Stellung zu haben. Es gab viele Arbeitslose, eine Notverordnung folgte der anderen. Löhne und Gehälter wurden gekürzt, und die Darmstädter und die Nationalbank hatten ihre Zahlungen eingestellt. Es war kein schönes Jahr. Etwas Erfreuliches gab es eigentlich nur für die fußballbegeisterten Berliner: Hertha BSC wurde Deutscher Meister.

Als alle anderen bereits auf dem Weg zu ihren Arbeitsplätzen waren, erschien Max Salomon auf der U-Bahntreppe, die zur Taubenstraße führte, das heißt, zuerst kam eine kleine Rauchwolke, die seiner Zigarre entströmte, und dann sah man ihn in seiner ganzen Größe von 167 Zentimetern. Salomon war Mitte Dreißig, hatte einen kleinen Bauch, den ein guter Schneider fast verschwinden ließ, trug einen schwarzen Mantel mit verdeckter Leiste, aus dessen Brusttasche ein weißes Taschentuch lugte. Sein dunkles Haar war schon schütter, aber das sah man jetzt nicht, denn ein eleganter Hut verdeckte wohltätig die beginnende Glatze. Sein Gesicht war rund, seine Nase leicht gebogen, seine Lippen voll und um die Augen hatten sich kleine Fältchen gebildet, ein Zeichen dafür, daß er gerne lachte. Salomon war kein Bel ami. Aber seine Tante Ida Rosenberg, die ihn aufgezogen hatte – seine Eltern waren früh verstorben – fand ihn schön. Damit stand sie allein. Doch er hatte etwas. Er wirkte auf Frauen! Mehr, als es seiner Selma lieb war.

Bedächtig stieg Salomon die letzten Stufen hinauf. Wenn man ihn so beobachtete, ahnte man nicht, daß man einen gewieften Geschäftsmann vor sich hatte. Das bedächtige Hinaufsteigen gehörte zu seinem allmorgendlichen Ritual. Als er oben angelangt war und auf der kleinen Verkehrsinsel stand, wandte er sich nach rechts und guckte zu den Fenstern der zweiten Etage hinauf. Das war der Moment, auf den er sich schon beim Aufwachen freute, und seinen Blick konnte man absolut als zärtlich bezeichnen. Max Salomon – Modelle – stand in Goldbuchstaben auf den Fensterscheiben, und Salomon las das jeden Morgen wieder. Er war stolz auf seine Firma, unendlich stolz!

Max wurde 1896 geboren, ging gleich nach Beendigung der Schulzeit zu »Leiser & Wassermann«, Mäntel und Kostüme, nach der Kaufmannsgehilfenprüfung als Einrichter zu Gerber & Rath, wurde Disponent, und dann kam der Erste Weltkrieg, in dem er ganz am Schluß noch verwundet wurde. »Das wäre doch wirklich nicht nötig gewesen«, pflegte Tante Ida oft zu sagen. Bei Gerber & Rath konnte er gleich nach dem Krieg wieder anfangen und avancierte drei Jahre später zum Geschäftsführer. Im Sommer 1925 verreiste er zum ersten Mal in seinem Zivilleben. Im Krieg hatte er mehrere Länder »besucht«. Er nahm Tante Ida nach Swinemünde mit und machte auf der Promenade die Bekanntschaft von Selma Silbermann, einer schlanken, hochgewachsenen, jungen Dame aus bester Familie. Man verliebte sich ineinander, Tante Ida war zwar nicht einverstanden – es ist nicht die richtige für dich, hatte sie gebarmt, glaube mir mein guter Junge, du hast etwas besseres verdient – aber Selma löste, gegen den Willen ihrer Eltern, die Verlobung mit einem Bankierssohn und war ein Jahr später Frau Salomon.

Max arbeitete jetzt noch mehr als früher. Er trat eine sehr gute Stellung bei Weber & Co. an und merkte schon bald, daß sein Chef keine Lust mehr hatte, weiterzuarbeiten. Weber, Anfang 70, kränkelte und hatte viel Ärger mit seiner jungen Frau – wahrscheinlich war das die Ursache seines Kränkelns. In dieser Zeit starb Tante Ida und hinterließ – zur großen Überraschung ihres Neffen – ein kleines Vermögen. Salomon hatte etwas Geld auf der hohen Kante, Selma steuerte ihre Ersparnisse hinzu, und 1928 hieß die Firma »Max Salomon – Modelle« und machte in den ersten Jahren große Umsätze.

Salomon blickte zum Himmel, er war blau, die Sonne schien, es war bereits 5°C plus, und mittags sollten es 15°C werden. Salomon liebte das trockene Wetter. Wenn es feucht wurde, hatte er oft Schmerzen in seiner Narbe. Die Kugel hatte seinen linken Oberschenkel in Höhe des Schritts durchschlagen. Salomon und seine Kameraden waren mit aufgepflanztem Bajonett auf die feindlichen Linien zugestürmt. Plötzlich hatte Unteroffizier Hermann hinter ihm laut aufgeschrien und war tödlich getroffen zu Boden gesunken. Salomon fuhr automatisch herum. In diesem Augenblick erwischte ihn die Kugel. Das war sein Glück: Hätte er sich nicht herumgedreht, wäre er kein Mann mehr gewesen, und Salomon war gerne Mann. Im Lazarett grübelte er über das Motiv des Schützen nach. Wenn es ein Scharfschütze gewesen war, fragte er sich, warum hat er dann ausgerechnet dahin gezielt? Mit Moritz Grünbaum, der im Nebenbett eine Wunde am Bein auskurierte, diskutierte er oft darüber. Salomon hielt den Schützen für einen Sadisten, während Grünbaum auf einen Antisemiten tippte. Aber das war natürlich typisch Grünbaum, der sogar im Jahr vorher, als er Pleite machte, alle seine Gläubiger für Antisemiten hielt. Dabei konnte man das weder Aronheimer noch Goldbaum vorwerfen. Beim besten Willen nicht!

Max Salomon riß sich vom Anblick seiner Firma los, zog an seiner Zigarre, überquerte mit energischen Schritten den Fahrdamm und betrat das Haus. Als er in das Treppenhaus einbog, sah er, daß ein etwas militärisch aussehender junger Mann – kurzgeschnittenes Haar und Gamaschen – auf den Fahrstuhl wartete, der gerade das Erdgeschoß erreichte.

Herr Lehmann öffnete die Tür. Herr Brettschneider von »Brettschneider und Hancke« – Damen- und Herrenmoden, Frankfurt am Main – drückte ihm ein Geldstück in die Hand und ging, gefolgt von seinen Einkäuferinnen, auf Herrn Salomon zu. Er begrüßte ihn und erzählte, daß er gerade bei Cohn & Hoffmann aufgeschrieben habe, daß seine Damen von Salomons Kollektion begeistert seien und er sich schon sehr auf morgen freue.

»Morgen ordern wir doch bei Herrn Salomon?« vergewisserte er sich bei seinen Damen, nickte Salomon verabschiedend zu und machte sich mit seinem »Troß« auf den Weg zu Hansen-Bang-Modelle in der Friedrichstraße, deren Kollektion man gestern gesehen hatte.

»Bitte, Herr Salomon!« Lehmann wies einladend auf den Fahrstuhl.

Der junge Mann mit den Gamaschen fühlte sich übergangen. »Darf ich auch mit?« erkundigte er sich etwas pikiert.

»Ja natürlich!« antwortete Herr Lehmann. »Zu wem wollen Sie denn?«

»Zu Schuster & Bauer.«

»Also ganz nach oben.« Lehmann schloß die Fahrstuhltür und bediente den Hebel. Der Lift schwebte langsam aufwärts.

»Ich habe heute schon zweimal Kundschaft zu Ihnen nach

oben gefahren«, berichtete Lehmann, als sic an der ersten Etage vorbeischwebten. »Scheint ja eine gute Saison zu werden!«

Salomon nickte zufrieden lächelnd, wurde aber sofort wieder ernst. »Wir wollen es lieber nicht beschreien«, murmelte er, klopfte dreimal gegen die hölzerne Fahrstuhlwand und bemerkte dabei nicht, daß der junge Mann ihn mit einem ausgesprochen geringschätzigen Blick streifte.

Der Fahrstuhl hielt in der zweiten Etage. Salomon dankte und stieg aus. Lehmann wünschte ihm noch einen guten Tag, Salomon wünschte ihm das gleiche, ging auf die große Tür zu und öffnete sie. Die Klingel summte. Salomon wollte schon hineingehen, da entdeckte er auf dem schönen neuen Firmenschild aus Messing einen häßlichen Fleck. Er ließ die Tür wieder ins Schloß fallen, die Klingel summte wieder. Salomon holte sein Taschentuch heraus, hauchte das Schild an und polierte es sorgfältig. Dabei bekam er die Unterhaltung in dem nach oben schwebenden Fahrstuhl mit.

»Salomon . . .?« überlegte der junge Mann, »das ist doch bestimmt auch so ein Jude?«

»Aber ein sehr anständiger Mensch«, antwortete Lehmann, der an das großzügige Neujahrsgeld dachte.

Salomon wiegte nachdenklich den Kopf. Ihm gefiel das nicht, ganz und gar nicht. Er nahm sich vor, abends mit Selma darüber zu sprechen. Dann betrat er seine Firma. Die Klingel summte zweimal.

Im Entree blickte er in die Richtung des Verkaufsraums, dessen Tür nur angelehnt war.

»Kennen Sie den, wo der Cohn ins Hotel kommt . . .?« hörte er Herrn Fiedler fragen. Sein Verkäufer gab gerne jüdische Witze zum Besten.

»Nein, erzählen Sie mal!« rief eine Dame.

Fiedler legte sofort jüdelnd los. »Kommt der Cohn in a

Hotel und sagt zum Portier: Bitte, wenn es Ihnen beliebt, ich mecht' a Zimmer. Fragt ihn der Portier: Mit fließend Wasser? Sagt der Cohn ...«

Aber da war Salomon schon an der linken Tür und zog sie hinter sich zu. Dadurch erfuhr er nicht mehr, was Herr Cohn antwortete. Das war auch nicht nötig – er kannte den Witz.

Salomon befand sich jetzt im hinteren Raum der Firma, in dem die einzelnen Abteilungen sozusagen nahtlos wie in einem Großraumbüro ineinanderübergingen. Vorn, ganz links, war das Kontor und daneben das Privatkontor, die einzigen Räume, die durch Milchglas von den anderen abgetrennt waren. Ganz rechts befanden sich die Ständer, an denen die Kollektion hing. Neben dem dicken Samtvorhang, durch den man in den Verkaufsraum kam, standen ein großer Spiegel und ein Tisch mit den Accessoires und Hüten, der von einer Lampe beleuchtet wurde, dem Fenster vis-à-vis üblicherweise Salomons Pult, dahinter ein Schreibmaschinentischchen. Dort erledigte Fräulein Hiller die Post. Direkt gegenüber stand der große Packtisch für den Versand, hinter Fräulein Hillers Arbeitsplatz war die Tür des Lastenfahrstuhls, die mit einem Gitter verschlossen werden konnte. Links dahinter gab es einen schmalen Raum, von dem die erste Tür zum Frühstückszimmer führte, die nächsten beiden zu den Toiletten. Die letzte Tür war der sogenannte Lieferanteneingang. Vor den großen Fenstern zum zweiten Hof befand sich Fräulein Vogels Reich, die Einrichtung, die von großen Stoffregalen eingerahmt war, daneben die Abnahme und Naumanns Studio, rechts davon ein gläserner Verschlag, in denen sich die Mannequins aufhielten. Jetzt waren sie noch nicht da.

Salomons Pult war in die Mitte des Raums gerückt worden. Gütschow, der Hausdiener, ein Mann in den Vierzigern, der leicht hinkte – eine Kriegsverletzung – fegte gerade die

Ölspäne, die er über das Linoleum gestreut hatte, zusammen.

»Morgen, Gütschow!« sagte Salomon. Der Hausdiener begrüßte seinen Chef und versicherte ihm, daß er dessen Pult gleich wieder an seinen Platz stellen werde.

Im Verkaufsraum wurde laut gelacht.

»Fiedler erzählt mal wieder jüdische Witze!« stellte Gütschow fest und schob das Pult zum Fenster.

»Hoffentlich verkauft er so gut, wie er erzählt«, meinte Salomon trocken. Dann entdeckte er, daß Gütschows Nase von einem Pflaster bedeckt war.

»Gab's Ärger gestern?« wollte er wissen.

Gütschow winkte ab. »Ja, aber nicht weiter schlimm. Die Nazis wollten unsere Versammlung stören.«

»Na und?«

»Ich sage Ihnen, Herr Salomon, die haben vielleicht was auf die Nase bekommen!« versicherte Gütschow großspurig.

»Nur die Nazis?« fragte Salomon besorgt und blickte auf Gütschows Pflaster.

»Das ist bloß ein kleiner Kratzer«, beruhigte ihn der Hausdiener. »Aber ich glaube, es wird ein heißer Winter. Da wird es einige Saalschlachten geben.«

»Bloß nicht!« meinte Salomon besorgt und zog sich ins Privatkontor zurück, um Hut und Mantel abzulegen.

»Wer ist im Verkaufsraum?« erkundigte er sich von dort aus.

»Kundschaft aus Winsen an der Luhe!« meldete Gütschow.

»Ach ja, Krause und Vogelsang.« Salomon erinnerte sich jetzt. »Zwei Schaufenster, drei Einkäuferinnen, und kaufen tun sie vier Kleider.«

Aus dem Verkaufsraum kam die nächste Lachsalve. Dann teilte sich der Vorhang, Herr Fiedler erschien. Einen Moment lang konnte man einen Blick in den Verkaufsraum werfen und sehen, wie elegant, ja fast luxuriös er eingerichtet war. Komfortable Sessel, kleine Tischchen, Samtportieren, Tüllgardinen, kolorierte Modestiche an den Wänden und der Fußboden war natürlich ausgelegt. Hier war alles üppig, hier wurde repräsentiert, der übrige Teil der Firma war praktisch eingerichtet und wirkte, im Gegensatz zum Verkaufsraum, richtig »poplig«, wie Gütschow fand.

Ernst Fiedler war Ende Dreißig, hatte einen beachtlichen Bauch und trug einen dunkelgrauen Anzug mit Weste. Sein Haar war sorgfältig gescheitelt und seine Schuhe immer gut geputzt. Fiedler hielt sich für witzig, besaß jedoch so gut wie keinen Humor. Den Kunden und seinem Chef begegnete er mit äußerster Liebenswürdigkeit, um nicht zu sagen servil. Selma gefiel er überhaupt nicht. »Er dienert mir etwas zuviel!« meinte sie naserümpfend, als sie ihn kennenlernte, und damit hatte sie den Verkäufer treffend beschrieben.

Fiedler drehte sich noch einmal zu den Kunden um. »Es dauert nur einen Moment, ich bin gleich zurück«, entschuldigte er sich, ließ den Vorhang hinter sich zufallen und lüftete erst mal sein Jackett. »Diese Hitze!« stöhnte er leise und rief laut nach hinten: »Ist Daisy endlich da?«

Gütschow schüttelte bedauernd den Kopf.

»Findet mal wieder nicht aus dem Bett!« schimpfte Fiedler. »Ich möchte nicht wissen, aus welchem.« Dabei blickte er in Richtung des Privatkontors.

»Aus meinem nicht!« rief Salomon, der genau wußte, wessen Bett gemeint war.

»Oh, guten Morgen, Herr Salomon!« Fiedler machte sofort einen Bückling und strahlte wie ein Vater, der seinen Sohn nach jahrelanger Abwesenheit wiedersieht. »Ich habe gar nicht gesehen, daß Sie da sind.«

»Das habe ich gemerkt«, knurrte Salomon. Er hatte es gar nicht gern, wenn er an die Affaire mit Daisy erinnert wurde. Selma tat das schon oft genug.

Fiedler hielt es für angebracht, das Thema unverzüglich zu wechseln. »Ist doch wirklich eine Chuzpe von der Dame, mich so im Stich zu lassen«, beschwerte er sich. »Gestern habe ich sie noch extra gebeten, ganz früh zu kommen.« Er trat etwas näher an seinen Chef heran und flüsterte ihm zu: »Die Vogelsang-Tochter ist mitgekommen. Sie wollte unbedingt unser Brautkleid angezogen sehen. Die haben endlich einen Bocher gefunden, der die Dicke heiratet.« Er drehte sich um und rief in Richtung Abnahme: »Was ist mit dem Brautkleid?«

»Kommt schon! Ich habe es nur etwas aufgedämpft«, antwortete Naumann.

»Wenigstens etwas«, spielte sich Fiedler auf. »Wenn man sich nicht um alles kümmert ...«

»Wem sagen Sie das.« Salomons Blick war auf den Kalender gefallen. »Heute ist bereits der Erste!« Er riß das Blatt, auf dem noch die Dreißig stand ab, knüllte es zusammen und warf es in den Papierkorb. »Wie läuft es denn?« erkundigte er sich.

»Herr Salomon, Sie werden haben a große Freude«, versicherte Fiedler im jüdischen Jargon.

Helmut Naumann kam mit dem Brautkleid über dem Arm heran. Er war einundzwanzig Jahre alt, groß und schlank und sah sehr gut aus. Hübsch hätte man gesagt, wenn er ein Mädchen gewesen wäre. Aber er war kein Mädchen, wenn er sich auch so bewegte. Er trug eine schwarze Hose und ein weißes Oberhemd mit schwarzer Krawatte.

»Guten Morgen, Herr Salomon«, wünschte er sanft.

»Morgen, Naumännchen«, antwortete Salomon und betrachtete das Modell. »Das Kleid ist wirklich ein Gedicht.«

»Danke«, hauchte Naumann, und seine Lippen umspielte ein wehes Lächeln. Er war in Mollstimmung.

Fiedler sah sich das Modell an. »Ob das das richtige ist für die dicke Vogelsang?« meinte er skeptisch. »Und wer führt es vor?«

»Was gucken Sie mich so an?« Naumann war sofort beleidigt. »Ich kann den Fummel doch nicht anziehen!«

»Aber Sie möchten es gerne...?« Fiedler spielte wieder mal auf Naumanns Veranlagung an.

»Was wissen denn Sie...?« schnaubte Naumann und wandte sich ab.

Fiedler fiel etwas anderes ein. »Wo bleibt denn Monika? Sie sollte mir doch Dessin 402 nach vorne bringen.«

»Schon da, Herr Fiedler!« Monika kam heftig kauend mit einem dicken Ballen Stoff auf der Schulter aus der Einrichtung.

»Na endlich!« murmelte Fiedler und verkündete dann: »Ich werde jetzt die Vogelsang noch ein bißchen hinhalten, sonst kauft die ihr Brautkleid noch bei der Konkurrenz.« Und schon eilte er wieder zurück in den Verkaufsraum.

Monika folgte ihm wesentlich langsamer und steckte sich noch rasch den Rest Wurst in den Mund.

»Schmeckt's?« fragte Salomon, als sie an ihm vorbeiging.

Monika, die ihren Chef gar nicht bemerkt hatte, weil der Stoffballen ihr die Sicht nahm, schluckte schnell, deutete einen Knicks an und wünschte etwas undeutlich: »Guten Morgen!« Dann ging sie schnell weiter.

»Immer frißt du!« Naumann warf ihr einen strafenden Blick zu.

»Muß ich doch, bin doch noch im Wachstum!« verteidigte sich Monika, wischte sich mit dem Handrücken den Mund, dann die Hand am Kittel ab und entschwand.

»Na hoffentlich«, meinte Gütschow. »Die Kleene ist so klein, wenn die den Kalender abreißt, muß sie auf den Schemel steigen.

Naumann zuckte wie elektrisiert zusammen. »Das ist es...! Herr Gütschow, bringen Sie mir doch bitte mal den Schemel her.« Naumann ging mit dem Brautkleid nach vorn zu den Kollektionsständern, Gütschow in die Einrichtung, und Salomon wartete gespannt darauf, was Naumann vorhatte. In diesem Augenblick kam Monika aus dem Verkaufsraum zurück, blieb stehen und holte tief Luft. »Ganz schön schwer!« stöhnte sie. »Na, ist ja auch das letzte Mal. Heute fängt der Neue an. Dann kann der sich abschleppen. Ich komm' ja jetzt ins Kontor.«

Naumann hatte gar nicht zugehört. »Zieh mal deinen Kittel aus«, ordnete er an.

»Wozu?« Monika sah ihn erstaunt an.

»Mach schon!« drängelte Naumann.

Monika entledigte sich ihres Kittels. »Und nun?«

»Das Kleid!«

»Was?« Monika tippte sich an den Kopf. »Bei dir piept's wohl?«

»Los, Monika!« Naumann wurde energisch. »Du mußt das Brautkleid vorführen.«

»Ich?« Monika war einen Moment lang fassungslos.

»Wer sonst?« sagte Naumann ungeduldig. »Daisy ist doch noch nicht da!«

»Mann, das ist ja . . . !« Monika war von der Aussicht, vorführen zu dürfen, so überwältigt, daß sie sofort damit begann ihr Kleid aufzuknöpfen.

Gütschow kam mit dem Schemel an, und Salomon hatte sich interessiert vorgebeugt.

Monika merkte plötzlich, daß sie gleich im Hemd dastehen würde, und stellte sofort das Aufknöpfen ein. »Aber ich kann mich doch hier nicht ausziehen! Vor allen . . . vor allen Leuten.« Verschämt zog sie den bereits offenen Teil ihres Kleides vor der Brust zusammen.

Naumann nahm Gütschow den Schemel ab und stellte ihn vor die Samtportiere. »Die Herren sind bestimmt Kavaliere . . . und ich zähle doch wohl nicht«, meinte er, womit er recht hatte.

Gütschow drehte sich etwas enttäuscht um, fegte, Monika den Rücken zukehrend, weiter, und Salomon verschwand hinter dem vollen Ständer.

Monika knöpfte nach kurzem Zögern ihr Kleid ganz auf, und ließ es zu Boden sinken. Einen Augenblick lang stand sie im Hemdhöschen da. Trotz der Strapse, die ihre dunklen Strümpfe hielten, sah sie kindlich aus, schutzlos und unschuldig – 1931 war man das in ihrem Alter auch meistens noch.

Naumann hielt das Brautkleid hoch. »So, aber ganz vorsichtig!« warnte er.

»Ja doch!« Monika wurde nervös. Naumann streifte ihr das Kleid über den Kopf. »Halt mal den Saum hoch«, kommandierte er und begann das Oberteil zurechtzuzupfen. Monika hielt den Rock krampfhaft fest. Ihre bestrumpften Beine standen fast völlig im Freien.

Fiedler kam aus dem Verkaufsraum und blieb überrascht stehen. »Was soll das denn?« fragte er. »Die Kleine kann doch nicht vorführen. Der fehlen oben fünfzehn Zentimeter!«

»Unten, Herr Fiedler, unten«, stellte Monika richtig. »Oben bin ich komplett!«

»Unten fehlt wirklich was.« Fiedler besah sich Monikas Beine und grinste.

Das Lehrmädchen bekam einen roten Kopf und ließ sofort den Saum los.

»Moment...!« rief Naumann ärgerlich. »Laß den Rock noch oben.«

»Aber der macht doch Stielaugen!« Monika waren Fiedlers höchst interessierte Blicke unangenehm.

»Na wenn schon!« meinte Naumann ungerührt. »Jetzt steigst du erst mal hier auf den Schemel.« Monika befolgte seine Anordnung. Naumann zog den Rock bis auf den

Boden, so daß man den Schemel nicht mehr sah. Ohne Fiedler eines Blickes zu würdigen, nahm er den Blütenkranz mit Schleier von dem Tisch, setzte ihn Monika auf den Kopf und drapierte den Schleier so, daß Monikas Gesicht und ihre nicht ganz passende Frisur bedeckt waren. Dann trat er einen Schritt zurück, betrachtete sein Werk und war zufrieden. »Voilà!« er sah sich beifallheischend um.

»Und wie kriegen wir sie nun in den Verkaufsraum?« wollte Fiedler wissen.

»Gar nicht«, antwortete Naumann. »Die Kunden können sie ja von dort aus sehen. Wir machen einfach den Vorhang auf.«

Salomon kam jetzt hinter dem Ständer hervor und betrachtete das Ganze. »Gute Idee!« lobte er.

Gütschow war nun auch neugierig. Er drehte sich um und stellte fest: »Guck mal, unsere Kleene! Nu isse 'ne große Dame.«

Nur Fiedler zweifelte noch am Erfolg dieser Vorführung. »Ich sag' mal drinnen Bescheid«, meinte er und ging in den Verkaufsraum.

Naumann nahm die Lampe vom Tisch: »Paß auf, Monika«, sagte er, »wenn ich mit dem Kopf nicke, drehst du dich . . . aber ganz graziös. Und fall mir bloß nicht vom Schemel!«

»Du, Naumännchen . . .« Monika sah ihn bittend an. ». . . kannst du nicht erst mal den Spiegel ein bißchen drehen? Ich möchte doch auch wissen, wie ich aussehe.«

Naumann drehte den Spiegel. »Na?« Er sah Monika erwartungsvoll an.

»Mann!« sagte sie nur. Sie fand sich hinreißend.

Naumann ging zum Vorhang, knipste die Lampe an und beleuchtete Monika damit. »Und jetzt Achtung!« Er zog den Vorhang auf.

»Entzückend, zauberhaft!« riefen die Kunden begeistert. »Mutti, das ist genau das richtige Kleid für mich!« Fräulein Vogelsangs Stimme überschlug sich förmlich.

Naumann nickte stolz. Monika begann sich langsam zu drehen, die Kunden applaudierten. Dann zog Naumann den Vorhang wieder zu. Jetzt klatschten Salomon und Gütschow. Monika deutete einen Knicks an, Salomon lächelte ihr zu, bedachte Naumann mit einem anerkennenden Blick und verschwand hinter dem Ständer.

»So, Monika, nun komm mal wieder runter«, sagte Naumann.

»Schon?« Monika war sichtlich enttäuscht.

Fiedler steckte seinen Kopf durch den Vorhang. »Naumännchen, könnten Sie mal kommen? Fräulein Vogelsang möchte das Kleid mit etwas Stickerei haben.«

Naumann schlug entsetzt die Augen zum Himmel. »Was denn, auch noch Stickerei? Weiß ist doch schon tödlich genug bei der Figur.« Er warf einen prüfenden Blick in den Spiegel, fuhr sich einmal kurz mit der Hand durch das Haar, richtete seine Krawatte und ging in den Verkaufsraum.

Monika blieb auf dem Schemel stehen, drehte sich langsam um und schaute über die Schulter, um zu sehen, wie sie von hinten aussah.

Die Tür, die zum Vorraum führte, öffnete sich. Siegfried Fränkel trat ein: ein mittelgroßer, dunkelhaariger, junger Mann mit blauen Augen. Er sah gepflegt aus, aber sein grauer Mantel hatte bessere Zeiten gesehen. Die karierten Knickerbocker, die unter dem Mantel hervorguckten, waren etwas kurz und die braune Aktentasche abgewetzt.

Fränkel blickte sich um, entdeckte Monika und war gleich höchst interessiert.

Monika hatte ihn sofort bemerkt, wandte sich aber wieder ab und beobachtete ihn im Spiegel.

Fränkel faßte sich ein Herz und ging auf sie zu. »Darf ich mich Ihnen bekanntmachen?« Er machte eine höfliche Verbeugung. »Meine Name ist Fränkel, ich bin der neue Lehrling.«

»Tach, Kleener!« sagte Monika im doppelten Sinne von oben herab und winkte ihm leutselig zu. »Biste endlich da?«

Fränkel warf einen Blick auf seine Armbanduhr. »Es ist genau acht Uhr«, stellte er fest. »Wieso sind Sie denn schon hier?«

»Aber Kleener, wir haben doch Durchreise!« belehrte Monika ihn.

»Durchreise?« Fränkel sah sie verständnislos an.

»Mann ...!« Monika schüttelte den Kopf. »Das sind doch die zwei Wochen, wo die Einkäufer herkommen. Zweimal am Tag zeigen wir die Kollektion und zwischendurch wird geordert. Da geht es schon morgens um sieben los. Und wenn Feierabend ist, ist noch lange nicht Feierabend ...!«

Salomon, der die Kleider auf dem Ständer zur Seite geschoben hatte, beobachtete die beiden und schmunzelte.

Fränkel hatte gar nicht richtig hingehört. Er betrachtete Monika von Kopf bis Fuß und war sichtlich angetan.

Monika merkte das und genoß die Bewunderung ihres neuen Kollegen. Sie mochte ihn vom ersten Augenblick an. Fränkel war so ernsthaft und gut erzogen, so ganz anders als die Jungs, die sie kannte. »Gefällt dir das Kleid?« erkundigte sie sich kokett.

»Das auch!« sagte Fränkel, und Monika verstand sofort, wie er das meinte. »Ach ja?« Sie lüftete erfreut ihren Schleier.

»Eine fabelhafte Figur haben Sie. Und lange Beine!« stellte Fränkel bewundernd fest.

»So was haste noch nicht gesehen, was?« sagte Monika stolz. Aber dann fiel ihr ein, daß sie die Länge der Beine ja nur dem Schemel verdankte und fügte ruppig hinzu: »Wirste auch nicht mehr sehen, weil du dich jetzt nämlich in die Einrichtung begibst. Da hinten . . .!« Sie zeigte in die Richtung.

»Danke!« Fränkel nickte höflich, machte sich auf den Weg, blickte sich aber noch einmal verstohlen um. Monika tat das zur gleichen Zeit und wandte sich ertappt ab.

Auch Fränkel ging an Salomon vorbei, ohne ihn zu bemerken. »Morgen, Siegfried!« rief sein Chef freundlich.

Fränkel blieb sofort stehen und wünschte Salomon einen guten Tag. Der legte ihm väterlich die Hand auf die Schulter. »Komm, ich mach' dich mal mit Fräulein Vogel bekannt.«

Gloria und Margot, zwei der Mannequins des Hauses, kamen in Hut und Mantel, noch völlig ungeschminkt, näher und begrüßten ihren Chef von weitem.

»Morgen, meine Damen!« erwiderte Salomon. »Schade, daß ihr Daisy nicht mitgebracht habt.«

»Ist die denn noch nicht da?« fragte Gloria erstaunt.

Salomon schüttelte den Kopf.

»Die wird gestern was vorgehabt haben«, vermutete Margot zu Recht. Salomon hatte sich so was auch schon gedacht und nickte seufzend. Dann fiel ihm ein: »Da kann ich euch ja gleich unseren neuen Mitarbeiter vorstellen. Das ist . . .«

»Mein Name ist Fränkel«, kam ihm der neue Lehrling zuvor und machte eine artige Verbeugung.

Salomon wies auf die Damen. »Das ist Frau Meyer und Fräulein Pönicke.«

»Ich bin sehr erfreut, Ihre Bekanntschaft machen zu dürfen«, versicherte Fränkel.

»Ach, ist der lieb!« fand Gloria.

»Was meinst du, wie erfreut er erst sein wird, wenn er uns in einer halben Stunde sieht!« prophezeite Margot. Beide Damen gingen schnell in ihr ›Kabuff‹, knipsten das Licht an, schlossen die Tür und begannen sich schön zu machen.

Monika stand immer noch auf dem Schemel und ließ keinen Blick von Fränkel. In diesem Moment kam Naumann aus dem Verkaufsraum zurück. »So, jetzt wollen wir unser Fräulein Braut mal wieder entblättern. Kannst dich wohl kaum davon trennen, was?«

Monika schüttelte den Kopf. Sie wäre schrecklich gerne so groß geblieben, wie sie jetzt wirkte. Schon Fränkels wegen.

»Was sein muß, muß sein«, sagte Naumann energisch. »Das Leben geht weiter.« Damit griff er nach dem Saum des Kleides, hob ihn hoch und kommandierte: »Halt mal! Und nun komm runter. Aber vorsichtig!«

Monika stieg vom Schemel und war wieder ganz klein.

Naumann begann das Kleid aufzuknöpfen. Monika, die Fränkel weiter beobachten wollte, drehte sich etwas nach rechts.

»Was ist denn?« fragte Naumann indigniert. »Halt doch mal still!«

»Ich wollte bloß mal sehen . . . Der Neue ist nämlich da.«

Naumann schlug die Augen zum Himmel, seufzte vorwurfsvoll und guckte natürlich ebenfalls in Richtung Fränkel.

Der hatte inzwischen seinen Mantel abgelegt. Darunter trug er kein Jackett, sondern einen gelben Pullover, darüber einen braunen Gürtel. Fräulein Vogel, die inzwischen herbeigeeilt war, reichte ihm einen Kittel und ging mit ihm in die Einrichtung. Salomon folgte ihnen.

Naumann wandte sich wieder Monika zu. »So, nun aber schnell!« mahnte er. »Herr Fiedler wird gleich hier erscheinen.« Er zog Monika das Brautkleid über den Kopf, worauf sie rasch nach ihrem eigenen Kleid griff, es überzog und in den Kittel schlüpfte.

Salomon hatte Fränkel eingewiesen und kehrte nun wieder zu seinem Pult zurück. Aus dem Kontor kam Fräulein Hiller, eine vollbusige Brünette mittleren Alters, mit einer Kaffeebüchse in der Hand. »Guten Morgen, Herr Salomon! Möchten Sie auch ein Täßchen Kaffee?« erkundigte sie sich mit honigsüßer Stimme.

»Keine schlechte Idee«, meinte ihr Chef.

»Es dauert keine fünf Minuten«, versprach Fräulein Hiller, und schon eilte sie auf hohen Hacken trippelnd zur Küche, wobei alles Bewegliche ihres Körpers auf und ab wippte.

Salomon blickte ihr amüsiert nach und wandte sich dann wieder seiner Arbeit zu.

Naumann brachte das Brautkleid und hängte es über einen Bügel.

»Na, was ist? Nimmt sie es?« wollte Salomon wissen.

»Ja, leider! Die fette Person, in meinem schönen Hochzeitskleid.« Naumann seufzte angewidert. »Wenn sie Witwe ist, werde ich gern was für sie entwerfen. Schwarz steht ihr besser!« Damit begab er sich mit resignierter Miene in sein Studio.

Monika erschien und knöpfte sich im Gehen den Kittel zu.

»Wo willst du denn hin?« fragte Salomon erstaunt.

»In die Einrichtung.«

»Da ist jetzt der Neue«, belehrte sie ihr Chef. »Du meldest dich im Kontor. Hast dich doch schon so darauf gefreut!«

Monika nickte enttäuscht und trottete langsam nach vorn.

Salomon sah ihr lächelnd nach. »Siehst ihn ja beim Frühstück wieder«, tröstete er sie.

Monika blieb unwillkürlich stehen, ging dann aber schnell weiter. Ihr Chef sollte nicht sehen, daß sie einen roten Kopf bekommen hatte. Auf dem Weg ins Kontor begegnete sie Herrn Fiedler, der aus dem Verkaufsraum gekommen war, sein Jackett über den Stuhl gelegt hatte und sich mit beschriebenen Orderblättern Luft zufächelte.

»Na . . .?« Er grinste Monika vertraulich an und wollte ihr im Vorbeigehen in den Po kneifen.

Monika entzog sich ihm mit einem Satz. Fiedler drohte ihr schelmisch mit dem Finger. »Nicht kneifen!«

»Wieso ich? Das wollten Sie doch . . .!« Monika lief hastig ins Kontor. Sie wollte nicht gekniffen werden, schon gar nicht von Fiedler.

Salomon, der das mitbekommen hatte, schüttelte stirnrunzelnd den Kopf. Er mochte so was auch nicht. »Was ist, waren Sie erfolgreich?« erkundigte er sich dann bei seinem Verkäufer.

»Wie . . .?« Fiedler war etwas verwirrt. Er wußte erst gar nicht, worauf sich die Frage bezog. »Ach so . . .!« Erleichtert reichte er seinem Chef das erste Orderblatt. »Herr Salomon, sehen Sie mal, was Krause und Vogelsang geordert haben. Zwölf Stück mehr als in der letzten Saison. Und hier!« Er gab ihm das nächste Blatt. »Gerson und Katz, fünfmal soviel wie im Sommer. Und was haben wir gezittert!«

Salomon, der anerkennend genickt hatte, meinte: »War ja auch ein Wagnis, Naumann mustern zu lassen. Er hat ja noch nicht mal ausgelernt, und dann gleich die ganze Kollektion . . .«

»Nebbich, Herr Salomon, nebbich, Sie haben ihm Eizes gegeben. Ich habe ihm Eizes gegeben!« Fiedler jüdelte wieder. »Begabt ist er auch. Was sollte da schiefgehen? Ein Glück, daß Sie sich von Stengel getrennt haben.«

»Ein Glück. Aber leid hat er mir schon getan.« Salomon sprach mit gedämpfter Stimme. »Wissen Sie, daß er sich deshalb hat das Leben nehmen wollen?«

»Das hätte er mal tun sollen, aber vor der letzten Kollektion!« Fiedler besaß Chuzpe, aber kein Mitleid. »Denn was der Bocher da entworfen hatte, oiweh, der Tinnef von dem Chammer war doch nicht zu verkaufen. Lauter Bowels, hingen wie Blei an dem Ständer. Und ich konnte das beleidigte Ponim von dem Stengel nicht mehr sehen. Aber was jener

Naumann gezaubert hat ... Ich sage Ihnen, Herr Salomon, damit werden wir Massel haben, Massel und Broche!«

Salomon hatte mit zunehmendem Befremden zugehört. »Ihr Wort in Gottes Gehörgang, Herr Fiedler. Aber eins verstehe ich nicht ...«

»Was denn, Herr Salomon?«

»Warum jüdeln Sie? Hören Sie das etwa von mir? Und ich dürfte, aber Sie, Sie müssen doch nicht. In Ihrer Familie gibt es doch nichts als Christen!«

»Alles Gojim!« Fiedler beeilte sich, diese Tatsache zu bedauern. »Ich weiß. Aber ich habe bei Cohn und Reichmann gelernt, bei Gratz und Rosenthal war ich junger Mann, bei Auerbach und Stern habe ich fünf Jahre gearbeitet ... Man hört, man nimmt an, aber wenn es Sie stört ...?«

»Nein, nein!« Salomon winkte ab. »Man wundert sich nur.«

Die Klingel der Eingangstür summte zweimal.

Fiedler horchte auf. »Nürnberger und Co. sind da! Na, dann wünschen wir uns mal Massel und Broche!« Er lief zu seinem Jackett, zog es über, knöpfte es zu und eilte geschäftig in den Verkaufsraum.

Salomon blickte ihm nach und kratzte sich nachdenklich am Hinterkopf.

Gütschow, der am Packtisch die Strippe von den Stoffpaketen aufgeknüppert hatte, blickte auf. »Das Jüdeln gefällt Ihnen nicht, was?«

»Nein!« antwortete Salomon ungewohnt schroff.

Gütschow nickte verständnisvoll und stellte fest: »Ein Zahn zuviel, was?«

Salomon fand das auch. »Meine Frau sagt immer: Ein Zahn zuviel verschandelt das schönste Gebiß«, meinte er und vertiefte sich wieder in seine Arbeit.

Die Tür des ›Kabuffs‹ öffnete sich, die Mannequins kamen

heraus. Beide trugen jetzt über ihren schwarzen Satinunterkleidern helle Kittel, waren geschminkt und sahen jetzt unendlich schön aus.

Margot knipste das Licht aus und folgte Gloria, die mit einer kleinen Kaffeetüte in der Hand zur Frühstücksküche ging.

Dort brühte Fräulein Hiller gerade Kaffee auf. Sie hatte die Tülle vom Kessel abgenommen. Das Gas auf dem kleinen Herd brannte.

Das Frühstückszimmer war ein kleiner Raum, mit einem Drahtglasfenster, hinter dem ab und zu der Lastenaufzug polternd vorbeiglitt. Ein kleiner Tisch mit ausgesprochen häßlichen Stühlen und ein Geschirrschrank vervollständigten die karge Einrichtung.

Margot erkundigte sich: »Haben Sie noch etwas Wasser für uns übrig?«

»Ich glaube ja«, antwortete Fräulein Hiller und betonte: »Aber erst kommt der Chef!« Sie goß noch einmal auf und stellte den Kessel wieder aufs Gas. »So bitte . . .«, und damit überließ sie den Damen mit einer großzügigen Handbewegung das restliche heiße Wasser.

Gloria hob prüfend den Kessel an. »Das reicht nicht für uns«, erklärte sie und füllte Wasser nach.

Fränkel stand am großen Tisch der Einrichtung und war unter Anleitung von Fräulein Vogel damit beschäftigt, Stoff abzumessen, als Naumann aus seinem Studio kam. »Hat sich die Stranitzki schon gemeldet?« erkundigte er sich schon von weitem.

»Nein, noch nicht«, antwortete Fräulein Vogel.

Naumann kam interessiert näher. »Ah, unser neuer Mitarbeiter wird eingewiesen! Geht ja schon ganz gut. So habe ich auch mal angefangen. Ich messe Stücke, du Miststücke . . . Übrigens, meine Name ist Naumann.«

»Drei, vier – Moment – fünf, sechs . . .« murmelte der

Lehrling und unterbrach dann für einen Moment das Abmessen. »Fränkel, Siegfried Fränkel«, stellte er sich vor.

»Sechsmeterdreißig«, erinnerte ihn Fräulein Vogel.

Fränkel maß noch weitere dreißig Zentimeter ab.

»Da kriegt man Appetit?« konstatierte Naumann. »Was hält man denn vom Frühstück?«

»Sehr viel!« antwortete Fräulein Vogel.

Fränkel griff nach der Schere.

Fräulein Vogel nahm sie ihm schnell aus der Hand. »Das mach' ich heute lieber noch selber.« Sie begann die Metrage abzuschneiden.

»Dann werde ich ihn mal in unseren Speisesaal entführen«, schlug Naumann vor. »Hast du Brote mit?«

»Ja, im Schrank.«

»Na, dann mal los!«

Fränkel blickte seine Vorgesetzte fragend an.

»Guten Appetit!« wünschte Fräulein Vogel.

»Danke, gleichfalls.«

»Fräulein Vogel ist Vegetarierin. Sie ißt nie mit uns. Sie kann Fleisch nicht mal riechen. Und trinken tut sie nur ihren mitgebrachten Hagebuttentee. Wohl bekomm's!« wünschte Naumann und verzog angeekelt das Gesicht.

»Danke«, erwiderte Fräulein Vogel und holte ihre Thermosflasche aus der Tasche.

Fränkel ging mit Naumann zu den Garderobenschränken. »Wie lange mußt du noch lernen?« forschte er.

»Überhaupt nicht mehr. Meine Lehrzeit wurde jäh abgebrochen.«

»Abgebrochen?« Fränkel blickte ihn verständnislos an.

»Ich habe so was wie eine Blitzkarriere gemacht. Als der Chef merkte, daß ich zeichnen kann, ließ er mich die Kundenskizzen machen, dann durfte ich fünf Mäntel mustern, und jetzt entwerfe ich die ganze Kollektion.«

Fränkel, der inzwischen sein Butterbrotpaket aus dem Schrank geholt hatte, staunte. »Was denn? Du ... ich meine, Sie sind Konfektionär?«

»Du kannst ruhig weiter du zu mir sagen«, meinte Naumann großzügig, warf die Tür von Fränkels Schrank zu und reichte ihm die Hand. »Ich heiße Helmut.«

»Siegfried«, sagte Fränkel und sah sich zögernd um.

»Hier geht's lang.« Naumann bugsierte ihn zum Frühstücksraum. In diesem Augenblick begann dort der Wasserkessel zu pfeifen.

Naumann zuckte zusammen. »Ach, dieses schreckliche Ding geht einem ja durch und durch.« Er seufzte genervt und öffnete die Tür.

Gloria nahm gerade die Tülle vom Kessel und brühte Kaffee auf, als Naumann eintrat.

»Oh, die Damen sind am Werk ...«

»Aber schon fertig«, beruhigte ihn Margot.

Fränkel kam herein und entdeckte die beiden Schönen. »Guten Tag«, wünschte er höflich. »Ich habe mich Ihnen noch nicht vorgestellt ...«

»Doch, Herr Fränkel«, Gloria prustete los. »Vorhin!« Margot mußte ebenfalls lachen.

Fränkel wurde rot. »Oh ... ich habe Sie nicht wiedererkannt.«

Gloria klärte ihn auf. »Vorhin waren wir noch ungeschminkt.«

»Jetzt sind die Damen frisch gestrichen«, Naumann lächelte.

»Und das verändert doch. Na dann, guten Appetit meine Herren!« Margot nahm die Kaffeekanne und verließ den Raum.

»Danke!« sagte Fränkel.

Gloria folgte ihrer Kollegin mit den Tassen in der Hand.

Naumann hob den Kessel an, stellte fest, daß das Wasser nicht reichte und füllte nach. »Hoffentlich kommt die Moni bald . . . das ist unser Lehrmädchen«, informierte er Fränkel und setzte den Kessel wieder auf den Herd. »Viel zu dunkel«, meinte er dann und machte Licht. »Hier dinieren wir also.« Seine Stimme klang etwas wehmütig, denn er hätte das Kempinski vorgezogen. »Und draußen schwebt Herr Lehmann nach oben.« Er wies auf das Drahtglasfenster, auf dem der Schatten vom Lastenfahrstuhl zu sehen war. »Setz dich!« forderte er Fränkel auf. Dann holte er Teller, Tassen und Messer aus dem Schränkchen, stellte alles auf den Tisch und sah sich Fränkel genauer an. »Hübsche Augen hast du«, stellte er fest.

»Ja?« Fränkel war überrascht.

»Das hat mir noch keiner gesagt.«

»Dann wurde es ja Zeit.« Naumann betrachtete ihn weiter. »Und ganz sinnliche Lippen . . .«

»Ach? Sieht man das?« Fränkel staunte. »Muß schön sein . . .!«

»Was?«

»Na ja, was du hier so machst. Immer hübsche Frauen um dich rum.«

»Ach, weißt du . . .«, Naumann hielt es für richtig, ihn gleich aufzuklären. »Ich zieh' Frauen nur an, aber Frauen ziehen mich nicht an. Verstehst du?«

»Nein, das verstehe ich nicht, aber ich hab's kapiert«, antwortete Fränkel, der sich so was schon gedacht hatte. »Du, ich hab' da vorhin ein Mannequin gesehen, so eine große Schlanke, ein bißchen von oben herab. Ich habe nämlich was übrig für große Schlanke.«

Naumann winkte uninteressiert ab. »Ich mach' mir doch nichts aus kleinen Mädchen.«

»Ich auch nicht . . .«, begann Fränkel.

»Nein?« Naumann schöpfte wieder Hoffnung.

»Ich mag nur Frauen, richtige Frauen«, bekannte Fränkel. Von draußen hörte man Monikas Stimme: »Tach, Herr Milewski, na, Leben noch frisch?«

»Ja, danke!« antwortete Herr Milewski, der gerade Stickereien ablieferte.

Fränkel hatte sofort aufgehorcht. »Pst, ich glaube, da kommt sie.« Er blickte gespannt zur Tür.

Monika kam mit der Einkaufstasche herein. »So, gleich geht's los!« rief sie fröhlich.

Fränkel, der sofort aufgesprungen war, stellte verblüfft fest, daß Monika sehr viel kleiner war als vorhin.

»Kennt ihr euch schon?« fragte Naumann, und stellte vor: »Siegfried Fränkel... Monika Helmholtz, auch Hölzchen genannt oder Bulette.«

»Von wegen!« Monika gab ihm einen Rippenstoß und begann, die Tasche auszupacken. »Na, Kleener?« wandte sie sich dann Fränkel zu, der sie immer noch verwirrt anstarrte. »Mach den Mund zu!« Sie wandte sich an Naumann. »Er kennt mich nämlich etwas länger, so fünfzehn bis zwanzig Zentimeter, von vorhin, als ich auf dem Schemel stand.«

»Ach so!« meinte Naumann und kicherte.

»Du bist Lehrmädchen?« fragte Fränkel. Er konnte es noch immer nicht fassen.

»Aber schon im zweiten Lehrjahr! So, nun packt mal eure Brote aus. Mal sehen, was Muttern für euch tun kann.« Sie legte große Wurst- und Schinkenstücke, die sie aus dem Pergament gewickelt hatte, auf den Küchentisch.

In diesem Moment steckte Gütschow den Kopf durch die Tür. »Herr Naumann, Herr Milewski hat eine Frage wegen der Stickerei.«

Naumann, dem schon beim Anblick der Köstlichkeiten das

Wasser im Mund zusammengelaufen war, sprang auf und verließ seufzend den Raum.

Monika tat Kaffee in die Kanne, goß heißes Wasser auf und wandte sich dann an ihren neuen Kollegen. »Du bist aber schon ziemlich alt für einen Lehrling . . .«

Fränkel nickte.

»Wie alt?« wollte Monika wissen.

»Zwanzig.« Er holte seine Brote aus der Aktentasche.

»Zwanzig?!« Monika sah ihn verwundert an. »Was hast du denn die ganze Zeit gemacht?«

»Abitur.«

»Da weißte ja Bescheid.« Monika pfiff durch die Zähne. »Ich meine, wie man richtig spricht. Du, tuste mir einen großen Gefallen? Wenn ich falsches Deutsch spreche, verbesserste mich? Abgemacht?«

»Abgemacht!« versprach Fränkel.

»Hast du Kaffe mit?« fragte Monika.

»Das heißt Kaffee«, verbesserte Fränkel.

»Ach ja . . .? Kaffee? Aber Kaffee haste auch nicht mit. Kriegste von mir 'ne Tasse«, meinte sie großzügig, nahm das Sieb und schenkte ihm Kaffee ein. Dabei warf sie einen neugierigen Blick auf seine Brote. »Willste 'ne Scheibe Schinken?«

»Nein, danke«, antwortete Fränkel.

»Ach so . . .« Monika glaubte Bescheid zu wissen. »Darfste wohl nicht?«

»Wieso?«

»Ich dachte, wegen Schweinefleisch . . . ißt du nicht koscher?«

»Nein«, erwiderte Fränkel. »Meine Mutter ist Christin.«

»Ach?!« Monika blickte ihn überrascht an. »Dann bist du ja nur ein halber . . .«

»Höchstens!« erklärte Fränkel. »Meine Mutter hat mich christlich erzogen.«

»Ach...« Monika betrachtete ihn nachdenklich, packte ein großes Stück Wurst aus und hielt es ihm hin. »Eine Scheibe Jagdwurst?«

Fränkel nickte. »Ja, gern.«

Monika säbelte eine dicke Scheibe ab, gab sie ihm und entdeckte dabei, wie dünn seine Brote belegt wagen. »Darf es für fünf Pfennig mehr sein?« Sie wartete seine Antwort gar nicht erst ab, sondern schnitt ihm gleich noch eine Scheibe ab.

»Vielen Dank! Sag mal, hast du heute Geburtstag?« erkundigte sich Fränkel, blickte auf die vielen Köstlichkeiten, die sie auf dem Tisch ausgebreitet hatte, und biß ein Stück von der Wurstscheibe ab.

»Nee, bei mir ist jeden Tag Fettlebe«, erklärte Monika, während sie sich ein großes Stück Schinken abschnitt. »Mein Vater hat immer Angst, daß ich verhungere... Wir haben eine Fleischerei in Niederschöneweide. Was ist denn dein Vater?«

»Tot!«

»Ach?!« Monika schwieg einen Augenblick betroffen. »Tut mir leid... Schon lange?«

Fränkel nickte. »Gefallen.«

»Im Krieg?«

»Wo sonst?«

»Als Jude?« Monika blickte ihn ungläubig an.

»Meinst du, Juden sind kugelsicher?« Fränkel biß in sein Brot.

Monika beobachtete ihn verstohlen. Sie hatte das Gefühl, einen Fehler gemacht zu haben. Während sie sich ein großes Stück Schinken zu Gemüte führte, fragte sie mit vollem Mund: »Biste jetzt böse?«

Fränkel schüttelte den Kopf.

»Doch!« behauptete Monika und kaute weiter.

Fränkel schluckte herunter. »Wie kommst du denn darauf?«

»Weil du nichts sagst.«

»Man spricht nicht mit vollem Mund.«

»Ach so!« Monika lächelte erleichtert. »Mein Vater sagt immer, besser ein voller Mund wie ein leerer Magen.«

»Als!« verbesserte Fränkel sie wieder. »Besser als. Nach jedem Komparativ, ich meine, nach jeder Steigerung, also schöner als ... größer als ... dümmer als ...«

»Mann!« Monika schnitt ein Gesicht. »Da habe ich mir ja was eingebrockt! Oder heißt das mich?«

»Nein, mir war richtig.«

»Mach' ich ja schon Fortschritte!« Monika strahlte wieder. »Na, noch 'ne Scheibe?« Sie hielt ihm die Jagdwurst hin.

»Nein, danke.« Fränkel trank seinen Kaffee aus und wischte sich den Schweiß von der Stirn.

Monika sah ihn an. »Du schwitzt ja! Warum ziehste deinen Pullover nicht aus?«

»Das geht nicht«, wehrte Fränkel hastig ab und verbesserte sich gleich: »Ich meine, das geht doch auch so, so heiß ist mir auch wieder nicht.«

Auf dem Gang hörte man Fräulein Hiller laut rufen: »Monika, Monika, kommst du mal?«

»Ja!« schrie Monika zurück, stand auf und informierte Fränkel: »Das ist die Hillern. Immer muß die Ziege stören.« Dann wieder laut: »Ich komme!« Und schon war sie draußen.

Fränkel überlegte kurz, vergewisserte sich, daß ihn niemand beobachten konnte, und begann seinen Kittel aufzuknöpfen.

Fräulein Hiller stand wartend neben ihrem Schreibmaschinentischchen. In der einen Hand hielt sie einen verschlossenen, frankierten Brief, in der anderen eine Marke.

Monika kam näher. »Ja? Was ist denn?«

»Du hast doch diesen Brief vorhin frankiert?« erkundigte sich Fräulein Hiller im Oberlehrerton.

»Na und?« Monika wußte nicht, worauf ihre Vorgesetzte hinauswollte.

»Du hast nur eine Achtpfennigmarke draufgeklebt, und der Brief geht nach außerhalb. Da gehören zwölf Pfennig drauf. Stell dir mal vor, unsere Kunden hätten Nachgebühr zahlen müssen.« Der Gedanke allein ließ Fräulein Hiller erschauern. »Du mußt in Zukunft besser aufpassen!« Mit diesen Worten beendete sie ihre Standpauke.

»Mach' ich!« sagte Monika unbeeindruckt. »Dann kleb' ich rasch noch eine Vierpfennigmarke drauf.«

»Das erledige ich schon«, erwiderte Fräulein Hiller großzügig. »Laß dir mal dein Frühstück weiter schmecken.«

»Danke!« Monika deutete einen Knicks an.

Fräulein Hiller befeuchtete die Marke mit der Zunge und klebte sie auf den Brief.

Monika drehte sich um und streckte ihr verstohlen die Zunge raus. Dann flitzte sie um die Ecke und blieb plötzlich wie gebannt stehen. Sie sah durch den Türspalt, daß Fränkel sich den Pullover über den Kopf zog, und entdeckte, daß seine Hose früher mal einem wesentlich dickerem Mann gehört haben mußte, denn der Bund befand sich in Höhe der Brust und wurde von Hosenträgern gehalten. Monika pfiff leise durch die Zähne. Jetzt verstand sie, warum Siegfried den Pullover in ihrer Gegenwart nicht ausziehen wollte. Sie überlegte kurz, ging ein paar Schritte zurück und kehrte laut pfeifend wieder. Als sie in das Frühstückszimmer kam, knöpfte Fränkel seinen Kittel zu und zeigte auf den Pullover, den er samt Gürtel über die Stuhllehne gelegt hatte. »Ich habe ihn jetzt doch ausgezogen.«

Monika griff nach der Kaffeekanne. »Willste noch 'nen Schluck?«

»Ja bitte.« Er hielt ihr die Tasse hin. »Danke, das genügt mir«, sagte er.

Naumann kam wieder herein und wunderte sich, daß seine Tasse noch leer war. »Nanu, du hast mir ja noch gar nichts eingeschenkt!«

»Wär' doch inzwischen bloß kalt geworden.« Monika versorgte ihn mit Kaffee und erkundigte sich dabei: »Willste ein Stück Zungenwurst?«

»Warum fragst du? Du weißt doch, ich sterbe für Zungenwurst!« beteuerte er überschwenglich. »Darf ich?« Er warf einen sehnsüchtigen Blick auf die Wurst. Monika reichte sie ihm, und Naumann schnitt sich eine dicke Scheibe ab.

»Du, der hat Abitur!« berichtete Monika.

»Hab' ich mir schon gedacht.« Naumann wandte sich an Fränkel. »Ich wette, du wolltest studieren.« Er biß in seine Wurstscheibe.

Fränkel nickte.

»Ach, kein Geld?« Monika sah ihn fragend an.

Fränkel schüttelte den Kopf.

Naumann seufzte: »Einen reichen Onkel müßte man haben!«

»Hab' ich ja«, antwortete Fränkel. »Zehn Filialen hat er allein in Berlin.«

»Konfektion?« forschte Monika.

»Nein, Uhren und Schmuck.«

Monika horchte auf. »Etwa der Uhren-Fränkel?«

»Genau!« bestätigte Fränkel.

Monika pfiff wieder durch die Zähne. Diesmal klang es anerkennend.

»Bist ja eine richtige Partie«, konstatierte Naumann.

»Schön wär's ja.« Fränkel winkte ab. »Ich bin zwar sein einziger Erbe, aber . . .«

»Aber?« Monika und Naumann beugten sich neugierig vor.

»Er hat gesagt, von mir aus kannst du ruhig studieren, aber vorher mußt du erst was Richtiges lernen«, erklärte Fränkel.

Auf dem Gang hörte man Daisy die Melodie »Das gibt's nur einmal ...« summen. Der Film, in dem Lilian Harvey den Schlager sang, war gerade herausgekommen. »Der Kongreß tanzt« hieß er.

»Trink rasch aus, Helmut«, sagte Monika hastig. »Du auch, Siegfried. Die Daisy kommt wieder schnorren. Hat noch nie ein Gramm Kaffe beigesteuert.« Sie verbesserte sich rasch: »Kaffee!« und blickte Fränkel beifallheischend an, worauf Naumann sofort einen großen Schluck nahm.

Daisy trat ein oder besser, sie erschien: blond, langbeinig, gut gewachsen, bildschön und sehr gut zurechtgemacht. Man merkte gleich, daß sie das Starmannequin der Firma war. Ihren Gürtel hatte sie um den Kittel geschlungen, den sie weit offen ließ. Darunter trug sie einen schwarzen Satinunterrock, der so tief ausgeschnitten war, daß man ihren Brustansatz sah und ahnen konnte, daß das, was man nicht sah, besonders hübsch sein mußte. Fränkel war sofort aufgestanden und ließ keinen Blick von ihr.

»Morgen, Kinder!« wünschte Daisy. »Habt ihr einen Schluck Kaffee für mich?«

»Leider nicht«, bedauerte Naumann scheinheilig. »Wenn wir das geahnt hätten, dann hätten wir was übriggelassen.« Dabei trank er seine Tasse Kaffee ganz aus.

»Und ich habe solchen Durst!« Daisy seufzte traurig.

»Mein Vater sagt immer: Der meiste Durst kommt vom Trinken«, meinte Monika ungerührt und stellte das Geschirr zusammen.

»Das stimmt genau«, bestätigte Daisy und räkelte sich gähnend. »Und müde bin ich ... Die ganze Nacht ...«

»... nicht ins Bett gekommen?« wollte Naumann wissen.

»Doch, ins Bett gekommen schon ...« Daisy erinnerte sich

anscheinend gern an das, was in der letzten Nacht passiert war, hielt aber eine weitere Schilderung für nicht angebracht. »Dafür seid ihr noch viel zu jung.« In diesem Augenblick entdeckte sie Fränkel. »Wen haben wir denn da?« fragte sie sehr interessiert.

»Mein Name ist Fränkel, Siegfried Fränkel.« Er machte wieder seine artige Verbeugung.

Daisy reichte ihm die Hand und betrachtete ihn genauer. »Hübsch, sehr hübsch!« meinte sie erfreut.

»Das ist unser neuer Lehrling.« Monika war schon eifersüchtig.

»Tatsächlich?« Daisy schien es zu bezweifeln. »Sieht aber gar nicht so aus, als ob er noch was lernen muß. Na ja, das bißchen, was er noch nicht weiß, werden wir ihm schon beibringen.«

Monika schnaufte wütend. Naumann bemerkte das und legte seine Hand beruhigend auf ihre Schulter.

Daisy hatte sich inzwischen etwas überlegt. Sie schenkte Fränkel einen ihrer berühmten Blicke, denen schon einige Herren erlegen waren. »Siegfried, würdest du mir einen kleinen Gefallen tun?« fragte sie mit einem vielversprechenden Girren in der Stimme.

»Gern!« antwortete Fränkel, der sie immer noch fasziniert ansah.

Monika begann vor Wut zu kochen.

»Dann besorge mir doch eine Tasse Kaffee. Gleich nebenan ist eine Konditorei. Tust du das für mich?« Daisy blickte Fränkel dabei direkt in die Augen. Ihre Brust hob und senkte sich, und der verwirrte Fränkel wußte nicht, wo er zuerst hingucken sollte, das heißt, er wußte es schon, aber er tat es natürlich nicht.

»Ja, gern! Jetzt gleich?« wollte er wissen.

Daisy nickte. Fränkel wartete darauf, daß Daisy ihr Portemonaie zücken würde, doch nichts dergleichen geschah. »Aber . . .«, begann er zögernd. In seiner Tasche waren genau Dreimarkfünfundsiebzig. Vier Mark hatte ihm seine Mutter heute früh anvertraut, fünfundzwanzig Pfennig hatte die Straßenbahn gekostet – er hatte keinen Schülerfahrschein genommen – und zu Fuß wollte er heute abend auch nicht nach Hause gehen.

Daisy lächelte ihn an. »Du kannst doch auslegen, nicht wahr? Ich habe mein Täschchen nicht dabei. Komm . . .« Sie schob Fränkel mit zarter, aber energischer Hand zur Tür hinaus und folgte ihm. »Beeil dich, mein Schatz.«

Monika wurde immer wütender. »Ich habe mein Täschchen nicht dabei«, äffte sie Daisy nach.

Naumann konnte das noch besser. Er stand auf, machte ein paar Schritte, wackelte dabei mit den Hüften und flötete: »Beeil dich mein Schatz.«

»Und wie er sie angeguckt hat!« murmelte Monika aufgebracht.

»Ich glaube, auf den Kleinen wirst du ein bißchen aufpassen müssen«, meinte Naumann warnend.

»Das werd' ich auch«, sagte Monika entschlossen und merkte dann, daß Naumann sie durchschaut hatte. »Wie meinst du das?« fragte sie schnell.

»Hölzchen . . .«, Naumann zwinkerte ihr zu, »mir kannst du doch nichts vormachen! Ein netter Junge . . . aber dir gönne ich ihn!« erklärte er großzügig. Dann horchte er auf. »Ich glaube, die Stranitzki ist da.« Er sprang auf und verließ hastig den Raum.

Monika starrte einen Augenblick lang vor sich hin. Ihr war plötzlich klargeworden, daß sie sich verliebt hatte. Mit einem Kopfschütteln schob sie den Gedanken beiseite und begann, die Wurst einzupacken.

Salomon guckte herein. »Ist der Siegfried nicht da?«

»Nein, den hat die Daisy nach Kaffee geschickt. Und er muß auslegen!« berichtete Monika. Es klang verbittert.

»Oiweh!« Salomon wiegte den Kopf. »Das Geld sieht er nie wieder. Aber wird ihm guttun. Nur durch Schaden wird der Mensch klug.«

»Hoffentlich wird er nicht zu klug«, befürchtete Monika.

»Dafür ist er zu intelligent.« Salomon schnupperte plötzlich. »Was ist denn das, was du da gerade einpackst?« erkundigte er sich interessiert.

Monika nahm das Schinkenstück aus dem Papier. »Das hier? Selbstgeräuchert! Wollen Sie ein Stück?« Und schon schnitt sie eine Scheibe ab.

»Eigentlich nicht.« Salomon zierte sich noch etwas. »Aber ehe es schlecht wird . . .«

Monika piekte die Scheibe auf die Messerspitze und reichte sie ihm. Salomon nahm sie, biß ein Stück ab und war begeistert. »Mmh! Delikat!«

»Wegen dem kommen sie von überall her zu uns nach Niederschöneweide«, berichtete Monika voller Stolz. »Sogar aus Frohnau!«

»Die Leute wissen, was gut ist.« Salomon nahm noch einen Happen und kaute genüßlich.

Fiedler kam mit einem Orderblatt in der Hand herein. »Ach hier sind Sie, Herr Salomon! Ich habe Sie schon überall gesucht. Wissen Sie, was Nürnberger und Co. geordert haben? Zweihundertzwanzig Stück!« In diesem Augenblick fiel ihm auf, was sein Chef da gerade aß, und erschrak förmlich. »Herr Salomon . . . .!« sagte er vorwurfsvoll. »Was seh' ich da? Sie essen Schinken?«

»Schinken!« Salomon tat so, als wäre er völlig überrascht. »Tatsächlich! Und ich habe ihn für Gänsebrust gegessen. Weg damit!« Er stopfte sich schnell den Rest in den Mund und verließ den Raum.

Fiedler blickte ihm indigniert nach und entdeckte dann die Wurst, die Monika gerade wieder einpackte.

»Sag mal, das ist doch Mettwurst, oder?« erkundigte er sich liebenswürdig. »Hast du davon auch für mich was übrig?«

»Für Sie nicht!« Monika schüttelte ablehnend den Kopf. »Für Sie hab' ich nichts übrig. Ich mag Leute nicht, die Mädchen den Popo tätscheln!«

»Was heißt tätscheln?« entgegnete Fiedler mit dem harmlosesten Lächeln der Welt. »Ich hab' dir mal einen Klaps gegeben. Zur Ermunterung.«

»Wen wollten Sie denn da ermuntern?« wollte Monika wissen. »Sich selber, was? Und dann die Kneiferei. Zwei blaue Flecke habe ich hier hinten.« Sie faßte sich ans Gesäß.

»Blaue Flecke? Von mir?« Fiedler spielte den Unschuldigen. »Das möchte ich sehen.«

»Das glaub' ich!« Monika packte den Rest der Wurst zusammen.

»Ein Ton ist das!« Fiedler war wütend und kehrte den Vorgesetzten heraus. »Diese Chuzpe hätten wir uns als Lehrlinge mal erlauben sollen. Da wären wir geflogen, geflogen im hohen Bogen! Wir wurden ganz anders angefaßt. Uns haben sie noch ins Atelier geschickt, und da mußten wir jede Stecknadel einzeln vom Boden aufheben.«

Monika blickte ihn von oben bis unten an. »Das muß aber sehr anstrengend für Sie gewesen sein!« sagte sie ironisch. »Oder hatten Sie damals noch keinen Bauch?«

Fiedler blieb für einen Moment die Luft weg. »Wie heißt der neue Lehrling?« erkundigte er sich wütend.

»Fränkel!« antwortete Monika.

»Eigentlich wollte ich ja, daß du mir hilfst. Aber jetzt werde ich mir den Neuen holen«, kündigte Fiedler an. »Du wirst schon merken, wie sehr du dir eben geschadet hast.« Mit festen Schritten verließ er den Raum.

In der Abnahme waren inzwischen einige Kleider geliefert worden und Salomons Pult war jetzt von diversen Kleiderständern, auf denen Ware hing, völlig verdeckt.

Fränkel war mit einem kleinen Tablett, auf dem sich eine Tasse Kaffee, ein Milchkännchen und Zucker befanden, auf dem Weg zum ›Kabuff‹, als ihn Fiedler entdeckte. »Fränkel!« rief er freundlich. »Kommen Sie doch mal. Sie können mir vorn ein bißchen helfen.«

»Sofort, Herr Fiedler«, antwortete Fränkel und lieferte erst den Kaffee ab.

»Danke, mein Schatz«, hörte man Daisy sagen. Es klang nicht nur erfreut, sondern beinahe verheißungsvoll.

Fränkel kam wieder heraus. »Ich bin soweit«, meldete er.

Fiedler sah ihn sich an. »Aber doch nicht so! Großer jüdischer Vater!« entsetzt schlug er die Augen zum Himmel. »Wollen Sie etwa so in den Verkauf? Im Kittel? Ziehn Sie sich den erst mal aus, und machen Sie sich ein bißchen elegant.« Kopfschüttelnd ging er nach vorne.

Fränkel lief zum Frühstücksraum, aus dem eben Monika kam, die alles mit angehört hatte. »Läßt du mich mal«, murmelte er hastig. »Nur einen Moment . . .!« Er sauste in den Frühstücksraum und zog die Tür hinter sich zu.

Monika seufzte. Ihre Stimmung war ausgesprochen pessimistisch.

Fränkel entledigte sich in Windeseile des Kittels, warf ihn über den Stuhl, zog sich den Pullover an und war schon wieder draußen. Im Vorbeigehen band er sich den Gürtel um.

Monika hielt ihn am Ellbogen fest. »Die Haare . . .« sagte sie schnell.

»Danke!« meinte Fränkel und strich sich mit der Hand über das Haar. »Gehts so?« fragte er.

»Moment!« Monika zupfte seinen Pullover zurecht.

Fiedler kam wieder aus dem Verkaufsraum und rief ungeduldig: »Fränkel, wo bleiben Sie denn? Eine Menuche haben die Lehrlinge! Kommen Sie, kommen Sie!« drängelte er.

Fränkel lief zu ihm hin. »Bin schon da!« Er war etwas außer Atem, aber man sah ihm an, daß er sich darauf freute, in den Verkaufsraum zu kommen.

Fiedler musterte ihn befremdet. »Wie sehen Sie denn aus? Haben Sie kein Jackett?«

»Nein«, antwortete Fränkel betreten.

Fiedler winkte ab. »Dann lassen wir es lieber. So können Sie sich nicht sehen lassen.« Er drehte sich abrupt um und marschierte zurück in den Verkaufsraum.

Fränkel stand erst da wie ein begossener Pudel, dann wurde er ganz blaß vor Wut.

Monika ging schnell zu ihm. »Mach dir nichts draus«, tröstete sie ihn.

»Tu ich aber!« zischte Fränkel erbittert. »Meinst du, mir macht es Spaß, diese Klamotten zu tragen? Und dann noch in dieser Scheißbranche, in der jeder geschniegelt und gebügelt herumläuft. Eins garantiere ich dir, sowie ich hier genug Geld verdient habe . . .«

». . . kaufst du dir einen Anzug«, ergänzte Monika.

»Nein, dann hau' ich ab und studiere! Dann hält mich nichts mehr in der Konfektion! Ich sage dir . . .« Er unterbrach sich, weil Monika beschwörend den Kopf schüttelte und den Finger auf die Lippen legte.

Fränkel drehte sich um, entdeckte, daß hinter dem Ständer Zigarrenrauch aufstieg und bekam einen Heidenschreck.

»Warum sprecht ihr nicht weiter?« Salomon schob die Kleider auf dem Ständer beiseite. »Was ist, hat es euch die Sprache verschlagen?«

Fränkel und Monika schwiegen betroffen.

Salomon schob Monika einen Kleiderständer zu. »Nimm das mit nach vorn. Ist schon alles ausgezeichnet.«

»Ja, Herr Salomon«, antwortete Monika kleinlaut und zog mit dem Ständer ab.

»Und bring mir das blaue Abendkleid mit!« rief Salomon ihr nach. »Das muß ich noch kalkulieren.«

»Ja, sofort Herr Salomon.« Monika lief schnell nach vorn, kam mit dem Abendkleid, an dem noch der Arbeitszettel hing, zurück und hängte es auf den Ständer vor Salomons Pult.

Fränkel wollte sich verdrücken. »Na, dann werd' ich mal wieder in die Einrichtung gehen«, meinte er und drehte sich um.

»Nein, du bleibst«, ordnete Salomon an. Er wandte sich Monika zu. »Danke, du gehst ins Kontor.«

»Ja, Herr Salomon.« Monika trottete nach vorn, blickte sich aber unterwegs noch einmal höchst beunruhigt zu Fränkel um.

Salomon sah seinen neuen Lehrling an und machte erst einmal eine bedeutungsvolle Pause. »Jetzt könnte ich sagen: Siegfried Fränkel, wenn du doch nicht bleiben willst, dann geh lieber jetzt gleich«, begann er seine Standpauke. »Aber ich sage es nicht. Denn erstens, was wird dein Onkel dazu sagen? Und zweitens, wozu Dummheit noch bestrafen? Der Dumme ist doch schon bestraft genug. Knapp einen halben Tag hier und maßt sich schon ein Urteil an . . .! Scheißbranche! Mein lieber Junge, jede Branche ist eine Scheißbranche, wenn man das, was man tut, nicht liebt. Aber kann man lieben, was man noch gar nicht kennt? Und diese Chance solltest du der Konfektion geben.«

Fränkel sah ihn wortlos an.

Salomon löste die Stecknadel, mit der der Arbeitszettel an dem blauen Kleid befestigt war, und legte ihn auf sein Pult.

»Ich weiß, welcher Junge träumt schon davon, später einmal in die Konfektion zu gehen«, fuhr er fort. »Flieger will man werden, oder Dirigent . . . Und warum? Bei uns gibt es keine großen Vorbilder, jedenfalls keine, die man kennt wie Lindbergh oder Toscanini. Wer ist denn dein Vorbild?«

»Schliemann!« antwortete Fränkel prompt.

»Schliemann?« Salomon hob befremdet die Augenbrauen. »Doch nicht etwa der von Schliemann & Weber?«

»Nein, Heinrich Schliemann.« Fränkel konnte ein überlegenes Lächeln nicht ganz unterdrücken. »Das ist der, der Troja ausgegraben hat. Ich weiß nicht, ob Sie von dem schon etwas gehört haben.«

»Nein, schon lange nicht mehr«, belehrte ihn Salomon. »Was kein Wunder ist. Wenn ich mich recht erinnere, ist er jetzt schon vierzig Jahre tot.«

Fränkel senkte beschämt den Kopf und wurde rot.

»Selten dämlicher Hund!« knurrte Salomon. Aber es klang nicht unfreundlich.

»Aber selten«, wandte Fränkel ein.

»Aber dämlich!« versetzte Salomon. »Und so was willst du werden? Archäologe?«

Fränkel nickte.

»Wozu?« wunderte sich Salomon. »Ich frag' mich immer, was soll diese Ausgraberei?«

»Man will doch wissen, wie es früher war.«

Salomon winkte ab. »Das kann ich dir auch so sagen: Auch nicht besser als heute. Gejammert haben die Leute über die miesen Zeiten. Die Jungen waren unzufrieden, und die Älteren sehnten sich nach der guten alten Zeit zurück, weil sie vergessen hatten, wie unzufrieden sie damals waren. Die Menschen ändern sich von Jahr zu Jahr, von Saison zu Saison, und das wird auch so bleiben. Und da kein Mensch nackt herumlaufen kann – erstens darf man es nicht und zweitens, wer kann sich das schon erlauben? Deshalb mein Junge, ist die Konfektion eine Branche mit Zukunft.« Er blickte auf den Arbeitszettel. »Wieviel ist hier drin? Viermeterfünfzig. Und was kostet die Ware? Fünfundzwanzig Mark. Also, viermeterfünzig mal fünfundzwanzig . . .«

»Einhundertzwölf Mark fünfzig!« Fränkels Antwort kam wie aus der Pistole geschossen.

»Einhundertzwölf Mark fünfzig?« Salomon runzelte die Stirn und rechnete zu Ende. »Stimmt!« stellte er dann erstaunt fest. »Und mit *dem* Kopf willst du alte Scherben ausgraben? – So, nun geh rüber in die Einrichtung und laß dir zeigen, wie man Stoff abmißt.«

Fränkel nickte und wandte sich zum Gehen.

»Du hast keinen Anzug, wie?« rief ihm Salomon nach.

Fränkel blieb stehen und schüttelte den Kopf.

»Hab' ich mir gedacht. Die Hose kenn' ich nämlich. Die hat dein Onkel getragen, letztes Jahr in Karlsbad. Du brauchst nicht rot zu werden, Siegfried. Dein Onkel müßte sich schämen . . . Was hat er von seinem vielen Geld? Mitnehmen kann er nichts. Ich hatte auch mal einen Erbonkel . . . Millionär war er, besaß ein großes Kaufhaus in Mislowitz, eine Goldgrube. Mindestens drei Etagen, wenn man Keller und Dachgeschoß mitzählt. Isidor Stern, mein Erbonkel, hat leider ein sehr böses Ende genommen.«

»Verunglückt?« wollte Fränkel wissen.

Salomon winkte traurig ab.

»Umgebracht?«

»Viel schlimmer!« Salomon seufzte. »Das Schlimmste, was ein Erbonkel einem antun kann. – Pleite hat er gemacht!«

Nachmittags um halb sechs herrschte rund um den Hausvogteiplatz noch reger Betrieb. Die Hausdiener der Konfektionsfirmen schoben ihre einachsigen Handkarren, auf denen in

Packpapier eingeschlagene, sorgfältig verschnürte Pappkartons gestapelt waren, zur Post in der Mohrenstraße. Angestellte, die Feierabend hatten, machten sich auf den Heimweg mit der U-Bahn, dem Omnibus, mit der Straßenbahn oder zu Fuß.

Auch Monika, Naumann und Fränkel kamen aus dem Haus und blieben einen Moment lang stehen.

Naumann nickte den beiden zu. »Macht's gut Kinder!« sagte er in elegischem Ton und ging traurigen Schrittes zur Jerusalemer Straße.

»Du auch, Helmut!« rief Monika hinter ihm her.

Fränkel blickte ihm nach. »Was ist eigentlich mit dem los?« erkundigte er sich. »Ich wollte vorhin nicht fragen. Warum trägt er eine schwarze Krawatte?«

»Weil er trauert.«

»Ach nee!« Fränkel verzog das Gesicht. »So schlau bin ich auch. Ich wollte wissen, wer gestorben ist.«

»Gar keiner«, erklärte Monika. »Dem ist der Freund weggelaufen. Ein Diplomingenieur. Die haben's ja noch viel schwerer als wir. Obwohl wir's ja auch nicht leicht haben, was Passendes zu finden.« Sie seufzte und bedachte Fränkel mit einem verstohlenen Blick, den man fast als schmachtend bezeichnen konnte.

Fränkel bemerkte ihn nicht. »Womit fährst du nach Hause?«

»Mit der Straßenbahn. Und du?«

»Mit der S-Bahn.«

»Mit der S-Bahn könnte ich eigentlich auch fahren«, versicherte Monika hastig. »Ist genauso schnell. Gehen wir zusammen zum Bahnhof Friedrichstraße?« Sie blickte ihn erwartungsvoll an.

Fränkel nickte.

Plötzlich stieß Monika ihn an. »Du, da winkt einer!«

»Wo?« fragte Fränkel.

»Na da, der da in dem Auto!« Sie wies auf den großen offenen Wagen, der an der Bordsteinkante hielt. Am Steuer saß ein livrierter Chauffeur, im Fond ein etwa 65jähriger, etwas beleibter Mann, dessens strenge Gesichtszüge gnädig von einem Bart verborgen wurden. Er winkte heftig.

»Will der was von dir?« fragte Monika neugierig.

»Das ist ja mein Onkel!« erklärte Fränkel überrascht. »Entschuldige . . .« Er lief schnell zu dem Auto hin und begrüßte ihn. »Onkel Richard! Das ist aber nett.«

»Wie war der erste Tag?« wollte Richard Fränkel wissen.

Siegfried zuckte wenig begeistert die Achseln. »Man lacht.«

»Lehrjahre sind keine Herrenjahre.« Onkel Richards Miene wurde noch etwas strenger.

»Sehe ich etwa aus wie ein Herr?« Fränkel blickte an sich hinunter. Weder den abgetragenen Anzug noch den schäbigen Mantel konnte man als elegant bezeichnen.

Richard Fränkel verstand die Anspielung sofort. »Aber du benimmst dich leider so. Das hast du von deinem Vater.«

Bei der Erwähnung seines Vaters bekam Siegfried ganz schmale Lippen. Er wollte etwas sagen, verkniff es sich aber.

Der Onkel betrachtete ihn von oben bis unten und bekam so etwas wie ein schlechtes Gewissen. »Komm doch Sonntag vormittag mal vorbei«, forderte er ihn plötzlich freundlich auf. »Ich habe da nämlich noch einen sehr schönen Anzug . . .«

»Den du nicht mehr trägst«, unterbrach Siegfried ihn. Es klang recht ironisch.

»Natürlich könnte ich ihn noch tragen.« Onkel Richard wies sofort darauf hin, daß er sich sogar sehr schwer von dem Anzug trennen würde. »Englischer Stoff! Und ein Maßanzug!«

»Dir paßt er bestimmt gut«, meinte Siegfried trocken. Worauf sein Onkel das Gesicht verzog und dem Chauffeur einen Wink gab. »Wir müssen weiter. Also dann, bis Sonntag, Siegfried!«

Der Wagen fuhr langsam an.

»Bis Sonntag!« wiederholte Fränkel und blickte dem Auto nach, das in Richtung Gendarmenmarkt davonfuhr.

Monika kam neugierig näher. »Wohnt der nicht bei dir in der Nähe?«

Fränkel nickte.

»Warum nimmt er dich dann nicht mit?« wunderte Monika sich.

»Das macht er nie«, erwiderte Fränkel. »Onkel Richard sagt immer: An Luxus soll man sich gar nicht erst gewöhnen, bevor man ihn sich leisten kann.« Es klang bitter.

Monika schnaufte empört. »Das ist ja ein . . .« Aber bevor sie eine passende beleidigende Bezeichnung für Siegfrieds Onkel fand, wurde sie von Salomon unterbrochen, der im Mantel mit Hut und Zigarre im Mund, hinter ihnen aus dem Haus kam. Er war bester Laune. Der Konzern, der an diesem Nachmittag zum Aufschreiben da war, hatte außerordentlich viel geordert.

»Nanu?« Salomon blickte seine Lehrlinge erstaunt an. »Ihr könnt euch wohl gar nicht trennen? War das nicht eben dein Onkel?«

»Das war mein Onkel«, bestätigte Fränkel.

Salomon seufzte neidisch. »So einen Wagen müßte man haben!«

»Aber Sie haben doch auch einen.« Fränkel hielt das für selbstverständlich.

»Einen? Viele!« behauptete Salomon mit todernstem Gesicht.

»Viele?« Siegfried starrte ihn verblüfft an. Salomon nickte.

»Aber ich steige immer nur in die Wagen ein, bei denen draußen dransteht: Raucher!« Salomon lächelte verschmitzt, tippte verabschiedend an den Hutrand und ging über die Straße zum U-Bahn-Eingang.

»Darauf bin ich vor einem Jahr auch reingefallen.« Monika lachte.

Salomon drehte sich an der U-Bahntreppe noch einmal um und sah seinen beiden Lehrlingen nach, die sich einträchtig auf den Weg zum Gendarmenmarkt machten. Lächelnd erinnerte er sich an seine eigene Lehrzeit. Damals hatte sich auch eine Kollegin in ihn verliebt. Dann zog er noch einmal an seiner Zigarre und entschwand, eine Rauchwolke hinterlassend, nach unten.

Monika und Siegfried schlenderten über den Gendarmenmarkt. Er lag eigentlich gar nicht auf Monikas Heimweg. Mit der U-Bahn oder Straßenbahn wäre sie wesentlich schneller nach Hause gekommen. Aber wenn man verliebt ist, macht man gern einen Umweg.

Mitten auf dem großen Platz blieb sie stehen und blickte sich um. »Schön, nicht, der Gendarmenmarkt...?« sagte sie, und es klang irgendwie andächtig. ... »und dann die beiden Kirchen. Kirchen habe ich sehr gern. Aber mehr von außen. Die hier, die lieb' ich besonders. Das ist doch der französische Dom?«

Fränkel schüttelte den Kopf. »Das ist der deutsche Dom. Der französische steht da drüben.« Er wies zur anderen Seite des Platzes.

»Ach ja?« Monika blickte in die Richtung. »Mann, du weißt so viel«, sagte sie bewundernd. »Na ja, du bist ja auch schon etwas älter. Das Schauspielhaus liebe ich auch.«

»Das hat was«, bestätigte Fränkel.

Beide gingen zum Schauspielhaus, das zwischen den beiden Domen liegt, ein imponierendes Gebäude mit großer Freitreppe und mächtigen Säulen.

»Was Gewaltiges . . . nich' . . .?« Monika sah Siegfried an.

»Hat der olle Schinkel gebaut«, belehrte er sie.

»Kanntest du den?« wollte Monika wissen.

»Nee!« Fränkel mußte lachen. »So alt bin ich nun auch wieder nicht. »Schinkel ist schon neunzig Jahre tot.«

»Warst du da schon mal drin?« erkundigte sich Monika.

»Schon oft! Mit meiner Mutter. Und du?«

Monika schüttelte den Kopf. »Ich war noch nie im Theater. Bloß einmal. Im Rose-Theater. Da gab's ›Peterchens Mondfahrt‹. Aber ich geh' oft ins Kino. Du nicht?«

»Doch auch«, gab Fränkel zu. »Kino ist manchmal ganz schön. Aber Theater, das ist ganz was anderes . . . das lebt.«

»Das lebt«, wiederholte Monika, dachte kurz über Siegfrieds Worte nach und beschloß sofort, daß er recht haben mußte.

Fränkel ging zu dem verglasten Schaukasten, in dem der Spielplanzettel hing, und studierte ihn interessiert. »Am siebten ist Premiere«, stellte er fest. ›Peer Gynt‹, mit Heinrich George, Berta Drews und Elsa Wagner.«

Diese Namen sagten Monika so gut wie gar nichts. »Gehste hin?« forschte sie.

»Nee!« sagte Fränkel betrübt. »Seitdem meine Mutter abgebaut wurde, können wir uns Theater nicht mehr leisten.«

»Ist sie schon lange arbeitslos?« fragte Monika mitleidig.

Fränkel nickte und seufzte bedrückt.

»Scheiße!« sagte Monika und fügte dann rasch hinzu: »Entschuldigung!«

»Stimmt ja!« meinte Fränkel.

Monika überlegte einen Augenblick und lächelte plötzlich optimistisch. »Jetzt wirste Geld verdienen.«

»Womit?« Fränkel sah sie überrascht an.

»Zum Beispiel mit dem Fahrgeld.« Monika war glücklich, daß sie Siegfried mal etwas beibringen konnte. »Pro Fahrt zahlen sie dir doch fünfundzwanzig Pfennig. Aber auf Schülerfahrschein fährst du für fünfzehn Pfennig. Verdienste hin und zurück zwanzig Pfennig. Und das summiert sich, denn die schicken dich ja zu den Schneidern und liefern mußte auch.«

»Ja?« Fränkel schien an den Geldsegen, den Monika ihm prophezeite, nicht ganz zu glauben.

»Ich sage dir, du kannst dir bald wieder das Theater leisten.« Monika strahlte Siegfried an und fügte dann leise hinzu: »Und wenn deine Mutter was anderes vorhat, kannste mich ja mitnehmen. Ich zahle selber . . .«

Max Salomon saß im Clubsessel – ein Hochzeitsgeschenk von Tante Ida – und studierte das ›Berliner Tageblatt‹. An beiden Lehnen hingen passende Ledergurte herunter, die, oben in der Mitte, zwei Messingaschenbecher hielten. Der Sessel paßte ausgezeichnet zu den Möbeln des Herrenzimmers, die von den Silbermanns stammten. Willi Silbermann, Salomons Schwiegervater, hatte sich vor vier Jahren aus dem Geschäftsleben zurückgezogen und war nur noch stiller Teilhaber der Firma WISI Herrenwäsche en gros.

»Mein Mann dankt. Seine Leber ist leider nicht die beste«, hatte Frau Silbermann immer gesagt, wenn ihrem Mann Alkohol angeboten wurde. Willi Silbermann trank nämlich ab und zu ›Einen‹, bei dem es leider nie blieb. In der Firma konnte sie ihn nicht kontrollieren, deshalb hatte sie ihm eingeredet, daß sie ihren Lebensabend in der Nähe von Nizza verbringen sollten. In einem kleinen Ort wohnte eine Schulfreundin von ihr, die den Silbermanns ein hübsches Haus mit Blick auf das Mittelmeer besorgt hatte. Ein weiterer Grund für den Umzug war, daß Dora Silbermann mit ihrem Schwiegersohn nicht gut zurechtkam. Das hatte daran gelegen, daß sie ihm nicht nur immer wieder ungebetene Ratschläge gab, sondern auch darauf bestand, sie zu befolgen. Max hatte aber seinen eigenen Kopf, und so hatte es oft Krach gegeben. Hinzu kam, daß die Silbermanns sehr fromme Juden waren. Sie aßen streng koscher und hatten milchiges und fleischiges Geschirr. Salomon hingegen ging meistens nur einmal im Jahr, zu Jom Kippur, in die Synagoge, in die das Alhambra-Kino am Kurfürstendamm zu den hohen Feiertagen verwandelt wurde. Dann reichten nämlich Berlins Synagogen nicht aus. Es gab damals sehr viele Juden in Berlin. Ein-, zweimal hatte Salomon auch den Friedenstempel in der Markgraf-Albrecht-Straße besucht. Dr. Prinz gefiel ihm gut, und er sagte dem jungen Rabbiner eine große Karriere voraus, womit er recht behalten sollte.

Die Silbermanns waren Ende 1928 nach Südfrankreich gezogen und hatten die Möbel des Herrenzimmers – sie waren viel zu groß für das Häuschen – den ›Kindern‹ überlassen, die sich daraufhin eine Wohnung in der Knesebeckstraße nahmen. Das Mietshaus war ein schöner alter Bau mit großen, hohen Räumen. Die Wohnung bestand aus einem Schlafzimmer, das nach hinten raus lag – an die vorbeirollenden S-Bahnen und Fernzüge gewöhnte man sich schnell – einem Wohnzimmer, dem besagten Herrenzimmer, einem sogenannten Salon und einem Eßzimmer, in dem ein bombastisches Büffet mit gedrechselten Säulen, ein Ausziehtisch, Stühle mit hohen Rückenlehnen standen und eine Anrichte, durch deren Glastür kostbare Kristallteller, Vasen und Schüsseln zu sehen waren. Hinzu kamen eine geräumige Küche, Bad, Toilette und eine Mädchenkammer, in die sich Emma, die Perle aus Gumbinnen, an diesem Abend bereits zurückgezogen hatte, denn Selma war gern mit ihrem Mann allein.

Im Eßzimmer hatte man zu Abend gegessen. Es gab Pökelrinderbrust mit Meerrettichsoße. Dazu selbst eingelegte Senfgurken.

Jetzt hatten sie sich ins Herrenzimmer zurückgezogen. Salomon las, und Selma legte eine Patience. Sie war viel zu dünn. »Das Kind muß mehr essen«, sagte ihre Mutter jedesmal, wenn sie sie sah. Aber Selma hatte sich noch immer nicht von ihrer Operation erholt und litt unter Appetitlosigkeit.

Hinter dem ›Berliner Tageblatt‹ war plötzlich ein befremdetes »Tz, tz« zu hören.

»Was ist?« fragte Selma, ohne aufzublicken.

Salomon ließ die Zeitung sinken. »Die Berliner Metallindustrie kündigt die Lohntarife. Ich sage dir, schlimme Zeiten stehen vor der Tür.«

»Was heißt, vor der Tür?« Selma lachte traurig auf. »Die sind längst eingetreten. Habe ich dir schon erzählt, daß sie Frau Jacobsohn heute nachmittag angepöbelt haben, mitten auf dem Kurfürstendamm, am hellichten Tag?«

»Frau Jacobsohn? Ach, das tut mir aber leid.« Salomon gab sich große Mühe, Mitgefühl zu heucheln, aber es gelang ihm nicht mal, ein leichtes Lächeln zu unterdrücken.

»Stimmt ja gar nicht«, stellte Selma fest. »Du grinst doch schadenfroh!«

»Ich?« Salomon spielte Entrüstung.

»Ja, du!« Selma kannte ihren Mann.

»Eine widerliche Person«, sagte Salomon, und es kam aus tiefstem Herzen.

»Aber deshalb ist das nicht passiert. Die Burschen kannten sie doch gar nicht! Die haben sie angepöbelt, weil sie jüdisch aussieht.«

Salomon nahm das nicht so tragisch. »Ein paar Antisemiten hat es immer gegeben.« Und damit wollte er sich wieder in das ›Berliner Tageblatt‹ vertiefen.

»Ein paar würden mich nicht stören«, meinte Selma

trocken. »Aber wenn es ein paar Millionen werden . . .« Sie schüttelte sorgenvoll den Kopf, schaute auf ihre Patience, schob die Karten zusammen und sagte mit einem tiefen Seufzer: »Es geht nicht auf.«

Salomon warf einen Blick auf die Uhr und legte die Zeitung beiseite. »Ich muß los!« Er stand auf.

»Jetzt schon?« Selma sah ihn enttäuscht an.

»Weißt du, wie spät es ist? Halb neun!«

»Viel haben wir nicht voneinander.« Selmas Ton klang vorwurfsvoll. »Du kommst nach Hause, ißt schnell was, steckst den Kopf in die Zeitung und schon saust du wieder los. Erzählst überhaupt nichts mehr von der Firma . . . Du hast doch einen neuen Lehrling? Wie macht er sich?«

»Ach, der macht sich.« Salomon nickte zufrieden. »Er hat Manieren und kann rechnen. Ein paar Flausen hat er im Kopf, aber es ist ein sehr netter Junge.«

»Du scheinst ja richtig stolz auf ihn zu sein!«

»Stolz? Ich?« Salomon zog erstaunt die Augenbrauen hoch. »Ist es mein Sohn?« Im selben Augenblick wurde ihm bewußt, daß er einen wunden Punkt berührt hatte, aber nun war es zu spät.

Selmas Augen wurden feucht. »Aber so einen Sohn hättest du gerne gehabt, nicht wahr?«

»Selma . . .« Salomon hob beschwörend die Hände, doch seine Frau wehrte mit einem stummen Blick ab, und Salomon wußte, daß sie recht hatte. Am Anfang ihrer Ehe hatte er oft davon gesprochen, wie schön es wäre, wenn sie zwei Kinder hätten. Sie freuten sich darauf. Dann kam Selma eines Tages von einer Untersuchung zurück. Ganz blaß war sie, als sie Max erzählte, daß sie operiert werden müßte und zwar schon nächsten Dienstag. Am Mittwoch eröffnete Professor Hirschfeld Salomon, daß Selma keine Kinder bekommen könnte. Max mußte sich damit abfinden. Nicht daß es ihm leichter fiel als Selma, die völlig zusammenbrach, als sie es erfuhr. Er war stärker, er tröstete sie, sprach davon, daß sie doch ein Kind adoptieren könnten, und manchmal kam das Thema nicht zur Sprache. Die beiden besaßen die besten Voraussetzungen für eine glückliche Ehe: Sie liebten sich.

»Bitte fang nicht wieder davon an«, flehte Salomon seine Frau an. Er wußte wie es enden würde. Mit sinnlosen Selbstvorwürfen.

»Aber die Operation damals, die mußte sein«, begann Frau Salomon.

»Ja, Selma.« Max strich ihr tröstend über das Haupt.

»Professor Hirschfeld hat gesagt, damit hat er mir das Leben geschenkt«, fuhr Selma fort.

Das war das Stichwort für Max. Er wiegte den Kopf und verzog vielsagend das Gesicht. Und es klappte wieder einmal. Selma verstand das so, wie er es erwartet hatte.

»Ich weiß genau, was du jetzt sagen wolltest.« Selmas Tränen versiegten sofort. »Geschenkt ist gut, wolltest du sagen. Ich habe dein Gesicht gesehen, als die Rechnung kam.«

»Wenn ich dir die Rechnung gezeigt hätte, wärst du auch blaß geworden . . .« Und plötzlich glättete sich seine Miene, und er grinste seine Frau an. »Du weißt, daß ich nur Spaß mache?«

Selma nickte und lächelte. »Ich kenn' dich doch!«

»Viel zu gut!« meinte Salomon und ging schnell zur Tür. »Ich binde mir nur eine andere Krawatte um.«

»Wozu?« Selma wurde mißtrauisch. »Ich denke, du gehst nur mit Kunden aus?«

»Mit den Merseburgers aus Dresden.«

»Und Damen sind nicht dabei?« forschte Selma.

»Doch, die alte Frau Stern von Stern und Sturmbach.«

Selma war beruhigt. »Die ist ja jenseits von gut und böse.«

»Nur von gut«, verbesserte Salomon sie. »Die hat heute nachmittag wieder versucht, die Preise zu drücken. Zwanzig Prozent Rabatt wollte sie haben. Zwanzig Prozent!« Salomon schlug die Augen zum Himmel.

»Na und? Wie ist es ausgegangen?« wollte Selma wissen.

»Ich habe ihr die zwanzig Prozent erlassen, die ich vorsichtshalber vorher aufgeschlagen hatte.« Salomon lockerte seine Krawatte.

»Warum fragst du mich eigentlich nicht, ob ich mitkommen will?«

Salomon sah sie einen Augenblick lang irritiert an. »Willst du mitkommen?« fragte er dann.

Selma überlegte kurz. »Nein, ich fühle mich nicht.«

»Na also!« meinte Salomon.

»Aber man möchte ja wenigstens gefragt werden. Jetzt bist du erleichtert, was?« forschte Selma.

»Du bist so was von mißtrauisch!« Salomon schüttelte vorwurfsvoll den Kopf.

»Mit Recht!« erwiderte Selma. »Seit deiner Geschichte mit der Daisy . . .!«

Jetzt fängt sie wieder davon an, dachte Salomon. »Selma, glaub mir doch . . .!« sagte er beschwörend. »Erstens war mit Daisy nichts, und zweitens ist es längst vorbei.«

»Vorbei?« wiederhole Selma ungläubig. »Guck mich an, Max Salomon, sieh mir in die Augen!«

Salomon versuchte es, aber er hielt Selmas Blick nicht aus und lächelte.

»Du mußt lachen, also stimmt es nicht«, stellte Selma triumphierend fest.

Salomon gab auf. Er drückte die Klinke herunter und machte sich auf den Weg zum Schlafzimmer.

»Mich betrügen, das kannst du, aber mich beschwindeln, das schaffst du nicht!« rief Selma ihm nach.

»Ach Selma!« Salomon seufzte resigniert. »Warum mußt du immer das letzte Wort haben...?«

Fritz Wagner, Monikas Vetter, stand am Block der Fleischerei Heinrich Helmholtz in Niederschöneweide und unterhielt sich mit Frau Schlüter, einer älteren Kundin. »So schlimm war's? 39,5?« erkundigte er sich mitleidig.

Frau Schlüter nickte bekümmert. »Aber nun ist das Fieber Gott sei Dank gesunken. Der Doktor hat gesagt, ich soll meinem Sohn jetzt eine kräftige Brühe kochen, so eine richtige Bouillon.«

»Da geb' ich Ihnen ein schönes Stück Suppenfleisch.« Fritz Wagner nahm, ohne sich im geringsten anzustrengen, eine schwere Rinderfleischseite vom Haken und präsentierte sie seiner Kundin. »Na?« Er sah Frau Schlüter erwartungsvoll an.

»Sieht gut aus«, fand die Kundin.

»Sag ich doch!« meinte Wagner voller Stolz und legte das Fleisch auf den Block. »Ein Pfund?«

Frau Schlüter überlegte kurz. »Geben Sie mir ruhig eineinhalb.«

»Eineinhalb!« wiederholte Fritz, nahm das große Messer und säbelte ein Stück ab.

Monika kam zur Tür herein. »N'abend allerseits!« grüßte sie.

»N'abend!« antwortete Fritz.

»N'abend, Monika.« Frau Schlüter nickte ihr freundlich zu.

»Du kommst aber heute spät! Deine Mutter wartet schon mit dem Abendbrot.« Fritz Wagner warf das abgeschnittene Stück Fleisch auf die Waage. »Es ist etwas drüber«, stellte er fest. »Darf's für fünf Pfennig mehr sein?«

Frau Schlüter nickte zustimmend.

Fritz rechnete den Preis blitzschnell aus. »Achtundsiebzig

Pfennig.« Dann fiel ihm noch etwas ein. »Soll ich Ihnen nicht einen Knochen dazugeben? Dann wird die Brühe kräftiger.«

»Ja bitte!« Frau Schlüter lächelte ihn dankbar an.

Wagner drehte sich um und wählte einen Knochen aus.

»Gib Frau Schlüter doch den größeren«, schlug Monika vor.

»Wollt' ich ja gerade«, log ihr Vetter, der es gar nicht gerne hatte, daß man sich einmischte. Er nahm brav einen Riesenknochen und warf ihn auf den Block. »Beeil dich lieber«, rief er dabei seiner Kusine zu.

Monika, die schon an der Tür stand, die zur elterlichen Wohnung führte, drehte sich um. »Warum denn?«

»Wir wollten doch heute ins Kino.«

»Ach ja?« Monika war nicht gerade begeistert.

Fritz Wagner wandte sich an Frau Schlüter. »Soll ich ihn noch einmal durchschlagen?« Er hob das Beil.

»Das wäre besser«, befand Frau Schlüter.

»Du, entschuldige Fritz ...« Monika war es sichtlich unangenehm, die Verabredung abzusagen und suchte nach passenden Worten. »Mir ist eigentlich gar nicht nach Kino. Denn ... weißt du ... also ich finde, Film lebt nicht!« Ohne die Antwort ihres Vetters abzuwarten, verschwand sie in den hinteren Räumen.

Fritz Wagner blickte ihr verdattert nach und ließ dann seine Wut an dem völlig unschuldigen Knochen aus, den er mit seinem Beil zerteilte, mit Karacho.

Siegfried Fränkel aß mit seiner Mutter, einer blonden, etwas fülligen Endvierzigerin zu Abend. Frau Fränkel hatte mal wieder Eintopf gekocht – den gab es oft bei Fränkels – grüne Bohnen mit Hammelfleisch. Es war nicht viel Fleisch in dem Eintopf, die Fränkels mußten sparen. Aber den beiden schmeckte es. Sie lebten ganz bescheiden in einer Zweieinhalbzimmerwohnung mit Küche und Bad in Charlottenburg. In dem einen Zimmer schlief die Mutter, darin stand auch ihre Nähmaschine, in dem halben Siegfried und in dem Wohn- und Eßzimmer saßen sie jetzt.

Siegfried war in Gedanken versunken. Plötzlich ließ er den Löffel sinken. »Ich geh' da Sonntag nicht hin, Mutti«, erklärte er entschieden.

Frau Fränkel sah ihren Sohn überrascht an. »Ich denke, du brauchst einen Anzug?«

»Aber nicht einen abgelegten. Wer weiß, wie ich darin wieder aussehe. Ist mir doch alles viel zu groß.«

»Bring ihn her«, schlug seine Mutter begütigend vor. »Ich guck' ihn mir an. Vielleicht kann ich ihn ein bißchen enger machen.« Sie nahm den Deckel von der Terrine, um ihrem Sohn noch etwas von dem Eintopf auf den Teller zu tun.

»Enger schon, aber nicht moderner.« Siegfried lehnte sich zurück.

»Möchtest du nichts mehr?« wunderte sich Frau Fränkel. Sonst hatte Siegfried immer mehr Appetit.

»Nein danke!« Ihr Sohn hob abwehrend die Hand.

»Dann räum' ich ab.« Frau Fränkel legte Siegfrieds Löffel auf ihren Teller, stellte alles zusammen, stand auf und wollte schon in die Küche gehen, drehte sich aber noch einmal um. »Montag stell' ich mich vor. Vielleicht klappt's diesmal.«

»Ich drück' dir die Daumen.« Siegfried zwinkerte seiner Mutter zu. Als sie schon halb aus dem Zimmer war, sagte er plötzlich: »Papi war doch sicher ganz anders?«

»Als wer?« Frau Fränkel blickte ihn verständnislos an.

»Als Onkel Richard.«

»Ja . . . ganz anders.« Frau Fränkel lächelte versonnen. Immer wenn sie von ihrem Mann sprach, sah sie ihn vor sich, am letzten Urlaubstag. Erst hatte er seinen Sohn in die Arme genommen und dann sie. Ganz selbstverständlich war es für ihn, daß er wiederkommen würde. Lachend war er in den Zug gestiegen, Witze hatte er gemacht und noch lange aus dem Abteilfenster gewinkt. Drei Tage später kam die Nachricht, daß er gefallen war, und nach einer Woche erhielt sie den Brief, den er geschrieben hatte, bevor er sich zum letzten Mal in sein Flugzeug setzte. Frau Fränkel seufzte und wandte sich dann an ihren Sohn: »Erinnerst du dich denn gar nicht mehr an ihn?«

Siegfried schüttelte den Kopf. »Es ist schon so lange her, Mutti, und ich war damals noch so klein. Ich hätte meinen Vater gern richtig kennengelernt.«

»Er dich bestimmt auch«, meinte seine Mutter wehmütig.

Fränkel blickte auf das gerahmte Foto an der Wand, auf dem sein Vater in der Kanzel seines Flugzeuges zu sehen war. Seine Schutzbrille hatte er auf die Stirn geschoben und lachte seinen Kameraden, der ihn knipste, fröhlich an. »Gut sah er aus«, fand Fränkel. »Und mutig muß er gewesen sein...«

»Sehr mutig!« bestätigte seine Mutter. »Etwas zu mutig«, fügte sie leise hinzu.

»Sechzehn Abschüsse!« Siegfrieds Stimme klang sehr stolz.

»Und dann wurde er abgeschossen. Er war noch so jung.« Frau Fränkel mußte schlucken.

»Und so was ist nun sein Bruder.« Siegfried lächelte geringschätzig. »Richard, der Uhren-Fränkel.«

»Schimpf nicht auf ihn!« ermahnte Frau Fränkel ihren Sohn. »Du hättest nie das Abitur machen können, wenn er uns nicht geholfen hätte.«

»Die paar Mark, die der Geizkragen zugeschossen hat...« knurrte Siegfried. »Dabei ist er doch reich!«

»Er hält eben sein Geld zusammen.«

»Wofür?« wollte Siegfried wissen.

»Na, für dich! Du wirst einmal sehr reich sein!«

»Ja, wenn er stirbt! Und den Gefallen tut er uns noch lange nicht.« Man merkte, wie wenig Siegfried von seinem Onkel hielt. »Aber ich werde es ihm zeigen, Mutti... ich werde ihm zeigen, daß wir nicht auf ihn angewiesen sind! Ich werde arbeiten, arbeiten von morgens bis abends, das verspreche ich dir. Und dann sind wir die längste Zeit die armen Verwandten gewesen!«

Seine Mutter glaubte ihm jedes Wort. Siegfried war nicht so leichtsinnig wie sein Vater. Der Junge wußte, was er wollte, und sie war überzeugt, daß er alles erreichen würde, was er sich vorgenommen hatte.

1933

Salomon lag im Bett und schlief ganz fest. Er hatte bis abends um acht gearbeitet, eine Kleinigkeit gegessen, war noch einmal um den Block gegangen und dann sofort eingeschlummert.

Plötzlich stürzte Selma ins Schlafzimmer. Sie hatte einen Morgenrock über ihr Nachthemd geworfen. »Max!« rief sie aufgeregt.

»Was ist denn?« murmelte ihr Mann, ohne die Augen zu öffnen.

»Max, der Reichstag brennt!«

»Der Reichstag?« Salomon richtete sich erschrocken auf. »Woher weißt du das?«

»Ich hab's eben gehört, im Radio.«

»Ach?!« Salomon versuchte das eben Gehörte zu verarbeiten, dann fiel ihm ein, daß seine Frau sich vorhin gemeinsam mit ihm hingelegt hatte. Verwundert erkundigte er sich, wieso sie überhaupt auf wäre.

»Das ist doch jetzt ganz unwichtig«, antwortete sie hastig. Sie wollte ihrem Mann nicht erzählen, daß sie wieder mal vor Schmerzen nicht schlafen konnte, aufgestanden und im Wohnzimmer auf und ab gegangen war, weil ihre Tabletten nicht gewirkt hatten. Sie setzte sich auf seine Bettkante und knipste die Nachttischlampe an. »Max, erinnerst du dich noch daran, was ich dir am 30. Januar gesagt habe, als sie durchs Brandenburger Tor zogen . . .?«

Salomon nickte. »Die werden nicht lange fackeln«, hast du gesagt.

». . . und jetzt brennt der Reichstag. Wir müssen hier raus, Max!« beschwor sie ihn. »Raus aus Deutschland!«

»Du meinst . . . auswandern?« Salomon blickte seine Frau befremdet an.

»Und so schnell wie möglich. Landsbergs haben sich heute einfach in den Zug nach Paris gesetzt. Nur mit einem Handkoffer. Sie wollten Herrn Landsberg abholen.«

»Abholen?« fragte Salomon erstaunt.

»Ja, er hat noch rechtzeitig einen Wink bekommen. Von einem aus dem Ministerium, mit dem er zusammengearbeitet hat. Habe ich dir doch erzählt.«

»Na ja, Landsberg war in einer exponierten Stellung, aber wir . . .!« Salomon war nicht so pessimistisch wie seine Frau. »Sollen wir hier alles im Stich lassen? Die Wohnung? Die Firma? Selma, das ist doch mein Leben.«

»Was hast du von deinem Leben, wenn du tot bist?« sagte Selma.

Salomon fand, daß seine Frau übertrieb. »Und wo sollen wir hin?« wollte er wissen.

»Nach Amerika!« Selma hatte sich schon alles überlegt. »Mein Vetter hat doch die große Firma in New York. Kostüme und Mäntel. Mittelgenre.«

»Mittelgenre«, wiederholte Salomon wenig begeistert.

»Ich werde ihm gleich morgen schreiben. Per Luftpost«, entschied Selma.

Salomon winkte ab. »New York. Das lohnt sich doch nicht.«

»Wieso?« fragte seine Frau.

»Das ist zu weit, Selma!« erklärte Max. »Sieh mal, der Hitler wird sich doch nicht lange halten. Die anderen haben sich doch auch nicht lange gehalten. Ich sage dir, kaum sind wir drüben, da können wir schon wieder zurück. Dann haben wir die ganze Reise umsonst gemacht.«

»Was hältst du denn von Südfrankreich?« erkundigte sich Selma vorsichtig.

»Eine wunderschöne Gegend. Nur ...«

»Mama!« Selma wußte Bescheid.

»Du weißt, sie ist mit Abstand die beste Schwiegermutter«, versicherte Salomon wenig glaubwürdig. »Aber wenn der Abstand zu klein ist, also wenn sie die Möglichkeit hat, uns täglich zu besuchen, dann ...« Er unterbrach sich. »Hast du nicht einen näheren Verwandten?«

»Ja, meinen Bruder Hans in Holland. Der nimmt uns bestimmt auf.«

»Das glaub' ich«, sagte Salomon und verzog nur das Gesicht.

»Ich weiß, du kannst ihn nicht leiden, aber ...«

»Nicht leiden wäre noch untertrieben!« Salomon wiegte den Kopf. »Nu ja, für die paar Wochen ... falls es überhaupt nötig ist, da würde es gehen. Und nun leg dich wieder hin. Ich habe morgen früh eine wichtige geschäftliche Besprechung. Da muß ich ausgeschlafen sein.« Er legte sich wieder zurück und zog die Decke bis über die Schultern. »Und noch ist Hindenburg Reichspräsident, und ein Generalfeldmarschall wird einen Gefreiten doch nicht machen lassen, was der will!«

Selma seufzte verzweifelt. »Max Salomon, du hast doch sonst immer den richtigen Riecher gehabt. Was ist los mit deiner Nase?« Ihr Mann war schon halb eingeschlafen.

»Warum mußt du immer das letzte Wort haben?« murmelte er, ohne die Augen zu öffnen. Selma ging um das Bett herum und legte sich hin. »Habe ich nicht oft recht behalten?« sagte sie leise, während sie sich zudeckte.

»Ja«, gab Max zu. »Manchmal schon. Du behältst gerne recht.«

»Diesmal möchte ich liebend gern nicht recht behalten«, versicherte Selma und stellte dann fest, daß er schon schlief. Sie beugte sich über ihn und knipste die Nachttischlampe auf seiner Seite aus.

Der Tag von Potsdam war vorbei, der greise Reichspräsident von Hindenburg hatte seine Generalfeldmarschalluniform wieder ausgezogen und Hitler seinen Frack. Die Deutschen riefen Heil und ahnten nichts von dem Unheil, das langsam näher kam.

Monika kam aus dem Frühstücksraum und begegnete Fränkel, der gerade das Kontor verließ. »Mann, wo warst du denn?« wunderte sie sich. »Wir haben mit dem Frühstück auf dich gewartet.«

»Ich war auf der Bank«, Fränkel hatte es eilig.

»Es ist noch Kaffee da«, informierte ihn Monika.

»Danke, aber ich hab' jetzt keine Zeit, ich muß zu Aronheimer, couleuren.« Er lief schnell zur Einrichtung.

Monika blickte ihm nach und betrachtete seinen schlechtsitzenden Anzug. Sie überlegte einen Augenblick, ging dann zur Tür des Privatkontors, holte dort noch einmal tief Luft, um sich Mut zu machen, und klopfte an.

Salomon saß an seinem Schreibtisch und sah die Post durch. Es gab Erfreuliches und Unerfreuliches. Der alte

Herr Katz von Gerson und Katz war gestorben, Salomon notierte sich das Datum der Beerdigung, damit der Kranz rechtzeitig ankam, die Vogelsang-Tochter von Krause und Vogelsang zeigte die Geburt eines kräftigen Knaben an, und Eckstein und Mühlhardt bestellten zwölfmal das Kostüm ›Sonja‹ nach, zweimal Größe 38, viermal Größe 40 und sechsmal Größe 42. Das zaghafte Klopfen an der Tür hatte Salomon überhört. Erst als Monika zum zweitenmal klopfte, wurde er aufmerksam. »Herein!« rief er, während er sich eine Notiz machte. Die Vogelsangs sollten zur Taufe Blumen bekommen.

Monika trat ein, blieb aber an der Tür stehen. »Herr Salomon, darf ich Sie mal stören?« fragte sie verlegen.

»Bist ja schon dabei.« Salomon legte die Post beiseite. »Was gibt's denn so Wichtiges?«

Monika schloß die Tür und kam näher. »Es ist so . . .«, begann sie zögernd. »Der . . . der Siegfried hat doch immer noch keinen anständigen Anzug, denn der, in dem er jetzt rumläuft . . .« Monika schnitt ein Gesicht.

»Wem sagst du das?« Salomon war der gleichen Meinung. »Ich wollte ihm ja schon einen kaufen, bei der letzten Durchreise, aber er hat mir einen Korb gegeben. Er will sich seine Anzüge selber kaufen.«

»Wovon?«

»Das möchte ich auch wissen.« Salomon zuckte die Achseln. »Gegen soviel Stolz kann man nichts machen.«

»Vielleicht doch.« Monika lächelte geheimnisvoll. »Ich hab' da eine Idee. Der Siegfried geht doch gleich couleuren. Können Sie nicht sagen, ich soll mitgehen?«

»Und warum?« wollte Salomon wissen.

»Ich geh' dann mit ihm bei Weinberger vorbei.« Monika blickte zur Tür und fuhr mit gedämpfter Stimme fort: »Da ist im Schaufenster ein sehr hübscher Anzug. Und da hab' ich . . .« Sie unterbrach sich, überlegte kurz und erzählte dann weiter. »Da hab' ich mich mal nach dem Preis erkundigt. Ein bißchen hat der Siegfried ja gespart. Vielleicht reicht's. Und morgen hat er doch Geburtstag.«

Salomon blickte Monika nachdenklich an. »Du magst ihn sehr?« fragte er, aber es war eigentlich mehr eine Feststellung.

Monika nickte und wurde rot.

»Bist du nicht mit deinem Vetter befreundet?« erinnerte sich Salomon. »Der hat dich doch schon oft hergebracht, mit seinem Motorrad.«

»Das war mal«, antwortete Monika, und es klang so, als hätte sich die Freundschaft lange vor dem Ersten Weltkrieg abgespielt.

»Weiß das dein Vetter schon?« forschte Salomon.

Monika schüttelte den Kopf.

»Wird er nicht enttäuscht sein, wenn er erfährt, daß er jetzt nur noch ein Verwandter ist?« meinte Salomon.

Monika zuckte die Achseln. Diese Aussprache hatte sie noch vor sich.

»Geht mich ja auch gar nichts an«, knurrte Salomon. »Und nun hau ab, geh couleuren mit ihm!«

»Danke!« Monika strahlte über das ganze Gesicht, machte einen Knicks und flitzte aus dem Privatkontor.

Salomon lächelte vergnügt vor sich hin und war dann einen Augenblick lang neidisch auf Siegfried. Nicht weil Monika sich in ihn verliebt hatte, nein, weil er noch so herrlich jung war.

Daisys Haar war jetzt strahlend blond. Das Mannequin stand, ohne sich zu rühren, in der Abnahme. Gertrud Stranitzki kniete vor ihr und steckte den Rock des gehefteten Abendkleids neu ab. Das Kleid war, wie alle Entwürfe von Naumann, von raffinierter Schlichtheit, vorn bis zum Hals geschlossen, hinten mit einem tiefen Ausschnitt versehen.

Die Stranitzki war das As unter den Zwischenmeisterinnen, die für die Firma arbeiteten und konnte sich, kraft ihrer Tüchtigkeit, immer ein offenes Wort erlauben. Sie wohnte am Friedrichshain. Das größte Zimmer ihrer Wohnung hatte sie als Atelier eingerichtet, in dem sie mit fünf Mitarbeiterinnen die schönsten Abend- und Brautkleider nähte. Das Mietshaus, in dem sie wohnte, gehörte ihr. Albert, ihr Ehemann, kassierte die Mieten, machte die Steuer und sich selbst ein vergnügtes Leben. Die Stranitzki war etwas älter als er, auch wesentlich kleiner und versuchte diese Differenz mit Hüten auszugleichen. Heute trug sie einen, der aussah wie die Auslage eines mittleren Blumengeschäfts.

Daisy blickte versonnen auf den Hut herunter.

»Steh grade!« ermahnte die Stranitzki sie sofort.

Monika lief an den beiden vorbei. »Guten Tag, Frau Stranitzki!« rief sie, knickste und verschwand schnell in der Einrichtung.

»Tach, Monika!« erwiderte die Schneiderin und blickte ihr nach.

Fränkel stand gerade neben Fräulein Vogel und sah mit ihr zusammen einen großen Packen Zettel durch, an denen kleine Stoffproben mit Stecknadeln befestigt waren.

»Siegfried, ich komme mit couleuren«, berichtete Monika aufgeregt.

Fränkel blickte verwundert auf. »Du kommst mit? Wieso?«

»Herr Salomon hat gesagt, ich könnte von dir noch was lernen.« Monika wurde bei dieser Lüge nicht mal rot.

Fränkel war sichtlich irritiert.

Fräulein Vogel zeigte auf eine Stoffprobe. »Und falls sie die Farbe hier nicht haben, versuchst du's bei Michels in der Leipziger Straße.«

»Gut.« Fränkel nahm die Zettel, steckte sie ein und wandte

sich an Monika. »Na, dann komm!« Beide verließen dic Firma durch den Licferanteneingang.

»Hat nur ihren Siegfried im Kopf«, meinte die Stranitzki, die alles beobachtet hatte.

»Ihren ist gut.« Daisy lachte auf. »Der schwärmt doch bloß für große Blonde.«

»Da haste ja jetzt Chancen.« Die Stranitzki lächelte ironisch. »Das heißt, wenn er nicht genau hinguckt.«

»Der Siegfried hat was«, befand Daisy. »Bloß . . .«

». . . in Schale ist er nicht«, ergänzte die Stranitzki. »Eben. Sonst könnte man ihn ja mitnehmen. Bei meiner Freundin ist morgen eine schicke Fete.«

Die Stranitzki erhob sich ächzend, streckte sich und betrachtete Daisys neue Frisur. »An deinen Kopp muß ich mich erst gewöhnen. Seit wann bist du denn blond?«

»Seit gestern«, antwortete Daisy.

»Aufgenordet, was?«

»Ausgerechnet ich!« Daisy war richtig entrüstet. »Naumännchen wollte es durchaus. Als er aus Paris kam, mußte ich gleich zum Friseur.« In diesem Augenblick zuckte sie zusammen. »Autsch!« Die Stranitzki hatte sie aus Versehen mit einer Nadel gepiekt.

»Entschuldige!« Die Schneiderin fand auch gleich einen Grund für ihr Versehen. »Hast zugenommen!«

»Kummerspeck!« Daisy nickte traurig. »Mein Pinkus ist doch weg, nach England. Kommt auch nicht wieder.«

»Recht hat er«, meinte die Stranitzki. »Na, wie ich dich kenne, wird er ja nicht dein einziger sein. Apropos, wo ist denn überhaupt Herr Salomon? Noch nicht da?«

»Doch.«

»Komisch!« Die Stranitzki schnupperte. »Ich habe seine Zigarre noch gar nicht gerochen.«

»Heute ist doch Freitag. Am Schabbes raucht Herr Salomon nicht«, belehrte Daisy sie. »Hat er seiner Frau versprochen.«

Die Stranitzki riß eine geheftete Naht wieder auf und steckte sie neu zusammen. Dabei murmelte sie: »Der hat ihr einiges versprochen.«

»Fangen Sie doch nicht immer wieder davon an.« Daisy wurde ärgerlich. »War doch so gut wie nichts. Seine Frau ist leider gleich dahintergekommen.«

»Ach nee!« Die Stranitzki staunte. »Du hast sie kennengelernt?«

»Nein, aber sie hat damit gedroht. Ich soll sofort ihren Mann in Frieden lassen, sonst würde ich sie kennenlernen.«

Die Schneiderin blickte Daisy neugierig an. »Und was hat er gesagt?«

»Wenn er schon Ärger hat, möchte er wenigstens das Vergnügen haben. Aber da bin ich energisch geworden. Herr Salomon, habe ich gesagt, ziehen Sie sich sofort wieder an!«

»Du hast ihn gesiezt?« Die Stranitzki war verblüfft. »In dieser Situation?«

»Das mach' ich immer. Da kann man sich nie verplappern. Ich sieze alle meine Liebhaber.«

»Na ja, wer duzt sich auch schon gern mit halb Berlin«, meinte die Stranitzki. Manchmal konnte sie richtig bissig sein.

Jetzt wurde Daisy wütend. »Wissen Sie, was Sie mich können . . .?«

Die Stranitzki nickte. »Tu ich nicht. Aber . . . vielleicht kann ich dir als Ersatz mal in die Gegend pieken?«

»Danke«, erwiderte Daisy, »Ihre Zunge ist mir spitz genug!«

Naumann kam aus dem Verkaufsraum. Fiedler hatte es sich angewöhnt, immer wenn eine Einkäuferin ein Modell für sich selbst kaufen wollte, ihn dazuzubitten. Naumann konnte die Damen am besten beraten. Er hatte einen ganz sicheren Geschmack, riet auch schon mal von einer Form oder Farbe ab und war von einer bestechenden Liebenswürdigkeit. Neuerdings trug er Maßanzüge. Sein Oberhemd war aus reiner Seide, und seine Krawatte hatte er bei E. Braun & Co. erstanden. Diese Firma befand sich damals in der Wilhelmstraße/Ecke Unter den Linden, direkt neben dem berühmten Hotel Adlon. Sie führten Modelle der Firma Max Salomon und die Einkäuferin sorgte dafür, daß der Konfektionär Prozente bekam.

Naumann entdeckte die Schneiderin und kam mit dem liebenswürdigsten Lächeln der Welt näher. »Stranitzki, meine Süße, du bist schon da?« rief er schon von weitem und ging mit ausgebreiteten Armen auf sie zu.

»Tach, Naumännchen«, sagte die Stranitzki schnodderig und betrachtete ihn von oben bis unten. »Gut siehst du aus!«

»Und du erst...« Naumann schaute sich ihre Kopfbedeckung genau an. »Wie der junge Frühling! Alles grünt und blüht. Wo hast du bloß diesen entzückenden Hut her?« log er, denn er fand ihn scheußlich.

»Selbstgemacht!« Die Stranitzki war sichtlich stolz auf das Gebilde. »Das sieht man«, meinte Naumann trocken. »Du, ich bin sofort für dich da«, versicherte er dann hastig. »Ich muß bloß noch mal kurz telefonieren.« Er winkte der Schneiderin zu, ging beschwingten Schrittes in sein Studio und schloß die Tür hinter sich.

»Naumännchen scheint ja mächtig aufgekratzt zu sein. Hat er einen neuen Freund?« erkundigte sich die Stranitzki mit gedämpfter Stimme.

»Und was für einen!« Daisy lächelte geheimnisvoll.

»Eben, was für einen, das wollte ich ja wissen.«

»Einen von der SA«, flüsterte Daisy ihr zu. »Ein ganz hohes Tier.«

Die Stranitzki starrte Daisy verblüfft an. »Ach, bei denen gibt es so was auch?«

Die Firma S. Aronheimer & Co. residierte im ersten Stock eines Hauses aus den Gründerjahren. Hohe Fenster ließen viel Tageslicht herein. Die Kunden, die zu den Stoffproben das passende Futter – meistens war es Kunstseide – für Kostüme und Mäntel aussuchen mußten, brauchten das. Sie saßen mit dem Rücken zum Fenster an langen Tischen, auf denen die Verkäufer die Futterseidenstücke auseinanderklappten. An den Wänden standen hohe Regale, in denen Seide in Kartons lagerte. Im Augenblick waren Monika und Fränkel die einzigen Kunden. Herr Aronheimer sen. hatte sie persönlich begrüßt, nach ihren Wünschen gefragt und sofort einen Lehrling zur Konditorei Moritz Dobrin geschickt, die sich ein paar Häuser weiter in der Jerusalemer Straße befand.

Jetzt saß Monika vor einem kleinen Tablett, auf dem ein Kännchen Kaffee, Sahne und Zucker standen und ein Teller, auf dem ein großer Pfannkuchen lag, von dem sie gerade ein Stück abbiß.

Der Verkäufer, Herr Glaser, hatte gerade wieder ein Stück Futterseide auseinandergeklappt, Siegfried legte eine Stoffprobe darauf und war von der Farbe der Seide nicht sehr angetan. Er blickte Monika fragend an.

Die schüttelte den Kopf und stieß – der volle Mund gestattete keinen Dialog – ein verneinendes »Mhm, Mhm!« aus.

»Finde ich auch«, sagte Fränkel zu dem jungen Verkäufer. »Da ist zuviel Grün drin.«

»Ja?!« Herr Glaser wollte das nicht wahrhaben und war sichtlich enttäuscht. Dieser Fränkel ist so was von pingelig, dachte er. Das ist nun schon das fünfte Stück, das er heranschleppen mußte.

»Sehen Sie das denn nicht?« erkundigte sich Fränkel

erstaunt. »Wenn wir einen Mantel mit dem Futter liefern, schicken uns die Kunden den sofort wieder zurück. Wir sind eine Modellfirma, Herr Glaser!«

Monika hatte sich inzwischen umgesehen und auf dem Nebentisch ein ausgebreitets Stück Seide entdeckt. Dort hatte vorher ein anderer Kunde gesessen, und der Lehrling von Aronheimer war noch nicht dazu gekommen, es wegzuräumen. »Mhm!« stieß Monika hervor. Sie hatte gerade wieder ein großes Stück Pfannkuchen im Mund und beeilte sich, es herunterzuschlucken.

Fränkel sah sie verständnislos an.

»Was ist denn mit dem da?« Monika deutete auf die Seide, die auf dem Nebentisch lag.

»Das ist doch viel zu hell!« meinte Herr Glaser überlegen und fuhr achselzuckend fort: »Ich kann es Ihnen ja gern mal zeigen, aber ...« Er nahm die Seide und präsentierte sie Fränkel. Der legte die Stoffprobe darauf. »Ein bißchen hell, aber genau der Ton«, stellte er fest. »Die nehmen wir.« Er nickte Monika anerkennend zu, worauf sie stolz lächelte.

»Wieviel brauchen Sie davon?« erkundigte sich Herr Glaser sehr beflissen. Er war heilfroh, daß sein Chef nicht Zeuge seiner Niederlage gewesen war. Dann hätte es wieder einen Anpfiff gegeben. ›Merken Sie sich eins‹, pflegte Herr Aronheimer sen. immer zu sagen: ›Es gibt nichts, was es bei uns nicht gibt!‹

»Moment!« Fränkel überlegte kurz und warf einen Blick auf das Etikett, das an der Seide hing. Darauf stand, wieviel Meter das Stück bei Lieferung gehabt hatte und wieviel bereits davon abgeschnitten worden war. Siegfried errechnete blitzschnell die noch vorhandene Metrage. »Ich nehme das ganze Stück«, entschied er.

Monika bekam einen Schreck. »Darfste denn das? Und wenn wir das nun nicht brauchen?«

»Werner und Co., Mannheim, haben gestern sechs Mäntel nachbestellt«, beruhigte Fränkel sie. »Das geht auf.«

»Das haste eben ausgerechnet? Mann!« Monika schenkte ihrem Siegfried einen bewundernden Blick, wollte sich dann das letzte Stück Pfannkuchen in den Mund stecken, ließ es aber sein. »Willste mal abbeißen?« Sie hielt ihm den Torso hin.

Fränkel lehnte lächelnd ab, nahm den nächsten Zettel mit der Stoffprobe und reichte ihn Herrn Glaser. »Dafür brauchen wir Dreimeterzwanzig.«

Herr Glaser warf einen Blick darauf und verschwand schnell im Lager. Monika hatte sich inzwischen den Rest des Pfannkuchens in den Mund gestopft und kaute heftig.

Fränkel beobachtete sie. »Du siehst sehr süß aus...«, konstatierte er leise.

Monika lief das runter wie Öl.

»... besonders um den Mund herum«, fügte Fränkel hinzu. Monika wollte sich ihn mit der Hand abwischen.

»Nimm mal die Serviette«, sagte Fränkel schnell.

Monika nahm gehorsam die Serviette und wischte sich die Zuckerkrümel ab, die ihren Mund umrahmten.

»Daß du immer essen mußt!« Fränkel seufzte vorwurfsvoll.

»Wenn sie uns das spendieren«, verteidigte sich Monika. »Ich habe hier jedesmal Kaffee getrunken. Wir sind doch Kunden!«

Diese Entschuldigung mußte Fränkel akzeptieren. »Weshalb bist du nun wirklich mitgekommen?« fragte er dann. »Du kannst doch couleuren.«

»Wirste schon sehen«, meinte Monika geheimnisvoll. »Zeig' ich dir nachher.«

Im Seidenhaus Michels, in der Leipziger Straße, fanden sie genau den passenden Farbton, den es bei Aronheimer nicht gegeben hatte. Fränkel kaufte die Metrage, und Monika überredete ihn anschließend zu einem kleinen Bummel über die Leipziger Straße. An der Ecke Friedrichstraße bogen sie nach rechts ein, und gingen am ›Moka Efti‹ vorbei, in dem James Kok zum Tanz aufspielte. Wie oft hatte Monika schon davon geträumt, mit Siegfried dort einen langsamen Walzer zu tanzen. Auch am ›Imperator‹, etwas weiter nördlich konnte sie nie vorbeigehen, ohne daran zu denken, wie schön es wäre, im ›Haus der 1000 Clubsessel‹ in einem davon zu sitzen, wenn in dem zweiten Siegfried saß.

In der engen Friedrichstraße herrschte starker Verkehr. Omnibusse und Lastwagen, Taxis und Motorräder, Lieferwagen und ein einzelnes Pferdefuhrwerk quälten sich durch die Straße.

Das Schaufenster der Filiale von ›Uhren-Fränkel‹ war vollgepfropft mit Tischuhren, Taschen- und Armbanduhren und Schmuck. In der Mitte stand ein großes blumenbekränztes Bild von Richard Fränkel. Darunter war zu lesen, daß die Firma gerade ihr 25-jähriges Jubiläum feierte.

»Was wolltest du mir denn nun zeigen?« fragte Fränkel etwas ungeduldig und wollte an dem Geschäft vorbeigehen.

»Gleich!« antwortete Monika und blieb stehen. »Sag mal, ist das nicht ein Laden von deinem Onkel?«

Fränkel nickte. »Mit dem hier hat er angefangen. Inzwischen besitzt er zehn davon. Was meinst du, was der für einen Umsatz macht!«

Monika spähte durch die offene Tür in das Innere des Geschäfts. »Also im Moment gar keinen. Nicht ein Kunde im Laden.«

Fränkel schaute auf seine Armbanduhr. »Um diese Zeit ist nie viel los. Jetzt arbeiten seine Kunden.«

Monika guckte sich das Foto ganz genau an. »Sieht aber gut aus, dein Onkel«, stellte sie fest.

»Wenn er noch so aussehen würde«, meinte Fränkel.

»Ach so, ist wohl so eine Art Konfirmationsbild von ...«, Monika stockte plötzlich. »Oder wie heißt das bei euch?«

»Bar Mitzwa«, antwortete Fränkel.

»Hab' ich ja schon wieder was gelernt«, konstatierte Monika erfreut.

Fränkel studierte ein Sonderangebot. Zwanzig Taschenuhren hingen um ein Preisschild herum. »Sieh mal!« Er zeigte darauf. »Das ist meine Uhr. Hat er mir zum Geburtstag geschenkt. Seine billigste!!« Fränkel schnaubte erbittert. »Komm schnell weg, bevor ich mich ärgere.« Er ging rasch weiter, und Monika folgte ihm.

Das Schaufenster von ›Alfons Weinberger, Herrenmoden‹ – ein paar Häuser weiter – war viel breiter als das von ›Uhren-Fränkel‹ und wesentlich geschmackvoller dekoriert. Oberhemden, Pullover, Gürtel, Krawatten und Taschentücher umrahmten eine Schneiderpuppe, auf der das Jackett eines eleganten grauen Zweireihers hing. Die dazugehörige Hose lag darunter. Alle Artikel waren mit Preisetiketten ausgezeichnet, nur der Anzug nicht.

Monika blieb wie zufällig vor dem Laden stehen. »Du, übrigens ... den wollte ich dir zeigen«, sagte sie zu Siegfried.

Fränkel sah den Anzug und schwieg hingerissen.

»Na, der gefällt dir doch, nicht?« Monika sah ihn erwartungsvoll an. »Mann!« stieß Siegfried begeistert hervor. Dieses Wort gebrauchte er sonst nie.

»Das hab' ich mir gedacht.« Monika strahlte.

»Das ist genau mein Anzug«, meinte Fränkel. »Aber ...«

»Aber?«

»Den kann ich mir bestimmt nicht leisten.«

»Wieso?« wollte Monika wissen.

»Da ist doch kein Preis dran. Wenn er billig wäre, würde es dranstehen«, kombinierte Siegfried.

»Mann, du hast mir doch gestern gesagt, daß du über vierzig Mark gespart hast!«

»Fast fünfundvierzig«, stellte Fränkel richtig.

»Siegfried, soll ich dir sagen, was der Anzug kostet?«

»Woher willst du denn das wissen?«

»Ich bin gestern mal reingegangen und habe mich informiert. Interessehalber«, erzählte Monika hastig und wurde dabei ein bißchen rot. »Ist deine Größe und . . . fünfunddreißig Mark!«

»Fünfunddreißig?« wiederholte Fränkel ungläubig. »Das ist doch nicht möglich!«

»Doch, der Anzug ist eine Occassion, hat Herr Weinberger gesagt«, log Monika weiter. »Ein Einzelstück. Und er muß sein Lager räumen, weil die Sommerware kommt.«

»Das ist ja . . .«, Siegfried war von dem Preis geradezu entzückt, schränkte jedoch sofort ein. »Aber . . .«

»Was ist denn schon wieder aber?« Monika wurde wütend.

»Ich habe jetzt nur fünfundzwanzig Mark bei mir«, berichtete Siegfried kleinlaut.

»Mensch, dann zahlst du die eben an! Nun mach schon. Anprobieren mußt du ihn selber!«

Fränkel lief zur Ladentür.

»Und morgen erscheinst du damit in der Firma. Ja?!« rief ihm Monika nach, doch Fränkel war schon im Geschäft verschwunden.

Kurze Zeit später wurde Herr Weinberger im Schaufenster sichtbar. Er war sehr groß, sehr breit, ein äußerst eleganter Goliath, dessen Gesicht David ähnelte. Herr Weinberger blickte Monika fragend an.

Monika nickte und zwinkerte ihm zu.

Daraufhin zwinkerte Herr Weinberger zurück, nahm den Sakko von der Puppe und machte sich damit auf den Weg zu seinem Kunden.

Am nächsten Morgen, pünktlich wie immer um zehn Minuten vor acht, erschien Fräulein Vogel in der Firma. Sie trug eine große Einkaufstasche, aus der einige Mohrrüben- und Kohlrabistrünke ragten. »Guten Morgen, Herr Gütschow!« wünschte sie freundlich, als sie an dem Hausdiener vorbeikam, der gerade die letzten zusammengefegten Ölspäne auf seine Schippe schob.

»Guten Morgen, Fräulein Vogel.« Gütschow richtete sich ächzend auf. »Na, Leben noch frisch?«

»Bei dem Wetter!« Fräulein Vogel sah fröhlich zum Fenster hinaus. Draußen war strahlender Sonnenschein. »Ich war heute schon in der Markthalle.«

Gütschow blickte auf ihre Einkaufstasche. »Haben Sie sich wieder ihr Grünfutter besorgt?«

Fräulein Vogel lachte. Gütschows gutmütigen Spott war sie gewöhnt. Außerdem wußte sie, daß ihr die vegetarische Ernährung guttat. In all den Jahren, in denen sie in der Firma war, hatte sie nicht einmal wegen Krankheit gefehlt. Rauchen tat sie auch nicht, und um Alkohol machte sie einen großen Bogen. Sie lebte allein in einer kleinen Wohnung in der Nähe ihrer Mutter. Und wenn die beiden sich einmal was Gutes antun wollten, aßen sie in einem vegetarischen Restaurant und zwar mindestens drei Gänge. Fräulein Vogel hatte sich mit neunzehn Jahren verlobt und mit zwanzig die Verlobung gelöst. Seitdem gab es keinen Mann mehr in ihrem Leben, und sie hatte sich damit abgefunden. Obwohl sie eigentlich sehr hübsch war, wenn auch schon etwas lange.

Als sie ihren Mantel auszog, kam Monika. Sie trug ein ganz neues Kleid, und ihren Haaren sah man an, daß sich der Friseur gestern große Mühe gegeben hatte. Der Blumenstrauß in ihrer Hand war klein, aber nicht billig, ihre Tasche voller als sonst. »Ist der Siegfried schon da?« fragte sie von der Tür her.

»Nee, noch nicht«, erwiderte Gütschow.

»Das ist gut«, sagte Monika aufatmend, lief sofort nach hinten und wickelte den Strauß aus.

»Nanu, Blumen?« rief Fräulein Vogel überrascht. »Für wen sind die denn?«

»Für Siegfried!« Monika ging schnell in die Küche und ließ die Tür offen.

»Ach ... hättest mich ja auch daran erinnern können!« meinte Fräulein Vogel vorwurfsvoll und begab sich in die Einrichtung.

Naumann kam von vorn, entdeckte, daß Monika in der Küche war, ging zur Küchentür und staunte: »Nanu, Hölzchen, machst du schon Kaffee?«

»Nee, ich stell' nur die Blumen ins Wasser«, antwortete Monika.

»Ach richtig, er hat ja Geburtstag!« Naumann musterte Monika. »Deshalb die sündhaft teure Verpackung! Olala Hölzchen, du könntest mir heute richtig gefährlich werden.« Er bedachte Monika mit einem tiefen Blick, atmete übertrieben schwer wie ein Stummfilmliebhaber, seufzte entsagend und begab sich dann flotten Schrittes in sein Studio.

»Schaff' ich ja doch nicht!« rief Monika ihm lachend hinterher und holte ein Päckchen aus ihrer Tasche.

Gütschow bog mit Eimer, Schippe und Besen um die Ecke. »Was hast du denn da? Ist das für ihn?« fragte er neugierig.

Monika nickte. »'ne Krawatte. Paßt genau zu seinem neuen Anzug«, sagte sie stolz.

»Der hat 'nen neuen Anzug? Seit wann?«

»Seit heute, holt er gerade ab. Von Weinberger. Sitzt wie nach Maß«, erzählte Monika. »Ich geh' schon mal nach vorn, damit ich die erste bin, die ihm gratuliert.«

In diesem Augenblick war das Schnarren der Eingangstür zu hören.

»Ich glaube, da kommt er.« Monika rannte mit Blumen und Päckchen nach vorn und stellte sich neben der Tür auf.

Gütschow legte Besen und Schippe schnell beiseite und guckte neugierig nach vorn. Er wollte den Empfang des Geburtstagskindes unbedingt miterleben.

Die Tür ging auf. Herr Fiedler kam herein und sah Monika verdutzt an. »Morgen! Oh, neues Kleid . . .?« Er griff hinten an den Rock und benutzte die Gelegenheit, ihr in den Po zu kneifen.

Monika zuckte zusammen.

»Sehr gute Qualität«, stellte Fiedler fest.

»Die Seide oder mein Po?« fragte Monika wütend.

»Beides!« Fiedler rieb sich vergnügt die Hände. »Was sagst du zu der Sonne? Haben wir ein Massel mit dem Wetter? Aber ganz schön heiß. Wenn die Dame nichts dagegen hat . . .« Ohne die Antwort der »Dame« abzuwarten, zog Fiedler sein Jackett aus und warf es über einen Stuhl. »Na, dann wollen wir mal!« meinte er unternehmungslustig. »Gütschow!«

»Ja, Herr Fiedler?« antwortete der Hausdiener.

»Haben Sie einen Moment Zeit für mich? Ich möchte was umstellen, im Verkauf. Heute kommt ein Konzern.«

»Ich bin schon da.« Gütschow folgte ihm in den Verkaufsraum.

Die Eingangstür schnarrte wieder und Monika stellte sich erneut in Positur.

Jetzt war es tatsächlich Fränkel. Er trug seinen alten Anzug. »Morgen, Monika!« sagte er etwas verlegen.

»Warum haste denn nich . . .?« Monika war tief enttäuscht. »Isser denn noch nich fertig?«

Siegfried zuckte die Achseln. »Weiß ich nicht. Ich war gar nicht da.«

»Aber du wolltest doch . . .!«

»Ja?« Fränkel war die Geschichte peinlich. Darum reagierte er etwas gereizt. »Ich mußte gestern was aus der Apotheke besorgen, für meine Mutter. Das war ziemlich teuer. Hol' ich den Anzug eben nächste Woche ab. Der läuft mir ja nicht weg. Sag mal, willst du mir denn gar nicht gratulieren?«

»Doch! Ich wünsch' dir alles Gute.« Die verärgerte Monika drückte ihrem Siegfried den Strauß in die Hand. »Hier! So 'n Mist. Jetzt hab' ich dir extra 'ne passende Krawatte besorgt.« Sie gab ihm das Päckchen.

»Die binde ich gleich um. Danke.« Fränkel drückte Monika die Hand.

»Dazu paßt se nich! Komm, gib die Blumen wieder her. Ich stell' sie ins Wasser.« Sie riß ihm den Blumenstrauß aus der Hand und stapfte mit kurzen wütenden Schritten zum Frühstücksraum.

»Was hast du denn?« Fränkel blickte ihr verblüfft nach.

»Ich muß jetzt ins Kontor.« Monika kam zurück und ging, ohne sich umzusehen, wieder nach vorn. Fränkel machte sich kopfschüttelnd auf den Weg zur Einrichtung.

Monika hatte schon fast das Kontor erreicht, als die Eingangstür zum dritten Mal schnarrte. Salomon, in Hut und Mantel, kam herein. »Morgen!« sagte er freundlich.

»Guten Morgen, Herr Salomon«, murmelte Monika und wollte schnell an ihm vorbeigehen, aber ihr Chef hatte das neue Kleid entdeckt. »Monika, zeig dich doch mal von vorn«, bat er.

Monika drehte sich um und präsentierte sich wie ein Mannequin.

Salomon musterte sie von oben bis unten. »Es paßt nicht«, stellte er fest.

»Was?« fragte Monika verwirrt.

»Das miese Gesicht zu dem schönen Kleid! Das Kleid gefällt mir. Was sagt denn der Siegfried dazu?«

»Der?« Monika verzog betrübt das Gesicht. »Der hat das noch gar nicht bemerkt.«

»Ach deshalb!« Salomon war jetzt alles klar.

»Nicht deshalb . . .« Monika überlegte einen Moment und faßte sich dann ein Herz. »Herr Salomon, kann ich Sie mal kurz sprechen?«

»Schon wieder? Moment!« Salomon steuerte auf den Kalender zu. »Heute ist bereits der fünfte.« Er riß das Blatt, auf dem die Vier stand, ab. »So!« Dann ging er zur Tür des Privatkontors. »Komm!« sagte er, und ließ der Kleinen den Vortritt. Während er seinen Mantel ablegte, erkundigte er sich: »Was hast du denn heute auf dem Herzen?«

»Also, es ist so . . .«, begann Monika leise. »Ich . . . ich war doch gestern mit Siegfried bei Weinberger, und der Anzug hat ihm natürlich gefallen, besonders der Preis.«

Salomon hing seinen Mantel auf. »Weinberger wollte fünfundfünfzig dafür haben«, sagte er, ohne Monika anzusehen.

»Woher wissen Sie das?« fragte Monika erschrocken.

»Von ihm.« Salomon lächelte überlegen. »Wir haben gestern zusammen gepokert, und da hat er mir erzählt, daß vorher jemand da war und die Differenz bezahlt hat. Er hat mir diejenige so genau beschrieben, daß ich sie direkt vor mir sehe.« Dabei blickte er Monika an, die vor Verlegenheit puterrot wurde.

»Was sollte ich denn machen?« verteidigte sie sich. »Aber Herr Salomon, das darf er nie erfahren! Nie!«

»*Ich* werd' ihm das erzählen!« Salomon wies jeden Verrat weit von sich. »Und wo ist der Anzug jetzt?«

»Er konnte ihn doch nicht abholen.« Monika war ganz verzweifelt. »Er hat die zehn Mark nicht, die noch fehlen. Ich hätte sie ihm ja gepumpt, aber . . . Sie kennen ihn doch, dieser blödsinnige Stolz!«

Salomon nickte und sah einen Augenblick lang vor sich

hin. »Meine Frau hat neulich gesagt: Stolz kostet nichts. Trotzdem . . . die Armen können ihn sich nicht leisten.«

»Da hat sie recht! Hundertprozentig!« stimmte Monika zu.

Salomon horchte auf und lächelte plötzlich. »Das ist übrigens eine gute Idee!«

Bevor Monika ihn fragen konnte, was für eine Idee er hatte, legte Salomon den Zeigefinger auf die Lippen. »Psst, ich glaube da kommt er gerade«, flüsterte er hastig.

Siegfried kam an der offenen Tür vorbei. »Guten Morgen, Herr Salomon«, wünschte er höflich.

»Morgen, Siegfried. Ich gratuliere zum Geburtstag.« Salomon nickte ihm freundlich zu.

»Danke, Herr Salomon.«

»Wo gehst du hin?« wollte sein Chef wissen.

»Zu Aronheimer.«

»Gut! Übrigens, Weinberger hat mir erzählt, du hast bei ihm einen Anzug gekauft. Wieviel Prozent hat er dir gegeben?«

»Prozent?« Siegfried blickte seinen Chef überrascht an. Auch Monika staunte.

»Nu ja, wir haben doch ein Abkommen miteinander. Kauft er bei uns, kriegt er dreißig Prozent, kaufen wir bei ihm, kriegen wir das gleiche.«

»Davon hat er nichts gesagt«, wunderte sich Fränkel.

»Ein Ganeff!« erklärte Salomon und bat in Gedanken Herrn Weinberger um Verzeihung.

»Moment mal . . .« Fränkel rechnete blitzschnell. »Da bekomme ich ja noch fünfzig Pfennig raus. Vielen Dank, Herr Salomon! Ich geh' gleich mal hin.« Und schon war er weg.

Salomon war mit dem Kopfrechnen noch nicht fertig. Sekunden später hellte sich sein Gesicht auf. »Stimmt! Rechnen kann er.«

»Bei Weinberger kriegen wir dreißig Prozent?« Monika sah ihren Chef ungläubig an. »Davon hatte ich ja gar keine Ahnung.«

»Weinberger auch nicht.« Salomon lächelte verschmitzt. »Aber er wird es gleich erfahren. Ich rufe ihn an.«

»Herr Salomon!« Monika strahlte ihren Chef dankbar an. »Wissen Sie, was ich am liebsten tun würde? . . .Ihnen einen Kuß geben!«

Salomon hob den Telefonhörer ab, wählte aber noch nicht. »Ich will dir nicht zureden, aber jetzt wäre eine günstige Gelegenheit.«

Monika lief zum Schreibtisch und gab ihrem Chef einen Kuß auf die Wange. »Und nochmals, danke!« Sie machte einen Knicks und lief schnell hinaus.

Salomon blickte ihr nach und wählte Weinbergers Nummer. »Besetzt!« stellte er fest und verließ das Privatkontor. An der Tür blieb er abrupt stehen und runzelte die Stirn.

Gütschow, der aus dem Verkaufsraum kam, grüßte höflich.

»Morgen, Gütschow!« Salomon wies auf den Sakko, den Fiedler auf dem Stuhl deponiert hatte. »Was liegt denn da drüben? Ist das Ihr Jackett?«

»Nee, das ist Fiedler seins«, antwortete der Hausdiener.

»Hängen Sie das mal auf einen Bügel«, ordnete Salomon an. »Ich mag nicht, wenn hier Garderobe rumliegt.«

Gütschow nahm das Jackett hoch, stutzte und ging damit zu seinem Chef. »Herr Salomon, sehen Sie doch mal«, sagte er bestürzt, drehte das Revers um und zeigte, was er eben entdeckt hatte: ein Parteiabzeichen. »Der hat einen Bonbon hinterm Revers. Funkelnagelneu!«

»Wundert Sie das?« Salomon zuckte die Achseln. »So was trägt man heute . . . allerdings nicht unterm Revers.«

»Ein Nazi in unserer Firma!« murmelte Gütschow fassungslos.

»Is es a Wunder?« Salomon lachte traurig auf. »Jetzt will es jeder gewesen sein. Wissen Sie, was meine Frau sagt? Erst wenn es keiner mehr gewesen sein will, dann wird es uns wieder gutgehen. Aber sie glaubt nicht, daß wir das noch erleben.«

»Herr Salomon, ich garantier' Ihnen, der Spuk geht bald vorüber«, prophezeite Gütschow.

Salomon war nicht so optimistisch. »Meine Frau sagt: Wer so was glaubt, der wird dran glauben müssen. Wenn man nur wüßte, was der Hitler will. Haben Sie sein Buch gelesen?«

»*Mein Kampf*? Nein!« Gütschow schüttelte angewidert den Kopf.

»Müßte man aber vielleicht«, überlegte Salomon. »Da soll alles drinstehen, was er vorhat. Ich habe schon überall herumgefragt, aber keiner kann es mir leihen, und kaufen möchte ich das Buch auf keinen Fall. Man will den Mann ja nicht auch noch unterstützen.«

»Vielleicht hat Fiedler eins«, meinte Gütschow.

»Sie können ihn ja mal fragen«, schlug Salomon vor. Dann fiel ihm ein, daß er Weinberger anrufen mußte und ging rasch ins Privatkontor zurück.

Gütschow hing das Jackett auf einen Bügel und den an einen leeren Kleiderständer.

Salomon hatte den Hörer in der Hand und wählte. Am anderen Ende der Leitung wurde abgehoben.

»Morgen, Weinberger, hier ist... Ach, das haben Sie schon gemerkt!« Salomon lachte. »Weinberger, ich habe eine große Bitte. Unser Lehrling holt gleich seinen Anzug bei Ihnen ab. Sagen Sie ihm doch bitte, Sie geben uns dreißig Prozent.«

Weinberger bekam einen Schreck und protestierte sofort.

»Wie? Nein! Sie sollen es ihm ja bloß sagen«, beruhigte Salomon seinen Gesprächspartner. Ja, die Zehnmarkfünfzig bringe ich Ihnen morgen vorbei. Ja bestimmt, Weinberger! Wie läuft das Geschäft...? Ach... das freut mich für Sie...! Was?« Salomon runzelte besorgt die Stirn. »Die SA? In der Friedrichstraße...? Das bedeutet nichts Gutes... Wie...? Sie haben keine Angst? Weinberger, ich beneide Sie. Trotzdem, seien Sie lieber vorsichtig! Wie? Ja, bis morgen.« Salomon legte auf und starrte einige Augenblicke lang höchst beunruhigt vor sich hin. Dann verließ er wieder das Privatkontor.

Gütschow, der auf ihn gewartet hatte, sah seinen Chef fragend an. »Was ist los, Herr Salomon? Schlechte Nachrichten?«

Salomon nickte. »Es sieht so aus, als ob sie wieder was vorhaben.« In diesem Moment kam Fiedler gut gelaunt aus dem Verkaufsraum. Er pfiff den Richard-Heymanns-Schlager ›Das gibt's nur einmal, das kommt nicht wieder...‹ Die Melodie war zwar nicht ganz genau getroffen, aber Fiedler, der nicht sehr musikalisch war, merkte es nicht. Als er seinen Chef erblickte, stellte er seine musikalische Darbietung sofort ein. »Gut Jonteff, Herr Salomon!« rief er fröhlich. »Was sagen Sie zu dem Wetter? Es ist zwar bloß Schabbes, aber man könnte glauben, wir haben jüdische Feiertage.«

»Ich fürchte, wir werden bald nichts mehr zu feiern haben«, meinte Salomon mit ernster Miene.

»Ach, Sie meinen wegen der paar Fensterscheiben?« Fiedler winkte ab. »Herr Salomon, das sind Entgleisungen. Ein paar Radaubrüder, die es besonders gut machen wollen. Wo gehobelt wird, da fallen Späne. Das will der Hitler gar nicht.«

Gütschow horchte auf. »Aha! Er weiß Bescheid.« Er wandte sich an Fiedler. »Sie haben sicher *Mein Kampf* gelesen.«

»Ich?« Fiedler war die Frage sichtlich unangenehm. »Wie kommen Sie denn darauf? Und wann sollte ich auch? Ich bin doch von früh bis spät in der Firma.« Er sah sich um. »Wo ist denn mein Jackett?«

»Hier!« Gütschow nahm den Sakko vom Bügel.

»Geben Sie her«, sagte Fiedler nervös. »Gerson und Katz müssen jeden Moment kommen.«

Der Hausdiener half ihm beim Anziehen. »Interessantes Muster . . .« meinte er dabei. ». . . besonders unterm Revers.«

»Was geht Sie das an?« fragte Fiedler wütend.

»Herr Fiedler, ich bin enttäuscht von Ihnen.« Salomon schüttelte mißbilligend den Kopf.

»Weil ich PG bin?«

»Nein, weil Sie es verheimlichen!«

»Das mach' ich doch nur aus Rücksicht auf Sie, Herr Salomon«, erklärte Fiedler. »Aber wenn es Sie stört . . .« Er löste die Nadel und nahm das Parteiabzeichen ab. »Ich bekenne mich gern zum Führer!«

»Bißchen spät«, meinte Gütschow trocken.

»Jetzt kann jeder«, fügte der Chef hinzu.

»Sie nicht, Herr Salomon!« Fiedlers Stimme klang zum erstenmal nicht servil.

»Will ich denn?« gab Salomon zu bedenken.

»Nu ja . . .«, Fiedler hielt es für besser, wieder einzulenken. »Im Moment haben Sie Zores. Aber ich sage Ihnen, der Führer sieht sich das nicht mehr lange an. Er greift durch, und ich garantiere Ihnen: Den anständigen Juden passiert überhaupt nichts.« Er befestigte das Parteiabzeichen an seinem Revers.

»Das habe ich schon mal gehört.« Salomon wandte den Blick ab. Er wollte das Hakenkreuz nicht sehen. »Aber wer kann das entscheiden?«

»Also Sie als ehemaliger Frontkämpfer, Sie brauchen sich

überhaupt keine Sorgen zu machen«, beruhigte ihn der Verkäufer.

Es schnarrte an der Eingangstür. Fiedler horchte auf. »Gerson und Katz sind da. Das wird a Order!« Er drehte sich um und wollte nach vorn gehen.

»Hoffentlich«, sagte Salomon leise.

Fiedler blieb sofort stehen und drehte sich wieder um. »Wieso hoffentlich?«

»Ich mache mir Sorgen, Herr Fiedler, um Sie.« Salomon legte seine Stirn in bedenkliche Falten.

»Um mich?« Fiedler blickte ihn verblüfft an.

»Sehen Sie, Sie arbeiten doch bei mir auf Provisionsbasis. Wenn Sie viel verkaufen, verdienen Sie viel, wenn Sie aber nur wenig verkaufen oder etwa gar nichts . . .«

»Das wollen wir doch nicht hoffen!« Fiedler lächelte zwar noch, war aber schon etwas beunruhigt. »Eben!« Salomon nickte. »Nun stell' ich mir vor, wenn der Herr Gerson von Gerson und Katz das da bei Ihnen sehen . . .« Er zeigte auf das Hakenkreuz. »Dann bekommt er es vielleicht mit der Angst zu tun und kauft lieber woanders.«

Fiedler erschrak. »Da haben Sie recht . . . vielen Dank, Herr Salomon.« Er nahm das Parteiabzeichen sofort ab und steckte es in die Tasche. »Ich meine, die Gesinnung hat man ja hier«, er legte die Hand auf sein Herz, »und nicht am Revers!« Damit nickte er Salomon zu, machte kehrt und marschierte in den Verkaufsraum.

»Ein Idealist!« konstatierte Salomon ironisch.

»Feine Gesinnung«, meinte Gütschow. »Reicht gerade bis zur Brieftasche.«

»Meine Frau sagt immer: Jeder ist sich selbst der Nächste, da hat man es auch nicht so weit.« Salomon vertiefte sich wieder in den Arbeitszettel, der vor ihm auf dem Pult lag. Plötzlich stürzte Monika herein. »Er kommt!« rief sie aufgeregt.

»Wer?« fragte Salomon.

»Na Siegfried, in dem neuen Anzug!«

Naumann steckte den Kopf aus seinem Studio. »Wo ist er denn?« fragte er.

»Er kommt gerade hoch! Im Lastenaufzug!« Monika war so aufgeregt, daß Salomon ihr beruhigend die Hand auf die Schulter legte.

Der Lastenaufzug hielt, Herr Lehmann öffnete Fränkel die Tür.

»Vielen Dank, Herr Lehmann«, sagte Siegfried.

»Gern geschehen, Herr Fränkel.« Der Hausdiener schloß die Tür.

»Herr hat er noch nie zu ihm gesagt«, flüsterte Monika ihrem Chef zu. »Alles der Anzug!«

Der Fahrstuhl schwebte wieder abwärts.

Fränkel, der nicht ahnte, wieviel Aufmerksamkeit er erregte, betrachtete sich kurz in der Glasscheibe der Tür, zog sein Jackett straff, zupfte an seinem Einstecktuch herum und war mit seinem Aussehen sichtlich zufrieden. Der Anzug saß gut, die Ärmel hatten genau die richtige Länge, die Hosenbeine auch.

Die anderen beobachteten ihn und stießen gemeinsam ein mehrstimmiges »Aah!« aus.

Fränkel fuhr erschrocken herum.

»Sieht aus wie ein Chef«, meinte Gütschow anerkennend.

»Ich hätte mir gewünscht, daß ich so aussehe«, Salomon seufzte neidisch.

»Gefällt er Ihnen?« wollte Fränkel wissen.

»Sehr!« antwortete Salomon und winkte seinen Lehrling heran. Dann prüfte er den Stoff und entschied: »Sehr gute Qualität!«

»Nicht wahr?« Monika sah Salomon beifallheischend an.

»Sitzen tut er auch«, stellte Naumann fest.

»Und dann der Preis!« Fränkel war geradezu begeistert. »Der Anzug ist so gut wie geschenkt.«

»Das kann man wohl sagen.« Salomon zwinkerte Monika zu, worauf sie schnell den Kopf schüttelte. Ihr Siegfried durfte doch nicht mitbekommen, daß sie etwas dazugezahlt hatte.

»Woher hast du denn das Einstecktuch?« erkundigte sich Salomon.

»Von Herrn Weinberger. Hat er mir für die fünfzig Pfennig gegeben, die ich von ihm bekam. Und die Socken noch dazu.« Er zog seine Hosenbeine etwas hoch. »Auch Ton in Ton«, sagte er stolz und blickte Monika dabei an.

»Mann!!!« stieß Monika hervor. Sie war hingerissen.

»Weinberger ist doch sonst nicht so großzügig.« Salomon wiegte verwundert den Kopf. »Was ist mit ihm los? Ich muß ihn gleich mal anrufen.«

»Jetzt wird Geburtstag gefeiert!« verkündete Monika. »Herr Salomon, trinken Sie eine Tasse Kaffee mit?«

»Eh' ich mich schlagen lasse.«

»Es gibt auch Torte ... selbstgebackene!« Monika strahlte stolz, merkte im gleichen Augenblick, daß sie sich verplapperte hatte, und ärgerte sich. »Ach, das sollte doch eine Überraschung sein!«

»Ich komme gleich wieder«, versicherte Salomon und ging zum Privatkontor.

»In fünf Minuten geht's los.« Monika klatschte in die Hände. »Ich brüh' bloß rasch den Kaffe auf!« Sie verbesserte sich schnell. »Den Kaffee!«

»Ich helfe dir«, bot Fränkel an.

»Aber erst zieh'ste dir den Kittel über«, ordnete Monika an. »Sonst machste dir noch 'nen Fleck auf den neuen Anzug. Das fehlte noch!« Dann wandte sie sich an Gütschow: »Können Sie mir mal helfen, die Torte aufzuschneiden?« Und schon machte sie sich auf den Weg zum Frühstückszimmer.

»Gern, aber ich warne dich! Ich nasche!« Gütschow, dem schon das Wasser im Mund zusammenlief, folgte ihr.

Fränkel ging zu seinem Schrank und holte seinen Kittel heraus. Fiedler steckte den Kopf durch den Vorhang. »Ist Daisy schon da?«

»Schon seit acht Uhr, Herr Fiedler!« rief Daisy, die im ›Kabuff‹ gerade letzte Hand an ihr Make-up legte.

»Es muß was übergezogen werden!« erklärte Fiedler und zog sich wieder in den Verkaufsraum zurück.

»Ich komme!« Daisys Stimme klang etwas undeutlich. Sie war noch mit ihrer Unterlippe beschäftigt. Dann legte sie den Lippenstift auf den Tisch, verließ schnell das ›Kabuff‹ und lief nach vorn.

Fränkel sah sie und zog den Kittel noch nicht über. »Guten Morgen!« sagte er, als Daisy an ihm vorbeikam. Er wollte sie auf seinen neuen Anzug aufmerksam machen.

Daisy blieb sofort stehen. »Hallo! Unser Siegfried hat sich ja gemausert«, stellte sie angenehm überrascht fest. »Sieht ja aus wie der Prince of Wales. Haben wir heute abend schon was vor?«

»Nein«, erwiderte Fränkel.

»Doch! Wir sind eingeladen.« Daisy schenkte Fränkel einen ihrer verführerischen Blicke. »Punkt acht, Normaluhr Bahnhof Zoo. Gebongt?«

»Gebongt!« Fränkel strahlte über das ganze Gesicht.

Daisy nickte ihm noch einmal zu und entschwebte dann mit schwingenden Hüften in den Verkaufsraum. Fränkel blickte ihr hingerissen nach.

Naumann, der alles von der Tür seines Studios aus beobachtet hatte, schlug die Augen zum Himmel. »Ich weiß gar nicht, was du an der findest? Das kann ich auch.« Er machte ein paar Schritte und parodierte dabei Daisys Hüftschwung. Er konnte das sehr gut.

»Aber bei ihr finde ich es aufregender!« Fränkel lachte und schlüpfte in seinen Kittel.

Naumann ging zu ihm hin und half ihm. »Immer noch ganz verfummelt mit Weibern«, meinte er vorwurfsvoll. »Komm Casanova.« Er schob Fränkel zur Tür des Frühstückraums. Siegfried drückte die Klinke herunter und wollte gerade hineingehen, als Monika von drinnen »Moment!« schrie und die Tür schnell wieder zumachte. Siegfried und Naumann blickten sich erstaunt an.

Salomon stand an seinem Schreibtisch im Privatkontor und wählte zum zweiten Mal die Nummer von Weinberger. Diesmal ertönte das Freizeichen, und am anderen Ende der Leitung wurde abgehoben. »Hallo!« rief Salomon erfreut. »Kann ich bitte Herrn Weinberger sprechen?« Überrascht runzelte er die Stirn. »Sie sind es selber? Weinberger was ist? Sie sprechen so undeutlich. Ist was mit Ihren Zähnen . . .? Was? Wer . . .?« Salomon hörte zu und wurde blaß. »Das ist ja . . .! Weinberger, das ist ja schrecklich! Wie? Was ich von Ihnen wollte? Ich wollte mich bloß bei Ihnen bedanken. Sie haben meinen Lehrling so hübsch ausstaffiert. Wie . . .? Nein, das ist gar nicht selbstverständlich. Aber jetzt will ich Sie lieber nicht länger aufhalten . . . Ja, das machen Sie mal gleich. Doktor Levy wird schon wissen, was man da am besten macht. Alles Gute, Weinberger . . . Alles, alles Gute!« Salomon legte auf, blickte ein paar Augenblicke lang betroffen vor sich hin und wählte dann seine Privatnummer.

Seine Frau meldete sich.

»Selma, du hast wieder mal recht gehabt«, sagte Salomon. »Schreib gleich an deinen Bruder . . . Oder . . . ruf ihn lieber an . . .«

Monika hatte den Tisch im Frühstückszimmer hübsch gedeckt, begutachtete alles noch einmal und zündete die Geburtstagskerzen an. »So, jetzt kannste kommen!« rief sie.

Siegfried und Naumann traten ein.

»Das ist ja wie Weihnachten!« rief Naumann beim Anblick der brennenden Kerze. Er übertrieb wie immer.

»Quatsch, das ist doch das Lebenslicht.« Monika wandte sich an Fränkel. »Darfste nicht auspusten. – Herr Gütschow, er kriegt das erste Stück.«

»Bin schon dabei«, Gütschow legte ein Stück Torte auf einen Teller und wollte ihn Fränkel reichen.

»So 'n kleines?« Monika schüttelte den Kopf. »Es darf doch für fünf Pfennig mehr sein, nich? Hier, das kriegste!« Sie gab Fränkel ein großes Stück, das Gütschow eigentlich für sich reserviert hatte. »So, und nun bitte Platz nehmen! Kaffee gibt's auch gleich.« Sie schenkte ein, jeder bekam ein Stück Torte, und die Herren begannen sofort zu essen. In diesem Augenblick ging die Tür auf und Fräulein Hiller kam herein, mit einem kleinen Sträußchen in der Hand. Sie blickte sich um, entdeckte Fränkel, der sogleich aufstand, und lächelte ihn an. »Da ist ja unser Geburtstagskind! Herzlichen Glückwunsch, lieber Fränkel.« Sie überreichte ihm den Strauß, sah die Torte und bekam sofort große Augen.

»Vielen Dank, Fräulein Hiller.« Siegfried war gerührt.

»Auch ein Stück Torte?« fragte Monika.

»Ja, bitte!« hauchte Fräulein Hiller, die nur darauf gewartet hatte, das man ihr was anbot. »Ich muß nur noch vorher meine Tablette nehmen. Bin gleich wieder da.« Damit huschte sie aus dem Raum. Monika war nicht gerade begeistert. Sie zählte rasch die Tortenstücke und stellte beruhigt fest, daß sie noch reichen würden. »Na, wie schmeckt meine Torte?« erkundigte sie sich, und sah die anderen erwartungsvoll an.

»Prima!« fand Gütschow.

»Sehr gut!« meinte Fränkel anerkennend.

Naumann kaute noch.

»Du sagst ja gar nichts«, mahnte Monika ihn ungeduldig.

»Ein Gedicht!« versicherte Naumann und verdrehte begeistert die Augen. »Ich hätte gern noch ein bis zwei Strophen davon.« Er hielt ihr seinen leeren Teller hin.

Aber da kam Salomon herein, und Monika entschied sofort: »Erst bekommt Herr Salomon eins! Wollen Sie ein Stück mitnehmen, für Ihre Frau?«

»Die mag nichts Süßes.«

Fränkel, der sofort aufgestanden war, bot Salomon seinen Stuhl an.

Der Chef winkte ab, setzte sich auf den Rand der Spüle und begann zu essen.

»Aber du kriegst eins mit«, sagte Monika zu Siegfried. »Für deine Mutter!«

Fränkel schluckte schnell runter. »Danke!«

Monika fiel etwas ein. »Für deinen Onkel auch eins?« fragte sie. Fränkel winkte ab. »Für den nicht. Der kriegt von mir höchstens Saures.« Er blickte seinen Chef an. »Wissen Sie, was der das letzte Mal gesagt hat? Hundert Jahre will er werden! Hundert Jahre!«

»Nicht viel Hoffnung macht er seinen Erben«, konstatierte Salomon.

»Und Siegfried möchte sich am liebsten morgen schon selbständig machen«, mischte sich Monika ein und nahm sich auch ein Stück Torte.

Salomon hob den Kopf. »So?«

»Ach wo!« wehrte Fränkel ab. »Ich habe ja noch nicht mal ausgelernt. Mir fehlt noch ein ganzes halbes Lehrjahr.«

Salomon stellte seinen Teller ab und überlegte kurz. »Fehlt dir nicht!« erklärte er dann. »Die sechs Monate schenke ich dir.«

»Herr Salomon?« Fränkel sah seinen Chef freudig überrascht an.

»Das ist ein Geburtstagsgeschenk«, meinte Gütschow.

»Gratuliere!« Naumann drückte Fränkel die Hand.

»Mann, Siegfried!« Monika war überwältigt.

»Ab heute bist du ein junger Mann«, erklärte Salomon mit ernster Miene. »Und vielleicht bald . . . Aussehen tust du ja schon wie ein Chef.« Er wandte sich an Monika. »Hast du mal ein Schluck Kaffee für mich?«

»Natürlich, Herr Salomon. Das habe ich ja ganz vergessen.« Monika schenkte sofort ein und reichte ihm die Tasse. »Sitzen Sie da bequem?«

Gütschow sprang auf. »Ich hol' Ihnen doch einen Stuhl.«

»Danke, das lohnt sich nicht. Ich muß gleich wieder los.« Salomon nahm einen Schluck Kaffee, setzte die Tasse ab und räusperte sich. »Gütschow, Sie sind jetzt fast fünf Jahre bei mir. Ihr drei habt bei mir gelernt, ihr sollt es als erste erfahren.« Er machte eine kleine Pause.

»Was denn?« erkundigte sich Monika neugierig.

Salomon seufzte. »Es ist keine schöne Geburtstagsüberraschung. Die Firma . . . die Firma Max Salomon gibt es bald nicht mehr.«

Die anderen blickten ihn erschrocken an. »Was? Wieso? Warum denn?« riefen sie durcheinander.

»Ich werde verkaufen.« Salomon blickte zu Boden.

Fräulein Hiller, die gerade im Begriff war einzutreten, erstarrte. »Nein, das dürfen Sie nicht, Herr Salomon, wir brauchen Sie doch!« schrie sie. »Und ich versichere Ihnen, ich trete auch nicht in die Deutsche Arbeitsfront ein! Das tu' ich Ihnen nicht an.«

»Warum wollen *Sie* sich das antun?« entgegnete Salomon. »Und . . . ändern wird es auch nichts an meiner Entscheidung. Ich verkaufe!«

»Torte?« Monika wollte Fräulein Hiller den Teller reichen.

»Ich krieg' doch jetzt keinen Bissen runter.« Fräulein Hiller lief schluchzend aus dem Raum.

Monika schloß die Tür hinter ihr. »Phh!« stieß sie hervor. Es klang verächtlich.

»Aber es hat auch sein Gutes.« Salomon versuchte zu lächeln, aber es gelang ihm nicht. »Nun brauch' ich es nicht jedem zu erzählen. Das macht sie jetzt.« Er nahm noch einen Schluck Kaffee.

»Herr Salomon, Sie wollen wirklich aufgeben?« fragte Fränkel ungläubig.

»Und denen das Feld überlassen?« Gütschow konnte es noch immer nicht fassen.

»Das kann doch nicht Ihr Ernst sein!« Naumanns Stimme klang ein wenig hysterisch.

»Wollen Sie sich das nicht noch mal überlegen?« bat Monika.

»Das hab' ich!«

»Aber wir hängen doch alle so an der Firma.« Monika gab noch nicht auf.

»Ich etwa nicht?« Salomon lachte bitter auf. »In fünf Jahren wollte ich zehnjähriges Jubiläum feiern. In der Jerusalemer Straße habe ich angefangen . . . oben in der Mansarde. Gute Zeiten hat die Firma erlebt . . . und ziemlich miese. Aber diese Zeit ist mehr als mies, die ist lebensgefährlich!«

Naumann sah das alles nicht so schwarz. »Also mein Freund sagt, diese ganze Geschichte mit den Juden, das sind alles Kinderkrankheiten.«

»Auch an Scharlach kann man sterben«, erwiderte Salomon bedächtig. »Aber ich habe immer noch gehofft . . . bis vorhin.«

»Was war vorhin?« wollte Fränkel wissen.

»Gleich nachdem du deinen Anzug bei Weinberger abgeholt hast, sind ein paar SA-Leute gekommen und haben vor seinem Geschäft randaliert. Haben ganz laut geschrien: Jude! Jude! Der Weinberger hat von drinnen gerufen: Meine Herren, warum schreien Sie so laut Jude? Erstens höre ich gut... zweitens, ich weiß es doch! Die SA-Männer haben natürlich keinen Spaß verstanden. Gepöbelt haben sie: komm raus du feige Judensau! Weinberger, ein Kerl wie ein Schrank, Mitglied im Sportclub Makkabi, ist natürlich rausgegangen.«

»Der hat ihnen die Zähne gezeigt!« Gütschow lächelte grimmig.

»Und die haben sie ihm rausgeschlagen.« Salomon nickte traurig. »Und das läßt Er zu!« Er sandte einen vorwurfsvollen Blick zur Decke. Irgendwo da oben mußte der Allmächtige sein, der nicht eingegriffen hatte, oder sollte er den Vorfall übersehen haben?

»Mein Gott!« Monika schlug entsetzt die Hände vors Gesichts.

Einige Augenblicke war es ganz ruhig im Raum. Alle waren bestürzt und versuchten mit dem, was sie gerade gehört hatten, fertig zu werden.

Naumann faßte sich als erster. »Herr Salomon, diese Elemente werden alle entfernt, hat mein Freund gesagt. Und der muß es wissen, er ist schließlich Obergruppenführer. Gestern erst hat er zu mir gesagt: Es dauert nicht mehr lange, dann schlägt die SA zu.«

»Noch mehr?« fragte Salomon mit bitterem Auflachen. »Nein, Kinder! Meine Frau und ich wandern aus. Ihr Bruder hat eine Firma in Amsterdam. Da sind wir sicher.« Er ging zur Tür, öffnete sie und drehte sich noch einmal um. »Nu ja, Amsterdam ist nicht Berlin, aber immer noch lebhafter als Weißensee.« Damit ging er hinaus und zog die Tür hinter sich ins Schloß.

»Was ist in Weißensee?« erkundigte sich Monika leise.

»Der jüdische Friedhof«, antwortete Fränkel.

Naumann regte sich auf: »Der Alte macht es sich wirklich leicht! Läßt uns einfach im Stich.«

»Der Chef hatte Tränen in den Augen«, sagte Gütschow kopfschüttelnd.

»Na gut«, gab Naumann kleinlaut nach. »Aber was sollen wir denn jetzt machen?«

Rund um den Dönhoffplatz herrschte am Abend gegen halb sieben reger Betrieb. Die Haltestellen der Straßenbahnen in der Leipziger Straße waren umlagert. Bei Hermann Tietz wurden noch letzte Einkäufe erledigt, und hinter den Fenstern der UFA – die Filmgesellschaft beherrschte die Südseite des Platzes – saßen noch ein paar – natürlich »arische« – Mitarbeiter, die ihre gekündigten jüdischen Kollegen zu ersetzen suchten.

Die Grünanlage in der Mitte des Platzes war fast menschenleer. Nur Monika, Naumann, Fränkel und Gütschow drehten dort schon die zwanzigste Runde. Monika redete auf Siegfried ein. Die beiden anderen hörten schweigend zu.

Fränkel blieb plötzlich stehen. »Das ist doch Unsinn, Monika! Hör doch endlich damit auf.«

»Tu ich aber nicht!« beharrte Monika.

»Besser als stempeln gehen, wär's natürlich«, gab Gütschow zu bedenken.

»Sag ich doch!« Monika blickte die anderen beiden beifallheischend an.

»Monika!« Fränkel war sichtlich genervt.

»Schön wär's ja.« Naumann seufzte sehnsüchtig.

»Siehste, die sagen es auch!« Monika sah Siegfried triumphierend an.

»Aber wie stellst du dir das vor?« wollte Fränkel wissen.

»Ganz einfach.« Monika spürte, daß sie Oberwasser

bekam. »Du machst das Kaufmännische, Naumännchen entwirft, und um alles andere kümmere ich mich.«

»Und wir?« fragte Gütschow beunruhigt.

»Euch behalten wir, das ist doch klar.« Sie wandte sich wieder an Fränkel. »Na, Sigi, jetzt sagst du nichts mehr, wie?«

Fränkel überlegte. Der Gedanke, sich selbständig zu machen, gefiel ihm mehr und mehr.

»Eine eigene Firma ... Fränkel, Naumann und Helmholtz.« Monika versuchte, Siegfried die Firmengründung so schmackhaft wie möglich zu machen.

»Klingt nicht schlecht!« fand Gütschow.

»Ich seh' schon das Firmenschild. Schwarz mit Goldrand«, schwärmte Naumann. »Sieht entzückend aus.«

»Und womit wollen wir die Firma aufmachen?« fragte Siegfried. »Dazu brauchen wir doch Geld, viel Geld.«

»Ich habe ein bißchen was gespart«, erklärte Monika.

»Ich bin blank. Leider!« bedauerte Naumann. »Habe alles in meine neue Wohnung gesteckt.«

»Und ich in meinen Anzug.« Fränkel blickte an sich herunter. »Mehr besitze ich nicht.«

»Dann gehste eben zu deinem Onkel«, meinte Monika. »Der ist doch reich! Oder nicht?«

»Doch.« gab Fränkel zu. »Aber der ... der sitzt doch auf seinem Geld.«

»Vielleicht steht er auf und macht ein paar Tausender locker.« Monika war wesentlich optimistischer als Siegfried. »Du mußt nur richtig mit ihm reden.«

Fränkel winkte ab. »Der lacht mich aus.«

»Aber versuchen müßte man es wenigstens.« Naumann sah noch immer das ›entzückende‹ Firmenschild vor sich.

»Ja, finde ich auch.« Gütschow blickte Fränkel aufmunternd an.

»Ich wollte ihn eigentlich nie wieder um etwas bitten.« Siegfried war schon auf dem Rückzug.

»Der macht doch kein schlechtes Geschäft, wenn er uns finanziert«, warf Naumann ein. »So wie der Laden jetzt läuft.«

Fränkel wiegte den Kopf. Er zögerte immer noch.

»Du gehst heute abend hin«, bestimmte Monika. »Heut' haste Geburtstag, heut' haste Glück. Versprochen?« Sie streckte Siegfried die Hand hin.

»Versprochen!« Siegfried schlug ein. »Aber erst morgen. Heute habe ich eine Verabredung. Mit Daisy. Verdanke ich nur meinem neuen Anzug. War eine gute Idee von dir.«

»Findest du?« Monika war anderer Ansicht. Tief enttäuscht wandte sie sich ab. Als ihre geliebte Oma starb, hatte sie das letzte Mal geweint. Heute abend schlief sie mit Tränen in den Augen ein.

Auf dem Koffergrammophon drehte sich eine Schellackplatte. Aus dem Trichter kam die quäkende Stimme eines Refrainsängers, der mit mehr Schmalz als Schmelz die Frage stellte, warum eine bestimmte Dame so traurige Augen hätte. Schon die zweite Zeile des Schlagers gab die Antwort: Weil die Männer nichts taugen. Diese empörende Verurteilung des männlichen Teils der Bevölkerung war darauf zurückzuführen, daß »sich taugen« auf »Augen« reimt.

Das Koffergrammophon stand auf einem Tischchen im Berliner Zimmer einer großen Wohnung im Bezirk Tiergarten. Wenn man dort aus dem Fenster schaute, konnte man direkt auf die Spree sehen. Dazu hatte im Augenblick niemand Lust, es war Abend, die Vorhänge waren zugezogen, die Beleuchtung etwas schummrig und zusätzlich vom Zigarettenrauch vernebelt. Etwa zehn bis fünfzehn Personen, beiderlei Geschlechts, saßen auf den Sofas, tranken Wein oder Likör und unterhielten sich laut. Es waren gutaussehende junge Frauen und gutaussehende Männer. Die Männer, die nicht gut aussahen, sahen wenigstens nach Geld aus, nach viel Geld. Man war bereits im Zustand fortgeschrittener Fröhlichkeit. Nur die drei Herren, die in einer Ecke zusammenstanden und diskutierten, hatten zwar geleerte Gläser in der Hand, aber der Alkohol hatte sie nicht fröhlich machen können, dazu waren die Zeiten zu schlecht, jedenfalls für sie. Rosenberg und Gratz meinten, daß man auswandern müßte, und zwar so schnell wie möglich, während der junge Krakauer noch etwas abwarten wollte.

Der Teppich war zusammengerollt, auf dem freigelegten Parkett tanzte im Augenblick nur ein Paar, Daisy und Fränkel. Daisy hatte ihren Kopf auf Fränkels Schulter deponiert und ihre Augen geschlossen. Fränkel merkte man an, daß er nichts dagegen hatte.

Die Platte begann sich langsamer zu drehen, die Stimme des Refrainsängers wurde immer tiefer.

Daisy hob den Kopf und öffnete die Augen. »Will denn niemand das Grammophon aufziehen?« fragte sie. Aber keiner ließ sich stören. Man hatte sie auch gar nicht gehört, weil alle durcheinander redeten. »Moment!« sagte Daisy zu Fränkel, löste sich von ihm, ging zum Grammophon und zog es auf. Die Musik wurde wieder normal, der Refrainsänger nicht. Das war ihm beim besten Willen nicht möglich.

Fränkel blickte zur Tür und riß die Augen auf, denn eine blonde, sehr gut aussehende junge Dame kam herein.

Daisy kehrte zu Fränkel zurück und wollte weitertanzen, aber er bemerkte sie gar nicht. Er hatte nur Augen für die Blondine. *Coup de foudre* nennt man so was in Frankreich. Fränkel hatte sich Hals über Kopf verliebt.

»He?« Daisy stupste ihn an. »Was ist denn mit uns los?« fragte sie erstaunt.

Fränkel fuhr zusammen. »Entschuldigung, ich war eben in

Gedanken.« Er hob automatisch die Arme, um mit Daisy weiterzutanzen, blieb aber stehen.

Daisy folgte seinem Blick und entdeckte, wen er anstarrte. »Aha!« konstatierte sie lakonisch. »Kaum hat man einen Herrn, schon starrt er eine andere an.« Sie nahm Fränkel an die Hand und führte ihn zu der jungen Dame. »Dagmar, unser Siegfried Fränkel möchte gern mit dir tanzen.«

»Warum nicht?« Dagmar lächelte freundlich, aber kühl. »Wenn er mir nicht auf die Füße tritt . . .«

»Keine Angst, die hat er sich bei mir schon abgetreten«, antwortete Daisy.

Fränkel machte eine höfliche Verbeugung, und Daisy stellte vor: »Das ist meine Kollegin Dagmar Fischer, arbeitet bei Auerbach und Steinitz.«

Fränkel legte schweigend den Arm um Dagmar und begann, mit ihr zu tanzen. Daisy blickte den beiden nach. »Den Jungen kann ich abschreiben«, murmelte sie, nahm ihr Glas und trank es in einem Zug aus.

Fränkel starrte Dagmar verliebt an und sagte kein Wort.

»Reden Sie immer so viel?« erkundigte sich Dagmar ironisch.

»Sie . . . Sie sind wunderschön«, stellte Fränkel fest. Es klang andächtig.

»Ich weiß«, antwortete Dagmar selbstbewußt. »Ich weiß auch, woran Sie jetzt denken, aber daran ist nicht zu denken, Herr Fränkel. Obwohl ich Sie sehr nett finde . . .«

»Ja?« Fränkel lächelte hoffnungsvoll. »Darf ich Sie mal anrufen?«

»Warum nicht?« erwiderte Dagmar. »Wir können auch zusammen essen gehen. Kempinski hat sehr gute Austern . . . und dazu trinken wir eine Flasche Champagner.«

Fränkel nickte bekümmert. Ihm schwammen alle Felle weg. Er verfiel in trübsinniges Schweigen.

»Jetzt hat es Ihnen richtig die Sprache verschlagen, was?« meinte Dagmar. »Ich wollte Sie nur ganz diskret darauf aufmerksam machen, daß Sie sich so was wie mich noch nicht leisten können. Und ich kann es mir auch nicht leisten, mit Ihnen auszugehen. Kennen Sie den jungen Krakauer von Krakauer und Wolff?«

Fränkel schüttelte den Kopf.

Dagmar wies mit dem Kopf auf den Herrn, der noch immer mit den beiden anderen in der Zimmerecke zusammenstand und mit ihnen ›deigetzte‹. »Der da drüben links, mit dem bin ich verlobt.« Sie überlegte einen Moment. »Oder haben Sie auch schon eine eigene Firma?«

Fränkel blickte sie groß an, schüttelte wieder den Kopf und versank in Nachdenken.

Die Musik war zu Ende, die Grammophonnadel kratzte auf der leeren Mittelrille. Fränkel bemerkte nichts davon. Er blieb zwar stehen, behielt Dagmar aber im Arm.

»Die Musik ist aus!« seine Partnerin wurde etwas nervös. »Lassen Sie mich los. Krakauer guckt schon.«

Fränkel schreckte auf. »Entschuldigen Sie bitte, ich muß ganz schnell weg«, sagte er hastig. »Vielleicht ist er noch auf. Danke.« Er löste sich von seiner Tanzpartnerin, nickte ihr zu und lief rasch aus dem Zimmer.

Dagmar blickte ihm verblüfft nach.

Richard Fränkel saß in einem bequemen Lehnstuhl in der Wohnhalle seiner Grunewald-Villa. Er war allein. Frau Ludwig, seine Haushälterin, die ihn schon vierzehn Jahre lang betreute, war längst nach Hause gegangen. Der Hausherr hatte die Kerzen im Schabbatleuchter, die schon ziemlich weit heruntergebrannt waren, noch einmal angezündet und ein Glas Rotwein getrunken. Die halbleere Flasche stand neben ihm auf einem kleinen Tischchen.

Der Stoff, mit dem der Schirm der hohen Stehlampe bespannt war, hatte ein Muster, in dem sehr viel Rot vorkam. Deshalb hüllte das Licht die schweren Möbel in einen geheimnisvollen rötlichen Schimmer. Den Schrank, den pompösen Schreibtisch und die Sessel hatte Richard Fränkel von seinen Eltern geerbt. Das bequeme Sofa war ein Gelegenheitskauf, auf dem pflegte er jeden Sonntagmittag ein Stündchen zu ruhen. Gelegentlich nickte er sogar dabei ein, obwohl er es haßte, tagsüber zu schlafen. Zwischen den Fenstern, deren dicke Samtportieren zugezogen waren, hingen zwei Ölgemälde, die Portraits seiner Eltern.

Manchmal, wenn Richard sich sehr einsam fühlte – was er nie zugeben würde – betrachtete er die Bilder voller Neid. Moritz und Helene Fränkel hatten eine so gute Ehe geführt. Einer war immer für den anderen da gewesen, und nie war ein lautes Wort gefallen. Richards Mutter lebte nach dem Tod ihres Mannes noch drei Jahre. In dieser Zeit hatte sie immer wieder Gespräche mit dem Toten geführt, der für sie weiterlebte. In den letzten Wochen ihres Daseins wurde sie sehr krank. Als sie starb, hatte sie gelächelt, sie war gewiß, ihren Mann wiederzusehen, und darauf freute sie sich.

Richard Fränkel dachte oft an seine Eltern. Nicht selten erschienen sie ihm im Traum, und seine Mutter machte ihm Vorwürfe, weil er sich nicht genug um Rebecca Morgenstern gekümmert hatte. Eine Familie hätte er gründen sollen, eine richtige jüdische Familie. Aber er mußte ja Filialen gründen, eine nach der anderen . . . Das merkwürdige war, daß seine Mutter von einer Frau sprach, die sie gar nicht kennen konnte. Er hatte Rebecca Morgenstern lange nach dem Tod seiner Mutter kennen- und liebengelernt. Die Morgensterns waren erst 1927 von Pommern nach Berlin gezogen.

Richard Fränkel schloß die Augen und sah Rebecca vor

sich, die seit zehn Jahren Rebecca Leiser hieß und Mutter von drei Kindern war, etwas voller, aber immer noch schön. Vor einer Woche war sie in seinem Hauptgeschäft erschienen und hatte eine Uhr für ihren Ältesten gekauft. Sie bekam natürlich einen Sonderrabatt.

Die Kingel am Gartentor schreckte ihn aus seinen Gedanken. Richard runzelte befremdet die Stirn, zog seine alte Taschenuhr, die an einer goldenen Kette hing, aus der Westentasche, blickte drauf, erhob sich und ging zum Fenster. Er öffnete den schweren Vorhang nur einen Spalt, stellte fest, daß sein Neffe Siegfried am Gartentor stand und öffnete das Fenster.

»Ich bin's Onkel Richard!« rief Siegfried.

»Siegfried?« meinte der Onkel verwundert. »Warte, ich mach' dir auf.« Er lief zur Eingangstür, drückte auf einen Knopf, worauf der Toröffner schnarrte.

Siegfried ging schnell auf die Haustür zu. Das Gartentor fiel hinter ihm ins Schloß.

Richard Fränkel schloß die Tür auf und ließ seinen Neffen eintreten. »Das ist ja eine Überraschung und so spät am Abend!«

»Ich habe das Licht in der Halle gesehen, da wußte ich, daß du noch nicht schläfst.«

Richard Fränkel seufzte. »Wer kann schon schlafen? In den Zeiten? Man sitzt da und überlegt.« Er machte die Tür zu und verschloß sie. »Komm, willst du einen Schluck Wein?«

»Nein, danke«, antwortete Siegfried und ging zur Sesselgruppe.

Richard Fränkel musterte seinen Neffen. »Den Anzug kenn' ich ja gar nicht!« stellte er erstaunt fest.

»Ist auch keiner von dir.«

»Schick!« sagte Richard Fränkel anerkennend. »Ich habe da übrigens noch einen Glencheck-Anzug . . . Aber du hast recht, uni ist doch das hübscheste Muster. Nimm Platz!« Siegfried setzte sich.

»Hast dich ja lange nicht sehen lassen«, meinte der Onkel vorwurfsvoll, während er sich in seinen Sessel fallen ließ. »Was macht die Lehre?«

»Vorbei!«

»Vorbei?« Onkel Richard erschrak. »Hat Salomon dich rausgeworfen?«

»Nein, vorzeitig begnadigt. Ich habe ausgelernt. Herr Salomon macht zu.«

Onkel Richard runzelte die Stirn. »Ist er pleite?«

»Nee, er will auswandern.«

»Wer nicht?!« Der Onkel wiegte den Kopf.

»Du auch?«

»Gedacht habe ich schon daran.« Richard Fränkel schenkte sich etwas Rotwein nach. »Aber was soll ich im Ausland? In meinem Alter? Weißt du, ich sage mir: Beschmieren können sie meine Läden, wegnehmen nicht! Ich habe nichts gestohlen, keinen Menschen betrogen, und schließlich gibt es ja noch Richter in Deutschland. Die sind zwar zum größten Teil deutschnational und lieben tun sie uns auch nicht . . ., aber sie sprechen Recht.« Er nahm einen Schluck Wein, stellte das Glas wieder ab und sah seinen Neffen mitfühlend an. »Da liegst du also bald auf der Straße?«

»Vielleicht auch nicht.« Fränkel lächelte geheimnisvoll.

»Was heißt das?«

Siegfried atmete noch einmal tief durch und rückte dann mit dem Grund seines Besuches heraus. »Wir, Naumann, Monika und ich, wir möchten die Firma übernehmen.«

»Ihr wollt Euch selbständig machen? Nein!« Der Onkel starrte ihn ungläubig an.

»Du bist nicht dafür?« Fränkel fand seine düsteren Ahnungen bestätigt.

»Selbständig machen...?« wiederholte Richard Fränkel fassungslos. »In diesen Zeiten? Das nenne ich Chuzpe. Deine Partner sind Christen?«

Siegfried nickte.

»Trotzdem, das hätte ich nie von dir gedacht!« Der Onkel war angenehm enttäuscht und kraulte sich seinen Kinnbart. »Du hast Mut.«

»Wie mein Vater!«

Das Lächeln des Onkels erstarb schlagartig. Abwehrend hob er die Hände. »Sprechen wir jetzt nicht von deinem Vater.«

»Du hast ihn gehaßt. Warum eigentlich?«

»Weil ich ihn geliebt habe«, sagte Richard Fränkel leise. »Das wirst du nie verstehen. Er war mein kleiner Bruder, ein Nachkömmling, der Liebling der Familie, dem jeder Wunsch erfüllt wurde. Er wollte Abitur machen, er kam auf das Gymnasium. Ich hatte eine Lehrstelle für ihn besorgt, er wollte studieren. Also kam er auf die Universität. Er wollte fliegen, er ist geflogen, obwohl die ganze Familie gezittert hat. Er wollte eine Christin heiraten, er hat sie geheiratet.«

»Du warst gegen Mutti«, meinte Siegfried bekümmert.

»Nein!« Der Onkel stand auf. »Ich war gegen die Heirat. Und ich hatte recht. Ich seh' ja, was daraus geworden ist. Gehst du mal in die Synagoge? Nein! Gehst du in die Kirche? Auch nicht. Du weißt nicht, wo du hingehörst. Du bist nichts Halbes und nichts Ganzes. Deshalb war ich gegen die Heirat.« Einen Moment lang blickte er nachdenklich vor sich hin. »Und dann kam der Krieg...«, fuhr er fort. »... die wollten deinen Vater gar nicht haben, aber er mußte sich natürlich freiwillig melden, zu den Jagdfliegern...«

»Sechzehn Abschüsse!« sagte Siegfried voller Stolz.

»Und bei dem sechzehnten wurde er verwundet. Aber er mußte ja unbedingt am nächsten Tag wieder ins Flugzeug steigen – mit hohem Fieber!« Der Onkel regte sich auf.

»Sonst hätten sie ihn nicht abgeschossen«, meinte Siegfried.

»Du sagst es, sonst hätten sie ihn nicht abgeschossen.« Richard Fränkel nickte traurig und dann kam er in Fahrt. Man hatte das Gefühl, alles, was er erzählte, hatte sich in ihm seit vielen Jahren angestaut, und jetzt konnte er es endlich loswerden. »Das war kein Mut, mein Junge, das war Leichtsinn! Solche Menkenkes macht man nicht, wenn man Familie hat!« Er blickte zu den Bildern seiner Eltern hin. »Deiner Großmutter hat es das Herz gebrochen, und dein Großvater ist über Nacht weiß geworden. Ich habe für die beiden, Gott hab' sie selig, gesorgt, für sie gearbeitet, zur Kur habe ich sie geschickt, solche Grabsteine habe ich für sie aufstellen lassen ...«, er deutete mit den Händen die enorme Größe der Steine an, »aber gesprochen haben sie nur von deinem Vater. Überall standen Fotos von ihm herum. Er war der Held, der Held der Familie. Und du bist ihm wie aus dem Gesicht geschnitten. Vielleicht war ich deshalb manchmal etwas ungerecht zu dir. Ich dachte immer, du bist wie er.« Richard Fränkel unterbrach sich und sagte dann in einem ganz anderen Ton: »Aber wozu rede ich eigentlich davon? Du willst dich also selbständig machen. Dazu brauchst du doch Geld?«

Fränkel nickte. »Könntest du mir etwas leihen?« fragte er vorsichtig. Richard Fränkel winkte ab. »Verleihen tu' ich kein Geld, prinzipiell nicht!«

»Nur etwa fünfzehn- bis zwanzigtausend Mark!« bat Siegfried.

»Nur ist gut!« Der Onkel lächelte ironisch. »Du verwechselst mich mit Rothschild. Aber laß mich mal überlegen.« Er strich sich nachdenklich über den Bart. »Die Aktien steigen gerade wieder, es wäre eine Sünde, sie jetzt abzustoßen. Die Läden gehen im Moment nicht sehr gut. Kaufen möchten die Leute schon, nur sie trauen sich nicht. Aber das Haus hier, das ist unbelastet.« Er ging mit sich zu Rate und fand gleich einen Ausweg. »Deine Mutter ist doch damals zum Judentum übergetreten.«

»Weil du darauf bestanden hast«, erinnerte ihn Siegfried.

»Ich weiß!« Der Onkel lachte auf. »Und das war eine Fehlinvestition. Jüdin ist man, Jüdin wird man nicht! Bestell ihr von mir, sie soll sich wieder taufen lassen. Für alle Fälle. Man kann nie wissen. Du willst doch hier nicht wohnen?«

Fränkel schüttelte den Kopf.

»Aber ich noch ganz gerne ein bißchen.« Richard Fränkel sah sich im Raum um und wurde dann wieder ganz geschäftlich. »Das müssen wir schriftlich festlegen. Ich überschreibe ihr das Haus, dann kann sie eine Hypothek aufnehmen und . . .« Er lächelte verschmitzt. »Ich glaube, das reicht, um sich selbständig zu machen.«

»Onkel Richard!« Siegfried konnte es immer noch nicht fassen. »Das willst du für mich tun? Das hätte ich nie von dir erwartet!«

»Ich auch nicht«, erwiderte der Onkel trocken. »Ich weiß gar nicht, was mit mir los ist. Liegt es an den Zeiten oder an Doktor Grünfeld?«

»Wer ist das?« wollte Fränkel wissen.

»Unser Rabbiner. Den solltest du eigentlich kennen«, meinte Richard Fränkel vorwurfsvoll. »Er sagte neulich: Vererben kann man sein Geld, aber schöner ist es, wenn man vorher gibt – mit warmen Fingern. Dann hat man noch die Freude an der Freude seiner Erben.« Er reichte seinem Neffen die Hand und der schlug ein. »Siegfried . . .« sagte er feierlich. »Ich wünsche dir für deine Firma Massel und Broche . . . wenn du dich noch erinnern kannst, was das heißt.« Er lächelte etwas wehmütig, dann wandte er sich schnell ab. Sein Neffe mußte ja nicht unbedingt sehen, daß seine Augen feucht wurden.

1934

Am 1. Oktober morgens um Viertel vor acht stieg Werner Böhm am Dönhoffplatz aus der Straßenbahn, warf einen Blick auf die Uhr und ärgerte sich, daß er nicht eine Bahn früher genommen hatte. Es war doch schon ziemlich spät. Darum überquerte er die Leipziger Straße im Laufschritt und marschierte im Eiltempo die Jerusalemer Straße hinunter in Richtung Hausvogteiplatz. Ab und zu warf er einen scheuen Blick auf die Firmenschilder, mit denen die Fassaden der Häuser rechts und links bepflastert waren. Fast nur jüdische Namen waren da zu lesen, und Werner fühlte sich unbehaglich. Gut, dieser Herr Fränkel, bei dem er sich vorgestellt hatte, machte einen ganz netten Eindruck, doch der war ja nur ein halber, wie sein Onkel Ernst ihm erzählt hatte. Aber die ganze Gegend hier war total verjudet, und die Juden sind unser Unglück! Das wußte Werner, das heißt, er wußte es nicht. Er hatte es nur oft genug gehört, von seinem Scharführer, von seinem Onkel und von seinem Vater, der seiner Mutter verboten hatte, beim Juden zu kaufen, was sie ab und zu aber doch noch tat.

Werner Böhm war groß und blond, ein nordischer Riese, an dem Adolf Hitler, der seit August – nach Hindenburgs Tod – Führer und Reichskanzler war, seine helle Freude gehabt hätte, wäre da nicht ein kleiner Schönheitsfehler gewesen. Werner mußte eine Brille tragen, sogar eine ziemlich starke. Als er die Taubenstraße erreicht hatte, blieb er einen Moment lang stehen und rekapitulierte. Er durfte sich nicht verplappern. Daß Onkel Ernst ihm die Lehrstelle besorgt hatte, sollte niemand in der Firma erfahren, nicht mal, daß er mit ihm verwandt war. Das gehörte zur Taktik des Verkäufers, der Getreue um sich versammeln wollte, um die Firma sozusagen arisch zu unterwandern. Und das war auch der Grund, weshalb Werner die Lehrstelle bei Fränkel und Naumann eigentlich nicht antreten wollte. Er konnte so schlecht lügen. Aber Lehrstellen waren zur Zeit knapp, und die drei Jahre, so glaubte er, würden schon vorübergehen.

Er überquerte die Taubenstraße, ging auf den Toreingang zu und kam an dem Kabäuschen von Herrn Lehmann vorbei, der sofort das Fenster aufriß, um sich zu erkundigen, zu wem er wollte. Böhm sagte es ihm und lief dann leichtfüßig die Treppe hinauf, immer zwei Stufen auf einmal nehmend.

An der Wand neben der Tür in der zweiten Etage war ein heller Fleck. Das alte Firmenschild war abmontiert worden und das neue nicht rechtzeitig fertig geworden. Werner stieß die Tür auf und trat ein. Es schnarrte zweimal. Aus dem Verkaufsraum hörte er Stimmen und Gelächter, die Tür zum großen Raum stand halb offen. Dort fegte Gütschow vorsichtig um die vielen Blumenarrangements herum, die auf dem Fußboden standen. Die Lieferanten hatten sie zur Firmeneröffnung geschickt und sich – wie man sehen konnte – ihre Glückwünsche etwas kosten lassen.

Böhm ging hinein, blickte sich um und bemerkte den Hausdiener. »Guten Morgen!« sagte er in zackigem Ton.

Gütschow blieb stehen und drehte sich um. »Morjen!« wünschte er wesentlich gemütlicher.

»Ich bin doch hier richtig bei Fränkel und Naumann?« vergewisserte sich Werner.

»Biste!« antwortete Gütschow. »Sieht gar nicht nach Konfektion aus, was? Mehr wie ein Blumenladen. Zu wem wollteste denn?«

»Mein Name ist Böhm, Werner Böhm.« Er machte eine knappe Verbeugung und schlug die Hacken zusammen. »Ich bin der neue Lehrling.«

»Aha!« Gütschow sah ihn interessiert an und trat auf ihn zu. »Angenehm! Gütschow.« Er reichte Werner die Hand, überlegte kurz, »dann warteste am besten mal hier. Der Chef telefoniert gerade.« Er fegte weiter. »Wird dir gefallen bei uns«, meinte er. Vor einem besonders großen Arrangement blieb er stehen und schüttelte den Kopf. »Das muß hier weg. Das stört!« entschied er, wußte aber nicht, wohin damit.

Ernst Fiedler kam aus dem Verkaufsraum, ging an einen der Ständer heran und begann, nach einem bestimmten Modell zu suchen.

»Herr Fiedler!« rief Gütschow, froh jemanden zu finden, der ihm die Entscheidung abnehmen konnte. »Soll ich das hier nicht lieber in den Verkaufsraum stellen?«

»Ja, ja, sehr gut«, murmelte Fiedler zerstreut, er hatte das Modell ›Sommerliebe‹ immer noch nicht gefunden.

Gütschow ließ den Besen fallen, wuchtete stöhnend das Arrangement auf seine Arme und fragte vorsichtshalber, ob er da vorne jetzt nicht stören würde.

»Nein, nein«, Fiedler winkte ab und suchte weiter.

Gütschow bugsierte das Arrangement durch den Samtvorhang in den Verkaufsraum. Den Kunden schien es zu gefallen, denn man hörte ein vielstimmiges »Aaah!«

Fiedler schob jetzt den ersten Ständer beiseite und suchte am nächsten weiter.

Werner ging auf ihn zu. »Guten Morgen, Onkel Ernst!« sagte er fröhlich und merkte im selben Augenblick, daß er etwas falsch gemacht hatte.

Fiedler zuckte zusammen und legte den Finger auf die Lippen. »Pssst!« zischte er, sich nach allen Seiten umblickend.

»Entschuldige!« flüsterte Werner.

Sein Onkel tippte mit dem Zeigefinger gegen die Stirn. »Wenn das einer hört, du Chammer! Darf doch keiner wissen, daß wir Mischpoche sind. Hier bin ich für dich Herr Fiedler!«

»Ich weiß, Onkel . . .« Werner verbesserte sich schnell.

»Herr Fiedler. Aber mir gefällt das alles nicht. Wenn das rauskommt . . .«

»Wie soll das rauskommen? Der einzige, der dich hier kennt, ist Herr Salomon. Aber der hat dich nur einmal ganz flüchtig gesehen, als du mich abgeholt hast. Und der ist in Holland.« Fiedler suchte weiter.

»Ich meine doch bei der HJ«, sagte Werner leise. »Wenn mein Scharführer erfährt, daß ich in einer jüdischen Firma . . .«

»Das ist sie die längste Zeit gewesen, mein Junge!« Fiedler grinste siegesbewußt. Dann entdeckte er das Modell. »Ah, da ist es ja!« meinte er erfreut, nahm das Kleid vom Ständer und trat dicht an seinen Neffen heran. »Sperr mal schön Augen und Ohren auf, damit du Bescheid weißt, wenn es soweit ist«, raunte er ihm zu. »Lange wird sich das der Führer nicht mitansehen, daß ein Jude eine Firma . . .« Er brach ab, weil er Fränkel aus dem Privatkontor kommen sah. »Ah, guten Morgen, Herr Fränkel!« rief er sofort sehr liebenswürdig und dienerte devot. »Habe mich gerade mit unserem neuen Lehrling bekannt gemacht . . . Scheint ein aufgewecktes Kerlchen zu sein . . . Jedenfalls dem Ponim nach.« Er drehte sich zu seinem Neffen um und hob mahnend den Zeigefinger. »Also paß gut auf, mein Junge. Unser Chef kann dir viel beibringen.« Er wollte in den Verkaufsraum und stieß am Vorhang fast mit dem Hausdiener zusammen, der gerade wieder zurückkam.

Gütschow trat zur Seite, hielt ihm den Vorhang auf und Fiedler verschwand.

»So, das Modell haben wir auch noch in einem sehr schönen Lind. Das ist *die* Farbe der nächsten Saison«, hörte man ihn im Verkaufsraum noch sagen, bevor sich der Vorhang wieder schloß.

»Na, dann komm mal, Werner. Mal sehen, ob ich dir was

beibringen kann«, sagte Fränkel zu seinem neuen Lehrling. Er wandte sich an den Hausdiener: »Gütschow, bringen Sie unserem Mitarbeiter einen Kittel.«

»Mach' ich, Herr Fränkel«, antwortete Gütschow und trabte nach hinten.

Aus dem Verkaufsraum kam eine Lachsalve. Fränkel verzog das Gesicht. »Fiedler erzählt schon wieder jüdische Witze.« Er seufzte und ging mit Werner zum Pult. »So, mein Junge, du wirst bei uns durch sämtliche Abteilungen gehen, und ich sage dir gleich, in den ersten Tagen macht es nicht viel Spaß. Das war bei mir genauso. Oder hast du etwa als kleiner Junge davon geträumt, mal in die Konfektion zu gehen?«

»Na ja . . . also eigentlich nicht«, druckste Werner verlegen.

»Ich auch nicht. Was wolltest du denn werden?« forschte Fränkel.

»Offizier!« antwortete Werner prompt. »Aber bei der Reichswehr haben sie mich nicht genommen. Wegen der Augen«, fügte er bekümmert hinzu.

Fränkel nickte verständnisvoll. »Das ging meinem Vater damals genauso. Die wollten ihn auch nicht. Allerdings nicht der Augen wegen . . . Und dann kam der Krieg, da wurde er sogar Oberleutnant.«

Werner blickte ihn verblüfft an. »Ihr Vater?«

Fränkel nickte. »Jagdflieger war er . . . 16 Abschüsse!«

Böhm schüttelte den Kopf. »Ich habe gar nicht gewußt, daß es jüdische Offiziere gab.«

»Siehste! Haste doch schon was gelernt!« sagte Fränkel und zog sich einen Ständer mit Ware heran.

Max Salomon saß in seinem Sessel und überflog die dritte Seite des ›Berliner Tageblatts‹. Wütend ließ er die Zeitung sinken, schüttelte den Kopf und schlug dann mit Karacho die nächste Seite auf.

Selma kam ins Herrenzimmer. Sie trug ein marineblaues Kostüm und eine weiße Bluse. Ihr Hut, die Schuhe und die Handtasche waren in der gleichen Farbe wie das Kostüm. Es war ein sehr schickes Ensemble.

Salomon hatte ihr Eintreten gar nicht bemerkt. Er schlug die folgende Seite auf und atmete geräuschvoll. Es war ihm deutlich anzumerken, daß er vor Wut zu kochen begann.

Selma beobachtete ihn. Er blätterte schon wieder um.

»Was machst du da eigentlich?« erkundigte sie sich.

»Ich lese das ›Berliner Tageblatt‹«, antwortete Salomon gereizt und schlug die letze Seite auf.

»Lesen ist gut«, konstatierte Selma ironisch, »oder suchst du etwas Bestimmtes?«

Salomon nickte. »Ich suche die eigene Meinung, die das Tageblatt mal hatte. Aber jetzt sind ja alle Zeitungen einer Meinung. Gleichgeschaltet!«

»In Amsterdam nicht.« Selma hielt es für angebracht, mal wieder an ihr viel zu kurzes Gastspiel in Holland zu erinnern, das wegen der dauernden Kräche zwischen Max und ihrem Bruder ein vorzeitiges Ende gefunden hatte.

»Und was hatte ich davon?« wollte Salomon wissen. »Konnte ich sie lesen? Ich kann doch kein Wort Holländisch!« Er faltete die Zeitung zusammen, legte sie auf das kleine Tischchen, schnupperte plötzlich und blickte seine Frau erstaunt an. »Du riechst ja so gut! Und elegant bist du. Selma, was hast du vor?«

»Ich wollte bloß mal bei Professor Hirschfeld vorbeigehen«, antwortete Selma und bemühte sich zu lächeln. Sie wollte diesem Arztbesuch einen möglichst harmlosen Anstrich geben.

»Wieder Schmerzen?« fragte Salomon besorgt.

»Nein.« Selma bestritt das etwas zu heftig. »Wie kommst du denn darauf?«

»Fühlst du dich nicht gut, Selma?« Max war nun doch beunruhigt.

»Doch, sogar sehr gut«, betonte sie.

»Und warum gehst du dann zum Arzt?«

»Weil . . . weil er auswandert.«

»Professor Hirschfeld? Wohin?«

»Nach England, er bekommt einen Lehrstuhl in London. Heute ist das letzte Mal Sprechstunde, und da muß ich ihm doch auf Wiedersehen sagen.«

»Du ihm?« Salomon wiegte den Kopf.

»Was ist?« forschte Selma.

»Ich halte lieber den Mund.« Salomon winkte ab.

»Max!« Selma hob die Stimme und den Zeigefinger. »Ich weiß genau, was du eben sagen wolltest. Bei den Rechnungen, die er uns schickt, wolltest du sagen, bei den Rechnungen müßte er sich eigentlich von uns verabschieden. Stimmt's?«

»Ich überlege . . .« erwiderte Salomon diplomatisch. »Hätte ich das wirklich gesagt?«

»Ja!« Selma war sich ganz sicher. »Ich kenne dich doch. Und jetzt geh' ich.« Sie drehte sich um und ging zur Tür.

»Wann kommst du zurück?« rief Salomon ihr nach.

Selma drehte sich um. »Nicht vor zwei Stunden. Aber ich beeil mich.«

»Brauchst du nicht. Ich geh' auch mal kurz weg.« Salomon stand auf.

»Aha!«

»Wieso aha?« fragte ihr Ehemann.

»Wohin gehst du denn?«

»Spazieren!« log Max. »Im Tiergarten. Ich muß mal frische Luft schnappen.«

»Das habe ich mir schon gedacht.« Selma begann mit dem Verhör. »Du willst also im Tiergarten spazierengehen?«

»Ja«, versicherte Salomon, aber es klang schon nicht mehr sehr glaubhaft.

»Guck mich an, Max Salomon«, verlangte Selma. »Sieh mir in die Augen!« Salomon tat es, hielt aber dem Blick seiner Frau nicht lange stand. Er mußte lachen, wie immer, wenn sie ihn so ansah, ob er wollte oder nicht.

»So, du mußt lachen! Also stimmt es nicht.« Selma nickte triumphierend. »Und wenn du dir noch soviel Mühe gibst, beschwindeln kannst du mich nicht. Ich weiß, wo du hingehst. Heute ist doch der Erste.«

»Der Erste?« Salomon tat so, als wunderte er sich darüber, daß seine Frau diesem Datum soviel Bedeutung beimaß.

»Da wird doch die neue Firma eröffnet.« Selma ließ nicht locker.

»Ach ja, richtig!« Salomon spielte weiter den völlig Ahnungslosen, leider nicht sehr überzeugend.

»Und du willst hingehen und gratulieren.« Selma blickte ihren Mann mitleidig an. »Max, warum tust du dir das an?«

»Sie haben doch bei mir gelernt, alle drei«, verteidigte er sich. »Ich weiß noch genau, wie ich mich gefreut habe, als mein alter Chef mir damals gratulierte. Der alte Weber . . . Mit einer Kiste Zigarren kam er an, eine sehr billige Sorte. Habe ich gleich Herrn Lehmann geschenkt. Ein ganzes halbes Jahr lang hat der mich vorwurfsvoll angeguckt.«

»Also gut, geh hin und brich dir ein bißchen das Herz.« Selma seufzte, drückte die Türklinke herunter und drehte sich noch einmal um. »Oder vielleicht bist du auch nur neugierig?«

»Selma, du kennst mich zu gut!« gab Salomon zu.

Fränkel stand am Pult und begann zu kalkulieren. Werner Böhm schaute ihm neugierig über die Schulter.

»Also, hier sind Zweimeterachtzig drin. Und was kostet der Stoff?« Fränkel sah kurz nach. »Zweiundzwanzig Mark.

Zweiachtzig mal zweiundzwanzig . . .« Er rechnete es schnell im Kopf aus und blickte seinen Lehrling fragend an.

Werner bewegte stumm die Lippen und war noch lange nicht soweit. Er hatte gerade ausgerechnet, wieviel zweiachtzig mal zwei waren. Fränkel dauerte es viel zu lange. »Sind einundsechzigsechzig!« sagte er und notierte die Summe.

Werner nickte anerkennend und rechnete nicht mehr weiter.

»Dann kommt der Arbeitslohn dazu«, murmelte Fränkel und studierte den Zettel.

Gütschow brachte einen Kittel, dem man ansah, daß er durch die Mangel gedreht worden war.

Fränkel blickte auf. »Da ist ja dein Kittel. Zieh ihn gleich mal an.«

Gütschow half Werner und stellte dabei fest, daß der Kittel viel zu weit war. »Aber es ist unser letzter«, bedauerte er.

»Na ja, für den Anfang wird es gehen«, meinte Fränkel.

»Sigi, hast du mal Zeit?« rief Naumann von der Abnahme her.

»Ja, ich komme!« antwortete Fränkel. »Danke, Gütschow«, sagte er zu dem Hausdiener, der sich daraufhin zum Packtisch zurückzog.

Fränkel wandte sich an Böhm. »Und du gehst jetzt in die Einrichtung. Fräulein Vogel wird schon auf dich warten. Die Einrichtung ist dahinten.«

Böhm machte sich auf den Weg und begegnete Daisy, die ein schwarzes, schulterfreies Abendkleid trug. Es war ein besonders apartes Modell, mit einer kostbaren Stickerei versehen, die leider kaum auffiel, weil sie die gleiche Farbe hatte: Schwarz!

Naumann folgte ihr. Er trug wieder einmal eine schwarze Krawatte und sah unendlich traurig aus.

»Guten Morgen!« wünschte Werner höflich.

Daisy blieb stehen und musterte ihn. »Hallo!« Sie war angenehm überrascht.

»Guten Morgen, Herr Naumann.« Böhm machte eine kleine Verbeugung.

»Morgen«, antwortete Naumann zerstreut und drehte sich noch einmal um. »Hübscher Junge«, flüsterte er Fränkel zu.

»Helmut!« Fränkel drohte ihm mit dem Finger.

»Ich weiß gar nicht, was du willst«, verteidigte sich Naumann. »Du hast ein Mannequin geheiratet.«

»Aber keins von uns!« antwortete Fränkel.

Daisy stieß daraufhin einen langen, vorwurfsvollen Seufzer aus.

Fränkel blickte sie erstaunt an.

»Man wird doch noch mal seufzen dürfen!« meinte sie achselzuckend.

»Sigi, guck mal.« Naumann wies auf das Abendkleid. »Hat die Fuchsen gerade gebracht. Also ich finde es todschick.«

»Ich auch . . . schick, aber etwas tot.« Fränkel wählte seine Worte ganz vorsichtig, um seinen Kompagnon, der heute besonders verletzlich war, nicht zu kränken. »Das ist schon das fünfte schwarze Abendkleid in unserer Kollektion.«

Naumann war sofort tödlich beleidigt! »Zieh den Fummel aus!« zischte er Daisy an.

»Bitte.« Daisy ging los, drehte sich nach ein paar Schritten noch einmal um. »Aber er hat recht«, meinte sie. »Ich komme mir schon vor wie die Witwe Bolte.« Damit rauschte sie davon.

»Also bitte, Siegfried, ein für alle Mal, du hast dich nicht einzumischen!« Naumanns Stimme überschlug sich. »Die Kollektion ist meine Sache!«

»Aber wir müssen die Kleider verkaufen.« Fränkel blieb ganz ruhig.

»Eben!« Naumann bemühte sich, seiner Stimme jetzt einen festen Klang zu geben. »Und ich weiß genau, mit Schwarz liege ich richtig.«

»Aber nicht bei uns, sondern da drüben«, entgegnete Fränkel so sanft wie möglich und zeigte zur anderen Seite der Taubenstraße. »Da ist Webers Trauer-Magazin.« Dann legte er Naumann begütigend die Hand auf die Schulter. »Helmut, ich weiß ja, wie dir zumute ist!«

Naumann preßte die Lippen zusammen. Er war den Tränen nahe. »Gar nichts weißt du!« stieß er hervor. »Du hast ja jemand... bist verheiratet... anscheinend sogar sehr glücklich. Und ich...« Er wandte sich ab, seine Schultern zuckten.

Siegfried versuchte ihn zu trösten. »Helmut, das hilft doch alles nichts! Du mußt dich damit abfinden. Denk doch mal an uns hier. Weißt du, daß wir die jüngsten Chefs sind... in der ganzen Branche? Und was wir heute schon verkauft haben...«

Naumann machte eine wegwerfende Handbewegung. Geschäftlicher Erfolg war für ihn kein Ausgleich für seinen privaten Kummer.

Die Eingangstür schnarrte zweimal.

Fränkel warf einen Blick auf seine Armbanduhr. »Sind das etwa schon Wessel und Schulz? Die wollten doch erst in einer halben Stunde kommen. Entschuldige, Helmut, dann muß ich jetzt in den Verkaufsraum. Fiedler bedient Baum und Hochfeld.« Er strich sich kurz über das Haar und zog seine Krawatte hoch. Aber seine Bemühungen waren völlig unnötig, denn es kam keine Kundschaft, der ehemalige Chef trat ein, ein kleines Blumentöpfchen in der Hand. »Herr Salomon!« rief Fränkel freudig überrascht.

»Ich muß euch doch gratulieren«, erklärte Salomon. »Massel und Broche!« Er drückte Fränkel die Hand.

»Vielen Dank!« Fränkel war gerührt. Auch Naumann schien seine private Krise vorübergehend vergessen zu haben. »Das ist ja eine Überraschung!« rief er und zauberte ein Lächeln auf sein blasses Gesicht.

Salomon drückte ihm ebenfalls die Hand.

»Wir dachten, Sie sind längst in Holland«, wunderte sich Fränkel.

»War ich auch . . . aber vorsichtshalber erst auf Besuch«, berichtete Salomon. »Ich sage nur ein Wort: Oiweh!« Er verzog das Gesicht. »Es hat mir nicht gefallen. Na ja, ein fremdes Land . . .«

Fränkel und Naumann nickten verständnisvoll.

»Und die Sprache konnten Sie auch nicht verstehen . . .« meinte Naumann mitfühlend.

»Das war noch das Wenigste.« Salomon winkte ab. »Mit meinem Schwager habe ich mich nicht verstanden! Deshalb sind wir wieder zurück. Und nun warten wir auf das Affidavit für Amerika. Meine Frau hat einen Vetter in New York, mit dem versteh' ich mich gut.« Salomon hielt es für richtiger, eine Einschränkung zu machen. »Nu' ja, ich habe ihn ja erst zweimal gesehen. Und da habe ich mir gedacht, wenn du noch hier bist, Massel und Broche werdet ihr brauchen können.«

Er blickte auf die großen Arrangements und verglich sie mit seinem Töpfchen. »Die Größten sind meine Blumen nicht gerade, aber sie wachsen noch.« Er überlegte, wem er den Topf überreichen sollte, und gab ihn schließlich Fränkel, der sich bedankte, was Naumann auch tat. Salomon sah sich um und seufzte wehmütig. »Das sind Räume! So schön hoch und die Miete so schön niedrig! Und so günstig gelegen . . . Und Chefs, die bei mir gelernt haben. ›Fränkel und Naumann‹, draußen am Fenster steht es dran, in großen Goldbuchstaben!«

»Sieht gut aus, was?« Fränkel war sichtlich stolz.

Salomon nickte. »Schon vom Hausvogteiplatz aus kann man es lesen.« Er verschwieg wohlweislich, wieviel Überwindung es ihn gekostet hatte, zu den Fenstern hinaufzublicken, und wie traurig er war, daß da nicht mehr Max Salomon dranstand. Er legte jedem seiner ehemaligen Lehrlinge eine Hand auf die Schulter. »Wachsen soll die Firma, blühen und gedeihen. Solche Orders wünsche ich euch!« Er demonstrierte das mit beiden Händen. »Viel zu tun sollt ihr haben. Es ist schön, wenn man viel zu tun hat. Ich kann das jetzt beurteilen.« Er nickte wehmütig, ging zum Pult und strich mit der Hand zärtlich über die Platte, als sein Blick auf den Kalender fiel. »Heute ist bereits der Erste!« meinte er vorwurfsvoll, riß das Blatt mit der Dreißig ab und versenkte es im Papierkorb. Noch einmal sah er sich um, wie Abschied nehmend. Dann siegte sein Galgenhumor. »Eins dürft ihr nie vergessen, Kinder, das alles hier verdankt ihr unserem Führer!«

»Und meinem Onkel!« fügte Fränkel hinzu.

»Wenn der Hitler nicht gekommen wäre, würde die Firma heute noch Max Salomon heißen. Aber nachdem die SA . . .« Salomon fiel plötzlich etwas ein. Er drehte sich zu Naumann um.

»Was macht dein netter Freund?«

»Fragen Sie nicht!« bat Helmut mit tränenerstickter Stimme, bedeckte sein Gesicht mit den Händen und lief ins Studio.

»Oiweh!« meinte Salomon betroffen. »War der nicht Gruppenführer? Was ist mit ihm?«

»Der Röhm-Putsch«, antwortete Fränkel leise.

»Hätt' ich mir denken können.« Salomon wiegte bedauernd den Kopf. »Er hat also dran glauben müssen.«

»Nein, geheiratet hat er«, klärte Fränkel ihn auf. »Alibi auf den ersten Blick.«

»Armer Freund, hat er also doch dran glauben müssen«, meinte Salomon mit sanfter Ironie.

»Ich übrigens auch!« gestand Fränkel leise.

»Du?« Salomon blickte ihn überrascht an.

Fränkel hob die rechte Hand und deutete auf den Finger, an dem der Ehering glänzte.

»Was denn? Ihr habt geheiratet?« rief Salomon erfreut. »Das ist vernünftig. Wo ist sie denn? Ich meine deine Frau?«

»Zu Hause natürlich«, antwortete Fränkel. »Das heißt, im Moment nicht.«

»Arbeitet sie denn nicht mehr?« fragte Salomon erstaunt.

»Nein.«

»Kaum läßt man euch mal allein . . .« Salomon schüttelte den Kopf.

»Aber es freut mich für euch. Und ich habe mich schon gewundert, wo Monika ist.«

»Ach, Monika.« Über Fränkels Gesicht fiel ein Schatten. »Das war eine große Enttäuschung.«

»Wieso Enttäuschung?« Salomon blickte ihn verständnislos an.

»Na ja, die ist doch ausgestiegen, im letzten Augenblick«, berichtete Fränkel verärgert. »Und wir stehen jetzt da . . . ohne sie. Ich weiß gar nicht, was in sie gefahren ist. Nicht mal zu unserer Hochzeit ist sie gekommen. Ich verstehe das nicht!«

Salomon verstand das sehr gut. Aber er hielt es für richtiger, mit seiner Meinung hinter dem Berg zu halten. »Sie wird ihre Gründe haben.«

»Aber was für Gründe? Wurst und Schinken in Niederschöneweide verkaufen?« regte Fränkel sich auf. »Warum tut sie das bloß? Ich habe das Gefühl, sie verschweigt mir was.«

»Das kann ich dir nicht sagen, wirklich nicht«, meinte Salomon diplomatisch. »Da mußt du schon von selber drauf kommen.« Er ergriff Fränkels Hand und drückte sie. »Herzlichen Glückwunsch, mein Junge. Alles Gute für dich und deine Frau.«

»Danke, Herr Salomon«, antwortete Fränkel. »Aber wir stehen hier nur so rum. Wollen Sie nicht ablegen und ein Glas Wein mit mir trinken, im Privatkontor?«

Salomon wehrte ab. »Nein, das möchte ich lieber nicht. Soweit bin ich noch nicht. Du verstehst, was ich meine.«

Fränkel nickte. »Aber eine Zigarre werden Sie doch nicht ablehnen?« Er klappte den Deckel des Pultes hoch und nahm eine Zigarrenkiste heraus. »Ihre Sorte!«

»Da sage ich nicht nein.« Salomon lächelte erfreut.

Fränkel öffnete die Kiste und hielt sie seinem ehemaligen Chef hin. »Bitte!«

Salomon überlegte kurz. »Wir haben ja noch nicht Schabbes«, stellte er dann beruhigt fest und griff zu. »Du weißt ja, was ich meiner Frau versprochen habe. Danke!« Er biß die Spitze der Zigarre ab.

»Ich weiß«, meinte Fränkel. »Wie geht es ihr?«

Salomons Gesicht wurde ernst.

»Ist sie krank?« fragte Fränkel besorgt und gab ihm Feuer.

»Sie sagt, nein.« Salomon zog an der Zigarre. »Danke. – Trotzdem habe ich das Gefühl, sie fühlt sich nicht. Aber wenn du mich fragst, ich glaube, sie hat schon Heimweh, bevor wir in Amerika sind.« Er blickte einen Augenblick lang nachdenklich vor sich hin und stieß genüßlich eine Rauchwolke aus. »Was macht deine Mutter?« erkundigte er sich. »Geht es ihr gut?«

»Sehr gut, sie ist viel auf Reisen«, erklärte Fränkel und zuckte die Achseln. »Na ja, ich bin nicht mehr zu Hause, und sie mag meine Frau nicht.«

»Ja ja, die Mütter von Söhnen...« Salomon nickte verständnisvoll. »Das kenne ich von meiner Tante Ida, Gott hab' sie selig. Zwei Jahre lang hat sie mit meiner Frau kein Wort gesprochen. Ist nicht einmal zu uns gekommen.«

»Und dann?«

»Dann ist sie von uns gegangen. Auch an Eifersucht kann man sterben.« Salomon seufzte.

Ernst Fiedler kam aus dem Verkaufsraum und eilte an den beiden vorbei, ohne Salomon zu bemerken. »Fräulein Vogel!« rief er. »Ich brauche Dessin 311.«

»Sofort, Herr Fiedler«, antwortete die Einrichterin.

»Werner soll es mir bringen«, befahl Fiedler ungeduldig. »Aber schnell!« Er ging wieder in Richtung des Verkaufsraums, entdeckte jetzt seinen ehemaligen Chef und blieb erschrocken stehen. »Guten Tag, Herr Salomon! Sie sind noch im Lande?«

»Wenn es Sie nicht stört«, erwiderte Salomon trocken.

»Nein, nein, natürlich nicht.« Fiedler war nervös und überlegte krampfhaft, was er jetzt tun sollte.

»Was macht Ihre Familie?« erkundigte sich Salomon freundlich.

»Ja . . . eben . . . vielen Dank!« stieß Fiedler hervor. »Gut!« Er drehte sich schnell um und rief Werner Böhm zu. »Bleib da, ich hole es mir schon selbst!«

Aber Böhm kam schon mit einem Stoffballen an.

Fiedler rannte auf ihn zu. »Ist doch viel zu schwer für dich. Gib her!«

»Aber Herr Fiedler, ist doch ganz leicht!« sagte Werner verblüfft.

»Wenn ich dir sage, er ist zu schwer, dann ist er zu schwer!« zischte Fiedler und nahm ihm den Stoffballen ab. »Und nun verschwinde!«

Werner blickte ihn ganz konsterniert an, drehte sich um und lief zurück in die Einrichtung.

»Schrecklich, diese jungen Menschen«, ereiferte sich Fiedler, während er an Salomon vorbeiging. »Immer wissen sie alles besser!«

Salomon blickte Werner nach. »Ist das euer neuer Lehrling?« wollte er wissen, nachdem Fiedler außer Sicht war.

Fränkel nickte.

»Hat ihn jemand empfohlen? Ich meine, ist das ein Verwandter von jemand?«

»Nein«, Fränkel schüttelte den Kopf. »Der ist einfach vorbeigekommen und hat sich vorgestellt.«

»Gar nicht dumm!« meinte Salomon mehr zu sich.

Im Privatkontor klingelte das Telefon.

Fränkel horchte auf. »Entschuldigen Sie bitte, Herr Salomon, das wird Dagmar sein . . . meine Frau.«

»Ich muß sowieso gehen. Ich habe noch etwas vor.« Salomon reichte Fränkel die Hand. »Mach's gut, mein Junge.«

»Sie auch, Herr Salomon.« Fränkel lief rasch ins Privatkontor, während Salomon langsamen Schrittes die Firma verließ.

Fränkel hatte sofort den Hörer abgenommen. »Dagmar? Was hat der Arzt gesagt?« fragte er besorgt. »Ist es was Schlimmes? . . . Was heißt, im Gegenteil? . . . Was? . . . Nein. Aber das ist ja . . . Wir kriegen ein Kind?« Er strahlte. »Ich freue mich. Wie? . . . Ja, ja, du natürlich auch. Es ist wie ein Wunder.« Er seufzte und setzte sich. »Was sagst du, Dagmar? Wieso kein Wunder? . . . Ach so! Natürlich, wir haben viel dafür getan. Ich bin so was von glücklich. Bitte, nimm dir ein Taxi nach Hause. In der Bahn ist oft so ein Gedränge. Du mußt sehr vorsichtig sein. Denk immer daran, daß du jetzt zu zweit bist . . . Wann ich nach Hause komme? Na, sowie ich hier fertig bin. Das müssen wir doch feiern. Wir trinken eine Flasche Sekt« . . . Ihm fiel etwas ein. »Das heißt, darfst du denn jetzt überhaupt noch Sekt trinken? . . . Na, wenn es der Arzt erlaubt hat. Dann stell den Sekt schon mal kalt. Bis heute Abend!« Er legte auf und schüttelte – immer noch fassungslos – den Kopf.

Als er aufblickte sah er, daß sein Onkel an der offenen Tür stand. Er hatte einen Wintermantel mit Pelzkragen an und hielt eine große Tischuhr in den Händen.

»Eigentlich bin ich ja nur gekommen, um dir zur neuen Firma zu gratulieren.« Richard Fränkel schmunzelte. »Aber jetzt gibt es ja noch einen Grund!«

Siegfried nickte. »Wir bekommen ein Kind.« Er war noch völlig durcheinander.

»Ich hab's gehört.«

»Ist das nicht...?« Fränkel suchte ein Wort, daß seine Freude beschrieb, aber es fiel ihm keins ein.

»Es ist!« bestätigte sein Onkel, er wußte, was sein Neffe meinte.

»Ich bin noch immer wie ... wie betäubt«, murmelte Siegfried.

»Das merke ich«, antwortete sein Onkel und trat ein. »Ich würde dir nämlich liebend gern die Hand drücken. Aber dafür müßte ich erst mal mein Geschenk hier irgendwo abstellen.« Er blickte sich suchend um.

»Entschuldige, Onkel Richard ... Warte mal ...« Fränkel überlegte. »Am besten hierher!« Er deutete auf das Tischchen an der Wand und war seinem Onkel beim Absetzen der Uhr behilflich. »Und vielen Dank!«

Richard Fränkel ergriff die Hand seines Neffen und drückte sie. »Siegfried, ich wünsche dir alles Gute. Möge diese Uhr dir und deiner Familie nur glückliche Stunden anzeigen«, sagte er feierlich und war von seinen eigenen Worten so gerührt, daß er eine Träne zerdrückte.

»Danke, Onkel Richard.« Fränkels Augen wurden auch etwas feucht.

»Aber sie schlägt ja nicht nur jede Stunde, sondern sogar

jede Viertelstunde«, fuhr der Onkel stolz fort. »Du wirst es gleich hören.« Er öffnete das Glasfenster vor dem Ziffernblatt.

»Eine schöne Uhr!« fand Siegfried.

»Und die hat man ein Leben lang.« Richard Fränkel begann sie aufzuziehen. »Wer die hat, braucht nie wieder eine andere Uhr. So was sollte man gar nicht verkaufen.« Er schüttelte bekümmert den Kopf. »Ist sowieso nicht einfach heute . . .«

»Gehen die Geschäfte nicht gut?« erkundigte Siegfried sich teilnahmsvoll

»Man lacht.« Richard Fränkel seufzte. »Die Kunden kaufen wieder, aber sie drehen sich vorher immer nach allen Seiten um, ob auch keiner sieht, daß sie bei mir kaufen.«

Siegfried nickte automatisch, er hatte gar nicht zugehört. Er dachte nur an das Kind, das unterwegs war, sein Kind. »Ich werde Vater, was sagst du dazu?« fragte er und sah glücklich lächelnd vor sich hin.

»Nu' ja, ich bin natürlich neidisch.« Onkel Richard warf einen Blick auf seine Taschenuhr und begann die Tischuhr zu stellen. »Weißt du, was Dr. Grünfeld neulich gesagt hat?« Da Siegfried nicht reagierte, fügte er hinzu: »Das ist unser Rabbi. – *Unser* ist gut.« Er sah seinen Neffen vorwurfsvoll an. »Uhren-Fränkel hat er gesagt – er sagt immer Uhren-Fränkel zu mir – Sie sind ein armer reicher Mann: Zehn Filialen haben sie, aber nicht einen Filius. Was kann ich dafür, habe ich geantwortet. Zu einem Kind gehören immer zwei. Aber ich habe so eine Art Ersatzsohn, meinen Neffen Siegfried. Sie haben einen Neffen? Hat er baß erstaunt gesagt. Warum habe ich ihn noch nie hier gesehen?« Er beobachtete Siegfried aus den Augenwinkeln und stellte befriedigt fest, daß er schuldbewußt den Kopf senkte. »Aber zu Jom Kippur kommt er in die Synagoge, habe ich ich ihm versprochen.« Er blickte seinen Neffen bittend an. »Du wirst doch deinen Onkel nicht blamieren?«

Siegfried schüttelte den Kopf.

Onkel Richard lächelte dankbar und verstellte den Zeiger ein wenig. »Paß auf! Jetzt schlägt sie«, rief er aufgeregt und legte den Zeigefinger auf die Lippen. Doch das war gar nicht nötig, denn die Uhr schlug sehr laut. Viermal hörte es sich hell an und zehnmal dunkel und satt. »Ist das ein Ton?« Richard Fränkel hatte ihn schon oft gehört, aber er war immer wieder hingerissen. »Wie eine Kathedrale! Manchmal denke ich, schade, daß Synagogen keine Glocken haben, sonst würdest du sie vielleicht hören und dich öfter mal blicken lassen.« Dabei sah er Siegfried nicht an, sondern machte etwas umständlich die Glastür vor dem Zifferblatt wieder zu und richtete sich dann auf. Irgendwann, so hoffte er, würde sich Siegfried wieder dem jüdischen Glauben zuwenden, es war doch schließlich der Glaube seines Vaters.

Max Salomon war mit der S-Bahn nach Niederschöneweide gefahren, hatte einen Fußmarsch von einer knappen halben Stunde hinter sich, und nun stand er schon zehn Minuten lang in der kleinen Straße und beobachtete die Fleischerei Helmholtz auf der anderen Seite. Jetzt wurde es dort endlich etwas leerer, zwei Kunden hatten eben den Laden verlassen. Salomon gab sich einen Ruck, ging über den Damm und steuerte auf die Eingangstür zu. Er trat ein, die Ladenglocke bimmelte. Den großen SA-Mann, der neben einer Kundin stand, entdeckte er erst, als er die Tür wieder zumachte, und da war es zu spät. Der Uniformierte wurde von Fritz bedient, während Monika für die Kundin, die bei den Wurstwaren stand, mit der Maschine dünne Scheiben von einem großen Schinken abschnitt. Dabei drehte sie Salomon den Rücken zu. An der Kasse thronte Elsbeth Helmholtz, Monikas Mutter, eine füllige Frau Mitte Fünfzig.

»Guten Tag!« wünschte Salomon.

»Guten Tag!« Fritz, der gerade zwei Eisbeine fertigmachte, sah nicht auf, aber der SA-Mann drehte sich sofort um.

»Heil Hitler!« sagte er laut und vernehmlich. Es klang ausgesprochen mißbilligend.

Fritz hob den Kopf, runzelte die Stirn, nickte Salomon zu und wechselte mit Monikas Mutter einen verstohlenen Blick. Beide waren sichtlich verlegen. »So, Herr Förster!« meinte Fritz dann und präsentierte dem Kunden das Fleisch. »Zwei schöne Eisbeine!« Er warf sie mit Schwung auf die Waage. »Genau drei Pfund!«

Der SA-Mann nickte zufrieden.

»Herr Förster zahlt 1,62 Mark!« rief Fritz seiner Tante zu. »Darf es noch was sein, Herr Förster?« erkundigte er sich.

»Nein, danke!« Der SA-Mann schüttelte den Kopf. Fritz wickelte die Eisbeine ein und brachte sie zur Kasse.

Monika legte die abgeschnittenen Schinkenscheiben auf ein Stück Papier und wog sie ab. »Darf's für fünf Pfennig mehr sein?« erkundigte sie sich.

Die Kundin nickte.

»Danke. Macht achtunddreißig Pfennig.« Monika packte den Schinken ein, richtete sich auf, entdeckte ihren ehemaligen Chef und lächelte freudig überrascht. »Ach, Herr Sa . . .«, sie unterbrach sich, sah erschrocken in Richtung des SA-Mannes, der gerade die Eisbeine bezahlte und verbesserte sich schnell. »Sa . . . sagen Sie mal, wie kommen Sie denn hierher?«

»Mit der S-Bahn!« antwortete Salomon.

Monika wandte sich an die Kundin. »Darf es sonst noch was sein?«

»Ja, ich hätte gern noch ein Achtel Salami.«

»Gern! Entschuldigen Sie!« Monika wandte sich an ihre Mutter, die Salomon zunickte, ohne eine Miene zu verziehen. »Mutti, bedienst du bitte mal weiter?« Sie drehte sich zu Salomon um. »Wir gehen am besten gleich mal nach hinten.« Monika öffnete die Tür zum Hinterzimmer und ließ Salomon eintreten. Dann knipste sie die Deckenlampe an, schloß die Tür und schüttelte ihrem ehemaligen Chef die Hand. »Nehmen Sie doch Platz, Herr Salomon«, bat sie. »Entschuldigen Sie, daß ich Sie eben nicht richtig begrüßt habe.« Sie dämpfte ihre Stimme. »Aber dieser Förster ist ein großer Nazi.«

»Leider nicht der einzige«, meinte Salomon bekümmert und setzte sich.

Monika lehnte sich gegen die Wand. »Ich dachte, Sie sind in Holland?«

»Und ich dachte, du bist in der Firma«, entgegnete Salomon. »Ich war eben da und habe gratuliert.«

»Ich wollte nachher auch mal vorbeigehen«, sagte Monika. Es klang ziemlich gleichgültig.

Aber Salomon ließ sich nicht täuschen. »Am besten, du würdest gleich dableiben.«

Monika wich seinem Blick aus. »Das geht nicht, Herr Salomon«, erklärte sie hastig. »Glauben Sie mir, die brauchen mich hier im Laden. Wir haben so viel zu tun.«

»Monika!« Salomon schüttelte den Kopf. »Darf es nicht für fünf Pfennig mehr sein? Soll ich dir sagen, warum du nicht in der Firma bist?«

Monika senkte den Blick.

»Ich kann dich ja verstehen ...« Salomon wußte, wie ihr zumute war. »Aber bald bin ich weit weg, und wer paßt dann auf Siegfried Fränkel auf?«

Monika zuckte die Achseln. »Er hat doch seine Frau!«

»Die ist nicht im Geschäft.«

»Vielleicht fängt sie wieder an. Sie ist doch aus der Branche ... war Mannequin bei Auerbach und Steinitz.«

Salomon horchte auf. »Sehr blond, sehr groß, sehr kühl?«
Monika nickte.

»Oiweh, die Dagmar ist das!« Salomon verzog das Gesicht.

»Sie kennen sie?« fragte Monika erstaunt.

»Und ob!« Salomon hob abwehrend die Hände. »Der junge Krakauer von Krakauer und Wolff war mit ihr verlobt. Ausgenommen hat sie ihn wie eine Weihnachtsgans... Und dann fallengelassen wie eine heiße Kartoffel. Er hat lange geschwankt, ob er sich erschießen oder Gift nehmen soll.«

Monika erschrak. »Hat er sich umgebracht?«

»Nein, zum Glück konnte er sich nicht entscheiden. Er hat dann die Tochter von Wolff geheiratet. Und das ist die richtige Frau für ihn.« Leise fügte er hinzu: »Vielleicht wird der Siegfried auch eines Tages...«

»Und so lange soll ich warten?« unterbrach Monika ihn. »Nein! Geht auch gar nicht mehr. Mein Vetter Willi und ich wollen heiraten.«

»Beide?« forschte Salomon.

»Wie meinen Sie das?« fragte Monika verständnislos.

»Du auch?« wollte Salomon wissen.

»Mein Vater würde es sehr gerne sehen.« Monika wich einer direkten Antwort aus.

»Und du?« Salomon ließ nicht locker.

»Wir übernehmen später das Geschäft«, antwortete Monika und tat so, als ob sie sich darauf freute.

»Jetzt fängst du auch noch an!« Salomon schüttelte in komischer Verzweiflung den Kopf. »Als ob es nicht genügt, wenn einer von euch beiden eine Dummheit macht. Monika, du gehörst in die Firma. Und das weißt du ganz genau!« Er stand auf und reichte Monika die Hand. »Überleg's dir. Dann wirst du ganz schnell merken, daß es eigentlich gar nichts zu überlegen gibt...«

Selma lag im Bett und weinte. Schon vor drei Stunden hatte sie sich hingelegt und sogar eineinhalb Tabletten genommen, aber sie konnte nicht einschlafen. Sie hatte Schmerzen, fühlte sich völlig zerschlagen, und ihre Gedanken kreisten nur um das, was sie heute von Professor Hirschfeld erfahren hatte. Der Arzt war nach der Untersuchung so anders gewesen als sonst, wollte unbedingt mit ihrem Mann sprechen, angeblich um sich von ihm zu verabschieden. Selma hatte sofort gespürt, daß er ihr etwas verschwieg. »Ich möchte gerne wissen, was mit mir los ist. Sagen Sie mir die Wahrheit, Herr Professor. Wie lange habe ich noch zu leben?« hatte sie ihn gefragt.

»Bin ich der liebe Gott?« Der Professor hatte die Achseln gezuckt und dann erschrocken gefragt, wie sie bloß auf so was käme, warum sollte sie nicht mehr lange zu leben haben. Selma ließ nicht locker, bis sie erfuhr, daß er ihr mit der Operation nicht das Leben gerettet, sondern nur verlängert hatte, und jetzt konnte er nichts mehr tun . . . Der Streifen Mondlicht, der durch den Vorhang fiel, war weitergewandert und fiel jetzt auf Selmas Gesicht. Sie kniff die Augen zusammen und rutschte auf die andere Seite des Bettes. Als sie das Öffnen der Wohnungstür hörte, nahm sie rasch das Taschentuch vom Nachttisch, tupfte sich die Augen trocken und legte sich wieder hin. Sie wußte, daß sie jetzt eine Weile auf ihren Mann warten mußte.

Heute knipste Max bereits nach zehn Minuten das Licht im Badezimmer aus und kam näher. Vorsichtig öffnete er die Schlafzimmertür und schloß sie so leise wie möglich. Auf Zehenspitzen ging er zu dem Stuhl, der vor Selmas Toilettentisch stand, legte sein Jackett ab und hing es auf. Dann setzte er sich und zog die Schuhe aus.

»Na, wie war's?« fragte Selma und knipste die Nachttischlampe an. »Hattest du heute mal gute Karten?«

Salomon drehte sich überrascht um. »Wieso bist du denn noch wach?«

Selma hob den Zeigefinger. »Max, ich habe zuerst gefragt!«

»Nu' ja, ich hatte sehr gute Karten«, antwortete Salomon, während er seine Weste aufknöpfte. »Leider hatte Weinberger bessere.« Schweigend zog er seine Weste aus, stand wieder auf, deponierte sie auf dem Stuhl und löste seine Krawatte. Plötzlich fiel ihm ein, daß Selma ja heute bei Professor Hirschfeld gewesen war. Er erkundigte sich, was der Arzt denn nun gesagt habe.

»Was soll er schon groß gesagt haben?« antwortete Selma ausweichend.

Salomon streifte die Hosenträger von den Schultern und knöpfte sein Oberhemd auf, wobei er seine Frau prüfend betrachtete. »Du siehst ziemlich blaß aus«, stellte er besorgt fest.

»Wundert dich das?« erwiderte Selma. »Erstens habe ich keine Schminke mehr drauf, und zweitens ist eine Untersuchung beim Frauenarzt kein Vergnügen. Das weißt du doch ganz genau.«

»Woher?« wollte Salomon mit Recht wissen. »Aber ich habe davon gehört. Also, gibt es etwas Neues bei dir?«

»Nein, etwas Neues gibt es nicht«, versicherte Selma etwas zu nachdrücklich.

»Ehrenwort?«

Selma nickte, denn sie hatte ja die Wahrheit gesagt, leider.

»Gott sei Dank!« Salomon war erleichtert und zog die Hose aus.

»Er hat übrigens gefragt, wie es dir geht«, erzählte Selma.

»Und was hast du geantwortet?«

»Daß du zuviel rauchst.« Selma lächelte. »Er gibt dir den guten Rat, das Rauchen einzustellen.«

Salomon machte sofort ein bedenkliches Gesicht. »Ich bin gespannt, was er mir dafür berechnen wird?«

»Ach Max!« Selma mußte lachen. »Wenn ich nicht wüßte, daß du nur Spaß machst...«

»Weißt du das so genau?« forschte Max mit gespieltem Ernst. »Ich bin mir da gar nicht so sicher.«

Selma wechselte das Thema. »Was war in der Firma?«

»Stell dir vor, Monika ist ausgestiegen!«

»Was?« Selma blickte ihren Mann verblüfft an.

Salomon nickte. »Ist es ein Wunder? Der Junge hat eine andere geheiratet. Ich bin sofort nach Niederschöneweide gefahren«, erzählte er, während er die langen Unterhosen auszog. »Monika muß unbedingt wieder zurück in die Firma. Ich habe lange mit ihr gesprochen. Sie wollte natürlich nicht. Aber ich glaube, ich habe sie überredet.«

»Bestimmt!« Selma lächelte anzüglich. »Du hast doch bis jetzt jedes weibliche Wesen überredet.«

Salomon ging das gegen seine Mannesehre. »Bitte...«, sagte er und hob die Hand, »überreden mußte ich keine! Außerdem war das alles vor deiner Zeit. Seit deiner Machtübernahme war überhaupt nichts.« Er setzte sich aufs Bett und zog die Pyjamahose an.

»Überhaupt nichts?« Selma glaubte ihm kein Wort. Sie richtete den Schein der Nachttischlampe auf sein Gesicht. »Max, guck mich an, sieh mir in die Augen!« bat sie.

Salomon kniff sofort die Augen zu. »Das geht nicht, das Licht blendet.« Als er merkte, daß er lachen mußte, wandte er sich schnell ab und griff nach der Pyjamajacke.

»Du lachst, also war doch was!« stellte Selma fest. »Ich hab' dir doch schon so oft gesagt, du kannst mich nicht beschwindeln!«

Salomon knöpfte die Pyjamajacke zu. »Bei der Inquisition hättest du eine große Karriere gemacht«, meinte er trocken.

»Rutsch mal ein bißchen rüber auf deine Seite.« Selma machte ihm Platz, und Max stieg ins Bett. »Aber so viele, wie du glaubst, waren es nicht«, sagte er und streckte sich aus.

»Mir hat es gereicht!« Selma seufzte.

»Glaub mir, du überschätzt mich in dieser Beziehung«, beteuerte Max. »Es ist ja sehr schmeichelhaft für einen Mann . . .«

»Aber nicht für seine Frau!« Selma machte es sich auf ihrer Seite bequem. »Wenn wenigstens mal was dabei herausgekommen wäre.«

»Wie meinst du das?« Salomon hob beunruhigt den Kopf.

»Na ja, wenn irgendeine von deinen Damen ein Kind von dir bekommen hätte . . .« sagte Selma und blickte zur Decke.

»Selma!« rief Salomon erschrocken. »Ich möchte nicht wissen, was du dann getan hättest!«

»Ich weiß es«, antwortete seine Frau und senkte die Stimme. »Adoptiert hätte ich es.«

Salomon schüttelte den Kopf. »Das glaube ich dir nicht!«

»Doch!« Selma nickte. »Du wolltest immer Kinder haben. Und dann wärst du nicht so allein.«

»Ich hab' doch dich.« Max griff nach ihrer Hand.

»Wer weiß, wie lange?« meinte Selma traurig und fügte dann schnell hinzu: »Ich meine, das weiß man doch nie.«

»Will man das wissen?« überlegte Salomon. »Also wenn ich wüßte, daß ich sterben muß, ich glaube, dann könnte ich nicht mehr schlafen.«

»Da hast du Recht«, erwiderte Selma. »Und deshalb wollen wir jetzt nicht mehr über so was sprechen.«

»Hast du etwas aus New York gehört?« erkundigte sich Salomon und drehte sich auf die Seite.

»Nein. Er hat ja auch geschrieben, daß es noch dauern kann, bis wir rüber dürfen. Freust du dich auf Amerika?«

»Und wie!« Max lächelte. »Ich sehe uns beide schon über den Broadway spazieren. Hand in Hand und kein Hitler in der Nähe. Aber jetzt wollen wir endlich schlafen.« Er gähnte herzhaft. »Ich muß morgen zum Friseur, zum Schuhmacher und zu Weinberger. Man hat soviel zu tun, wenn man nichts zu tun hat. Gute Nacht!« Er schloß die Augen. »Mach bitte das Licht aus.«

Selma beugte sich über ihn und betrachtete ihren Mann, der schon tief und regelmäßig atmete. »Max, ich liebe dich«, flüsterte sie und knipste das Licht aus.

»Immer mußt du das letzte Wort haben«, murmelte Salomon vorwurfsvoll, ohne die Augen zu öffnen.

1935

Am Vormittag des 16. September ging Werner Böhm, wie üblich um zehn, ins Frühstückszimmer. Er fand noch einen Rest Kaffee in der Kanne vor, holte sich einen Teller und eine Tasse aus dem Schränkchen und schenkte sich ein. Das Brötchen, das seine Mutter dick mit Mettwurst beschmiert hatte, wickelte er aus, legte es auf den Teller und versenkte das Papier im Mülleimer.

Er wollte gerade mit dem Frühstück beginnen, da stürzte sein Onkel herein, der aufgeregt mit dem »Völkischen Beobachter« wedelte und fragte, ob er ihn schon gelesen hätte.

Werner schüttelte den Kopf.

»Na dann aber mal los, sehr wichtig für uns!« Fiedler legte die Zeitung auf den Tisch und verließ den Raum.

Werner faltete den »Völkischen Beobachter« auseinander und stutzte. Auf der Titelseite war in Fettdruck zu lesen, daß auf dem Reichtsparteitag in Nürnberg drei neue Gesetze erlassen worden waren: das Flaggengesetz, das Reichsbürgergesetz und das Gesetz zum Schutze des deutschen Blutes. Werner begann zu lesen, studierte dann besonders das zweite und dritte Gesetz, runzelte die Stirn und vergaß zu frühstücken.

»Puh, eine Hitze ist das!« Fiedler kam aus dem Verkaufsraum zurück, fächelte sich mit einem großen Orderblatt Kühlung zu und zog sein Jackett aus. Er wollte es auf den Stuhl werfen, überlegte es sich aber und hing es auf einen Bügel. Dann inspizierte er den Ständer vor Fränkels Pult und stellte fest, daß an den Kleidern keine Etiketten waren. »Noch nicht kalkuliert«, sagte er verärgert. »Ich möchte wissen, wann der erscheint. Schrader und Co. müssen gleich kommen.« Er schüttelte den Kopf, ging ins Frühstückszimmer und zog die Tür hinter sich zu.

»Na, was sagst du zu den neuen Gesetzen?« erkundigte er sich ausgesprochen fröhlich. »Nun wissen sie endlich, woran sie sind. Wurde auch höchste Zeit! Jetzt kann er nicht mehr mauscheln mit halb und so, der Herr Fränkel. Jetzt ist er Jude!«

»Wieso?« Werner nahm die Zeitung wieder in die Hand und las laut: »Als Jude gilt, wer von drei jüdischen Großeltern abstammt.«

»Du mußt weiterlesen«, meinte Fiedler überlegen. Er tippte auf einen Absatz, der weiter unten stand. »Hier... Oder wer von zwei volljüdischen Großeltern abstammt und der jüdischen Religionsgemeinschaft angehört.«

»Ist er denn noch...?« fragte Werner überrascht.

»... in der jüdischen Gemeinde?« Fiedler nickte triumphierend. »Ja sicher! Sonst hätte sein Onkel doch nie das Geld für die Firma rausgerückt. War so eine typische Mauschelei mit seiner arischen Mutter. Jetzt ist er als Chef natürlich nicht mehr tragbar. Ich habe gestern mit unserem Ortsgruppenleiter Tacheles geredet. Die Firma wird arisiert...« Zufrieden rieb er sich die Hände.

»Wirklich?« Werner sah in ungläubig an.

Fiedler nickte siegesgewiß und fand auch gleich die richtigen markigen Worte: »An die Spitze jedes Unternehmens gehört ein Fachmann. Ein deutscher natürlich!«

»Hat das der Ortsgruppenleiter gesagt?« wollte Werner wissen.

»Wie...?« Fiedler sah ihn einen Moment lang unsicher an, faßte sich aber gleich wieder. »Ja natürlich! Wer sonst?«

»Hat er denn schon jemand Bestimmtes im Auge?« fragte Werner weiter.

»Hat er.« Fiedler lächelte geheimnisvoll. »Ich habe ihm ja ein paar Eizes gegeben. Fiedler und Naumann wird die Firma heißen.«

Werner blickte seinen Onkel betroffen an. »Sag mal, Onkel Ernst, ist dir das nicht peinlich?«

»Wieso?« Fiedler wußte nicht, was er meinte.

»Na, Herrn Fränkel gegenüber.«

»Na ja, ganz koscher ist das vielleicht nicht...«, gab Fiedler zu. »Aber die Juden haben sich ja lange genug eine goldene Nase verdient. Jetzt sind wir dran!« Er entdeckte das Brötchen, das auf dem Teller lag und bekam sofort große Augen. »Kann ich davon mal abbeißen?«

»Bitte. Du kannst das ganze Brötchen haben.« Werner hielt ihm den Teller hin.

Fiedler nahm das Brötchen, biß hinein und verdrehte entzückt die Augen. »Hhm« meinte er begeistert, aber etwas undeutlich.

»Herr Fiedler!« rief Gütschow von draußen.

Fiedler schluckte den Bissen so schnell wie möglich runter. »Ja!« schrie er dann zurück.

Gütschow öffnete die Tür und steckte den Kopf herein. »Schrader und Co. sind da«, meldete er.

»Komme sofort!« Fiedler nahm sein Taschentuch und wischte sich den Mund ab.

Werner Böhm stand auf und stellte seine Tasse in die Spüle.

»Schon fertig?« fragte sein Onkel erstaunt.

»Ich hab' keinen Appetit mehr«, erklärte Werner und verließ den Raum, ohne seinen Onkel anzusehen. Gemocht hatte er ihn eigentlich nie. Seit eben verachtete er ihn.

»Wer ist denn das eigentlich: Schrader und Co.?« erkundigte sich Gütschow. »Kenne ich gar nicht.«

»Vormals Lewinsohn und Schwarz«, erklärte Fiedler, steckte sein Taschentuch wieder ein und klopfte sich die Krümel von der Weste.

Gütschow schüttelte bekümmert den Kopf. »Die sind also auch schon . . .«, murmelte er. Sein Blick fiel auf den »Völkischen Beobachter«, der immer noch ausgebreitet auf dem Tisch lag. »Ach, Sie studieren gerade die neuen Rassengesetze?« Er verzog das Gesicht und las die Überschrift vor: »Zum Schutze des deutschen und artverwandten Blutes . . .« Er seufzte. »Ach ja, früher kamen aus Nürnberg Lebkuchen, die hab' ich immer sehr gern gegessen. Was da heute herkommt ist auch braun, aber es stinkt!«

Fiedler straffte sich. »Herr Gütschow«, herrschte er den Hausdiener an – und seine Stimme hatte einen sehr gefährlichen Ton, »solche staatsfeindlichen Reden möchte ich von Ihnen nicht mehr hören! Gerade von Ihnen nicht! Ich finde, es geht Ihnen viel zu gut. Wenn man bedenkt, daß Sie mal Mitglied der KPD waren.«

Gütschow sah ihn mit großen erschrockenen Augen an.

Fiedler räusperte sich und lenkte ein. »Sie können von Glück sagen, daß wir uns schon so lange kennen. Ein anderer könnte Ihnen sehr schaden!« Er drehte sich um und verließ mit energischen Schritten das Frühstückszimmer.

Gütschow blickte ihm nach. Sein Gesicht war versteinert.

Fiedler bog um die Ecke, marschierte nach vorn, nahm sein Sakko vom Stuhl, zog es an, holte sein Parteiabzeichen aus der Tasche und steckte es ans Revers. Dann schob er mit der linken Hand eine Seite des Vorhangs beiseite und hob die rechte zum deutschen Gruß. »Heil Hitler, lieber Herr Schrader!« rief er. »Heil Hitler, Fräulein Roßbach, kennen Sie schon den Witz von dem kleinen Cohn in der Hochzeitsnacht?«

»Nein, erzählen Sie mal, Herr Fiedler!« bat Fräulein Roßbach neugierig.

Fiedler verschwand im Verkaufsraum, der Vorhang fiel hinter ihm zu, und wir werden nie erfahren, was dem kleinen Cohn in der Hochzeitsnacht passierte.

Naumann kam aus seinem Zimmer. Er war sehr elegant gekleidet, trug einen grauen Einreiher, ein weißes Oberhemd mit einer dezent gemusterten Krawatte. In London würde er in diesem Aufzug überhaupt nicht auffallen. »Sigi, hast du mal Zeit?« rief er in Richtung des Pultes. »Ich möchte dir was zeigen. Die Stranitzki hat uns was Entzückendes gebracht.« Als er feststellte, daß Fränkel nicht an seinem Pult stand, ging er rasch zum Privatkontor, öffnete die Tür und blickte hinein. »Sigi . . .?« Der Raum war leer. Naumann schüttelte verwundert den Kopf.

Daisy kam mit einem giftgrünen Abendkleid aus Naumanns Zimmer gerauscht, gefolgt von der Stranitzki, die beim Gehen hinten am Kleid noch etwas feststeckte.

Naumann schloß die Tür des Privatkontors. »Er ist ja immer noch nicht da«, meinte er enttäuscht. Die beiden Damen hörten es und blieben stehen.

Naumann blickte sich um. »Gütschow!«

»Ja?« Der Hausdiener kam aus dem Frühstückszimmer.

»Haben sie Herrn Fränkel schon gesehen?« fragte Naumann.

Gütschow schüttelte den Kopf. »Nee, der wird noch in der Klinik sein.«

»Habe ich doch gleich gesagt!« meinte Daisy. »So schnell geht das Kinderkriegen nicht.«

»Mein Gott«, regte Naumann sich auf, »könnte das Balg sich nicht ein bißchen beeilen? Hält den ganzen Betrieb auf. Sein Vater muß doch kalkulieren.«

»Naumännchen, das wird das Kind nicht wissen«, belehrte ihn die Stranitzki.

»Aber die Eltern, die könnten bei der Planung doch ein bißchen Rücksicht nehmen!« Naumann seufzte anklagend. »Die Deutschen setzen heute Kinder in die Welt, als ob die Herstellung morgen verboten wird.«

»Hätten Sie nicht auch gern eins ... so ein süßes kleines Baby?« Daisy sah ihren Chef fragend an.

»Ich weiß nicht ...«, überlegte Naumann, »gedacht habe ich natürlich auch schon daran. Wenn man einen Sohn hätte, einen Erben ... Aber ...« Er verzog angewidert das Gesicht. »Selbst wenn ich die Fabrikation überstehen sollte, das würde mir doch keiner glauben.«

»Eben!« Die Stranitzki nickte.

Naumann zuckte zusammen. Er redete darüber, aber er hatte es nicht gern, wenn ihn jemand anders auf seine Veranlagung ansprach. »Zieh das mal wieder aus, damit die Stranitzki in Ruhe sticheln kann«, sagte er zu Daisy. »Und ruf mich, wenn Sigi kommt. So long, ihr Süßen!« Er winkte den beiden Damen verabschiedend zu, begab sich wieder in sein Studio und schloß die Tür hinter sich.

Die Stranitzki blickte ihm nach. »So long? Hat er jetzt einen Engländer?«

Daisy nickte. »Naumännchen ist ganz happy.«

»Und sieht aus wie ein Gentleman. Der Boy bekommt ihm.« Die Stranitzki bückte sich, hob den Saum und streifte Daisy das Kleid vorsichtig über den Kopf.

Das Mannequin trug darunter nur einen Büstenhalter, dessen Träger sie jetzt wieder nach oben schob, ein Höschen, Strapse und schwarze Strümpfe.

Fiedler steckte den Kopf durch den Vorhang des Verkaufsraums. »Werner!« schrie er.

»Ja!« schrie Werner zurück.

»Kommst du mal?« Fiedler schloß den Vorhang.

»Ich komme!« Werner wollte an den beiden Damen vorbeigehen, entdeckte, daß Daisy halbnackt war und sah sofort verschämt in eine andere Richtung. »Verzeihung«, murmelte er.

Daisy drehte sich sofort um. »Hallo!« sagte sie entzückt. »Man wird ja noch rot! Hast du noch nie eine Frau im Büstenhalter gesehen?«

»Doch, doch ... natürlich!« stammelte Werner verlegen. »Aber nicht in so einem.« Er warf einen scheuen Blick auf den Büstenhalter und guckte gleich wieder weg.

Daisy lächelte kokett.

»Wenn er dich stört, kann ich ihn ja ausziehen«, schlug sie vor und griff nach dem Verschluß.

»Nein, nein ... bitte nicht!« Böhm drehte sich um und lief schnell in den Verkaufsraum.

»Der erste Mann, der dazu nein sagt«, konstatierte Daisy etwas enttäuscht.

»Wir werden eben alt!« meinte die Stranitzki.

»Vielen Dank, meine Depressionen mach ich mir schon allein.« Daisy war beleidigt. »Na, dann werde ich mich mal wieder verhüllen. Wo habe ich denn meinen Kittel?«

»Da drüben.« Die Stranitzki zeigte auf das »Kabuff«. »Pack

mal alles schön ein, damit es sich noch ein bißchen hält.« Sie grinste anzüglich.

Daisy drehte sich in der Tür noch einmal um. »Haben Sie eine Stecknadel für mich? Damit ich mich verteidigen kann.« Dann verschwand sie im »Kabuff« und knallte die Tür hinter sich zu.

Die Stranitzki setzte sich in der Abnahme auf einen Stuhl und nähte eine aufgeplatzte Naht des Abendkleides wieder zu.

Monika kam aus dem Kontor mit verschiedenen Zetteln in der Hand und rief schon von weitem: »Frau Stranitzki, gut, daß Sie noch nicht weg sind! Hier sind Ihre Abrechnungen.« Sie ging schnell zu der Schneiderin hin.

»Danke, du denkst an alles.« Die Stranitzki nahm die Zettel entgegen und steckte sie in ihre Tasche. »Ein Glück, daß du wieder da bist! Ich habe übrigens gestern die Salomons getroffen, in der Fasanenstraße. Die Frau sah schlecht aus.«

Monika nickte. »Sie hat auch abgenommen.«

»Mir haben sie so leid getan. Ich habe Herrn Salomon umarmt, mitten auf der Straße. Und darüber waren beide so gerührt.« Der Stranitzki kamen die Tränen. »Weißt du, was er gesagt hat? Die meisten Mieter im Haus tun jetzt so, als ob sie ihn nicht sehen, damit sie ihn nicht grüßen müssen. Hübsch, nicht?« Sie biß den Faden ab. »So! Fertig!« Sie stand auf und nahm das Kleid über den Arm. »Die beiden sollten endlich auswandern.«

»Sie haben die Papiere immer noch nicht«, erklärte Monika bekümmert.

»Daß das so lange dauert?« Die Stranitzki schüttelte den Kopf. »Aber weißt du, wie Frau Salomon aussieht? Als ob sie keinen Mumm mehr hätte. Traurig, was sie aus ihr gemacht haben. Aus uns allen!« Sie hing das Kleid auf einen

Bügel. »Ich brauche einen Reißverschluß«, sagte sie und ging in die Einrichtung, um sich einen geben zu lassen.

Monika wollte ihr folgen, als sie das Schnarren der Eingangstür hörte. Sie blieb stehen und blickte zur Tür.

Siegfried Fränkel trat ein, unrasiert, ungekämmt, müde, aber glücklich. Monika lief sofort auf ihn zu. »Na, Sigi, ist es da?«

»Ach Monika!« stieß Fränkel hervor.

Monika blickte ihn neugierig an. »Biste Vater? Was ist es denn?«

»Ein Mädchen!« Fränkel war sichtlich stolz. »Sechseinhalb Pfund, einundfünfzig Zentimeter. Meine Tochter!«

»Hübsch?« wollte Monika wissen.

»Natürlich«, antwortete Fränkel, mußte dann aber zugeben, daß seine Tochter im Moment noch wie ein Bratapfel aussah.

Monika erkundigte sich, wie es seiner Frau ginge.

»Gut, sehr gut sogar!« erwiderte Fränkel.

»Hast du schon die Zeitung gelesen?« forschte Monika.

Fränkel wurde plötzlich ganz ernst. »Mein Onkel hat sich die ganze Zeit solche Mühe gegeben, aus mir einen Juden zu machen. Die Nazis haben es geschafft!«

»Und was ist mit deiner Tochter?« Monika blickte ihn fragend an.

»Mischling ersten Grades. Hübsches Geburtstagsgeschenk! Aber ...«, Fränkel winkte ab. »Ich möchte jetzt nicht mehr darüber reden. Ich muß arbeiten.« Er ging zu seinem Pult.

Monika folgte ihm. »Haste heute überhaupt schon was gegessen?« fragte sie fürsorglich.

»Nein, aber ich habe keinen Hunger, nur Durst.« Er nahm einen Arbeitszettel, legte ihn auf das Pult und begann zu rechnen.

»Ich mache dir einen Kaffee.« Monika eilte in den Frühstücksraum.

Fiedler kam von vorn, nahm ein Kleid vom Ständer, entdeckte seinen Chef und ging sogleich auf ihn zu.

»Herr Fränkel, darf man gratulieren?« Er deutete eine Verbeugung an.

»Man darf.« Fränkel blickte nicht auf.

»Was ist es denn?« Fiedler war neugierig.

»Ein Mischling«, antwortete Fränkel trocken.

»Na ja, Herr Fränkel ...«, Fiedler tat so, als ob er das bedauerte. »Das ist ja nun ein Schlag ins Kontor. Aber das deutsche Blut muß nun mal geschützt werden.«

»Vor wem? Vor mir?« fragte Fränkel seelenruhig. Dann bemerkte er, daß Böhm einen vollen Ständer aus dem Verkaufsraum schob. »Werner, kommst du mal? Du mußt mir helfen.«

»Sofort!« Böhm kam zu ihm hin.

Fiedler warf sich in die Brust und hob mahnend den Zeigefinger. »Herr Fränkel, Sie sollten sich etwas positiver zum Dritten Reich stellen! Ich meine, daß Deutschland aufgeblüht ist unter Adolf Hitler, das müssen Sie doch zugeben. Sehen Sie mich an. Wem verdanke ich denn, daß ich jetzt mehr verdiene als früher? Na?«

»Herrn Naumann!« gab Fränkel zurück. »Wenn der nicht so gute Kollektionen entwerfen würde, hätten Sie nicht mal die Hälfte verkauft.«

»Sehen Sie, lieber Herr Fränkel, das sind eben die Rassenunterschiede«, belehrte ihn der Verkäufer von oben herab. »Wir denken ans große Ganze, Sie denken nur ans Geschäft!« Er drehte sich auf dem Absatz um und ging festen Schrittes zum Verkaufsraum.

Fränkel wandte sich an Werner Böhm, der betreten zu Boden blickte. »So, wir beide müssen jetzt ganz schnell kalkulieren.«

»Soll ich ansagen?« wollte Werner wissen.

»Nein, du gehst ans Pult«, entschied Fränkel. »Jetzt kannst du mal zeigen, was du gelernt hast.«

Fräulein Hiller kam mit der Kaffeedose in der Hand aus dem Kontor und strahlte ihren Chef an. »Guten Tag, Herr Fränkel«, flötete sie honigsüß. »Ich hab's schon gehört. Gratuliere! Sie möchten doch sicher jetzt ein starkes Täßchen Kaffee?«

Fränkel nickte. »Ja, aber das macht mir Fräulein Helmholtz schon.«

»Fräulein Helmholtz? So!« Das Lächeln der Sekretärin erstarrte. Sie war tief gekränkt.

»Aber vielen Dank für das Angebot, Fräulein Hiller. Das war sehr nett von Ihnen«, versuchte Fränkel sie zu besänftigen, was ihm aber nicht gelang.

»Bitte!« sagte Fräulein Hiller spitz, drehte sich um und ging wieder nach vorn. Dabei murmelte sie etwas von ganz neuen Sitten, die man hier gar nicht erst einführen sollte.

Fränkel lächelte amüsiert und blickte kurz auf den Arbeitszettel. »Drei Meter vierzig mal sieben Meter fünfzig.« sagte er an.

Werner wollte das schriftlich ausrechnen. »Fünf mal vier ist zwanzig . . . fünf mal drei ist fünfzehn«, murmelte er »und zwei . . .«

Fränkel dauerte das zu lang. »Schreib schon hin: Fünfundzwanzigfünfzig, Knöpfe einsfünfzig, Stickerei zwölffünfundsiebzig, Arbeitslohn achtzehn Mark, rechne mal zusammen.«

Böhm tat das. »Fünf . . . zehn . . . siebzehn.«

»Siebenundfünfzigfünfundsiebzig«, sagte Fränkel ungeduldig.

»Jetzt vierzig Prozent dazu.«

»Vier mal fünf ist zwanzig . . .«, begann Werner.

»Dreiundzwanzig Mark. Schreib das auf.«

»Herr Fränkel, darf ich Ihnen mal etwas sagen?« fragte Werner leise.

»Was hast du denn auf dem Herzen?«

Böhm blickte sich nach allen Seiten um. »Ich finde, Sie sind ein bißchen unvorsichtig, mit dem was Sie sagen.«

Fränkel verstand ihn sofort. »Du meinst, deinem Onkel gegenüber?«

Werner sah ihn erstaunt an. »Ach Sie wissen, daß wir . . .?«

Fränkel nickte. »Schon lange! So, nun rechne mal alles zusammen: dreiundzwanzig Mark plus siebenundfünfzigfünfundsiebzig. Na, was kostet das Kleid?«

»Achtzigfünfundsiebzig!« sagte Böhm.

Fränkel schüttelte den Kopf. »Nein, neunundsiebzig Mark.«

»Das stimmt doch gar nicht!« wunderte sich Werner.

»Aber so verkauft es sich besser.« Fränkel reichte ihm ein Etikett. »Kannst du gleich mal auszeichnen. Unten kommt der Preis hin, aber nicht in Zahlen.«

Werner winkte ab, er wußte Bescheid und schrieb zwei Buchstaben hin: RA*.

»Aber ich glaube, vor deinem Onkel braucht man keine Angst zu haben. Hunde, die bellen, beißen nicht!«

Werner kannte seinen Onkel besser. »Aber wenn es um einen großen Knochen geht?« gab er zu bedenken.

Fränkel runzelte die Stirn. »Was meinst du damit? Die Firma?«

Böhm nickte.

* Jede Firma hatte ihren geheimen Buchstabencode. In diesem Betrieb hieß der Satz: ›Gute Firmas‹. Das war zwar kein richtiges Deutsch, hatte aber den Vorteil, daß kein Buchstabe doppelt war. Also, für die ›1‹ ein ›G‹, für die ›2‹ ein ›U‹, und für die ›3‹ ein ›T‹ usw.

Fränkel dachte einen Augenblick nach. »Dazu ist er zu anständig«, sagte er dann und wechselte das Thema. »Wie nennen wir das Kleid?« Er betrachtete das Modell, das sehr sommerlich aussah, und fand gleich einen passenden Namen. »Schreib hin: San Remo.«

Monika hatte Wasser aufgesetzt und kam jetzt aus dem Frühstücksraum. »Du, entschuldige, Sigi, aber Naumann hat große Sehnsucht nach dir. Er hat dich vorhin gesucht.«

»Ich kümmere mich sofort um ihn.« Fränkel wandte sich wieder an Werner. »Versuch schon mal, den Mantel da zu kalkulieren. Ich komme gleich zurück.« Er machte sich auf den Weg ins Studio, und Monika zog sich wieder ins Frühstückszimmer zurück.

Fiedler kam aus dem Verkaufsraum, ein Orderblatt in der Hand. Ihm war schrecklich heiß. Er zog sofort sein Jackett aus und warf es jetzt einfach über den Stuhl. Als er sah, daß Werner am Pult arbeitete, ging er zu ihm hin und erkundigte sich, ob das erste Kleid schon kalkuliert worden sei. Als Werner das bejahte, bat er ihn, das Modell auf den Ständer im Verkaufsraum zu hängen. »Sehr gut, daß du schon kalkulieren kannst. Das werden wir brauchen können. Einen Durst hab' ich!« stöhnte er dann und begab sich ins Frühstückszimmer.

Monika schenkte gerade eine Tasse Kaffee ein.

Fiedler schnupperte.

Monika drehte sich um. »Is' was?« fragte sie kühl.

»Riecht gut, der Kaffee.«

»Sonst noch was?« wollte Monika wissen.

»Ja!« Fiedler machte die Tür hinter sich zu und zeigte ihr das Orderblatt. »Hier, sehen Sie mal was Schrader und Co. geordert haben.«

Monika warf einen Blick darauf und pfiff anerkennend durch die Zähne. »Das ist aber das letzte Mal, daß sie kommen, haben sie gesagt. Wenn sich hier nichts ändert...« Fiedler machte ein sorgenvolles Gesicht.

Monika tat so, als hätte sie keine Ahnung, was er meinte. »Was soll sich denn hier ändern? Das verstehe ich nicht!«

»Sie verstehen mich schon ganz genau.« Fiedler lächelte überlegen. »Die Leute wollen nicht mehr beim Juden kaufen.«

Monika zuckte gleichgültig die Achseln. »Sollen sie doch wegbleiben!«

»Das werden aber nicht die einzigen deutschen Kunden sein, die wir los werden«, belehrte Fiedler sie. »So wie das internationale Judentum jetzt gegen uns hetzt...«

Monika lächelte ironisch. »Ja, ja, ich weiß..., die Juden sind unser Unglück!«

»Na ja, Ihr Glück sind sie doch nicht, Fräulein Helmholtz.« Fiedlers Ton wurde jetzt scharf. »Ich habe ihr Gesicht gesehen, als Sie gehört haben, daß Herr Fränkel heiratet.« Er grinste schadenfroh.

Monika wurde wütend. »Wissen Sie, was Sie sind?«

»Vielleicht bald Ihr Chef!« antwortete Fiedler.

»Mein Chef ist Herr Fränkel!« betonte Monika.

»Fräulein Helmholtz«, Fiedler spielte jetzt den väterlichen Freund, »ich rate Ihnen, setzen Sie nicht aufs falsche Pferd, auch wenn es ein noch so rassiger Hengst ist!«

Monika blieb einen Moment lang die Luft weg, dann fauchte sie: »Herr Fiedler, haben Sie schon mal eine geschmiert bekommen?«

»Nein!« Fiedler blickte sie verdutzt an.

»Dann haben Sie jetzt Premiere!« sagte Monika. Sie holte aus und gab ihm eine Ohrfeige.

1936

So viele Kilometer wie heute war er schon lange nicht mehr gelaufen, aber seine Füße taten ihm überhaupt nicht weh. Salomon schlenderte langsam durch den Tiergarten. Er trug eine Aktentasche unter dem Arm. Bei jedem Denkmal blieb er stehen, winkte verabschiedend und ging dann weiter. Er überquerte eine Brücke, hinter der der Weg einen Knick machte. Als er um die Ecke bog, stockte er, denn er sah, daß ihm auf dem Seitenweg das Ehepaar Fränkel entgegenkam.

Siegfried schob den Kinderwagen, Dagmar ging neben ihm her. Beide machten einen sehr bedrückten Eindruck.

Salomon runzelte die Stirn und überlegte, ob er sich bemerkbar machen sollte. Aber da hatte ihn Fränkel schon entdeckt. »Herr Salomon!« rief er.

Sein ehemaliger Chef tat so, als hätte er die Fränkels jetzt erst gesehen. »Nein, das ist ja eine Überraschung! Die ganze Familie Fränkel beim Mittagsspaziergang.« Er ging auf die beiden zu.

»Meine Frau meinte, ich brauche frische Luft«, erklärte Siegfried und stellte dann vor. »Dagmar, das ist Herr Salomon.«

»Freut mich.« Dagmar nickte reserviert.

»Und mich erst«, sagte Salomon herzlich. »Endlich bekomme ich die Kleine zu sehen. Wie heißt sie doch noch?«

»Traudl!« Fränkel war sichtlich stolz.

»Traudl.« wiederholte Salomon, als ob er sich den Namen einprägen wollte, und blickte in den Wagen. »Sie schläft und lächelt im Schlaf. Träumt wahrscheinlich was Schönes.«

»Jetzt macht sie die Augen auf«, sagte Fränkel.

»Und guckt mich an!« Salomon strahlte und beugte sich zu dem Kind runter. »Guten Tag, Traudl!«

»Traudl...«, stellte Fränkel vor, »... das ist Herr Salomon.«

Das Baby fing sofort an zu weinen.

»Was hat sie gegen mich?« meinte Salomon und richtete sich auf.

»Gar nichts, Sie sind nur zu dicht an sie herangegangen«, beruhigte Siegfried ihn.

»Dann schreit sie immer«, erklärte Dagmar und fing an, den Wagen zu schaukeln.

»Bei jedem Fremden«, fügte Fränkel hinzu.

»Tatsächlich?« meinte Salomon zweifelnd. »Ich dachte schon..., aber Antisemitin wird sie ja nicht sein.«

Fränkel mußte lachen. »Herr Salomon!«

Dagmar beugte sich zu ihrem Töchterchen herunter und strich ihm über den Kopf. »Ist doch alles wieder gut, meine Kleine!«

»Ich geh' ja schon!« Salomon trat einen Schritt zurück, und das Baby hörte sofort auf zu weinen.

»Na bitte!« stellte er fest. »Sie hat doch was gegen mich. So, ich muß jetzt..., mit meinem Abschiedsspaziergang bin ich fertig. Jetzt fahr ich schnell nach Hause.«

»Abschiedsspaziergang?« Fränkel horchte auf. »Haben Sie endlich die Papiere?«

Salomon nickte und klopfte auf seine Aktentasche. »Hier drin. Amerika steht uns offen.«

»Gratuliere, Herr Salomon!« sagte Fränkel herzlich.

»Danke, Siegfried!« antwortete sein ehemaliger Chef.

»Ich gratuliere Ihnen auch.« Dagmars Stimme klang etwas neidisch. Salomon bedankte sich.

»Was sagt denn Ihre Frau dazu?« wollte Fränkel wissen.

»Die weiß es noch gar nicht«, antwortete Salomon. »Als ich heute morgen wegging, hat sie noch geschlafen. Sie schläft in letzter Zeit sehr viel... nimmt immer etwas ein.«

Sein Gesicht umwölkte sich. »Als ich vom Konsulat aus angerufen habe, hat sie sich nicht gemeldet. Wahrscheinlich ist sie einkaufen gegangen. Nu, und da hab' ich mir gedacht, sieh dir alles noch einmal an: den Hausvogteiplatz, den Spittelmarkt, das Rathaus, das Schloß, durchs Brandenburger Tor bin ich gegangen und ...«, er dämpfte die Stimme, »in der Prinz-Albrecht-Straße bin ich auch vorbeigegangen.«

Fränkel runzelte die Stirn. »Bei der Gestapo?«

»Allerdings nicht direkt, sondern auf der anderen Straßenseite«, schränkte Salomon ein. »Ich dachte mir, vielleicht läßt sich der Himmler mal sehen.«

»Was wollen Sie denn von dem?« Fränkel blickte ihn verwundert an.

»Nichts weiter, eben nur ansehen wollte ich ihn mir. Ganz genau, prophylaktisch ..., falls ich in New York mal Heimweh kriege. So!«

Er machte zum Abschied eine kleine Verbeugung. »Jetzt muß ich aber nach Hause!«

»Herr Salomon, ich wünsche Ihnen alles, alles Gute«, sagte Fränkel herzlich.

»Ich euch auch«, antwortete Salomon und hob abwehrend die Hände. »Aber bitte jetzt keine lange Abschiedsszene. Ich sage nur ganz schnell auf Wiedersehen, obwohl das schon sehr optimistisch ist, aber ...« Er sah sich vorsichtshalber nach allen Seiten um, »vielleicht überleben wir ihn ja.« Er winkte den beiden noch einmal zu und machte sich dann auf den Heimweg.

»Einer nach dem anderen geht weg«, murmelte Fränkel bedrückt.

Dagmar nickte. »Ich habe Angst!« gestand sie.

»Wovor?« fragte Siegfried überrascht.

»Wovor ist gut!« Dagmar lachte bitter auf. »Wer weiß, was sie noch alles vorhaben mit den Juden.«

»Und du bist mit einem verheiratet«, bemerkte Fränkel leise.

»Sag doch nicht so was!« Dagmar winkte ärgerlich ab. »Aber wir hätten warten sollen . . . Ich meine mit dem Heiraten.«

»Warum?« Fränkel verstand sie nicht. »Ich bin heilfroh, daß wir das gerade noch so geschafft haben. Jetzt ist es verboten.« Er seufzte, schüttelte den Kopf und blickte in den Kinderwagen. »Und dann hätten wir Traudl nicht.«

»Tut dir das Kind nicht leid?« fragte Dagmar nach einer kleinen Pause. »Mir ja.« Fränkel blickte sie betroffen an.

Dagmar seufzte. »Jetzt hat sie noch keine Ahnung, was es heißt, ein Mischling zu sein. Bald wird sie es merken, wenn die anderen Kinder nicht mehr mit ihr spielen wollen, weil die Eltern etwas dagegen haben. Und in der Schule wird sie es auch nicht leicht haben. Wenn ich bloß wüßte, wie wir ihr das alles ersparen könnten . . .!«

Frau Blaschke, die Portiersfrau des Hauses, in dem die Salomons wohnten, stand in der Küche und bügelte ein Oberhemd. Das Licht brannte, es brannte bei ihnen immer, denn die Blaschkes wohnten im Souterrain. An der einen Seite des Zimmers befand sich ein kleines Fenster in Augenhöhe, durch das man den Hausflur übersehen konnte. Frau Blaschke konnte nähen, stopfen, bügeln oder Zeitunglesen, was immer sie auch tat, sie behielt stets das Fenster im Auge, und sowie sich irgend etwas im Flur bewegte, war sie mit der Nase an der Scheibe. Ihr entging nichts. Heute war etwas passiert, und sie mußte unbedingt Herrn Salomon Bescheid sagen, deshalb war sie besonders aufmerksam. Als der gut gelaunt das Haus betrat, stellte sie sofort das Bügeleisen ab, lief zum Fenster und klopfte gegen die Scheibe.

Salomon blieb stehen und blickte zu der Hausmeisterin

hin, die schon das Fenster aufgerissen hatte. »Ihre Frau . . ., sie haben sie abgeholt!« rief sie aufgeregt.

»Abgeholt?« Salomon erschrak zu Tode. »Wer hat sie abgeholt?«

»Die Feuerwehr!«

»Ach so!« Also nicht die Gestapo dachte er. Die Feuerwehr erschien ihm dagegen harmlos. Aber er war nur einen Augenblick lang erleichtert.

»Die ist, Gott sei Dank, gleich gekommen«, berichtete Frau Blaschke weiter. »Ihre Frau lag auf der Treppe. Zuerst dachte ich, sie wäre . . .« Sie unterbrach sich. »Aber dann ist sie doch wieder zu sich gekommen. Sie hätte große Schmerzen, hat sie gesagt. Ich habe dann gleich die Feuerwehr angerufen und . . .«

Salomon unterbrach sie: »Wo hat man sie hingebracht? In welches Krankenhaus?«

»Warten Sie mal . . . Sie haben es mir doch aufgeschrieben. Wo habe ich denn den Zettel?« Frau Blaschke suchte in ihrer Kittelschürze und fand ein Stück Papier, das sie auseinanderfaltete, konnte aber die Schrift nicht entziffern, weil sie ihre Brille nicht aufhatte. »Moment!«

Doch Salomon riß ihr den Zettel einfach aus der Hand, warf einen Blick darauf und rannte aus dem Haus.

Frau Blaschke blickte ihm verdutzt nach.

»Stationsarzt« stand auf dem Schild an der Tür auf dem Gang in der Klinik.

Eine ältere Krankenschwester ging auf leisen Sohlen zu dem Zimmer, klopfte an und trat ein. »Herr Doktor, Herr Salomon ist da, der Ehemann von . . .«

»Danke!« unterbrach sie der Stationsarzt, verließ, zusammen mit der Schwester sein Zimmer und blickte sich suchend um. »Wo?«

»Im Wartezimmer natürlich«, belehrte ihn die Schwester.

Der Arzt ging zu dem Raum, dessen Tür offenstand und warf einen kurzen Blick hinein. »Herr Salomon?« fragte er überflüssigerweise, denn es war niemand sonst im Raum.

Salomon stand sofort auf. »Herr Doktor, was ist mit meiner Frau?« fragte er hastig.

»Tja...«, begann der Arzt mit sorgenvoller Miene, »es sieht gar nicht gut aus.«

»Gar nicht gut? Was heißt das?« Salomon sah ihn verständnislos an.

Der Arzt schüttelte bekümmert den Kopf. »Wir können leider nicht mehr viel für Ihre Frau tun.«

»Sie können nicht mehr viel für sie tun?« wiederholte Salomon. Er war fassungslos.

»Eigentlich gar nichts mehr.« Der Arzt seufzte. »Nur die Schmerzen können wir ihr nehmen, und das tun wir natürlich.«

»Herr Doktor, was ist mit ihr?« fragte Salomon entsetzt. »Als ich heute morgen aus dem Haus ging, war meine Frau völlig gesund!«

»Völlig gesund?« Der Arzt gestattete sich ein kleines überlegenes Lächeln. »Aber Herr Salomon, Sie wußten doch, daß Sie damit rechnen mußten...«

Salomon unterbrach ihn aufgeregt. »Was? Womit mußte ich rechnen? Ich habe keine Ahnung, wovon Sie reden.«

»Nein?« Der Stationsarzt blickte ihn ungläubig an. »Hat sie nie mit Ihnen darüber gesprochen?«

Salomon schüttelte den Kopf.

»Das ist ja...« Der Arzt wollte noch etwas sagen, ließ es aber sein. »Kommen Sie, wir müssen uns beeilen.« Er ging zur Tür eines der Krankenzimmer, öffnete sie und ließ Salomon den Vortritt.

Selma lag im Bett und blickte die Schwester an, die ihr den Puls fühlte. Als sie die Tür aufgehen hörte, drehte sie sich sofort um, erkannte ihren Mann und lächelte tapfer.

Salomon bemühte sich auch um ein Lächeln, aber es gelang ihm nicht. Selma sah so blaß aus, so hinfällig, so durchsichtig.

Der Arzt gab der Schwester durch ein Zeichen zu verstehen, daß sie das Zimmer verlassen sollte. Sie machte die Tür leise hinter sich zu.

Salomon nahm sich jetzt zusammen. »Selma, was machst du denn für Sachen?« fragte er so forsch wie möglich.

»Entschuldige . . .«, antwortete Selma mit leiser Stimme, »ich habe dir sicher einen großen Schrecken eingejagt.«

Salomon bestritt das sofort. »Überhaupt nicht! Wieso?«

»Max, ich liege auf der Privatstation. Erster Klasse.« Selma brachte es fertig zu schmunzeln. »Aber ich verspreche dir, es wird dich nicht viel kosten. Ich bleibe hier nicht lange.«

Salomon schluckte. »Laß das!« Seine Stimme klang rauh. »Das sind meine Witze. Du wirst sehen, du wirst bald wieder gesund sein, und wir werden später noch in Freuden darüber sprechen.«

Selma schüttelte langsam den Kopf. »Die können mir nicht mehr helfen. Max, ich weiß was mit mir los ist. Professor Hirschfeld hat es mir gesagt, bevor er wegging. Ich wollte Bescheid wissen.«

»Was der schon sagt!« Salomon winkte gespielt großspurig ab. »Inzwischen ist die Medizin ja nicht stehengeblieben. Die sind doch heute schon viel weiter. Du wirst sehen, in ein paar Wochen . . . Hat der Herr Doktor hier auch gesagt . . ., nicht wahr?« Er blickte den Arzt hilfesuchend an und konnte es nicht verhindern, daß ihm Tränen in die Augen traten.

»Das hat er gesagt?« Selma glaubte ihm kein Wort. »Max, sieh mich an!« Salomon tat es.

»Du weinst ja«, stellte Selma fest.

»Mir ist was ins Auge gekommen«, log Salomon nicht sehr überzeugend.

»Also stimmt es. Gib es auf, Max. Du kannst mich nicht beschwindeln.« Selmas Stimme wurde schwächer.

Der Arzt ging ans Bett, nahm ihr Handgelenk, fühlte den Puls und machte ein besorgtes Gesicht.

»Warum hast du mir nie etwas davon gesagt?« fragte Max.

»Wozu? Hätte es mir geholfen?«

»Selma . . .«, Max streichelte ihre Hand. »Ich weiß, ich habe dir manchmal Kummer gemacht, aber . . . das war alles nur . . . Glaub mir, geliebt habe ich immer nur dich!«

»Max . . .« Selmas Stimme war kaum noch hörbar.

Salomon beugte sich zu ihr herunter und hielt sein Ohr ganz dicht an ihren Mund.

». . . hätte ich es sonst bei dir ausgehalten«, flüsterte Selma mit einem letzten Lächeln und schloß die Augen für immer.

Der Arzt legte Selmas Hand behutsam auf das Bett.

Salomon sah ihn fragend an, der Arzt nickte stumm. Da begriff Salomon erst, daß Selma ihn verlassen hatte. »Und ich wollte ihr noch soviel sagen!« schluchzte er. »Aber das ist typisch, immer muß sie das letzte Wort haben.« Dann weinte er, wie er noch nie in seinem Leben geweint hatte, und schämte sich keiner einzigen Träne!

1938

Naumann und Helmholtz

Mitternacht war längst vorbei. Hinter den Fenstern der Häuser rund um den Hausvogteiplatz war es dunkel. In den Scheiben spiegelte sich das Licht der Straßenlaternen. Wer gute Augen hatte, konnte selbst um diese Zeit an den Firmenschildern erkennen, wie weit die Arisierung schon fortgeschritten war. Müller und Müller, vorm. Rosenstein und Wolff, war da zu lesen. Hoffmann und Schulz, vorm. Wassermann und Co, Wendland und Gerlach, vorm. Cohn und Gerlach. Auch an dem Haus an der Ecke Taubenstraße war die neue Zeit nicht spurlos vorübergegangen. Die Firma Fränkel, Naumann und Helmholtz in der zweiten Etage hieß jetzt Naumann und Helmholtz.

Hinter den Fenstern des Verkaufsraums schimmerte etwas Licht, in den hinteren Räumen wurde noch gearbeitet. Die letzten Tagen waren sehr hektisch gewesen. An und für sich sollte Fränkel morgen mit der Exportkollektion nach Stockholm fliegen, hatte aber keinen Paß bekommen. Fiedler wollte man nicht schicken, Herr Levy von Holmborg hatte ihn mit Parteiabzeichen erlebt, und so sollte Naumann die Kollektion begleiten. Fiedler war natürlich tödlich beleidigt. Naumann entwarf rasch noch ein paar zusätzliche Modelle. Die Stranitzki hatte gegen zehn Uhr abends zwei Abendkleider geliefert, die Fuchsen kam um halb elf mit einem Complet, Herr Kunze mit zwei neuen Kostümen erst um Viertel vor elf, und Werner Böhm hatte um elf Uhr fünfzehn noch einen Mantel bei Kramer abgeholt. Daisy und die anderen Mannequins waren um halb zwölf nach Hause gegangen, Werner einige Minuten später und Naumann um Mitternacht. Herr Fiedler hatte pünktlich um fünf Uhr nachmittags die Firma verlassen. Die anderen nahmen an, daß er noch immer gekränkt war.

Nun waren nur noch drei bei der Arbeit. Fränkel hatte das letzte Modell kalkuliert, versah das Complet mit einem Etikett und sagte den Namen an.

Monika bemühte sich, mit der alten klapprigen Schreibmaschine die Zollinhaltserklärung auszufüllen. Fräulein Hiller hatte ihre Maschine abgeschlossen.

Gütschow stand vor dem offenen Kabinenkoffer – der

erste war schon abgeschlossen – und wartete auf das Modell.

Fränkel schrieb Namen und Preis auf das Etikett und befestigte es an dem Complet. »So, fertig!« sagte er aufatmend.

Gütschow nahm das Modell vom Ständer, verstaute es im Koffer, hängte das Vorderteil ein und verschloß alles. »Na endlich!« meinte er erleichtert. »Draußen wird's schon hell! Eigentlich ein bißchen früh fürs Morgenrot...«

»Und wir sind noch von gestern übriggeblieben.« Siegfried reckte sich und wandte sich an Monika. »Was ist mit der Zollinhaltserklärung?«

»Sofort«, murmelte sie. In der Maschine hatten sich zwei Buchstaben ineinander verhakt. Sie versuchte, sie auseinanderzufummeln und hatte beide in der Hand. »Sie will nicht mehr. Den letzten Buchstaben hat sie nicht mehr geschafft. Muß ich den eben mit der Hand schreiben.« Sie zog den Bogen mit einem energischen Ruck aus der Maschine, wobei sich die Walze aus der Halterung löste. »Hin isse!« stellte Monika betrübt fest.

»Die schmeißen wir weg«, meinte Fränkel.

»Hat Werner heute auch gesagt.« Monika schrieb den letzten Buchstaben mit dem Füllfederhalter und reichte Siegfried die Zollinhaltserklärung.

»Danke. Morgen liefern sie die neue Maschine.« Fränkel überflog die Erklärung und reichte sie Gütschow weiter. »So, und jetzt legen wir uns erst mal eine Stunde hin.«

Gütschow steckte die Papiere ein. »Gute Nacht, Chefin, gute Nacht, Chef!« Er legte zwei Finger grüßend an die Schläfe und schlurfte in die Einrichtung. Dort hatte er einen großen Bogen Packpapier auf dem Boden ausgebreitet und darauf ein paar Ballen Stoff gelegt. Das war sein provisorisches Bett.

»Gute Nacht, Chefin«, sagte Fränkel leise zu Monika.

»Ich weiß nicht ...« Monika stand auf und knipste die Lampe aus. »Daran kann ich mich einfach nicht gewöhnen.

»Fiedler auch nicht.« Fränkel lachte.

»Dem haben wir die Tour vermasselt.« Monika lächelte schadenfroh. Fränkels Blick fiel auf den Kalender. »Jetzt haben wir bereits den zehnten November.« Er riß das Blatt mit der Neun ab und warf es in den Papierkorb.

»Genau wie Herr Salomon«, konstatierte Monika. »Hast du eigentlich mal was von ihm gehört?«

Fränkel nickte. »Ich habe ihn gestern auf dem Friedhof getroffen. Ich mußte doch mit meinem Onkel nach Weißensee, Doktor Grünfeld wurde beerdigt. Als ich wieder rausging, habe ich Herrn Salomon gesehen. Er stand am Grab seiner Frau und sprach mit ihr.«

»Er sprach mit ihr?« wiederholte Monika verblüfft.

»Er sagt, das macht er jetzt oft. Nach Amerika will er nicht mehr. Er möchte in der Nähe seiner Frau bleiben. Eh' ich es vergesse, er läßt dich grüßen.«

»Danke!« Monika ging zu einem Ständer, auf dem viele Kleider hingen.

»Ich habe ihm erzählt, daß wir heute durcharbeiten.« Fränkel blickte Monika nach. »Gehst du nicht schlafen?«

»Schlafen?« Monika lächelte überlegen. »Um halb neun kommen Brenner und Co. zum Ramschen. Hier ...« Sie zeigte auf die Ware.

»Hast du das alles rausgesucht?« erkundigte sich Fränkel.

Monika nickte. »Gestern, mit Werner. Lauter Bowel. Alles, was wir in der letzten Saison nicht losgeworden sind.«

»Tüchtiger Junge!« meinte Fränkel anerkennend. »Schade, daß er jetzt eingezogen wird. Wird uns fehlen.«

»Das wird er«. Monika nickte und wollte den Ständer in den Verkaufsraum ziehen, aber Fränkel hielt sie fest. »Moment, du hast noch was vergessen!«

»Was denn?«

»Spucken!«

»Richtig.« Sie ging zu den Koffern hin und spuckte sie an mit einem dreimaligen »toi, toi, toi!«

»Toi, toi, toi!« Fränkel spuckte ebenfalls.

»Unsere Exportkollektion, die schönste, die Helmut je entworfen hat«, fand Monika.

»Die Kleider haben es gut, die reisen nach Schweden.« Fränkel seufzte sehnsüchtig.

Monika blickte ihn darauf mitleidig an. »Möchste auch, was?«

»Letztes Jahr haben sie mich noch rübergelassen«, sagte Fränkel traurig.

»Wärste man drüben geblieben«, meinte Monika leise.

»Beinahe wär ich's.« Siegfried blickte nachdenklich vor sich hin. »Aber dann habe ich an die Firma gedacht, und dann... Na ja...« Er winkte ab und machte sich auf den Weg ins Privatkontor. Kurz davon drehte er sich noch einmal um. »Vergiß nicht, das Telefon wieder anzustellen – vielleicht ruft Dagmar an.«

Monika verzog das Gesicht. »Dagmar? Was will die denn noch von dir? Geschieden isse doch schon. Und das Kind hat sie auch. Oder hat sie sich jetzt schon wieder was Neues ausgedacht?«

Fränkel nickte bedrückt. »Sie will an Eides Statt erklären, daß Traudl nicht meine Tochter ist...«

»Was?« Monika blickte ihn entsetzt an.

»... sondern von einem anderen«, fuhr Fränkel fort. »Von einem Arier.«

»Und warum?« wollte Monika wissen.

»Dann ist die Kleine kein Mischling mehr, verstehst du? Sie hat wohl auch schon jemanden, der...«

»Aha!« für Monika war jetzt alles klar.

»Nein!« Siegfried schüttelte den Kopf. »So ist das nicht. Sie tut das nur, damit Traudl später keine Schwierigkeiten hat, sagt sie. Und das will ich ja auch nicht.« Er schwieg einen Augenblick, und sein Gesicht wurde plötzlich tieftraurig. »Aber neulich, da habe ich mich dabei ertappt, daß ich dachte, vielleicht . . . vielleicht bin ich ja wirklich nicht der Vater.«

»Sigi!« rief Monika empört. »Wie kommste denn auf so was? Die Kleine hat deine Augen, deine Nase und deinen Mund. Nur das blonde Haar hat sie von deiner Frau, aber das kann sich ja noch ändern.«

Von draußen hörte man das Klirren von Fensterscheiben.

Monika horchte erschrocken auf. »Was war das?«

»Da hat's gekracht«, meinte Siegfried.

Gütschow kam aus der Einrichtung und blinzelte verschlafen. »Chef, haben Sie das eben gehört?«

»Wahrscheinlich ein Zusammenstoß«, beruhigte Fränkel ihn. »Auf jeden Fall hat es Scherben gegeben.«

Es klirrte wieder.

»Das war weiter vorn auf der Straße«, konstatierte Gütschow. Er ging zum Verkaufsraum und zog die Vorhänge zurück. »Dahinten scheint es zu brennen. Der Himmel ist ganz rot!«

Es klirrte mehrmals hintereinander. Diesmal war es näher.

»Schon wieder.« Monika zog fröstelnd die Schultern zusammen.

»Das kommt von der Jerusalemer Straße. Da muß irgendwas los sein.«

Gütschow spähte hinaus.

Jetzt hörte man undeutliches Grölen.

»Scheinen Betrunkene zu sein«, meinte Fränkel.

In diesem Augenblick wurde heftig an die Eingangstür geklopft.

»Nicht aufmachen!« flüsterte Monika. »Ich habe Angst.«
»Wovor?« fragte Fränkel erstaunt.
Das Klopfen wurde noch heftiger.
»Macht auf, Kinder, schnell! Macht auf!« schrie jemand.
»Das ist ja Herr Salomon. Was will denn der um diese Zeit?« Siegfried schüttelte verwundert den Kopf.
»Da muß was passiert sein«, meinte Monika ängstlich.
»Ich mach mal auf«, erklärte Gütschow und eilte durch den Verkaufsraum zur Eingangstür. Kaum hatte er sie geöffnet, stürmte Salomon herein, völlig außer Atem. »Endlich!« seine Stimme überschlug sich. »Wo sind denn ...?« Er blickte in den hinteren Teil der Firma. »Ach da! Warum geht denn keiner von euch ans Telefon?« keuchte er. »Macht das Licht aus. Die dürfen nicht wissen, daß ihr da seid.« Er knipste die Lampe aus und lehnte sich erschöpft gegen das Pult.
»Wer?« wollte Monika wissen.
»In der Leipziger Straße sind sie schon.« Salomon wischte sich den Schweiß von der Stirn.
»Wer denn?« fragte Fränkel ungeduldig.
»Wer? Wer?« stieß Salomon hervor. »Was weiß ich wer? Aussehen tun sie wie Menschen, unterwegs sind sie, in der ganzen Stadt. Schlagen alles kurz und klein, die Schaufenster, die Geschäfte ...«
»Die Geschäfte?« Gütschow war bestürzt.
»Und die Inhaber auch! Um die Ecke bei Etam haben sie das Lager ausgeräumt. Alles liegt auf der Straße ..., der ganze Bürgersteig voller Strümpfe. Mein Gott sieht das aus! Und die trampeln darauf herum.«
»Ruft denn niemand die Polizei?« wollte Monika wissen.
»Die Polizei?!« Salomon lachte bitter auf. »Du bist gut!«
Monika sah ihn verständnislos an. »Die kann doch bei so was nicht zusehen?«
»Die sieht auch nicht zu. Wegsehen tut sie. Recht und Ord-

nung, damit ist es vorbei.« Salomon war wie betäubt. Dann sah er die anderen an. »Wißt ihr, daß sie die Synagogen angezündet haben? Alle Synagogen! Sie brennen, in ganz Berlin brennen sie. Fragt jetzt nicht nach der Feuerwehr. Die ist da, bloß sie löscht nicht. So weit ist es mit Deutschland gekommen. Es brennt, und die Feuerwehr löscht nicht!« Salomon war völlig außer sich und ließ sich auf einen Stuhl fallen.

»Und die Leute, was sagen die dazu?« fragte Fränkel.

Salomon zuckte nur die Achseln.

»Die sehen sich das einfach mit an?« Gütschow konnte das nicht verstehen.

»Manche wenden sich auch ab.« Salomon lächelte grimmig. »Einige versuchen zu retten, was zu retten ist . . . für sich. Im Friedenstempel in der Markgraf-Albrecht-Straße haben sie das Lager der jüdischen Winterhilfe geplündert. Mein ehemaliger Hauswirt war auch dabei. Letztes Jahr hat er mich auf die Straße gesetzt . . . kein Stück Brot wollte er vom Juden nehmen! Heute habe ich ihn rennen sehen, mit drei koscheren Würsten unter dem Arm. Ersticken soll er daran!«

»Was wird das Ausland dazu sagen?« meinte Fränkel nachdenklich.

Salomon wiegte den Kopf. »Aber was wird *Er* dazu sagen? Die Gotteshäuser brennen, *Seine* Häuser.«

Wieder klirrten Fensterscheiben. Diesmal war es ganz nah.

»Warum läßt Er das zu? Was ist mit Seinen Schutzengeln?« Salomon stützte den Kopf in die Hände.

Gütschow horchte. »Ich glaube, sie kommen jetzt über die Straße.«

»Gütschow, haben Sie wieder abgeschlossen?« fragte Salomon hastig.

»Nein«, antwortete der Hausdiener erschrocken.

»Schnell!« drängte Monika.

Gütschow lief nach vorn, aber es war zu spät. Man hörte, daß die Eingangstür aufgerissen wurde. Es schnarrte zweimal. Jemand lief mit polternden Schritten in den Verkaufsraum.

»Zu spät!« zischte Salomon leise. »Kommt Kinder, nach hinten. Sie auch, Gütschow.« Er sprang auf.

Die anderen folgten ihm leise. Alle versteckten sich in der Einrichtung und spähten hinter dem großen Stoffregal nach vorn.

Im Verkaufsraum wurden Sessel und Tische umgeworfen. Dann wurde der Vorhang beiseite geschoben. Werner Böhm erschien. Er trug HJ-Uniform. Böhm sah sich um, überlegte kurz und warf dann ein paar leere Ständer um.

Die anderen beobachteten ihn erstarrt.

Als nächstes zog er den Ramschständer heran und kippte ihn vorsichtig um, so daß er die Kollektionskoffer verdeckte. Dann suchte er rasch ein paar Kleider aus, nahm sie vom Bügel, warf sie auf den Boden und trampelte darauf herum. Das Pult kippte er behutsam gegen den Ramschständer.

Gütschow wurde wütend. »Unsere Kollektionskoffer . . .« flüsterte er. »Den Lümmel kauf ich mir!« Er wollte auf Böhm losgehen, aber Salomon hielt ihn zurück.

»Nein, lassen Sie ihn, Gütschow«, flüsterte er.

Werner ging zu dem großen Stapel Pappkartons neben dem Packtisch, warf ihn um und verteilte die Kartons auf dem Fußboden. Man merkte, daß er bemüht war, blitzschnell eine möglichst große Unordnung zu schaffen.

Von der Treppe her hörte man polternde Schritte näher kommen. Eine heisere Stimme grölte: »Wenn das Judenblut vom Messer spritzt . . .«

Böhm rannte zur Einrichtung, denn ihm war klar, wo sie sich alle versteckt hatten. »Um Himmels willen, verschwinden Sie doch!« rief er beschwörend. »Am besten da drunter ...«

Die verstanden ihn sofort und versteckten sich unter dem großen Tisch. Böhm zog einen vollen Ständer aus der Abnahme heran und kippte ihn so gegen den Tisch, daß alle verdeckt waren.

Die Eingangstür wurde aufgerissen und fiel dann wieder zu. Es schnarrte zweimal. Ein großer, kräftiger Mann kam hereingestampft. Er hatte Schaftstiefel an und sah nicht gerade vertrauenerweckend aus. Die beiden, die ihm folgten, wirkten gegen ihn direkt bieder.

Der Große knipste die Deckenlampe an und prallte förmlich zurück, als er das Durcheinander entdeckte. »Was ist denn das?«

»Waren wir schon hier?« überlegte der zweite.

Werner Böhm nahm die alte, kaputte Schreibmaschine und warf sie durch das Fenster auf den Hof. Es klirrte gewaltig.

»Nanu?« rief der dritte Mann überrascht.

»Da ist ja schon einer!« stellte der zweite fest.

Werner Böhm marschierte auf die Männer zu, schlug die Hacken zusammen und hob die Hand zum deutschen Gruß. »Heil Hitler! Scharführer Böhm meldet Befehl ausgeführt, die Kameraden sind schon weiter.«

Der Große wandte sich ratlos an seine Kollegen. »Versteht ihr das?«

»Nee!« Der zweite schüttelte den Kopf.

Der dritte holte einen Zettel aus der Tasche und studierte ihn. »Der Laden hier steht auf unserer Liste«, stellte er fest.

Der Große starrte Werner an und runzelte mißbilligend die Stirn. »Und in Uniform ...? Das sollten wir doch nicht!«

»Sonderauftrag vom Gau!« erklärte Werner Böhm.

»Na dann ...« Dem zweiten Mann war seine Enttäuschung deutlich anzusehen.

»Da weiß wieder mal einer nicht, was der andere tut«, mokierte sich der Große.

»Hak den Laden hier ab«, meinte der zweite ergeben. »Die Treppen hätten wir uns sparen können.«

»Da hat Willi Mist gebaut«, knurrte der dritte und steckte den Zettel wieder ein.

Der Große wandte sich an Böhm: »Einen von den Juden erwischt?«

»Nein, die Vögel sind ausgeflogen«, antwortete Böhm und sprach dann so laut, daß Fränkel und die anderen es hören konnten: »Aber die kriegen wir zu Hause, wenn sie sich da sehen lassen.«

»Feiges Pack!« sagte der dritte verächtlich und spuckte auf den Boden. »Kommt, gehen wir!«

Der Große hatte sich inzwischen umgesehen und etwas entdeckt. »Moment mal...«, meinte er und ging auf den Ständer zu, der an dem Tisch in der Einrichtung lehnte.

Böhm hielt erschrocken den Atem an.

»Was ist denn?« wollte der dritte wissen. Er war sichtlich ungeduldig.

Der Große nahm ein Kleid vom Ständer und betrachtete es kurz. »Nein, doch nicht!« Er schüttelte enttäuscht den Kopf. »Ich sollte meiner Frau was Grünes mitbringen. Aber ich habe mich geirrt, das ist blau.« Er warf das Kleid auf den Boden. Es war übrigens türkis.

»Nun komm schon!« drängelte der zweite. »Wir haben noch zehn Firmen auf unserer Liste.« Er ging zur Tür und verabschiedete sich von Werner mit erhobener Hand. »Heil Hitler!«

»Heil Hitler!« Auch Böhm hob die Hand. »Ich komme gleich mit.«

Die drei verschwanden.

Werner wischte sich den Angstschweiß von der Stirn, schaltete das Licht aus und folgte ihnen.

Salomon, Monika, Fränkel und Gütschow krochen langsam aus ihrem Versteck.

»Das muß man den Nazis lassen, organisieren können sie!« Salomon nickte unwillkürlich bewundernd. »Sogar die spontane Volkswut!« Gütschow lief zu den Koffern und stellte fest, daß die Exportkollektion unversehrt geblieben war. »Werner hat sie gerettet!« sagte Monika leise. »Und uns auch.«

Siegfried wandte sich an seinen ehemaligen Chef. »Es gibt noch Schutzengel, Herr Salomon!«

»Konnte man das wissen?« Salomon schickte einen vorwurfsvollen Blick zum Himmel. »In *der* Uniform!«

1939

Am Vormittag des ersten September waren die Straßen fast völlig menschenleer. Aus den offenen Fenstern der Häuser rund um den Hausvogteiplatz hörte man die Rede, die Adolf Hitler im Reichstag hielt.

Die Stranitzki kam ganz allein die U-Bahntreppe herauf. Über dem Arm trug sie, eingewickelt in ihre schwarze Schneiderdecke, drei Modelle. Sie blickte sich um, ehe sie über den Damm ging, aber das war nicht nötig. Kein Fahrzeug war zu sehen. Als sie an der Pförtnerloge vorbeikam sah sie, daß Herr Lehmann neben seinem kleinen Volksempfänger hockte und mit offenem Mund der Rede seines Führers lauschte. Die Stranitzki klopfte gegen die Scheibe.

Herr Lehmann blickte auf und schüttelte unwillig über die Störung den Kopf.

Die Schneiderin gab ihm mit einer Handbewegung zu verstehen, daß sie nach oben gefahren werden wollte.

Herr Lehmann öffnete das Fenster. »Jetzt doch nicht!« stieß er entrüstet hervor. »Der Führer spricht!«

Aus dem Radio ertönten Beifall und Heilrufe.

Herr Lehmann beugte sich vor. »Wissen Sie, was er eben gesagt hat?« berichtete er aufgeregt. »Seit heute früh wird zurückgeschossen!«

»Also Krieg!« Die Stranitzki seufzte. »War ja zu erwarten. Na, dann mal los.« Sie ging an dem Fahrstuhl vorbei, der offen und beleuchtet im Erdgeschoß stand, steuerte auf die Treppe zu und machte sich an den Aufstieg.

Die Heilrufe und der Beifall verstummten, Adolf Hitler begann weiter zu »bellen«.

Er »bellte« auch aus dem Lautsprecher des Volksempfängers, der in dem eleganten Verkaufsraum der Firma Naumann und Helmholtz auf einem Tischchen stand. Die Sofas und Sessel hatte man so hingestellt, daß sie einen Halbkreis bildeten. Die anderen Tische waren beiseite geschoben worden.

Fiedler hatte diesen Gemeinschaftsempfang organisiert. Er thronte in der Mitte der Belegschaft und ließ sich kein Wort seines Führers entgehen. Ab und zu nickte er beifällig, bei besonders drohenden Sätzen applaudierte er spontan, manchmal stieß er auch ein bestätigendes »Jawoll!« aus. Bei der Erwähnung der Gegner lachte er verächtlich auf.

Naumann, Monika, Gütschow, Fräulein Hiller – sie trug jetzt das Abzeichen der deutschen Arbeitsfront – Daisy, Margot, Gloria und Günther, der neue Lehrling, ein fünfzehnjähriger Junge, dick und picklig, sagten kein Wort. Sie wirkten alle ziemlich bedrückt. Naumann war traurig. »Sehr richtig!« meinte Fiedler gerade, als wieder Beifall aufbrauste. Deshalb entging ihm das Schnarren der Eingangstür.

Monika hatte es gehört. Sie drehte sich um und entdeckte, daß die Stranitzki eingetreten war, Monikas Blick sah und den Finger auf die Lippen legte. Sie wollte unbemerkt nach hinten gehen.

Monika hatte verstanden und nickte.

Fiedler deutete das Nicken falsch. »Nicht wahr, da hat der Führer recht!!« Und als aus dem Lautsprecher tosender Beifall kam, klatschte er mit und blickte die anderen auffordernd an, so daß sie vorsichtshalber auch zu applaudieren begannen.

Siegfried Fränkel stand einsam an seinem Pult. Vor ihm lagen Orderblätter, nach denen er Arbeitszettel ausschrieb.

Die Stranitzki begrüßte ihn. »Morgen, Herr Fränkel!«

Siegfried blickte auf. »Morgen, Frau Stranitzki.«

Die Schneiderin deutete mit dem Kopf in Richtung des Verkaufsraums. »Gemeinschaftsempfang?«

Fränkel nickte.

»Und Sie müssen nicht?« wunderte sich die Stranitzki.

Siegfried schüttelte den Kopf. »Nee, ich bin suspendiert. Gehöre ja nicht mehr zur Volksgemeinschaft.«

»Tut Ihnen das leid?« fragte die Schneiderin.

Siegfried zuckte die Achseln. »Ein komisches Gefühl ist es schon. Mein Vater hat sich 1915 noch freiwillig gemeldet.«

Aus dem Radio im Verkaufsraum hörte man tosenden Beifall und nicht enden wollende Heilrufe.

»Jetzt scheint er endlich fertig zu sein.« Die Stranitzki seufzte. »Nun hat er seinen Krieg, und die da jubeln. Mir tun die armen Jungs leid. Auf beiden Seiten.« Sie sah einen Augenblick nachdenklich vor sich hin. »Ich habe mir früher immer einen Sohn gewünscht. Jetzt bin ich richtig froh, daß ich keinen habe. Na, ich packe schon mal aus.« Sie lächelte Fränkel zu und machte sich auf den Weg zur Abnahme.

Die Heilrufe und der Beifall aus dem Radio im Verkaufsraum wurden schwächer, die Übertragung ging zu Ende.

Fiedler stand auf, schaltete den Apparat aus, wandte sich

dann an die anderen und hielt eine kurze, aber sehr markige Ansprache. »So, Volksgenossen, nun wollen wir mal wieder das tun, was der Führer von uns verlangt: Unsere Pflicht!«

»Ja, darum möchte ich auch bitten«, sagte Monika und erhob sich. »In zehn Minuten kommen die Einkäuferinnen von Schlüter und Held, und das sieht hier aus! Stellt das mal alles wieder auf seinen Platz.«

Die anderen standen ebenfalls auf und begannen aufzuräumen.

Monika wandte sich an den Verkäufer. »Herr Fiedler, Sie holen schon mal den Ständer mit der Ware her, die sie gestern ausgesucht haben.«

»Jawoll, Fräulein Helmholtz«, antwortete Fiedler servil und ging nach hinten.

Monika drehte sich zu Naumann um, der immer noch auf seinem Stuhl saß und bedrückt vor sich hin starrte. »Helmut, die Stranitzki ist da.«

»Ja?!« Naumann riß sich von seinen trüben Gedanken los. »Kommt Kinder . . .« rief er betont munter den Mannequins zu. »Ihr müßt das gleich überziehen.«

»Wir sind sofort fertig!« meinte Daisy. »Faß mal mit an, Margot.«

Beide schoben ein Sofa an seinen Platz.

»Aber beeilt euch!« Naumann verschwand im großen Raum und zog von dort aus den Vorhang auf, damit Fiedler den vollen Ständer hereinziehen konnte.

Fräulein Hiller ging auf ihn zu. »Herr Fiedler, da gibt es ja ab Montag sicher alles nur noch auf Marken?« erkundigte sie sich.

»Natürlich!« antwortete der Verkäufer und warf sich in die Brust. »Damit ist jedem Deutschen ein ausreichender Teil an der gesamten Nahrungsmenge gesichert.«

»Ausreichend?« Fräulein Hiller war da anderer Ansicht.

»Pro Tag gibt es nur sechzig Gramm Milcherzeugnisse, Öl und Fette. Heißt das etwa inklusive Butter?«

»Bestimmt!« mischte sich Monika ein. »Damit haben sie uns ja schon ziemlich lange sehr kurz gehalten.«

»Göring hat gesagt: Kanonen machen mächtig, Butter macht nur fett!« belehrte sie Fiedler.

»Ich kenne jemand, der ist mächtig *und* fett«, meinte Gütschow.

Die anderen hielten erschrocken den Atem an.

Fiedler, der die Ware sortierte, drehte sich sofort um. »Herr Gütschow, wen meinen Sie damit?« fragte er in drohendem Ton.

»Na, König Faruk von Ägypten«, erwiderte Gütschow mit Unschuldsmiene. »An wen hatten Sie denn gedacht?«

Die anderen kicherten.

Fiedler atmete tief durch und wandte sich wieder der Ware auf dem Ständer zu.

»So, den Rest schaffen die Herren sicher allein«, sagte Monika schnell, scheuchte die Damen aus dem Verkaufsraum und folgte ihnen. »Und Tee gibt es nur zwanzig Gramm im Monat«, sagte Gloria im Hinausgehen.

»Tja, meine Dame«, rief Fiedler ihr nach, »wir müssen eben den Gürtel etwas enger schnallen!«

»Der und schnallen ...«, meinte Daisy ironisch, als der Vorhang hinter ihnen zugefallen war. »Der trägt doch immer Hosenträger!«

Die anderen lachten.

Die Mannequins gingen nach hinten.

Fräulein Hiller blieb stehen und wandte sich an Monika. »Fräulein Helmholtz, Sie möchten doch sicher auch ein starkes Täßchen Kaffee? Ich mache jetzt eins für Herrn Fränkel.«

»Könnte ich gebrauchen«, stimmte Monika zu. »Aber

gehen Sie lieber sparsam mit den Bohnen um, es gibt jetzt nur ein ganzes achtel Pfund pro Woche.«

»Ja, schrecklich!« Fräulein Hiller seufzte bedauernd. »Aber ich habe noch ein ganze Menge auf Vorrat. Herr Salomon wollte immer, daß genug Kaffee im Haus ist. Haben Sie mal wieder was von ihm gehört?«

»Nein, leider nicht.«

»Eigentlich bin ich ganz froh, daß er nicht mehr herkommt«, gestand Fräulein Hiller.

»Wieso?« Monika war unangenehm überrascht.

»Na, wenn er das hier sieht . . .« Fräulein Hiller deutete auf ihr Arbeitsfrontabzeichen. »Das wäre mir peinlich. Aber sehen Sie mal, man hat ja auch sehr viel Gutes davon. Früher bin ich nicht so oft ins Theater gekommen, aber jetzt mit KdF, jede zweite Woche . . . Auf einen Volkswagen spare ich auch. Und nächstes Jahr fahre ich mit dem Dampfer nach Madeira, mit der »Wilhelm Gustlow«. Sie überlegte kurz und erschrak. »Da wird der Krieg doch schon vorbei sein?«

»Das wollen wir doch hoffen«, antwortete Monika. Einen Augenblick lang blickten sich die beiden schweigend an. Dann ging Fräulein Hiller ins Kontor, und Monika machte sich auf den Weg nach hinten. Als sie an Fränkel vorbeikam, blieb sie stehen. »Siegfried, falls jemand nach mir fragt, ich bin in der Einrichtung. Da bleibt sonst alles liegen. Die Vogel kommt doch erst Montag zurück, und Günther ist so was von langsam.« Sie verzog das Gesicht.

»Sei froh, daß wir überhaupt einen Lehrling bekommen haben«, entgegnete Fränkel. »Wer will denn heute schon in die Konfektion?« Monika nickte wehmütig und ging in die Einrichtung.

Dort stand Günther am Tisch, auf dem von einem großen Ballen Wollstoff einige Meter abgerollt waren. Er nahm den

Meßstab und begann in Zeitlupe abzumessen. »Eins . . ., zwei . . ., drei . . .«, zählte er.

Monika kam dazu und sah das. »Günther!« rief sie ungeduldig. Der Lehrling ließ den Meßstab sinken. »Jetzt haben Sie mich rausgebracht.« Er blickte Monika vorwurfsvoll an.

»Nun paß mal auf. Ich zeig's dir noch mal. Das muß viel schneller gehen. Wieviel brauchen wir?«

Günther warf einen Blick auf den Arbeitszettel. »Zwölf Meter sechzig.«

»Laß mich mal.« Monika nahm den Stab und begann blitzschnell zu messen, ohne laut zu zählen. »Gibst du mir mal die Schere?« sagte sie, als sie fertig war.

»Bitte!« Günther reichte sie ihr. »Aber schneiden Sie lieber nicht ab. Es sind dreizehn Meter sechzig.«

»Dreizehn Meter sechzig?« wiederholte Monika ungläubig.

»Soll ich nachmessen?« schlug Günther vor.

»Bloß nicht, das mache ich lieber.« Monika maß die Metrage noch einmal durch. »Du hast ja recht«, konstatierte sie überrascht.

»Ja, schnell bin ich nicht, aber zählen kann ich!« Günther nickte stolz.

»Jetzt brauchen wir noch Gurtband, drei Reißverschlüsse und . . .« Monika schnitt den Stoff schon durch. »Bring mir mal das Futter rüber.« Sie zeigte auf das Regal. »Da drüben! . . . Ich mach' dir die Einrichtung fertig, und dann fährst du damit zu Herrn Kunze, das ist unser Kostümschneider. Er wohnt am Friedrichshain. Die Adresse gebe ich dir gleich.«

In der Abnahme hatten die Mannequins inzwischen die Kleider von der Stranitzki angezogen und nun standen sie da; alle im Marinelook. Nur die Farben der Besätze waren verschieden. Die Schneiderin zupfte noch ein bißchen an den Kleidern herum. Naumann stand dabei und betrachtete die

Modelle. Fränkel kam neugierig dazu. Die Mannequins drehten sich jetzt vor Naumann.

Die Stranitzki sah ihn beifallheischend an. »Na?«

»Entzückend!« Naumann war begeistert. »Du hast dich wieder mal selbst übertroffen.«

»Nicht war?« meinte Daisy. »Flott sehen wir aus.« Sie stand in der Mitte und blickte sich nach rechts und links zu ihren Kolleginnen um »Was wollen wir jetzt singen?« fragte sie ironisch. »›Das kann doch einen Seemann nicht erschüttern‹ oder ›Das ist die Liebe der Matrosen‹?«

Naumanns Lippen begannen zu beben, seine Augen füllten sich mit Tränen. Er wandte sich abrupt ab, ging rasch in sein Studio und warf die Tür hinter sich ins Schloß.

Die Stranitzki starrte ihm nach. »Was hat er denn?« Sie war richtig baff.

»Was kann er schon haben!« Daisy biß sich wütend auf die Lippen. »Und ich muß ihn auch noch daran erinnern. Ohrfeigen könnte ich mich!«

»Laßt Ihr mich mal durch?« Fränkel ging an den Damen vorbei zur Tür des Studios, klopfte an und ging hinein.

Naumanns Studio war sehr feminin eingerichtet. Auf dem Fensterbrett saßen sich zwei weiße Porzellanhündchen gegenüber. Das kleine Sofa, der zierliche, mit Skizzen übersäte Schreibtisch, auf dem ein großes gerahmtes Foto eines gutaussehenden Matrosen stand, alles sah eigentlich mehr wie ein Boudoir aus. Naumann kauerte in seinem Sessel wie ein Häufchen Unglück.

Fränkel schloß die Tür hinter sich und betrachtete seinen Kompagnon. »Helmut!« sagte er leise.

»Ich muß immer an ihn denken«, schluchzte Naumann.

»Ich versteh ja, daß du . . .«, sagte Fränkel so sanft wie möglich.

»Nichts verstehst du, kannst du ja gar nicht!« stieß Naumann hervor. »Oder hast du jemand, der in den Krieg muß? Aber ich! Dieter sitzt jetzt wahrscheinlich schon in seinem U-Boot.« Er ließ den Kopf wieder sinken. »Da hat man nun endlich einen Menschen gefunden, der ... Zwei Jahre sind wir jetzt schon zusammen, und es ist das erste Mal, daß alles stimmt. Vielleicht ist er jetzt schon auf Feindfahrt und ...« Ihm kamen wieder die Tränen, und er verbarg sein Gesicht in den Händen.

Fränkel legte ihm tröstend die Hand auf die Schulter. »Helmut, glaub mir, er kommt zurück.«

»Hoffentlich! Ich will ihn doch nicht verlieren.« Naumann tupfte sich die Tränen ab.

»Es wird ihm schon nichts passieren.« Fränkel bemühte sich seiner Stimme einen festen Klang zu geben.

»Im U-Boot?« Naumann hatte da beträchtliche Zweifel doppelter Art. »Die Wasserbomben ... Und dann die vielen Kerle auf engstem Raum. Ich muß ihn da rausholen. Und ich werde ihn rausholen!«

»Und wie willst du das anstellen?« erkundigte sich Fränkel.

»Er hat doch Vorgesetzte, und die haben Frauen. Und die brauchen doch Fummel.« Naumann sah seinen Freund triumphierend an.

Monika stand an dem großen Tisch in der Einrichtung und blickte dem Lehrling nach, der mit einem großen Paket unter dem Arm bedächtigen Schrittes zum Hinterausgang ging. »Günther, weißt du auch wirklich genau, wie du fahren mußt?« rief sie ihm besorgt nach.

Der Lehrling fand diese Fürsorge völlig überflüssig. »Ja-a, Fräulein Helmholtz. Ich hab nur einen Herzfehler. Hier oben ...«, er tippte sich an den Kopf, »ist alles in Ordnung. Ich finde auch wieder zurück. Sie sehen mich bestimmt wieder.«

»Aber wenn es geht, noch vor morgen mittag.« Monika hatte da ihre Befürchtungen.

Günther, der bereits die Hand auf der Klinke hatte, legte die Stirn in Falten. »So früh schon? Da muß ich mich aber ganz schön beeilen«, flachste er und verließ mit einem breiten Grinsen die Firma.

Monika mußte lachen, dann drehte sie sich um und stutzte. Die Einrichterin stand vor ihr, in einem dunklen Mantel.

»Nanu? Fräulein Vogel? Was wollen Sie denn heute schon hier?« fragte sie erstaunt.

»Guten Tag, Fräulein Helmholtz.« Fräulein Vogel war etwas verlegen. »Ich habe es zu Hause nicht ausgehalten. Ich mußte unter Menschen.«

Monika gab ihr die Hand. »Seit wann sind Sie denn wieder zurück?« erkundigte sie sich. Sie hatte den Eindruck, daß die Einrichterin sich verändert hatte. Sie sah fraulicher aus.

»Seit Anfang der Woche.«

»So lange schon?« wunderte sich Monika. »Hatten Sie schlechtes Wetter an der Nordsee?«

Fräulein Vogel nickte. »Aber das war uns egal.«

Monika deutete den Plural falsch. »Ach, Ihre Mutter war auch mit?«

Fräulein Vogel schüttelte den Kopf. »Das war der schönste Urlaub meines Lebens«, hauchte sie und wurde ein bißchen rot.

Monika hatte jetzt verstanden. »Nanu, Fräulein Vogel, Fräulein Vogel!« Sie drohte ihr scherzhaft mit dem Finger.

Die Einrichterin schwieg einen Moment. Dann nahm sie ihren ganzen Mut zusammen. »Ich heiße jetzt übrigens Nitschke.«

»Was, Sie haben geheiratet?« Monika fiel aus allen Wolken. »Wann denn?«

»Dienstag früh.«

»Das ist ja . . . ich gratuliere!« Monika drückte ihr die Hand. »Und ich wußte nicht mal, daß Sie einen Freund hatten. Wann haben Sie ihn denn kennengelernt?«

»Vor vier Wochen!« Frau Nitschke lächelte glücklich. »In einem vegetarischen Restaurant in der Mauerstraße. Wir hatten zufällig das gleiche bestellt: Weißkohl mit Tomaten. Und dabei hat es gefunkt.«

»Bei Weißkohl mit Tomaten?« Monika war etwas irritiert. Sie konnte sich als Fleischerstochter überhaupt nicht vorstellen, daß jemandem diese Zusammenstellung schmecken konnte. »Er ist also auch Vegetarier. Da passen Sie ja gut zusammen.«

Frau Nitschke nickte. »Nur rauchen tut er wie ein Schlot, aber sonst . . .« Ihre Augen strahlten. »Wir wollten uns eigentlich erst verloben, aber dann haben wir gesagt, machen wir doch gleich Nägel mit Köpfen. Wer weiß, was kommt.«

»Das müssen wir natürlich feiern!« sagte Monika.

»Bitte nicht.« Frau Nitschke schüttelte den Kopf. »Ulli . . . das ist mein Mann, Ulli ist Unteroffizier, Infanterie. Mittwoch habe ich ihn zur Bahn gebracht. Und als ich vorhin die Rede hörte . . . Wer weiß, vielleicht gibt es ihn schon gar nicht mehr.« Sie sah plötzlich sehr verzweifelt aus.

»Ach nee, Fräulein Vogel . . . ich meine Frau Nitschke . . .« Monika wurde jetzt energisch. »Da müßten wir uns ja alle verrückt machen. Mein Vetter ist auch an der Front.« Einen Augenblick dachte sie an Fritz, der beim Abschied so getan hatte, als würden sie sich nie wiedersehen. »Vielleicht ist Ihr Mann gar nicht ganz vorne. Passen Sie auf, Sie schicken ihm gleich ein Feldpostpäckchen. Ihre Fleischmarken brauchen Sie doch nicht. Die können Sie gegen Zigaretten tauschen. Ich mach das für Sie. Da freut sich Ihr Mann.«

»Danke, Fräulein Helmholtz.« Die Einrichterin lächelte jetzt wieder. »Haben wir viel zu tun?«

Monika seufzte. »Viel ist gar kein Ausdruck!«

»Das ist schön«, meinte Frau Nitschke, »da kommt man wenigstens nicht zum Nachdenken.«

»Ich bringe Ihnen gleich die Arbeitszettel«, kündigte Monika an. »So einen Haufen!« Sie zeigte mit den Händen, wie groß der Haufen sein würde, und verließ die Einrichtung.

Frau Nitschke legte Hut und Mantel ab und verstaute beides sorgfältig in ihrem Schrank.

Monika ging zu Fränkel, der bereits einen großen Posten Arbeitszettel fertig ausgeschrieben hatte. »Siegfried, kann ich die schon haben?« erkundigte sie sich und nahm die Zettel gleich vom Pult.

»Willst du die alle selber erledigen?« fragte Siegfried überrascht.

»Nein, Fräulein Vogel ist wieder da.«

»Heute schon? Wieso?«

»Erzähl ich dir alles morgen.« Monika hatte es jetzt eilig. »Ich geh nämlich heute etwas früher. Fritz ist doch nicht mehr da, und da will ich im Laden helfen.«

Fränkel überlegte kurz. »Dann muß Gütschow abschließen. Ich geh nachher mal bei meinem Onkel vorbei. Ich habe schon ein paarmal bei ihm angerufen. Es hat sich nie jemand gemeldet. Das beunruhigt mich.«

Monika überlegte. »Vielleicht ist er noch mal in seine Firma gegangen.«

»In seine Firma?« Siegfried lachte bitter auf. »Du bist gut! Da wollen sie ihn nicht mehr sehen. Hausverbot! Er darf nicht mal mehr einen seiner Läden betreten.«

Von den Berlinern, die spätnachmittags auf der Schloßstraße im Stieglitz unterwegs waren, machte kaum einer ein fröhliches Gesicht. Der Krieg hatte begonnen, und keiner wußte genau, was er bringen würde. Noch hatten weder Frankreich noch England Deutschland den Krieg erklärt, aber nur Optimisten rechneten damit, daß sie sich zurückhalten würden. Wie erleichtert war man doch gewesen, als das Münchner Abkommen geschlossen wurde und die Flakgeschütze, die schon auf den Dächern des Flughafens Tempelhof standen, verschwanden. Jetzt hatte man sie wieder aufgestellt, und die schlanken Rohre richteten sich drohend in den Himmel. Gut, die Bevölkerung war schon seit einer geraumen Zeit auf Luftangriffe vorbereitet worden. Es gab Verdunklungsübungen, überall in den Häusern standen mit Sand gefüllte Tüten, Eimer und Feuerpatschen bereit, und große Rollos an den Fenstern sorgten dafür, daß kein Licht nach draußen dringen konnte. Aber nun war es keine Übung mehr. Es war Ernst, und in fast jeder Familie bangte man um einen Vater, einen Sohn, einen Schwager, einen Neffen oder einen Freund, der an der Front stand. Nein, so eine Begeisterung wie 1914 gab es in Berlin 1939 nicht mehr.

Ein Taxi kam die Schloßstraße entlang und hielt. Im Fond saß Richard Fränkel. Er beugte sich vor und starrte zur anderen Straßenseite hinüber. Dort befand sich eine Filiale von Uhren-Fränkel, oder besser gesagt, sie hatte sich dort befunden, obwohl das Geschäft noch existierte. Aber die Nachbesitzer, die sich des gut eingeführten Namens noch einige Zeit bedient hatten, wollten ihn jetzt eliminieren. Zwei Männer montierten gerade das große Schild »Uhren-Fränkel«, das über dem Schaufenster hing, ab, legten es auf den Boden und holten ein neues Schild mit der Aufschrift »Uhren-Hinz« von ihrem Lieferwagen.

Der Taxichauffeur, ein gemütlicher Berliner, der die Fünfzig schon überschritten hatte, drehte sich vorsichtig um und betrachtete das versteinerte Gesicht seines Fahrgastes, in dessen Augen Tränen standen. Als die Männer mit dem neuen Schild auf die Leiter stiegen, riß sich Richard Fränkel von dem Anblick los und pochte an die halbgeöffnete Trennscheibe. »Jetzt bitte zur Kantstraße!« gab er mit rauher Stimme an.

»Mach ich!« antwortete der Taxichauffeur, legte den ersten Gang ein und fuhr los. Während sie die Schloßstraße hinunterfuhren, beobachtete er seinen Fahrgast mitleidig im Rückspiegel. »Das tut weh«, sagte er plötzlich.

Richard Fränkel nickte unwillkürlich. Doch als ihm klar wurde, daß der Chauffeur anscheinend Bescheid wußte, machte er ein abweisendes Gesicht. »Was? Ich weiß gar nicht, wovon Sie reden!«

»Ich aber«, antwortete der Fahrer. »Das ist jetzt schon der achte Laden, an dem wir vorbeikutschieren. Und überall nehmen sie die Schilder ab. Das muß Ihnen doch weh tun, Herr Fränkel.«

»Woher kennen Sie mich?« wollte sein Fahrgast wissen.

»Daher!« Der Taxichauffeur zog seine Taschenuhr aus der Weste und hielt sie hoch. »Die habe ich bei Ihnen gekauft, damals, als Sie Ihr erstes Geschäft aufgemacht haben. Oben am Wedding. Die haben Sie mir noch selber verkauft. Da waren wir noch jung.«

»Das ist lange her«, murmelte Richard Fränkel.

»Aber die geht immer noch. Friedensware!«

»Müssen Sie nicht ab und zu vor- und nachstellen?« erkundigte sich Richard Fränkel interessiert.

»Nee!« erwiderte der Taxichauffeur. »Die zeigt die Zeit richtig an, ändern kann sie sie leider nicht.«

Richard Fränkel nickte wehmütig.

»Aber Unrechtgut gedeiht nicht.« Der Taxichauffeur steckte die Uhr wieder ein, überlegte einen Augenblick und drehte sich wieder halb um. »Herr Fränkel, müssen wir denn unbedingt noch in die Kantstraße? Ich meine, ich verdiene gern Geld, aber wenn ich Sie so im Rückspiegel sehe . . . Das kann ich gar nicht länger mit ansehen! Wollen wir uns die beiden letzten Läden nicht schenken?«

»Sie haben recht!« stimmte Richard Fränkel zu. »Fahren Sie mich nach Hause, ich wohne in der . . .«

»Weiß ich doch!« unterbrach ihn der Chauffeur. »Der Mann meiner Cousine hat bei Ihnen mal die Fenster gestrichen. Das ist allerdings schon eine Ewigkeit her. Ja, ja Herr Fränkel«, sinnierte er, »die Welt ist klein und Berlin ein Dorf.«

Siegfried stand schon eine Weile am Gartentor vor der Villa seines Onkels. Er hatte geklingelt und geklingelt, aber niemand hatte geöffnet. Jetzt versuchte er es noch ein allerletztes Mal. Als sich wieder nichts rührte, stieg er einfach auf den niedrigen Sockel, in dem die Gitterstäbe eingelassen waren und schickte sich an, über den Zaun zu klettern. Als er fast oben war, hörte er ein warnendes Hupen. Er hielt sofort inne, blickte sich um, sah, daß ein Taxi in schneller Fahrt näher kam und mit kreischenden Bremsen vor der Villa hielt. Die Fondtür ging auf und Richard Fränkel blickte heraus. »Siegfried!« rief er.

»Onkel Richard!« Fränkel atmete erleichtert auf und stieg wieder von dem Sockel herunter.

»Moment, ich komme gleich!« Sein Onkel drückte dem Chauffeur einen Geldschein in die Hand. »Stimmt!« sagte er und stieg aus.

»Danke, Herr Fränkel!« Der Chauffeur war angenehm überrascht. »Das wäre aber wirklich nicht nötig gewesen. Na dann, alles, alles Gute, Herr Fränkel.«

Richard Fränkel warf die Wagentür zu, der Chauffeur wendete und fuhr Richtung Hagenplatz davon.

»Sag mal, wolltest du bei mir einbrechen?« fragte der Onkel.

Siegfried nickte. »Ja, ich konnte mir gar nicht erklären, was los ist. Achtmal habe ich angerufen, warum geht denn Frau Ludwig nicht an den Apparat?«

»Da kann man mal wieder sehen, wie lange du nicht mehr bei mir warst.« Der Onkel lächelte wehmütig. »Frau Ludwig mußte schon letztes Jahr aufhören.«

»Ist sie krank?« wollte Siegfried wissen.

»Nein, unter fünfundvierzig. Und da darf sie doch nicht in einem jüdischen Haushalt arbeiten.« Er holte die Schlüssel heraus. »Komm! Fast zwanzig Jahre war sie bei mir«, erzählte er, während er das Tor aufschloß. »Aber was hilft es, man muß heute von so vielem Abschied nehmen. Ich habe das jetzt satt.« Er ließ Siegfried vorgehen und folgte ihm. Das Tor fiel hinter ihm ins Schloß. Richard Fränkel blieb plötzlich stehen und betrachtete die Villa. »Ein schönes Haus, euer Haus«, meinte er nachdenklich.

»Das ist dein Haus, Onkel Richard!« betonte Siegfried.

»Nein, das ist vorbei, mein Junge. Ich habe nur das Wohnrecht, aber«, er suchte einen Moment nach unverfänglichen Worten, »ich brauche es nicht mehr, ihr könnt jetzt einziehen.«

»Wieso?« Siegfried blickte ihn überrascht an. »Gehst du weg aus Berlin?«

Richard Fränkel nickte. »Ich verlasse euch«, sagte er leise, während er auf die Villa zuging.

»Und wo willst du jetzt hin?« fragte Siegfried. »Es ist Krieg, die Grenzen sind dicht.«

»Mach dir darüber keine Gedanken«, beruhigte ihn sein Onkel.

»Willst du nach Holland?«

Der Onkel winkte ab. »Das ist nicht weit genug.«

»Nach Frankreich?« forschte Siegfried.

»Nein, weiter weg. Ich gehe dahin, wo der Hitler mich nie

erreichen kann«, erwiderte Richard Fränkel geheimnisvoll. Eben auf der Heimfahrt im Taxi hatte er seinen Entschluß gefaßt. »Ich habe mir schon alles besorgt, was ich für die Reise brauche.«

Siegfried sah ihn erstaunt an. Er wollte Näheres wissen, aber die Sirenen begannen zu heulen. Er fuhr zusammen. »Fliegeralarm!«

»Gleich am ersten Tag?« wunderte sich der Onkel. »Der Krieg fängt ja gut an. Komm schnell ins Haus.«

»Entschuldige Onkel . . .« Siegfried wurde nervös. Wegen des Sirenengeheuls mußte er schreien. »Ich laufe lieber schnell nach Hause. Was meinst du, was Mutti jetzt für eine Angst hat. Und . . . Ich komme in den nächsten Tagen wieder vorbei.« Er wandte sich zum Gehen.

»Dann bin ich nicht mehr da«, erinnerte ihn der Onkel.

Siegfried blieb unschlüssig stehen. »Ach ja, richtig . . .«

»Willst du mir nicht wenigstens die Hand geben . . . zum Abschied?«

»Ja, natürlich. Mach's gut, Onkel Richard.« Siegfried kam noch einmal und wollte ihm rasch die Hand drücken, aber sein Onkel umarmte ihn und drückte ihn fest an sich. »Du auch, mein Junge«, sagte er. Siegfried war einen Moment irritiert über die ungewohnte Herzlichkeit. »Ich ruf' dich morgen früh an«, versprach er.

Richard Fränkel nickte, zögerte und gab sich dann einen Ruck. »Siegfried . . ., ich wollte eigentlich in Weißensee begraben werden, neben deinen Großeltern.«

»Das wird ja nun nicht gehen, ich meine, wenn du uns verläßt.« Siegfried hob bedauernd die Achseln und hatte einen Augenblick lang das Gefühl, daß er jetzt seinen Onkel umarmen müßte, aber dann fiel ihm ein, daß seine Mutter allein war. »Du, ich muß jetzt los, sonst halten die mich unterwegs noch auf.« Er rannte zum Tor, öffnete es, winkte seinem Onkel noch einmal zu und spurtete die Straße hinunter. Richard Fränkel ließ seinen Neffen nicht aus den Augen, bis er nicht mehr zu sehen war, als wollte er sich sein Gesicht für immer einprägen.

MORITZ FRÄNKEL, 1849–1925, darunter HELENE FRÄNKEL, geb. COHN, 1854–1928 stand auf dem Grabstein unter dem Davidstern. In die Grube daneben war gerade der schlichte Sarg mit den sterblichen Überresten von Richard Fränkel hinabgelassen worden. Der Rabbiner sprach die letzten Worte des Kaddisch, des jüdischen Totengebets. Mit ihm waren es zehn schwarzgekleidete Herren, die um das offene Grab standen, unter ihnen Siegfried und Salomon. Fränkel blickte mit Tränen in den Augen auf den Sarg hinunter und warf eine Handvoll Erde darauf. »Armer Onkel Richard!« sagte er traurig. »Ich mache mir solche Vorwürfe. Ich hätte doch merken müssen, was er vorhat. Und dann . . ., ich hätte es ihm bestimmt ausgeredet.«

»Glaubst du?« Salomon hatte so seine Zweifel. »Dein Onkel hat immer gearbeitet, schwer gearbeitet. Seine Firma war sein Leben, und das hat man ihm genommen.«

Die anderen Herren warfen jetzt auch Erde, gingen dann nacheinander an Siegfried vorbei und murmelten Beileidsbezeugungen. Siegfried dankte jedem. Es waren alles Männer, die sich bei Beerdigungen immer dann zur Verfügung stellten, wenn zu wenig Trauergäste erschienen waren.*

»Ich wollte an dem Tag schnell nach Hause zu meiner Mutter«, erklärte Siegfried. Er hatte ein ganz schlechtes Gewissen.

»Warum ist sie eigentlich nicht hier?« fragte Salomon.

* Erst wenn sich 10 Juden versammelt haben, bilden sie eine Gemeinde, und es können religiöse Feiern stattfinden.

»Sie hat gleich nach dem Alarm ihre Koffer gepackt und ist nach Dresden gefahren, zu meiner Tante. Aber ich möchte mich vor allem bei Ihnen bedanken, Herr Salomon. Ohne Sie hätte die Beerdigung gar nicht stattfinden können. Uns fehlte der zehnte Mann.«

»Zum Glück bin ich ja hier in der Nähe oft greifbar«, meinte Salomon und verbesserte sich sofort. »Wieso eigentlich Glück? Ich war am Grab meiner Frau.«

Der Rabbiner verabschiedete sich als letzter. Als er weggegangen war, erkundigte sich Salomon, ob ein Mitarbeiter des Verstorbenen dabeigewesen sei.

»Nein, von seiner Firma ist kein Mensch gekommen«, antwortete Siegfried.

»Kein einziger?« Salomon schüttelte den Kopf. »Ein Glück, daß dein Onkel das nicht mehr erlebt hat«, meinte er etwas unlogisch. »Und gut, daß Doktor Weinstein eine normale Todesursache diagnostiziert hat, sonst hätte dein Onkel hier nicht neben seinen Eltern liegen dürfen.«

Siegfried nickte stumm.

»Will deine Mutter denn überhaupt einziehen in das Haus?«

»Doch! Und Mutti braucht wirklich keine Angst zu haben. Die Keller sind ganz sicher. Richtige Gewölbe.«

»Da sollte man vielleicht Stoffe lagern«, überlegte Salomon. »Falls es mal hart auf hart kommt.«

Siegfried blickte ihn überrascht an. »Glauben Sie denn, daß Berlin bombardiert wird?«

»Weiß man's.« Salomon zuckte die Achseln. »England und Frankreich haben uns schon den Krieg erklärt. Und ob Amerika sich da raushält? Na, und dann ...« Er machte ein höchst sorgenvolles Gesicht. »Weißt du, was meine Frau gesagt hat, dreiunddreißig, als es losging? Wenn sie noch lange schreien ›die Juden sind unser Unglück‹, werden sie vielleicht noch recht behalten.«

1940

Die Stimme von Marikka Rökk kam quäkend aus dem kleinen Volksempfänger, der auf dem Fensterbrett im Hinterzimmer der Fleischerei Helmholtz stand. Die Rökk versicherte in dem Lied, daß sie, wenn ein junger Mann käme, der wüßte, worauf es ankommt, auch wissen würde, was sie dann täte. Das Verdunklungsrollo vor dem Fenster war schon heruntergelassen, durch die Ritzen schimmerte noch etwas Tageslicht.

Frau Helmholtz saß am Tisch und gab sich größte Mühe, Marken auf einen großen Papierbogen zu kleben. Sie hatte den Pinsel, mit dem sie den Bogen bestrichen hatte, leider zu tief in den Leimtopf getaucht, so daß ihre Finger auch etwas abbekommen hatten. Das machte die Sache so schwierig.

Monika kam durch den Hintereingang herein und wünschte ihrer Mutter einen guten Abend.

»N'abend!« Frau Helmholtz war gereizt und schimpfte auf diese verdammten Marken.

»Kleben sie nicht?« fragte Monika erstaunt.

»Doch! An meinen Fingern«, antwortete ihre Mutter.

»Wo ist Vati?«

»Wo kann er am Mittwochabend schon sein. Skat spielt er«, knurrte Frau Helmholtz wütend. »Und mich läßt er allein mit den Fleischmarken.«

Aus dem Laden war plötzlich zu hören, daß jemand auf dem Fleischblock herumhackte. Monika horchte überrascht auf. »Wer ist denn im Laden?« erkundigte sie sich.

»Fritz!« antwortete ihre Mutter kurz. Ihr war es gerade gelungen, eine Marke auf das Papier zu kleben.

»Was? Fritz ist da?« rief Monika erfreut. »Seit wann?«

»Seit vorhin, aber stör ihn nicht.« Frau Helmholtz blickte

jetzt nicht mehr auf. »Er hat gesagt, er will was ausprobieren. Morgen muß er wieder ins Lazarett.«

Im Laden wurde noch ein paarmal auf dem Block herumgehackt, dann hörte man Fritz fröhlich pfeifen.

Monika öffnete vorsichtig die Tür zum Laden und spähte hinein. Auch dort waren schon die Verdunklungsrollos heruntergelassen, und das große Licht brannte.

Fritz Wagner stand in Unteroffiziersuniform mit dem EK I auf der Brust am Block. Er war verwundet, sein ganzer rechter Arm und die Hand waren bandagiert und völlig unbeweglich. Deshalb hatte er probiert, ob er mit der linken Hand einen Kotelettknochen durchhacken konnte, und es war ihm gelungen. Vergnügt pfiff er die Melodie: »Wenn ein junger Mann kommt...« mit.

»Fritz!« rief Monika von der Tür aus.

Fritz Wagner blickte auf. »Monika!« Er strahlte.

Monika trat ein.

»Er hat doch extra gesagt, er will nicht...« hörte man Frau Helmholtz noch ärgerlich sagen, aber da schloß Monika schon die Tür und ging auf ihren Vetter zu. »Wie geht's Dir denn?« erkundigte sie sich.

»Na prima! Der Knochen ist durch!«

»Der Knochen?« Monika war irritiert.

Fritz hob das abgetrennte Kotelett hoch. »Gleich beim ersten Mal. Ich habe natürlich vorher üben müssen. Es ist ja ein bißchen ungewohnt so mit links. Aber es geht.«

»Schön, daß du da bist, Fritz.« Monika umarmte ihren Vetter und gab ihm einen Kuß auf die Wange. Dabei bemühte sie sich, nicht den verletzten Arm zu berühren.

»Du willst doch sicher auch ein Kotelett?« Fritz blickte sie hoffnungsvoll an. Er wollte ihr so gerne zeigen, daß es mit der linken Hand auch geht.

Monika wehrte ab. »Laß das doch jetzt.«

»Du, das macht mir überhaupt nichts aus«, meinte Fritz. »Nur das Schneiden ist ein bißchen schwierig mit einer Hand.« Er nahm das Messer und begann das Fleisch durchzuschneiden. Es sah ziemlich ungeschickt aus.

Monika wollte das Fleisch festhalten.

»Nicht helfen!« warnte Fritz sofort. »Finger weg!« Er nahm das Beil und trennte den Knochen mit einem Schlag. »Na bitte!« sagte er höchst zufrieden.

»Gut!« Monika nickte anerkennend.

»Das reicht.« Fritz legte das Beil hin und hängte das Fleisch auf. »Ich wollte ja nur mal probieren, wie es ist, falls mein Arm nicht mehr wird!«

»Dein Arm wird bestimmt wieder.« Monika tat so, als ob das ganz sicher wäre.

»Meint der Arzt ja auch.« Fritz war trotzdem noch etwas skeptisch. »Nächste Woche will er noch mal operieren.«

»Na also!« Monika lächelte optimistisch. »Da kannste ja bald wieder am Block stehen . . ., und dann machste das alles mit links.« Sie verbesserte sich schnell: »Ich meine natürlich mit rechts.«

»Na hoffen wir's!« Fritz war nicht ganz so zuversichtlich wie seine Cousine. »Denn das will ich dir ja doch nicht zumuten.«

»Was?«

»Na ja, einen Krüppel zu heiraten.« Fritz senkte den Kopf.

Monika verdrehte die Augen. »Fängst du schon wieder damit an?«

Fritz nickte. »Hm, ich höre damit auch nicht auf.«

»Du bist so was von stur!« Monika schüttelte in komischer Verzweiflung den Kopf.

»Was soll ich machen?« meinte Fritz treuherzig. »Ich liebe dich eben.«

»Und ich hab' dich gern, Fritz, sehr gern sogar.« Monika

wurde jetzt ernst. »Aber das reicht nun mal nicht. So, und nun ab in die Küche!« Sie nahm das Fleisch vom Block. »Ich brat uns die Koteletts.«

»Ich komm' gleich nach«, versprach Fritz. »Denn das hier ist für mich alles so . . .« Er blickte sich im Laden um. ». . . so friedlich. So als ob gar nichts passiert wäre. Das kannst du nicht verstehen.«

»Doch!«

»Nee, du warst ja nicht draußen«, widersprach Fritz. »Was meinst du, wie ich mich danach gesehnt habe, wieder hier mit dir . . .« Er unterbrach sich, weil ihm etwas einfiel. »Du, Monika, gehen wir nachher zusammen ins Kino? Was gibt's denn an der Ecke?«

»Kampfgeschwader Lützow!«

Fritz schnitt eine Grimasse. »Nee, bloß nicht! Und im Filmpalast?«

Monika mußte kurz überlegen. »›Die große und die kleine Liebe‹.«

»Das paßt ja irgendwie zu uns.« Fritz lächelte ein wenig verlegen.

»Fritz . . .!« bat Monika.

Doch Fritz war mit seinen Gedanken schon wieder ganz woanders. »Daß ich hier sein kann, ist wie ein Wunder. Wenn ich so denke, meine ganzen Kameraden sind jetzt in Frankreich. Meine ganzen ist gut. In Polen hat es ja einige erwischt.«

»Für dich ist der Krieg zu Ende«, versicherte Monika ihm und ging zur Tür.

»Für alle hoffentlich.« Fritz seufzte.

»Nun mach schon!« Monika öffnete die Tür und schaltete das Licht im Laden aus.

»Dänemark und Norwegen haben wir . . .« sinnierte Fritz, während er ihr folgte. »Nun hat Frankreich auch kapituliert ... Was soll jetzt noch kommen?« Er ließ die Frage, die für ihn beantwortet war, im Raum stehen und folgte Monika in die Küche.

1941

Es war bereits lange nach Feierabend. Nur in Naumanns Studio, im Verkaufsraum, im Privatkontor, in der Einrichtung und im »Kabuff« der Mannequins brannte noch Licht. Die Verdunklungsrollos sämtlicher Fenster waren heruntergelassen, auch das an der Glastür, die zum Lastenfahrstuhl führte. Davor lagen jetzt, auf einem riesigen Bogen Packpapier sorgfältig gestapelt, viele Stoffballen.

Gütschow kam mit einem großen Ballen aus der Einrichtung, legte ihn zu den anderen, blickte auf seine Uhr und runzelte die Stirn. »Jetzt müßte doch eigentlich der Wehrmachtsbericht kommen«, murmelte er, ging rasch ins Frühstückszimmer und schaltete dort den Volksempfänger ein.

Aus dem Radio kam die Stimme des Sprechers: »... britische Flugzeuge griffen in der letzten Nacht wieder das Stadtgebiet von Berlin an. Bombenabwürfe auf Wohnviertel forderten einige Verluste unter der Zivilbevölkerung. Sechzehn feindliche Flugzeuge wurden abgeschossen. An der Ostfront ...« Gütschow horchte auf, aber der Sprecher beendete den Satz mit: »... verliefen die Operationen planmäßig.« Dann erklang Musik. Gütschow war sichtlich enttäuscht. Er stellte das Radio ab, starrte einige Augenblicke lang besorgt vor sich hin und verließ den Frühstücksraum.

Auf dem Weg zur Einrichtung begegnete er Frau Nitschke, die bereits in Hut und Mantel war, ihre Tasche nahm und nach Hause gehen wollte. »Gute Nacht, Gütschow!« rief sie.

»Sie haben es ja gleich geschafft. Ich habe Ihnen noch zwei Stück von der Exportware rausgelegt. Die sollen auch mit.«

»Mach ich, Frau Nitschke«, antwortete Gütschow. »Kommen Sie gut nach Hause.«

»Hoffentlich ist heute Post da.« Frau Nitschke seufzte sehnsüchtig.

»Ich wünsche es Ihnen«, sagte Gütschow herzlich.

»Danke. Ob sie uns heute nacht wieder stören?« Sie blickte nach oben.

Gütschow zuckte die Achseln. »Vielleicht haben wir heute mal Glück«, meinte er hoffnungsvoll.

»Na, also dann . . .« Frau Nitschke winkte Gütschow verabschiedend zu und ging zum Ausgang, während Gütschow wieder in der Einrichtung verschwand.

Das Licht im Verkaufsraum wurde ausgeschaltet. Fiedler kam nach hinten. Er summte fröhlich die Melodie vor sich hin: »So sind wir, wir pfeifen auf die Sorgen . . .« Er war mit sich selbst sehr zufrieden, denn er hatte eben wieder dreißig Kleider verkauft. »Gute Nacht, Herr Fiedler!« sagte Frau Nitschke höflich.

»Ach, Frau Nitschke, Sie sind ja auch noch da!« wunderte er sich. »Na dann, bis morgen!«

Frau Nitschke ging in den Vorraum und schloß die Tür hinter sich. Fiedler kam am Privatkontor vorbei. »Gütschow . . .«, rief er schon von weitem, »ich mach jetzt Schluß! Haben Sie auch überall richtig verdunkelt?«

»Alles in Ordnung, Herr Fiedler«, versicherte der Hausdiener, der mit einem Stoffballen auf der Schulter aus der Einrichtung kam. »Die Chefin hat mich vorhin extra daran erinnert.« Er ließ den Ballen auf dcn Stapel fallen, den Fiedler jetzt erst entdeckte.

»Wo geht denn das hin?« erkundigte er sich stirnrunzelnd.

»Die da links gehen nach Dahlem und der Rest in die Nähe

von Stahnsdorf«, erklärte Gütschow und wischte sich den Schweiß von der Stirn. »Alles, was wir im Moment nicht brauchen, wird verlagert.«

Fiedler schüttelte verwundert den Kopf. »Das ist doch gar nicht angeordnet worden . . . ich meine von oben.«

»Doch, von ganz oben! Von der Chefin«, belehrte Gütschow ihn. »Nachdem wir heute nacht wieder Fliegeralarm hatten.«

Fiedler winkte überheblich ab. »Waren doch nur zwei oder drei Flugzeuge.«

»Sechzehn haben sie abgeschossen, also müssen es ja mindestens sechzehn gewesen sein«, konterte Gütschow.

»Aber höchstens!« Fiedler wollte auf keinen Fall zugeben, daß mehr britische Flugzeuge die Reichshauptstadt erreicht hatten.

Gütschow begab sich wieder in die Einrichtung.

Fiedler folgte ihm und blieb dann vor dem großen Regal stehen. »Das hört ja jetzt sowieso bald auf«, sagte er im Brustton der Überzeugung. »Lassen Sie uns erst mal mit den Russen fertig werden. Dann wird den Engländern das Bombenschmeißen schon vergehen.«

Gütschow nahm wieder einen Ballen auf die Schulter, kam damit zurück und legte ihn auf den Stapel.

»Haben Sie den ›Völkischen Beobachter‹ gelesen?« erkundigte sich Fiedler.

»Noch nie!« antwortete Gütschow, der es auch nicht mehr nötig fand, jetzt noch damit anzufangen.

»Sollten Sie aber mal!« Fiedler kam wieder heran. »Wissen sie, was da heute als Überschrift stand? ›Größte Vernichtungsschlacht der Weltgeschichte‹.«

Gütschow nickte. »Mein Sohn ist dabei.«

Fiedler war einen Augenblick lang beeindruckt. »So? Und was schreibt er?« fragte er dann interessiert.

»Der letzte Brief kam vor sechs Wochen«, antwortete Gütschow niedergeschlagen. »Scheißkrieg!«

»So sollten Sie nicht reden, Gütschow!« ermahnte Fiedler ihn. »Wir leben in einer großen Zeit. Da dürfen wir nicht nur an uns denken. Wir müssen alle Opfer bringen.«

Gütschow hatte inzwischen schon den nächsten Ballen mit blau-rot-kariertem Wollstoff aus der Einrichtung geholt und blieb jetzt vor Fiedler stehen.

»Mann, Gütschow«, dozierte der mit markiger Stimme, »hat Deutschland jemals schon so dagestanden wie heute? Halb Europa haben wir erobert, und die Russen pfeifen auch schon auf dem letzten Loch.«

»So?« Gütschow blickte sehr skeptisch.

»Denen geben wir's!« Fiedler war siegessicher. Plötzlich fiel ein Schatten über sein Gesicht. »Irgendwie ist das bitter...«

»Bitter?« Gütschow war einen Augenblick irritiert. Er wußte nicht, was Fiedler damit meinte.

»Nicht, daß ich mich etwa beklagen will!« Fiedler hob abwehrend die Hände. »Ich stehe auf dem Platz an der Heimatfront, den der Führer mir zugewiesen hat. Aber man könnte auch mit der Waffe in der Hand seinen Mann stehen.«

Gütschow, der wieder aus der Einrichtung kam, wiegte bedächtig den Kopf, soweit es der Ballen auf seiner Schulter erlaubte. »Ach, darüber würde ich mir an Ihrer Stelle keine Sorgen machen.« Er deponierte den Ballen neben dem karierten und richtete sich wieder auf. »Ich glaube, wir kommen alle noch dran.«

Fiedler bekam einen Heidenschreck, denn in Wirklichkeit hatte er nie damit gerechnet.

»Ich bin doch U.K. gestellt!« protestierte er.

»Ja, aber warum?« fragte Gütschow.

»Weil wir ein kriegswichtiger Betrieb sind.«

»Mhm«, Gütschow nickte zustimmend, »weil wir exportieren. Aber es gibt ja jetzt kaum noch Ausland. Na, und ob das bißchen reicht, für eine U.K.-Stellung?« Er schien das stark zu bezweifeln und verschwand wieder in der Einrichtung.

»Meinen Sie . . .?« Fiedler blickte ihm höchst beunruhigt nach.

Als der Hausdiener mit einem besonders schweren Ballen zurückkam, hatte sich Fiedler schon wieder etwas gefaßt und machte sich Mut. »Na ja, der Krieg ist ja bald vorbei, dann sind wir die Herren in Europa!« prahlte er. »Dann lassen wir die anderen für uns arbeiten. Unter unserer Aufsicht natürlich. Können Sie sich das vorstellen, Gütschow? Wir schieben eine ruhige Kugel, und die anderen schwitzen!«

»Ja, das kann ich, sogar sehr gut.« Gütschow legte den Ballen ab, pustete, holte sein Taschentuch heraus und wischte sich den Schweiß von der Stirn.

Als Fiedler das sah, wurde ihm bewußt, daß er die ganze Zeit auch nur zugeschaut hatte. »Ich könnte Ihnen ja eigentlich ein bißchen helfen«, bot er an.

»Hätten Sie gekonnt«, Gütschow sah ihn ein wenig abfällig an. »Aber nun bin ich ja gleich fertig.« Er kehrte Fiedler den Rücken zu und begab sich wieder in die Einrichtung.

»Da muß ich mich ja ranhalten!« Fiedler wollte jetzt unbedingt einen guten Eindruck machen. Deshalb zog er schnell sein Jackett aus und warf es so schwungvoll auf die Stoffballen, daß dabei etwas aus der Innentasche auf den Fußboden fiel, ohne daß er es bemerkte, denn er ließ weiterhin markige Sprüche los. »Wir müssen alle mit anpacken, mein Lieber, das erwartet der Führer von uns!« Er folgte Gütschow in die Einrichtung. »Was soll denn noch alles weg?« fragte er tatendurstig.

Gütschow schleppte einen Stoffballen heran. »Das ist der Rest vom Schützenfest«, erklärte er.

»Schade, wirklich schade ... Ich hätte Ihnen liebend gern geholfen.« Er angelte nach seinem Jackett und zog es wieder an.

»Tut mir leid für Sie«, entgegnete Gütschow ziemlich ironisch.

»Na, dann wollen wir mal ...« Fiedler ging zu seinem Schrank und holte seinen Mantel heraus. »Ist schon ziemlich spät.« Als er nach seinem Hut griff, klingelte das Telefon.

Gütschow blickte Fiedler an und zeigte auf das Telefon.

»Wollen Sie nicht rangehen? Ich bin schon weg!« Fiedler zog schnell seinen Mantel an und setzte den Hut auf.

Gütschow warf ihm einen wütenden Blick zu, schmiß den Ballen auf den Stapel, ging zum Telefon und meldete sich. »Ja – Nee, Gütschow ... Ja, der ist noch da. Moment bitte ... Für Sie Herr Fiedler!« Er wollte ihm den Hörer reichen.

Fiedler winkte mit beiden Händen ab und schüttelte beschwörend den Kopf.

»Ihre Frau ist doch dran«, sagte Gütschow verwundert.

»Eben!« zischte Fiedler ärgerlich. Er nahm den Hörer und meldete sich mit zuckersüßer Stimme. »Ja, Liebling? Was gibt es denn?« Er lauschte und erschrak. »Was? Nein! ... Das ist ja ...!« Er schlug die Augen zum Himmel und seufzte: »Auch das noch! Für wie lange? ... Das ist ja hübsch.« Er legte auf und schüttelte wütend den Kopf.

»Schlechte Nachrichten?« erkundigte sich Gütschow.

»Fragen Sie nicht!« Fiedler lehnte sich gegen das Pult. »Heute nacht sind doch ein paar Bomben gefallen. Wissen Sie, was die getroffen haben? Das Haus, in dem meine Schwiegermutter wohnt.«

»Ist sie tot?« fragte Gütschow bestürzt.

»Die Alte?« Fiedler lachte höhnisch auf. »Natürlich nicht! Aber ihre Wohnung ist hin. Alles kaputt.«

»Die Ärmste!« bedauerte Gütschow die alte Dame.

»Wieso die Ärmste?« schnaubte Fiedler erbost. »Mit mir sollten Sie Mitleid haben. Was glauben Sie denn, bei wem die jetzt wohnt? Bei uns natürlich! Das verzeihe ich den Engländern nie! Scheißkrieg!« Er drehte sich um und stapfte, ohne sich zu verabschieden, nach vorn.

»So sollten Sie aber nicht reden, Herr Fiedler!« rief Gütschow ihm nach. »Wir müssen heute alle Opfer bringen. Dafür leben wir in einer großen Zeit.«

Fiedler antwortete nicht. Er verließ den Raum und knallte die Tür hinter sich zu.

Gütschow blickte ihm nach und grinste schadenfroh.

Naumann kam aus seinem Studio. Er hatte bereits seinen blauen Kamelhaarmantel an und einen Schal in leuchtendem Rosé um den Hals geschlungen. »Gütschow, ein Glück, daß Sie noch da sind!« sagte er mit sanfter Stimme. »Mein Verdunklungsrollo klemmt irgendwie. Könnten Sie das mal . . .«

»Mach ich gleich, Herr Naumann«, erwiderte Gütschow bereitwillig, »sonst kriegen wir Ärger mit dem Luftschutzwart.« Er verschwand im Studio.

Naumann sah einen Moment unschlüssig vor sich hin und überlegte. Das Gespräch, das er jetzt vor sich hatte, war unangenehm, sehr unangenehm für ihn, aber es mußte nun mal sein. In diesen Zeiten konnte man keine Rücksicht mehr nehmen. Er atmete tief durch, ging zur Tür des Privatkontors, klopfte an und öffnete sie. »Siegfried, hast du einen Augenblick Zeit für mich?« fragte er.

»Ja, natürlich, Helmut«, antwortete Fränkel. »Komm doch herein.« Er saß am Schreibtisch, hatte die Aufträge noch einmal durchgesehen und gerade festgestellt, daß sie noch drei Ballen Wollstoff bei Sager und Söhne bestellen mußten. Er machte sich rasch noch eine Notiz und blickte dann auf. »Was hast du denn auf dem Herzen?«

Naumann blieb an der Tür stehen. »Ich . . . ich muß etwas mit dir besprechen«, stammelte er verlegen.

Siegfried legte die Aufträge zusammen, verstaute sie in der Schreibtischschublade, machte sie zu, und stand auf. »Können wir das nicht nachher? Wir sehen uns doch sowieso bei dir.«

»Ja, ja, aber . . .«, Naumann wand sich förmlich. »Das mit heute abend . . . das geht nicht . . . leider.«

»Wenn es dir nicht paßt, dann verschieben wir es«, meinte Siegfried freundlich.

Naumann war der nächste Satz sehr, sehr peinlich. »Nein, nein . . . du mußt das verstehen, . . .wir sind ja schließlich Freunde. Es . . . es geht überhaupt nicht mehr!«

»Was?« Fränkel verstand nicht, was er meinte.

Naumann faßte sich ein Herz! »Daß wir miteinander verkehren, Siegfried.«

Fränkel starrte ihn fassungslos an.

»Dieter meint das auch«, fuhr Naumann fort. »Er ist gerade auf Urlaub. Wegen der Leute im Haus, Siegfried. Über uns wird sowieso schon genug geredet. Ich meine, über Dieter und mich. Ich erzähle zwar überall, daß er mein Neffe ist, aber . . . unsereins steht ja immer schon mit einem Bein im Zuchthaus.«

Siegfried erwiderte kein Wort, er sah Naumann nicht einmal an.

»Und außerdem, wenn es Alarm gibt . . . Juden dürfen doch nicht in Luftschutzkeller. Und die Leute, die kennen dich doch, und wenn sie dich sehen . . .« Naumanns Augen bettelten förmlich um Zustimmung.

»Ich verstehe . . .«, sagte Fränkel leise.

»Ja?« Naumann war sichtlich erleichtert. »Da fällt mir ein Stein vom Herzen!« Er wandte sich zum Gehen. »Also dann, bis morgen.«

Fränkel nickte nur.

Naumann drehte sich an der Tür noch einmal um. »Und du nimmst es mir auch bestimmt nicht übel?« vergewisserte er sich.

Fränkel schüttelte den Kopf. »Aber nein . . . wir sind doch Freunde«, meinte er mit bitterem Unterton.

Naumann nickte erst, dann begriff er, wie Fränkel das gemeint hatte. Er warf ihm einen scheuen Blick zu und verließ schnell das Privatkontor.

Fränkel sah ihm erschüttert nach.

»Gute Nacht, Monika«, wünschte Naumann, als er zum Ausgang ging.

»Bis morgen!« Monikas Stimme klang ziemlich kühl. Dann ging sie ins Privatkontor. »Ich habe alles gehört!« sagte sie wütend.

»Tja, ihr müßt heute abend eben ohne mich feiern«, erwiderte Fränkel und bemühte sich, ein gleichgültiges Gesicht zu machen.

»Das sechsjährige Jubiläum deiner Firma, ohne dich? Glaubst du doch wohl selber nicht!« antwortete Monika. »Wir feiern!«

»Und wo? In ein Lokal darf ich doch nicht.«

»Dann feiern wir eben hier«, entschied Monika. »Ich hol uns was zu trinken.« Sie verließ schnell das Kontor, ehe Fränkel widersprechen konnte, und begegnete Daisy, die einen guten Abend wünschte und – schon in Hut und Mantel – an der offenen Tür des Privatkontors vorbeiging.

Siegfried sah sie. »Sie wollen wohl heute überhaupt nicht nach Hause?« rief er ihr nach.

Daisy blieb stehen, drehte sich um und zuckte die Achseln. »Wartet ja keiner auf mich! Die einen sind ausgewandert, die anderen an der Front. Schlechte Zeiten für alleinstehende Mädchen, die schon etwas betagt sind.«

»Aber . . .«, Siegfried nahm ihr das nicht ab. »So wie Sie aussehen!«

»Eben!« Daisy nickte bekümmert. »Ich guck schon gar nicht mehr in den Spiegel. Eine Frau wird erst schön durch die Liebe, und in der Gegend bin ich unterernährt.« Sie seufzte resigniert und wünschte Fränkel einen guten Abend.

»Ihnen auch«, antwortete Siegfried.

»Entzückend wird er werden«, meinte Daisy ironisch und ging nach vorn. »Einsam in trü-üben Tagen . . .«, sang sie leise vor sich hin. Vor einer Woche hatte sie in der Staatsoper »Lohengrin« erlebt und war der Ansicht, daß diese Arie ausgezeichnet zu ihrer augenblicklichen Gemütslage paßte. Als sie an dem großen Spiegel im Verkaufsraum vorbeiging, entschloß sie sich, ihr Aussehen noch einmal zu überprüfen. Vielleicht könnte so etwas wie ein Wunder geschehen, und der Mann ihrer Träume würde ihr über den Weg laufen, sie ansehen und . . . In diesem Augenblick fiel ihr ein, daß die Straßen ja alle verdunkelt waren. Man sah kaum die Hand vor Augen. Der Mann ihrer Träume hätte keine Chance, sie zu entdecken. »So!« Sie richtete ihren Hut vor dem Spiegel und betrachtete sich skeptisch. »Na ja!« meinte sie. Sie war mit sich überhaupt nicht zufrieden. Als sie eine widerspenstige Locke aus dem Gesicht schob, hörte sie das Schnarren der Eingangstür und sah im Spiegel, daß ein Oberleutnant mit einem EK I auf der Brust und noch einer anderen Auszeichnung hereinkam. Daisy erkannte ihn erst auf den zweiten Blick. Es war Werner Böhm. »Das ist doch nicht möglich!« Daisy starrte ihn mit großen Augen an.

»Doch! Guten Abend!« Böhm ging auf sie zu.

»Werner? Werner Böhm!« Daisy konnte es noch immer nicht fassen. Sie streckte ihm die Hand entgegen. »Eben habe ich gerade von Ihnen gesprochen . . .« Sie verbesserte sich schnell: »Das heißt, nicht direkt, nur so im allgemeinen.« Sie musterte ihn. »Wir sind ja Oberleutnant geworden«, stellte sie angenehm überrascht fest. Sie gebrauchte das unverfängliche »wir« weil sie nicht wußte, wie sie ihn anreden sollte.

»Sie wissen aber gut Bescheid.« Böhm nickte anerkennend.

»Nur bis zum Hauptmann. Weiter bin ich nicht gekommen«, schränkte Daisy ein. »Wie lange haben wir denn Urlaub?«

»Nur bis morgen früh.«

»Das lohnt sich ja gar nicht.« Daisy war enttäuscht.

»Besser als gar nichts«, fand Böhm.

»Wo wohnen wir denn?« erkundigte sich Daisy interessiert. Werner hatte ihr schon als Lehrling gefallen. Jetzt war er ein Mann, ein höchst attraktiver Mann.

»Ich wollte eigentlich zu meiner Großmutter, aber die ist ausgebombt«, berichtete Böhm.

»Ich nicht . . .«, Daisy schenkte ihm einen ihrer berühmten Blicke. Eine gelungene Mischung: Fünfzig Prozent verschämt, fünfzig Prozent unverschämt. »Aber ich bin natürlich nicht Ihre Oma.«

Werner Böhm ging auf das Spiel ein. »Das würde mich nicht stören«, sagte er und blieb dabei ganz ernst.

»Ich könnte Ihnen sogar mein Bett anbieten«, meinte Daisy und fügte gleich hinzu, daß sie dann natürlich auf der Couch schlafen würde.

»Ich möchte Ihnen aber keine Ungelegenheiten machen«, betonte Werner.

»Bitte . . ., dann schlafe ich eben nicht auf der Couch.« Daisy ergab sich achselzuckend in ihr Schicksal, was sie nur zu gerne tat. »Aber auf Ihre Verantwortung!« Sie lächelte Werner erwartungsvoll an.

»Sind die Chefs schon weg?« erkundigte er sich.

»Nur Naumann«, erwiderte Daisy.

»Ich komme in zehn Minuten nach«, versprach Werner. »Ich will nur mal guten Tag sagen.«

»Aber nicht zu lange«, bat Daisy. »Ich warte unten.« Sie schenkte Werner ein vielversprechendes Lächeln, besah sich noch einmal im Spiegel und gefiel sich, gefiel sich plötzlich sogar sehr gut. Fröhlich summte sie die Anfangsmelodie von »Eine Frau wird erst schön durch die Liebe . . .« und drehte sich dann noch einmal zu Werner um. »Kennen Sie das Lied?« fragte sie kokett.

Werner nickte. »Eine Frau wird erst schön durch die Liebe . . .«

»Und das stimmt!« Daisy strahlte und verließ ausgesprochen beschwingt die Firma. Die Eingangstür schnarrte zweimal.

Böhm sah sich im Raum um, entdeckte, daß das Verdunklungsrollo vor der Tür zum Lastenfahrstuhl etwas hochgerutscht war, ging sofort hin, bückte sich und zog es ganz bis nach unten. Als er sich wieder aufrichtete, entdeckte er einen Ausweis, der auf der Erde lag, hob ihn auf, ging zur Tür des Privatkontors und klopfte an.

»Ja, ich komme!« rief Fränkel von drinnen und öffnete die Tür. »Werner! Habe ich mich doch nicht verhört!« sagte er erfreut. Sie gaben sich die Hand.

Werner reichte ihm den Ausweis. »Haben Sie den verloren?« fragte er.

Fränkel klappte den Ausweis auf und schüttelte den Kopf. »Nein . . ., bei mir haben sie ein großes ›J‹ reingestempelt und dann noch als Zugabe den Vornamen ›Israel‹. Eine besondere Aufmerksamkeit der Reichsregierung. Der gehört Ihrem Onkel!« Er gab Werner den Ausweis zurück.

»Ich habe nicht gedacht, daß Sie noch hier sind«, meinte Werner besorgt. »Sie hätten doch bestimmt schon Gelegenheit gehabt rauszukommen.«

Fränkel seufzte traurig. »Die habe ich leider versäumt. Und jetzt . . .«, er hob die Schultern, »ich darf doch kein öffentliches Verkehrsmittel mehr benutzen. Da müßte ich schon eine Sondergenehmigung haben...«

»Oder einen anderen Ausweis«, sagte Werner leise. »Herr Fränkel, mein Onkel wird doch gar nicht wissen, wo er den verloren hat. Er ist eben weg... Sie müssen nur das Foto auswechseln lassen.« Er drückte ihm den Ausweis wieder in die Hand. »Gute Reise, Herr Fränkel! Ich würde nicht mehr lange warten«, beschwor er seinen ehemaligen Chef. »Passen Sie auf sich auf.«

»Du auch!« Fränkel reichte ihm die Hand und drückte sie.

Werner ging zum Ausgang, drehte sich dort noch einmal um und wies auf seine Schulterstücke. »Sehen Sie, jetzt bin ich doch Oberleutnant geworden, genau wie Ihr Vater.«

»Aber bitte mach ihm nicht alles nach. Komm gesund zurück!«

»An mir soll's nicht liegen«, antwortete Böhm. »Und grüßen Sie Fräulein Helmholtz...« Er verschwand im Vorraum. Wenig später hörte man das Schnarren der Eingangstür.

Siegfried blickte auf den Ausweis in seiner Hand und überlegte. Als er näherkommende Schritte hörte, steckte er ihn schnell in die Tasche.

Gütschow erschien im Mantel, die Mütze in der Hand. »So, ich geh dann. Gute Nacht, Chef.«

»Ich bin kein Chef mehr!« erinnerte Fränkel ihn.

»Ach ja, richtig!« Gütschow schüttelte den Kopf. »Daran muß ich mich langsam gewöhnen.« Er hatte bereits die Hand auf der Klinke der vorderen Tür, als ihm noch etwas einfiel: »Schließen Sie hinter mir ab, Chef?« wollte er wissen.

Fränkel nickte und folgte ihm in den Vorraum.

Der Hausdiener öffnete die Eingangstür.

Als er schon halb draußen war, hielt ihn Fränkel plötzlich zurück. »Gütschow...!«

»Ja? Ist noch was?« fragte der Hausdiener erstaunt.

»Ich wollte Ihnen nur sagen, seien Sie ein bißchen vorsichtig. Und alles, alles Gute, Gütschow!« Fränkel drückte ihm die Hand.

»Nanu, Chef?« Der Hausdiener blickte ihn verwundert an. »Heute so feierlich?«

»Weiß man denn, ob man sich morgen wiedersieht?«

»Das stimmt!« Gütschow nickte bedächtig. »Dann gute Nacht Chef.« Er ließ die Tür hinter sich ins Schloß fallen. Es schnarrte zum zweiten Mal.

Fränkel holte den Schlüssel aus der Tasche und schloß ab. Dann ging er in den großen Raum und sah sich um. Er nahm Abschied. Sein Entschluß war gefaßt.

Monika stand mit einem großen Tablett, auf dem sich eine Flasche Wein und zwei Gläser befanden, vor dem Stoffstapel und beobachtete ihn. Sie hatte das Gespräch im Vorraum mitangehört und wußte nun Bescheid.

Als Fränkel sie bemerkte, gab er sich einen Ruck. »Eigentlich eine ganz hübsche Firma, nicht?« meinte er gespielt fröhlich.

»Du gehst weg!« konstatierte Monika.

»Wie kommst du denn darauf? Wir wollen doch feiern.« Fränkel machte das harmloseste Gesicht der Welt.

»Du weißt genau, was ich meine, abhauen tuste!« Monika stellte das Tablett auf den Stoffstapel.

Siegfried blickte Monika überrascht an. »Woher weißt du das?«

»So was merkt man, wenn man jemand so gut kennt«, antwortete Monika und schniefte ein bißchen. Sie war tieftraurig. »Und wie kommste zur Grenze?« fragte sie besorgt.

»Sag ich nicht!« Fränkels Miene war plötzlich ganz verschlossen. »Es ist besser, wenn du nicht alles weißt. Du mußt nur morgen bei Gerlach und Co. in Zürich anrufen und sagen, daß die Sendung unterwegs ist, auf die sie warten. Dann wissen die schon Bescheid.«

Monika schluckte. »Laß dich bloß nicht erwischen. Ich habe solche Angst.« Sie schluchzte und hatte sich dann gleich wieder in der Gewalt. »Warum schenkste nicht ein?« fragte sie schnoddrig. »Offen ist sie schon.«

»Bin ja schon dabei«, Fränkel setzte sich neben das Tablett auf den Stoffstapel, griff nach einem Glas, schenkte ein und gab es Monika. »Richtig gemütlich ist es hier«, bemerkte er, um die Stimmung ein bißchen aufzulockern.

»Riesig gemütlich!« Monika verzog das Gesicht.

»Trinken wir auf die Firma . . .« Fränkel hob sein Glas. »Willst du dich nicht setzen?«

»Nein, so isses schöner, Prost!«

»Prost!« Fränkel nahm einen Schluck.

Monika trank das Glas in einem Zug aus.

»Nicht so hastig!« warnte Siegfried.

»Ich brauch' das jetzt.« Monika hielt ihm das leere Glas hin. »Schenk ein!«

Fränkel tat es.

Monika blickte auf ihn herab und begann plötzlich zu lachen.

»Was ist denn?« wollte Fränkel wissen.

»Du kriegst ja 'ne Glatze!« Monika konnte sich gar nicht beruhigen. »Seh' ich heute zum erstenmal.«

»Wird Zeit, daß du Platz nimmst«, meinte Siegfried trocken. »Mir tut schon das Genick weh, vom raufgucken.«

»Da kannste mal sehen, wie es mir immer geht. Prost!« Monika trank wieder aus.

»Setz dich endlich hin.« Siegfried sah sie besorgt an. »Oder hast du etwa Angst vor mir?«

»Vor dir?« Monika lachte auf. »Du fliegst ja nur auf große Blonde.«

»Mit denen habe ich ja auch viel Glück gehabt.« Siegfried seufzte.

Monika nickte. »Hörst du noch was von ihr?« fragte sie.

Fränkel schüttelte den Kopf. »Nachdem sie wieder geheiratet hat, kein Wort. Aber meine Mutter hat sie getroffen, in Dresden, mit Traudl. Nächstes Jahr kommt sie in die Schule.«

»Dann kann sie dir ja bald schreiben«, meinte Monika.

»Wenn sie sich überhaupt noch an mich erinnert!« meinte Fränkel wehmütig. »Ach, Monika...« Er blickte zu ihr hoch.

»Komisch«, sagte Monika versonnen. »Weißt du, wie du mich eben angeguckt hast? Genau wie am ersten Tag, als ich auf dem Schemel stand. Richtig angehimmelt haste mich. Und als du dann gemerkt hast, daß ich nur ein abgebrochener Riese bin, da war's aus.«

»Aber jetzt weiß ich Bescheid«, antwortete Fränkel leise. »Klein bist du nur von außen, innerlich bist du groß, ganz groß...«

Monika sah ihn an. Ihre Augen leuchteten auf. Sie mußte wieder schlucken und versteckte ihre Rührung hinter Schnoddrigkeit. »Dann kann ich mich ja setzen«, meinte sie, setzte sich und hielt Siegfried ihr leeres Glas hin. »Schenk ein! Du, das haste eben schön gesagt. Schade, daß dir das nicht früher eingefallen ist.«

Fränkel füllte ihr Glas. »Eingefallen ist mir das schon. Aber...«, er war sichtlich verlegen, »ich dachte, du denkst vielleicht, jetzt, wo ihm die Frau weggelaufen ist und... Na ja, eine Abfuhr wollte ich mir nicht holen.«

»Mann!« Monika sah ihren Siegfried glückstrahlend an. »Und ich warte die ganze Zeit. Was meinst du, warum ich meinen Vetter Fritz nicht geheiratet habe? Und nun gehste weg.« Sie wurde wieder ernst. »Willste mir nicht wenigstens einen Abschiedskuß geben?« Sie stellte ihr Glas ab und schloß erwartungsvoll die Augen.

Fränkel stellte sein Glas auf das Tablett, beugte sich vor und hauchte ihr einen zarten Kuß auf die Lippen.

Monika öffnete die Augen. »Ist das alles?« fragte sie enttäuscht. »Darf es nicht für fünf Pfennig mehr sein?« Sie ergriff die Initiative, schlang die Arme um seinen Hals und küßte ihn voller Leidenschaft. Und Siegfried erwiderte ihren Kuß.

Irgendwann verloren sie das Gleichgewicht und sanken hintenüber auf die Stoffballen, ohne sich loszulassen. Zwei Menschen hatten sich gefunden und wußten, daß es für sie keinen Morgen gab. Sie liebten sich eine ganze Nacht lang. Niemand störte sie, sogar die Royal Air Force nahm Rücksicht. Es gab keinen Alarm.

1942

Das Wohnzimmer war gutbürgerlich eingerichtet. Ein Vertiko stand darin, ein kleines Bücherregal, ein Sofa, an den Wänden hingen gerahmte Stiche und vor den Fenstern sah man auf einen kleinen Friedhof hinab. Die Wohnung, zu der das Zimmer gehörte, lag im zweiten Stock eines Eckhauses in Zehlendorf, das um die Jahrhundertwende erbaut worden war. Der Teetisch war gedeckt. Auf der einen Seite saß Max Salomon und las Zeitung, ihm gegenüber Frau Schäfer, eine grauhaarige Dame Anfang Fünfzig, die strickte.

Salomon war ziemlich dünn geworden und sah blaß aus. Er schüttelte angewidert den Kopf und legte die Zeitung beiseite.

»Lies ein Buch, Max«, schlug Frau Schäfer vor, ohne aufzublicken.

»Gute Idee!« antwortete Salomon und sah zu dem kleinen Büfett hin. »Ich überlege, welches ich noch nicht auswendig kann.«

Es klingelte an der Wohnungstür. Beide zuckten zusammen. »Wer kann das sein?« fragte Frau Schäfer erschrocken.

»Erwartest du niemand?« wollte Salomon wissen.

Frau Schäfer schüttelte den Kopf. »Ich geh lieber hin«, beschloß sie nach kurzem Zögern, legte das Strickzeug beiseite, stand auf und ging zur Tür: »Bitte!« sagte sie von dort aus leise.

Salomon nickte und erhob sich. »Nimm meine Tasse mit, zur Sicherheit.« Er griff nach Tasse und Untertasse, reichte sie Frau Schäfer und verschwand auf Zehenspitzen ins Nebenzimmer.

Frau Schäfer lief so leise wie möglich in die Diele und spähte durch das Guckloch. Eine junge Frau mit einem Päckchen in der Hand stand vor der Tür und klingelte zum zweiten Mal.

»Wer ist da?« fragte Frau Schäfer nervös.

»Monika Helmholtz, von der Firma Naumann und Helmholtz.«

»Was wollen Sie?« forschte Frau Schäfer.

»Nur etwas abgeben.«

Frau Schäfer überlegte kurz. »Moment, ich hole nur meinen Schlüssel«, sagte sie, obwohl der im Schloß steckte. Sie lief ins Wohnzimmer zurück, schloß die Tür hinter sich und ging zur Tür des nächsten Zimmers.

»Max«, rief sie leise, »da ist eine Monika Helmholtz!«

»Nein, das ist aber eine Überraschung!« antwortete Salomon erfreut.

»Kann ich sie reinlassen?« vergewisserte sich Frau Schäfer. Als Salomon bejahte, ging sie wieder in die Diele, schloß auf, zog den Riegel zurück und öffnete die Wohnungstür.

Monika trat ein. »Guten Tag! Sind Sie Frau Schäfer?«

Frau Schäfer nickte.

»Kann ich bitte Herrn . . .«, begann Monika.

Frau Schäfer legte sofort den Finger auf die Lippen. »Pssst!« Sie machte die Wohnungstür zu, schob den Riegel vor und schloß ab. Dann forderte sie Monika mit einer Handbewegung auf, ihr ins Wohnzimmer zu folgen. »Er kommt gleich wieder runter«, flüsterte sie und ließ sie allein.

Monika blickte sich neugierig um, hörte ein Geräusch aus dem hinteren Korridor, ging dorthin und sah, daß von dem Hängeboden eine kleine Leiter heruntergelassen wurde, auf der Salomon herabstieg. »Ich komme schon!« sagte er.

»Ist das Ihr Versteck?« fragte Monika.

»Nur wenn jemand kommt«, erwiderte Salomon. »Man weiß ja nie . . .« Er ging auf sie zu. »Das ist ja eine Überraschung! Monika!« Er schloß sie in die Arme.

Monika reichte ihm das Päckchen. »Ich habe Ihnen ein Stück von dem Schinken mitgebracht, den Sie so gerne essen.«

»Danke, den gebe ich gleich Frau Schäfer. Die teilt ja ihre Marken mit mir. Komm nimm Platz.« Salomon wies auf den Sessel.

Monika setzte sich.

»Frau Schäfer ist eine alte Freundin von meiner Frau«, erklärte Salomon. »Kurz vor ihrem Tod hat sie sie noch besucht. Und da mußte sie meiner Frau versprechen, auf mich aufzupassen. Nun bin ich bei ihr untergekommen. Ich bewundere sie, sie ist sonst so eine ängstliche Person. Was muß sie für einen Mut haben, daß sie es auf sich nimmt, einen Juden zu verstecken.« Er blickte nach oben. »Selma, die Monika ist gekommen!«

Monika sah ihn überrascht an.

Salomon bemerkte das und sagte schnell: »Keine Angst mein Kind, ich bin nicht meschugge. Noch nicht. Ich bin nur so oft allein, und da habe ich mir angewöhnt, mich mit meiner Frau zu unterhalten.« Er schaute wieder himmelwärts. »Selma, weißt du, was sie mir mitgebracht hat? Stell dir vor...« Er unterbrach sich erschrocken. »Oiweh, sie braucht nicht zu wissen, daß ich Schinken esse. Wie hast du mich überhaupt gefunden, Monika?« wollte er wissen.

»Vorige Woche habe ich zufällig Herrn Rosenberg getroffen...«

»Den Rosenberg? Da hast du Glück gehabt!« Salomons Gesicht verfinsterte sich. »Diese Woche hättest du ihn nicht mehr getroffen. Montag haben sie ihn abgeholt. Die Grünfelds auch. Man sagt, es geht nach Osten. Aber was werden sie mit ihnen machen?« Salomon starrte einige Augenblicke in düstere Gedanken versunken vor sich hin. »Man hört soviel. Aber man glaubt es nicht. Man *möchte* es nicht glauben.« Er machte eine Handbewegung, als wollte er damit seine Gedanken beiseite schieben. »Übrigens, die Grünfelds stammen aus Posen. Damals haben sie für Deutschland optiert. Jetzt sind sie wieder dorthin unterwegs.« Er seufzte. »Und ich sitze noch hier. Doch wer weiß wie lange? Wenn Frau Schäfer Einquartierung bekommt, muß ich verschwinden. Aber wohin dann?« Er zog die Schultern hoch. »Auf die Dauer ist das kein Zustand. Man kann doch nicht mehr auf die Straße in der Garderobe, die sie uns verordnet haben. Ich zeig dir mal, wie das aussieht.« Er ging rasch ins Nebenzimmer und kam mit einem zusammengelegten schwarzen Mantel zurück, den er vor Monika auseinanderfaltete. Unter der Brusttasche prangte der gelbe Davidstern. »Mein schöner schwarzer Mantel...«, klagte er.

Monika war entsetzt. »Dieser gräßliche gelbe Stern!«

»Sag das nicht!« Salomon hob den Zeigefinger und

belehrte sie lächelnd: »Man kann ihn auch tragen wie einen Orden. Man darf nur nicht die Augen niederschlagen, sonst sieht man nicht, daß es die anderen tun.« Er faltete den Mantel wieder zusammen und legte ihn auf einen Stuhl. »Aber jetzt kann man sich nicht mehr damit sehen lassen. Man ist gezeichnet. Die alte Frau Bamberger wollte nur kurz einkaufen gehen, da haben sie sie von der Straße weg mitgenommen, auf einen Lastwagen verladen und abtransportiert. Am Bayrischen Platz, am hellichten Tag!« Er schüttelte fassungslos den Kopf und blickte dann zum Fenster. »Draußen scheint die Sonne.« Er faßte sich an die Stirn. »Eines Tages werde ich hier noch meschugge!« Er dachte an die vielen Tage, die er nun schon in dieser Wohnung versteckt lebte. Sechs Parteien gab es im Haus. Die Männer waren alle eingezogen, und die Frauen gingen arbeiten, genau wie seine Wirtin. Die Kinder waren verschickt worden. Tagsüber, wenn Frau Schäfer nicht da war, mußte er sich ganz ruhig verhalten, nicht mal das Bad durfte er benutzen. Bis jetzt hatte man im Haus nichts bemerkt. Doch er konnte nicht raus. »Ich bin immer so gerne spazierengegangen. Aber ich erzähl so viel von mir, dabei . . .«, entschuldigte er sich. »Du bist doch nicht nur wegen des Schinkens hergekommen?« Er sah Monika forschend in die Augen. »Du hast etwas auf dem Herzen, das sehe ich dir an. Was ist? Irgend etwas mit der Firma?«

Monika schüttelte schweigend den Kopf. Dann gab sie sich einen Ruck. »Herr Salomon . . . ich . . . ich bekomme ein Kind!«

Salomon guckte sie verdutzt an. »Ein Kind? – Von Siegfried?«

Monika nickte.

»Das war eine dumme Frage. Jeden anderen Vater hätte ich dir auch übelgenommen. Na, das ist eine Freude!« Er blickte nach oben. »Selma, die Kinder bekommen ein Kind!« Plötzlich kam ihm Monikas Lage zu Bewußtsein. »Mein Gott, was rede ich da? Das ist ja... Was sagen deine Eltern dazu?«

»Die wissen es nicht«, antwortete Monika. »Die dürfen es auch nicht wissen. Keiner darf es wissen. Das ist doch... Rassenschande nennt man das heute.« Ihr kamen die Tränen. »Herr Salomon, was soll ich bloß machen?« fragte sie verzweifelt.

Salomon überlegte einige Augenblicke lang, dann hatte er eine Idee. »Das gleiche, was die Frau von Siegfried gemacht hat. Du mußt dir einen anderen Vater suchen. Vorübergehend, wie ich hoffe. Also eine Art Ersatzvater. Und am besten gleich heiraten.« Er wiegte den Kopf. »Na ja, ich weiß, das wird nicht ganz einfach sein. Oder kennst du jemand, der dich sehr gern hat.«

»Ja. Aber dem müßte ich die Wahrheit sagen. Und ob er mich dann noch heiraten will?« meinte sie skeptisch. Sie konnte es sich nicht vorstellen.

Sechs Wochen später saß Monika in ihrem besten Kleid im Trauzimmer des Standesamtes in Niederschöneweide und blickte auf den Stahlhelm, der auf dem Stuhl neben ihr lag, stellvertretend für Fritz. An seinem letzten Urlaubstag hatte sie ihren ganzen Mut zusammengenommen und ihm alles gestanden, obwohl sie wußte, daß sie ihm damit sehr weh tat. Aber Fritz hatte sich großartig benommen. Es war ihm sicher nicht leichtgefallen, und Monika war ihm dankbar, unendlich dankbar.

»Darf ich Sie nun bitten aufzustehen«, sagte der Standesbeamte. Hinter ihm an der Wand hing ein großes Führerbild.

Monika und die anderen erhoben sich, die beiden Trauzeugen, Fleischermeister Helmholtz in seinem guten schwarzen Anzug – er wischte sich verstohlen eine Träne aus den Augen –, und Lilo, Monikas beste Freundin. Dahinter standen Monikas Mutter und deren Schwester, Tante Frieda aus Guben, beide festlich gekleidet und sehr gerührt.

»Der Verlobte hat seine Einwilligung zur Ehe im Felde gegeben«, fuhr der Standesbeamte fort. »Ich frage nun Sie, Fräulein Monika Waltraud Irmgard Helmholtz, wollen Sie Herrn Fritz Theodor Wagner heiraten?«

»Ja«, hauchte Monika.

»Dann erkläre ich die Ehe im Namen des Reiches für geschlossen«, verkündete der Standesbeamte feierlich.

Frau Helmholtz begann laut zu schluchzen, was ihr einen mißbilligenden Blick ihres Mannes eintrug.

»Frau Wagner, würden Sie bitte hier unterschreiben?« Der Standesbeamte schob Monika die Heiratsurkunde zu und reichte ihr seinen Füllfederhalter. »Und vergessen Sie nicht, Sie heißen jetzt Wagner«, erinnerte er sie lächelnd.

Monika unterschrieb.

»Darf ich nun die Trauzeugen bitten?« Der Standesbeamte winkte Herrn Helmholtz und Lilo heran, die an den Tisch traten, um ebenfalls ihre Unterschrift auf die Urkunde zu setzen.

Frau Helmholtz umarmte ihre Tochter. »Ich bin ja so glücklich, mein Kind! Ich freue mich so für dich«, stieß sie unter Tränen hervor. »Schade, daß Fritz nicht dabeisein kann. Aber kaum hatte er um dich angehalten, da mußte er ja schon wieder an die Front. Gleich am nächsten Tag.«

»Sein Urlaub war zu Ende«, sagte Monika tonlos. Sie begann plötzlich zu schwanken.

»Was hast du, Kind?« fragte ihre Mutter besorgt. »Ist dir nicht gut?«

Monika nickte.

»Das ist die Aufregung«, meinte Tante Frieda verständnisvoll. »Es ging ja alles viel zu schnell.«

Das fand Monikas Mutter auch. »Wenn es nach mir gegangen wäre, hättest du Fritz schon längst geheiratet. Schon vor dem Krieg. Ich hab ja gesehen, wie er dich immer angehimmelt hat. Er ist ein so anständiger Mensch!«

»Und er liebt dich«, fügte Tante Frieda hinzu.

»Er muß mich schon sehr lieben«, sagte Monika leise.

1944

Max Salomon spazierte über den evangelischen Friedhof, den er bis zu diesem Tag nur vom Fenster aus gesehen hatte. Er trug seinen schwarzen Mantel und in der linken Hand eine Aktentasche, die er so hielt, daß der gelbe Stern verdeckt war. Ihm war etwas unbehaglich zumute. Er hatte das Gefühl, nein, er wußte es eigentlich ganz genau, daß Selma ihn beobachtete und ihm Vorwürfe machte, weil er so leichtsinnig war, sein doch wenigstens einigermaßen sicheres Versteck zu verlassen. Schuldbewußt blickte er zum Himmel. »Selma, ich weiß, daß es gefährlich ist. Aber man muß doch mal an die frische Luft, sich bewegen, die Beine vertreten«, verteidigte er sich. »Fast zwei Jahre bin ich nicht rausgekommen.« Er ging ein paar Schritte weiter und, weil er sich schon denken konnte, was seine Frau jetzt sagen würde, blickte er wieder nach oben. »Nein, Selma, deine Freundin muß sich keine Sorgen machen«, beruhigte er sie. »Die weiß ja gar nicht, daß ich hier bin . . . Wo sie ist? In der Stadt, im Büro. Und wenn sie zurückkommt, bin ich längst wieder zurück . . . Nein, gesehen hat mich niemand, es ist ja kein Mensch im Haus. Und die Leute hier . . .« Er blickte um sich, »die wird es nicht stören. Da wird keiner aus dem Grab kommen und mich fragen, was haben Sie hier zu suchen, auf einem christlichen Friedhof.«

Salomon lächelte überlegen, bog um die Ecke und blieb plötzlich erschrocken stehen.

Der Kopf eines Totengräbers tauchte aus einem zur Hälfte ausgehobenen Grab auf. Es war ein ziemlich alter Mann, der mühevoll aus dem Erdloch stieg. Als er Salomon entdeckte, grüßte er und wünschte gemütlich: »Mahlzeit!«

»Mahlzeit!« Salomon legte die Hand auf die Aktentasche, hinter der sich sein Herz befand. »Haben Sie mir einen Schreck eingejagt«, meinte er. »Jetzt muß ich mich erst mal setzen.«

»Da vorne stehen Bänke!« Der Totengräber deutete zum Friedhofstor, vor dem sich eine kleine Grünanlage befand.

Salomon bedankte sich.

»Na dann, nichts für ungut.« Der Totengräber klopfte sich die Erde von seiner Kleidung. »Ich mach jetzt Mittag.«

»Guten Appetit.« Salomon winkte ihm verabschiedend zu.

»Danke.« Der Totengräber entfernte sich auf einem Seitenweg.

Salomon stieß geräuschvoll die Luft aus, machte sich auf den Weg zum Ausgang und sah sich dort suchend um. Ganz in der Nähe standen zwei leere Bänke, die ihm sozusagen den Rücken zukehrten. Salomon ging um die erste Bank herum und las die Aufschrift: »Nur für Deutsche«! Das gleiche stand leider auch auf der nächsten Bank. Salomon ging achselzuckend weiter und entdeckte eine dritte Bank. Auf der saß eine Dame mittleren Alters in einem grauen Mantel. Um ihren Hals hatte sie einen eleganten Fuchspelz geschlungen – ein Mitbringsel aus Norwegen. Die Dame fütterte einen kleinen Hund undefinierbarer Rasse, der neben ihr auf der Bank saß. Deshalb war keine Aufschrift zu sehen. Salomon atmete erleichtert auf und marschierte auf die Bank zu. Als der kleine Hund ihn bemerkte, sprang er sofort von der Bank herunter, lief zornig kläffend auf Salomon zu, knurrte und fletschte die Zähne.

Salomon blieb stehen. Die Dame sprang auf. »Mäxchen, laß das! Komm sofort zu Frauchen!«

Der Hund zog den Schwanz ein und kehrte zu seiner Besitzerin zurück, die Salomon freundlich anlächelte. »Wenn Sie sich setzen wollen, bitte.« Sie wies auf die Bank. »Wir haben alle hier Platz.«

Salomon nickte dankbar, guckte wieder auf die Bank und stellte fest, daß darauf die gleiche Aufschrift zu sehen war, wie auf den anderen Bänken: »Nur für Deutsche«. Er winkte sofort ab. »Danke, lieber nicht«, lehnte er schnell ab.

Die Dame mißverstand das. »Sie brauchen wirklich keine Angst zu haben. Mäxchen beißt nicht.«

»Davor habe ich auch keine Angst«, erklärte Salomon wahrheitsgemäß. Das ließ der kleine Hund nicht auf sich sitzen. Er knurrte wieder drohend.

»Mäxchen! Schön brav!« befahl die Dame. »Der Herr tut deinem Frauchen nichts.« Sie wandte sich wieder Salomon zu und lächelte neckisch. »Nicht wahr?«

Salomon wollte sich auf keine Diskussion mit ihr einlassen. »Vielen Dank. Ich muß weiter.«

Die Dame sah Mäxchen vorwurfsvoll an. »Böser, böser Hund, jetzt hast du den netten Herrn verjagt.« Sie drohte dem Hund, der jetzt gehorsam wedelte, mit dem Finger und lächelte Salomon an. »Es tut ihm schon leid. Sehen Sie doch, wie er wedelt«, flötete die Dame, die sich offensichtlich einsam fühlte. »Mäxchen ist nämlich so ein lieber Hund und so gelehrig. Gucken Sie mal, was der kann.« Sie hob achtungsgebietend den Zeigefinger. »Mäxchen sitz!« Der Hund setzte sich sofort. »So! Und nun mach mal deutschen Gruß!« befahl sie.

Mäxchen hob gehorsam die rechte Vorderpfote. Sein Frauchen war sichtlich zufrieden mit der Darbietung ihres Lieblings und blickte Salomon beifallheischend an. »Na?!«

Salomon nickte anerkennend.

»Habe ich ihm gestern beigebracht«, berichtete die Dame stolz.

»Lohnt sich das denn noch?« fragte Salomon etwas unvorsichtig.

»Wie meinen Sie das?« Die Dame hob mißtrauisch die Augenbrauen.

»Na, für den Hund«, beeilte sich Salomon zu sagen. »Der ist doch schon ziemlich alt.«

»Leider!« Über das Gesicht der Dame fiel ein Schatten. »Wir haben gerade Mäxchens zwölften Geburtstag gefeiert.«

»Eben. Wer weiß, ob er da den Endsieg noch erlebt?« gab Salomon zu bedenken.

»Sagen Sie doch so was nicht!« Die Dame preßte, um nicht in Tränen auszubrechen, die Lippen zusammen.

»Aber der deutsche Gruß ... das ist natürlich die Krönung eines Hundelebens«, meinte Salomon mit gespielter Bewunderung. »Was soll da noch kommen?«

Jetzt konnte die Dame ihre Tränen nicht mehr zurückhalten. »Wenn Mäxchen stirbt, dann will ich auch sterben«, versicherte sie und holte ihr Taschentuch aus der Handtasche.

»Na ja, die Möglichkeit ergibt sich ja jetzt täglich«, sinnierte Salomon und dachte an die Angriffe, die er im zweiten Stock bei offenem Fenster miterleben mußte.

In diesem Augenblick begannen die Sirenen zu heulen.

Salomon bekam einen Schreck. »Oh, das hätte ich nicht sagen sollen!«

»Um Gottes Willen, Alarm!« Die Dame begann vor Angst zu zittern. »Was machen wir jetzt bloß? Mäxchen, wir müssen uns irgendwo unterstellen.«

Der Hund verstand und zog sich unter die Bank zurück.

»Das hat wenig Sinn, Mäxchen«, meinte Salomon bedauernd, wandte sich an die Dame und riet ihr, doch schnell zum nächsten Luftschutzbunker zu laufen.

»Zu weit!« antwortete die Dame und blickte sich suchend um. »Wenn hier wenigstens ein Splittergraben wäre!«

Salomon horchte auf. »Da bringen Sie mich auf eine Idee. Kommen Sie! Schnell!« Er lief zum Friedhofstor.

Die Dame rief ihm verblüfft nach: »Was sollen wir denn auf dem Friedhof?« Dann nahm sie aber doch ihr Mäxchen auf den Arm und folgte Salomon so schnell sie konnte.

Das Heulen der Sirene erstarb. Die plötzlich eingetretene völlige Stille wirkte bedrohlich.

Salomon rannte auf das halbausgehobene Grab zu und winkte der Dame. »Schnell! Hier rein!«

Die Dame guckte pikiert. »Da rein?«

»Ja, da sind wir sicher. Wenn uns da etwas passiert, also das wäre wirklich ein Zufall. Na, und wenn, dann hätte man es nicht so weit«, meinte Salomon mit Galgenhumor. Die Dame sah ihn konsterniert an. Salomon reichte ihr die rechte Hand und half ihr, in die Grube hineinzusteigen. Mit der linken preßte er krampfhaft die Aktentasche an seine Brust.

»Danke, sehr aufmerksam«, keuchte die Dame, als sie unten angelangt war. »Warum kommen Sie nicht auch?«

»Bin schon dabei.« Salomon stieg vorsichtig in die Grube, wobei er sich mit der rechten Hand abstützte.

Jetzt hörte man das unheimliche Brummen der feindlichen Flugzeuge. Sie kamen langsam näher. Auch die Flak begann zu schießen. Es war ein Höllenlärm.

Die Dame begann wieder heftig zu zittern.

»Mäxchen zittert auch«, entschuldigte sie sich.

»Wer nicht?« Salomon legte den Kopf schief und seufzte.

»Ein Glück, daß wir uns begegnet sind! Sie haben so etwas ...« Die Dame schmiegte sich an Salomons Brust. »Bei Ihnen fühlt man sich geborgen. Mäxchen hat auch soviel Vertrauen zu Ihnen. Er ist jetzt wieder ganz ruhig.«

Salomon versuchte, etwas von ihr abzurücken, aber in dem Grab war nicht genügend Platz. Er blickte zum Himmel. »Jetzt sind sie genau über uns«, meldete er. »Und so viele!

Und ganz tief! Direkt hübsch sehen sie aus«, fand er. Leider fielen jetzt einige Bomben. »Aber das sollten sie lassen.« Salomon schüttelte befremdet den Kopf.

Eine Luftmine kam jaulend herunter und schlug ganz in der Nähe ein. Die Grube bebte, und Sand rieselte.

Salomon hatte sich geduckt. »Das war nicht weit weg. Aber zum Glück weit genug«, stellte er fest.

Die Dame flog jetzt am ganzen Körper vor Angst. »O Gott ...« hauchte sie, ergriff Salomons rechte Hand und drückte sie auf ihre stattliche Brust. »Fühlen sie mal, wie mein Herz klopft!«

»Ganz hübsch«, Salomon blickte ängstlich nach oben, denn er merkte, daß seine Hand bei der Dame angenehme Empfindungen auslöste. Sie begann schwer zu atmen. »Selma, bitte versteh die Situation nicht wieder falsch!« flehte er.

»Mit wem sprechen Sie?« fragte die Dame verwundert.

»Mit meiner Frau«, erwiderte Salomon. »Sie ist nämlich sehr eifersüchtig.«

Die Dame ließ sofort seine Hand los und rückte etwas von ihm ab. »Und wo ist sie?« wollte sie wissen.

»Auch schon im Grab. Leider.« Salomon nickte traurig.

»Liegt sie hier auf dem Friedhof?«

»Nein, im Norden Berlins.«

»Das ist gut. Wenn sie nämlich hier in der Nähe ... Also, das wäre mir peinlich.« Sie rutschte wieder ganz nah an seine Brust heran. Leider war ihr die Aktentasche im Weg. »Können Sie die nicht wegnehmen?« fragte die Dame. »Die stört so.«

»Ich weiß, aber es muß sein.« Salomon ließ die Tasche an ihrem Platz.

Die Dame versuchte es daraufhin an anderer Stelle. Sie schlang den Arm um Salomons Hals und legte ihren Kopf an seine Wange. »Ach, ist das schön, wenn man in solch einer Situation einen Mann an seiner Seite hat!« flüsterte sie ihm ins Ohr. »Ich bin schon so lange allein.«

Salomon wurde die Situation jetzt unangenehm. Er versuchte krampfhaft, etwas von ihr abzurücken, aber die Dame ließ ihn nicht los.

Zum Glück heulten jetzt die Sirenen in einem langgezogenen Dauerton auf.

»Entwarnung!« Salomon atmete erleichtert auf. *»Die* Gefahr wäre vorüber.« Er löste ihren Arm von seinem Hals. »Kommen Sie, ich helfe Ihnen heraus.«

»Zuerst Mäxchen!« entschied die Dame.

Salomon nahm ihr den Hund mit der rechten Hand ab, stieg mit ihm nach oben und setzte ihn auf den Boden. Dann streckte er der Dame die Hand entgegen. »Und jetzt Sie!«

Die Dame reichte ihm die Hand. Salomon versuchte sie hochzuziehen, aber er schaffte es nicht.

»Sie müssen schon beide Hände nehmen«, meinte die Dame lächelnd. Salomon vergaß für einen Moment den Stern an seinem Mantel, setzte die Tasche ab und zog die Dame mit beiden Händen nach oben.

»Ich danke Ihnen!« sagte sie emphatisch, ohne Salomons Hände loszulassen. »Sie sind so ...« Da entdeckte sie den Stern. »Sie sind ja Jude! Das ist ja unglaublich«, stellte sie empört fest und ließ ihn los. »Wie kommen Sie dazu, sich mir so zu nähern? Hoffentlich hat das niemand gesehen!«

»Die Leute, die hier liegen, werden nicht darüber reden«, beruhigte Salomon sie und hob seine Aktentasche auf.

»Ich fühle mich ja ... ganz beschmutzt fühle ich mich!« zischte sie. »Mein Bruder ist General der Waffen-SS. Was soll ich bloß machen? Ich finde keine Worte!«

»Das ist eine gute Idee«, fand Salomon und klopfte sich den Sand vom Mantel. »Erzählen Sie ihm nichts davon. Es ist ja nichts geschehen.« Er lüftete den Hut und wandte sich zum Gehen, aber dann drehte er sich noch einmal um. »Ich weiß allerdings nicht, ob Mäxchen Sie jetzt noch grüßen wird. Ich meine, mit dem deutschen Gruß«, fügte er mit gespielter Besorgnis hinzu, drehte sich um und entfernte sich mit schnellen Schritten.

Die Dame blickte ihm indigniert nach. Sie hätte ihm gern noch ein böses Wort an den Kopf geworfen, aber erstens fiel ihr im Moment keins ein und zweitens war sie sprachlos.

Salomon hatte inzwischen den anderen Ausgang des Friedhofs erreicht. Er blieb stehen und blickte nach oben: »Selma, ich weiß genau, was du jetzt sagen willst. Recht hast du«, gab er zu. Von der Straße her trieb ihm eine Staubwolke entgegen. Er mußte husten. »Schad' mir gar nichts«, murmelte er! »Warum mußte ich auch spazierengehen . . . Zu Hause hätte ich bleiben sollen. Aber ich hab's ja gleich geschafft.« Er bog um die Ecke und blieb abrupt stehen. Entsetzt starrte er auf den rauchenden Trümmerhaufen, der von dem Eckhaus übriggeblieben war. Die Luftmine hatte ganze Arbeit geleistet. »Mein Gott!« stammelte er fassungslos. »Das ganze Haus . . . Wenn ich da drinnen gewesen wär . . . in der zweiten Etage, dann wär ich jetzt nicht mehr.« Er blickte wieder nach oben. »Und vorhin hast du mir noch geraten, nicht rauszugehen, Selma!« sagte er vorwurfsvoll. »Immer hast du auch nicht recht.« Dann sah er ratlos auf den Trümmerhaufen. »Und wohin jetzt?« murmelte er. Er hatte keine Ahnung, wo er sich verstecken sollte.

1945

Das Haus in der Taubenstraße, in der sich die Firma Naumann und Helmholtz befand, hatte auch etwas abbekommen.

Am Hausvogteiplatz waren mehrere Bomben eingeschlagen. Durch den Luftdruck waren viele Scheiben zerborsten. Statt dessen hatte man Pappe in die Rahmen genagelt, aber die Risse in den Hauswänden waren nicht zu übersehen.

Herr Lehmann, der Hausmeister, stand vor der Tür und blickte skeptisch zum Himmel hoch. Es war an diesem Tag kein Wölkchen zu sehen. Die Stranitzki kam mit der Schneiderdecke über dem Arm die U-Bahntreppe herauf und sah sich um. Auch die Glasscheibe des Schildes, auf dem »Hausvogteiplatz« stand, war zersprungen. Die Schneiderin ging schnell über den Damm und begrüßte den Hausmeister. »Tach, Herr Lehmann.«

»Tach, Frau Stranitzki«, erwiderte er kurz und guckte dann wieder zum Himmel.

»Was ist denn da oben?« fragte die Stranitzki neugierig.

»Noch nichts«, antwortete Herr Lehmann. »Aber heute könnten sie kommen. Das ist ihr Wetter.«

»Malen sie bloß nicht den Teufel an die Wand! Ich muß noch nach Hause, bevor es losgeht«, erklärte die Schneiderin besorgt. »Fahren Sie mich mal schnell nach oben?«

»Mach ich. Aber in der Firma ist niemand.«

»Was?« Die Stranitzki sah ihn ungläubig an.

»Nur Frau Wagner«, sagte Herr Lehmann und trottete ins Haus.

»Nur Frau Wagner? Heute am Freitag?« Die Stranitzki konnte es nicht fassen. »Das ist doch nicht normal!«

Herr Lehmann seufzte. »Was ist heute schon normal? Kommen Sie, ich bring Sie hoch.«

»Vielen Dank, Herr Lehmann.« Die Stranitzki folgte ihm. »Wo sind denn die anderen?« wollte sie wissen, als sie an der Pförtnerloge vorbeikamen.

Aus dem Volksempfänger erklang Musik.

»Denen hat die Chefin freigegeben. Und sie ist bloß da,

weil sie heute nacht Luftschutzwache hatte«, erzählte der Hausmeister und wies einladend auf die offene Tür des beleuchteten Fahrstuhls.

»Danke.« Die Stranitzki stieg ein.

Herr Lehmann hatte schon die Hand an der Tür, hielt aber plötzlich inne, denn die Musik im Radio wurde ausgeblendet, statt dessen war das Weckergeräusch des Luftlageberichts zu hören. »Moment mal . . .« Herr Lehmann lauschte.

Auch die Stranitzki beugte sich vor.

Das Ticken brach ab. Der Sprecher verkündete, daß die feindlichen Bomberverbände, die sich schon im Anflug auf den Raum Hannover-Braunschweig befanden, nach Süden abgedreht hätten.

»Na also!« Die Stranitzki war beruhigt.

»Wollen wir's hoffen.« Herr Lehmann wiegte skeptisch den Kopf, schloß die Fahrstuhltür und betätigte den Hebel.

Der Fahrstuhl schwebte langsam nach oben.

»Da habe ich ja direkt Glück, daß ich Frau Wagner erwische«, meinte die Stranitzki.

Herr Lehmann nickte. »Ham'se. Sie will die Gelegenheit benutzen, um noch ein bißchen was zu tun. In Ruhe!« Nachdenklich fügte er hinzu: »Hoffentlich bleibt'se.«

»Frau Wagner?« fragte die Stranitzki.

»Nee, die Ruhe. Ich sage Ihnen, das ist ihr Wetter.« Herr Lehmann war heute sehr pessimistisch. »So, wir sind da.« Er öffnete die Fahrstuhltür.

»Vielen Dank, Herr Lehmann.« Die Stranitzki stieg aus, ging auf die Eingangstür der Firma zu und wollte sie öffnen. »Ist ja abgeschlossen!« stellte sie erstaunt fest.

»Ach nee, dann müssen Sie gegen die Tür bummern!« rief Lehmann. »Die Klingel ist kaputt.« Er stand bereits wieder im Fahrstuhl und betätigte den Hebel. Der Fahrstuhl fuhr langsam nach unten. Die Stranitzki hämmerte gegen die Tür.

Monika, die gerade an der Schreibmaschine saß, zögerte. Erst als das Hämmern nicht aufhörte, schlich sie auf Zehenspitzen zur Tür. »Wer ist da?« fragte sie.

»Ich . . . die Stranitzki!«

»Frau Stranitzki . . .« Monika überlegte. »Moment . . . ich hole nur die Schlüssel«, sagte sie hastig, obwohl die Schlüssel steckten. Sie lief schnell durch den großen Raum, dessen zum Hof führende Fenster zum Teil verpappt waren, zur Schreibmaschine, in deren Walze eine Matrize steckte, und deckte sie ab. Neben dem Pult stand jetzt ein Vervielfältigungsapparat, auf dem Fensterbrett der Volksempfänger.

Monika ging rasch zum Privatkontor, dessen Tür nicht ganz geschlossen war. »Die Stranitzki ist da. Ich versuche sie loszuwerden«, rief sie halblaut und machte die Tür zu. Dann ging sie in den Vorraum zurück und schloß die Eingangstür auf. »Ich hatte ja keine Ahnung, daß Sie heute kommen«, meinte Monika, als die Schneiderin eingetreten war.

»Naumann hat gesagt, das Kleid ist eilig.« Die Stranitzki hielt die Schneiderdecke hoch, in der das Kleid steckte.

Monika schloß die Tür. »Ach so, er fährt ja morgen nach Flensburg.« Sie nickte nachdenklich. »Da wird er es ja heute noch abholen wollen. Gut, daß ich das weiß!«

Die Stranitzki marschierte in den großen Raum. »Wo soll ich es hinhängen?«

»Hier!« Monika zeigte auf den Ständer vor dem Pult. »Sie können es da drüben auspacken. Ich muß gleich los.«

Die Schneiderin legte die Decke vorsichtig auf den Packtisch und zog die Stecknadeln heraus. Dabei erkundigte sie sich, ob Monika etwas von Herrn Fränkel gehört hätte.

Monika schüttelte den Kopf.

»Und von Herrn Salomon?« fragte sie.

»Auch nicht«, antwortete Monika.

Die Schneiderin hob plötzlich den Kopf und schnupperte. »Das riecht ja hier so gut!«

Monika fuhr erschrocken zusammen. »Hab ich ganz vergessen. Ich wollte mir nur schnell was braten.« Sie lief hastig zum Frühstückszimmer.

»Da hätte aber ganz schön was passieren können«, meinte die Stranitzki und machte ein bedenkliches Gesicht. Sie packte das Kleid aus, hielt es hoch und stellte fest, daß sie es noch einmal bügeln mußte.

»Nein, nicht nötig!« rief Monika. »Das wird im Koffer doch wieder gedrückt.«

Die Schneiderin hängte das Kleid über einen Bügel. »Warum wird denn heute nicht gearbeitet?« wollte sie wissen.

»Ach, die haben alle so viele Überstunden gut«, schwindelte Monika, nahm ihr das Kleid ab und ging zum Ständer. »Und zum Schlafen sind sie in letzter Zeit auch nicht viel gekommen. Deshalb habe ich ihnen freigegeben. Frau Stranitzki«, drängelte sie, »ich bin heute sehr in Eile . . .«

»Ich geh ja schon!« Die Stranitzki faltete etwas beleidigt die Schneiderdecke zusammen.

»Fiedler hat mich nämlich heute so lange aufgehalten. Er kam plötzlich an und mußte unbedingt noch etwas kopieren.« Monika zeigte auf den Vervielfältigungsapparat. »Seine Ortsgruppe ist abgebrannt. Volltreffer!«

»Und da heißt es immer, die Amerikaner könnten nicht zielen«, bemerkte die Stranitzki trocken, während sie zur Tür ging. »Also dann, grüßen Sie mir den Kleinen!«

»Mach ich.« Monika schloß die Tür auf.

»Wie alt ist er denn jetzt eigentlich?« erkundigte sich die Schneiderin.

»Bald zweieinhalb.« Monika machte die Tür weit auf. Sie stand wie auf Kohlen.

»Wie die Zeit vergeht. Ja, ja . . .«, die Stranitzki seufzte. »Dann machen Sie es mal gut, Frau Wagner.«

»Sie auch, Frau Stranitzki.« Monika zog die Tür zu und schloß sie ab.

Auf dem Schreibtisch im Privatkontor standen neben dem Foto eines kleinen Jungen ein abgegessener Teller mit Messer und Gabel und Rasierzeug. Hinter dem Schreibtisch saß Max Salomon, den Rasierapparat in der Hand. Er lauschte und wagte es nicht, sich zu rühren. Seine linke Gesichtshälfte war noch voller Seifenschaum, die rechte bereits fertig rasiert. Über dem Stuhl lag der schwarze Mantel mit dem gelben Stern.

Monika erschien an der Tür. »Sie ist endlich weg«, verkündete sie erleichtert.

»Dann kann ich ja weitermachen«, meinte Salomon und fing an, sich die linke Gesichtshälfte zu rasieren. »Ich hatte Angst, man könnte das Kratzen bis draußen hören«, erklärte er. »Ein Glück, daß Sigi sein Rasierzeug hiergelassen hat.« Sein Blick fiel auf das Foto. »Der Junge sieht aus . . . ganz der Vater!«

»Das sagt Mutti auch, aber sie meint natürlich Fritz«, antwortete Monika. »Ach, Herr Salomon, ich hab ja noch ein Kotelett für Sie«, fiel ihr plötzlich ein.

Salomon winkte ab. »Vielen Dank, mein Kind. Aber es geht nichts mehr rein. Beim besten Willen nicht«, bedauerte er. »Ich habe mir das Essen so gut wie abgewöhnt. Es ist erstaunlich, wie wenig man braucht, wenn man nichts hat. – So«, er legte den Rasierapparat hin und betrachtete sich in dem kleinen Spiegel, »jetzt sehe ich wieder menschlich aus.« Er nahm das Handtuch vom Schoß und wischte sich die Seifenreste ab.

»Warum haben Sie sich bloß nicht früher gemeldet?« Monika sah ihn vorwurfsvoll an.

»Warum?« Salomons Miene wurde ernst. »Ich habe doch schon Frau Schäfer in Gefahr gebracht, und ich dachte, ich könnte mich vielleicht alleine durchschlagen.«

»Und wo waren Sie die ganze Zeit?« wollte Monika wissen.

»Frag mich nicht!« Salomon machte eine abwehrende Handbewegung und stand auf. »So, das können wir jetzt alles wegräumen. Der Schreibtisch sieht so unordentlich aus.« Er reichte ihr den Teller, das Rasierzeug, Spiegel und Handtuch.

Monika stellte alles auf ein Tablett, hing das Handtuch über ihren Arm, und erkundigte sich dabei, ob es Salomon wenigstens geschmeckt hätte.

»Das ist a Frage!« Salomon schlug die Augen zum Himmel. »Weißt du, wie lange ich kein Fleisch mehr gegessen habe? Nur geträumt hab' ich davon . . . fast jede Nacht. Von Schmorbraten, von Kalbsschnitzeln, von Gulasch und Sauerbraten. Aber immer wenn ich anfangen wollte zu essen, bin ich leider aufgewacht. Und was hat mich geweckt? Das Knurren meines Magens! Eine Taille hab' ich jetzt . . .« Er demonstrierte, wie weit ihm sein Anzug geworden war. »Die Daisy würde mich beneiden. So hat alles sein Gutes . . ., selbst das Miese.«

»Aber eine Zigarre darf ich Ihnen doch anbieten?« fragte Monika verschmitzt.

»Eine Zigarre?« Salomon blickte sie ungläubig an.

»Ich habe sogar Ihre Marke.« Monika setzte das Tablett ab, zog eine Schreibtischschublade auf, holte eine Zigarrenkiste heraus, öffnete sie und hielt sie ihrem ehemaligen Chef hin. »Bitte, Herr Salomon.«

Salomon nahm behutsam eine Zigarre heraus. »Meine Marke . . .«, flüsterte er fast andächtig. »Davon habe ich nicht mal zu träumen gewagt.«

Monika reichte ihm den Zigarrenabschneider.

Salomon schnupperte erst an der Zigarre.

»Hier sind Streichhölzer.« Monika reichte ihm die Schachtel.

»Danke, mein Kind. Aber ich möchte mich erst mal ein bißchen darauf freuen.« Salomon schnitt die Spitze ab, steckte die Zigarre in den Mund, zündete ein Streichholz an und hielt plötzlich inne. »Haben wir heute nicht Freitag?«

Monika nickte.

»Oiweh!« Salomon nahm die Zigarre wieder aus dem Mund und pustete das Streichholz aus. »Beinahe hätte ich am Schabbes geraucht.« Er blickte nach oben. »Mach kein Gesicht, Selma! Ich hatte sie noch nicht angezündet. Aber morgen darf ich.« Er steckte die Zigarre in seine Brusttasche und wandte sich wieder Monika zu. »Du weißt doch, ich habe ihr versprochen, am Schabbes nicht zu rauchen.« Er dämpfte seine Stimme. »Früher hab' ich ja manchmal heimlich doch geraucht, aber jetzt sieht sie es ja.« Er warf einen scheuen Blick nach oben.

»Ich muß ja das Formular noch fertig schreiben«, erinnerte sich Monika. »Bin gleich wieder da.« Sie verließ das Privatkontor.

»Ich komme mit!« rief Salomon und folgte ihr.

»Jetzt brauchen Sie sich nicht mehr zu verstecken, Herr Salomon«, versicherte Monika. »Ab heute heißen Sie Baumann, evakuiert aus Aachen.« Sie setzte sich an die Schreibmaschine, deckte sie auf und begann langsam zu tippen.

»Wie bist du bloß darauf gekommen?« fragte Salomon bewundernd.

»In Aachen sind doch schon die Amerikaner. Da kann kein Mensch nachfragen. So, fertig.« Monika zog die Matrize aus der Maschine. »Jetzt muß ich bloß noch abziehen.« Sie ging zum Vervielfältigungsapparat. »Ach, da ist ja noch die Matrize von Fiedler drin«, bemerkte sie und nahm sie mit spitzen Fingern von der Walze. »Ortsgruppe Friedrichshain, bloß weg damit!« Sie warf sie in den Papierkorb, befestigte die eben von ihr geschriebene auf der Walze und drehte die Kurbel. Ein frisch gedrucktes Blatt kam aus der Maschine. Monika nahm es und zeigte es Salomon. »Gucken Sie mal, sieht doch echt aus, das Formular. Jetzt muß ich es nur noch ausfüllen. Wissen Sie noch, wie Sie jetzt heißen?«

Salomon nickte. »Werner Baumann.«

»Geboren?«

»Am 5.11.92«, antwortete Salomon prompt.

»Am 5.11.1892«, murmelte Monika, während sie schrieb. »Wohnhaft Aachen, Adolf-Hitler-Straße 25.«

Salomon zog ein Gesicht.

»Ehrlich gesagt, eine andere Adresse wäre mir sympathischer gewesen.«

»Geht leider nicht.« Monika füllte noch eine Zeile aus. »Die Papiere sind schon fertig.«

Salomon betrachtete das Kleid, das die Stranitzki geliefert hatte, höchst interessiert. »Eine sehr gute Qualität«, stellte er fest. »Sicher Exportware.« Er blickte auf den Arbeitszettel, der an dem Kleid steckte, und staunte. »Für eine Frau Konteradmiral? Seit wann beliefern wir die Marine?«

»Seit Naumännchen mit einem U-Boot-Maat befreundet ist«, antwortete Monika schmunzelnd. »Der sitzt jetzt schön warm in der Schreibstube. Was meinen Sie, wofür Frau Konteradmiral die Klamotten bekommt? So, jetzt noch eine schöne Unterschrift.« Sie unterzeichnete das Formular mit soviel Schwung, daß kein Mensch den Namen entziffern konnte, und hielt Salomon das Formular hin. »Bitte, Herr Baumann. Wie fühlen Sie sich jetzt?«

»Wie neu geboren.« Salomon nahm seine Brille aus der Tasche, setzte sie sich auf und überflog das Formular. »NSDAP Gauleitung Köln/Aachen ...« las er halblaut vor. »Amt für Volkswohlfahrt, Kreisleitung. Herr Werner Baumann hat auf Grund der Evakuierungsmaßnahmen seinen Wohnsitz in Aachen, Adolf-Hitler-Straße 25 aufgegeben und übersiedelt nach . . .«, er blickte auf. »Ach, das hast du offengelassen.« Er las weiter. »Und wird dem Ausweichsammellager Cottbus unterstellt. Verpflegung erhalten, bis zum 3.11.« Er sah Monika an und lächelte. »Eine sehr gute Verpflegung.« Dann befaßte er sich wieder mit dem Formular. »NSDAP-Gauleitung, Polizeipräsidium Aachen.«

»Den Stempel und die Papiere besorgt uns Gütschow«, sagte Monika. »Eine Nacht werden Sie leider noch im Keller verbringen müssen.«

»Wieso müssen? Was meinst du, wie ich mich nach einem Keller gesehnt habe«, antwortete Salomon. »Besonders bei Alarm.«

Monika nickte mitfühlend und ging zum Volksempfänger. »Mal sehen, ob was unterwegs ist.« Sie schaltete das Radio an. Man hörte das Ticken, das die Berliner darauf vorbereitete, daß feindliche Bomber im Anflug waren. Kurz darauf meldete sich der Sprecher: »Die schweren Kampfverbände, die sich im Anflug auf Köln befanden, haben nach Nordosten abgedreht.« Nach dieser beunruhigenden Ansage, hörte man wieder das Ticken. »Vielleicht ist der Siegfried auch dabei«, meinte Salomon.

»Das glaube ich nicht«, erwiderte Monika.

»Könnte doch sein!« entgegnete Salomon. »Er wollte doch nach England.«

»Aber am Tag kommen immer die Amerikaner«, wandte Monika ein.

Salomon nickte und starrte einen Augenblick lang nachdenklich vor sich hin. »Mein Gott, wäre der Junge stolz, wenn er wüßte, daß er einen Sohn hat.«

»Er weiß es ja nicht«, Monika schüttelte den Kopf. »Das weiß ja überhaupt keiner . . . nicht mal meine Eltern. Nur Sie und Fritz. Wenn der nicht gewesen wäre ...« Sie seufzte und gab sich dann einen Ruck. »So, wir gehen jetzt runter. Ich lenke Herrn Lehmann ab.«

»Ich hol bloß meinen Mantel.« Salomon ging ins Privatkontor.

Monika bekam einen Heidenschreck. »O Gott, ich muß ja den Stern noch abtrennen! Hätte ich beinahe vergessen. Wo ist denn die Schere?« Sie begann hektisch danach zu suchen und fand sie schließlich auf dem Fensterbrett.

Salomon ging mit dem Mantel über dem Arm zu ihr hin. »Komisch ..., ich glaube, er wird mir fehlen.«

»Herr Baumann trägt so was nicht.« Monika nahm ihm den Mantel ab und begann den Stern abzutrennen.

»Sagt Herr Baumann etwa auch Heil Hitler?« erkundigte sich Salomon.

»Sicher! Er ist ja Arier.« Monika löste den Faden, hatte den Stern schließlich in der Hand und steckte ihn in ihre Tasche.

Bei Salomon erregte die Aussicht, den deutschen Gruß praktizieren zu müssen, heftigen Widerwillen. »Aber den Arm hebe ich nicht. Auf keinen Fall!«

Während Monika ihm in den Mantel half, hatte er schon einen Ausweg gefunden. »Was hältst du davon, wenn ich den Arm in einer Schlinge trage? Wir haben doch so was in unserem Verbandskasten.«

»Gute Idee!« fand Monika, die noch ein Stückchen Faden vom Mantel zupfte.

»Danke, mein Kind«, sagte Salomon. »Mal sehen, wie ich ohne ihn aussehe.« Er ging zum großen Spiegel, betrachtete sich von allen Seiten, entdeckte eine widerspenstige Haarsträhne und strich sie glatt.

Monika beobachtete ihn und lächelte. »Eitel waren Sie ja schon immer.«

»Und mit dem Alter wird man immer eitler«, bekräftigte Salomon und zuckte plötzlich wie elektrisiert zusammen. »Das ist es!« rief er triumphierend.

»Was?« fragte Monika erstaunt.

»Eitler ... eitler ... eitler«, wiederholte Salomon strahlend. »Das klingt wie Heil Hitler, und man braucht den Namen dieses Herrn nicht in den Mund zu nehmen!«

»Sehr gut!« sagte Monika anerkennend. »Denn wenn Sie morgen früh in Cottbus zur Ortsgruppe gehen ...«

Salomon erschrak. »Das hatte ich inzwischen ganz vergessen. Ich darf gar nicht daran denken. All meinen Mut werde ich zusammennehmen müssen ..., und das ist nicht sehr viel. Ich muß jetzt rauchen.« Er blickte nach oben. »Selma, nur dieses eine Mal!« bat er seine Frau. Er schien eine abschlägige Antwort erhalten zu haben, denn er schüttelte den Kopf. »Nein? Dann guck weg«, sagte er energisch, holte die Zigarre aus der Tasche, steckte sie in den Mund und versuchte, sich Feuer zu geben. Doch das erste Streichholz wollte nicht brennen, das zweite brannte nur einen Augenblick, dann ging es wieder aus, das dritte, das vierte und fünfte erloschen auch sofort. Das letzte brach ab. »Nun hab' ich keins mehr.« Salomon legte die leere Schachtel hin, richtete den Blick nach oben und drohte mit dem Finger. »Das warst du, Selma!«

In diesem Augenblick wurde heftig an die Eingangstür gebummert.

Monika und Salomon fuhren beide erschrocken zusammen.

»Wer kann das sein?« überlegte Monika angstvoll.

»Frau Wagner, ich bin's! Ich brauch noch was!« erscholl eine Stimme aus dem Treppenhaus.

»Fiedler«, flüsterte Monika betroffen. Dann rief sie laut: »Augenblick, ich hol nur die Schlüssel!« Sie schob Salomon schnell ins Privatkontor, schloß die Tür und ließ den Schlüssel stecken. Salomon setzte sich auf den Stuhl hinter dem Schreibtisch. »Guter Gott, wenn ich jetzt geraucht hätte!« dachte er und begann nachträglich zu zittern. Dann schaute er wieder nach oben. »Danke, Selma!« flüsterte er und lehnte sich zurück.

Monika ließ Fiedler herein.

Der Verkäufer trug jetzt die braune Uniform eines Kreisleiters. Grüßend hob er die Rechte und war froh, daß Monika noch da war.

»Ich wollte gerade Schluß machen«, erklärte seine Chefin nervös.

»Da habe ich ja einen Massel!« Auch im elften Jahr des Reiches, für das die Nazis tausend Jahre vorgesehen hatten, benutzte Fiedler immer noch die jüdischen Ausdrücke. »Es dauert nur eine Minute«, versicherte er. »Ich bin sofort fertig.«

Fiedler ging in den großen Raum, nahm seine Mütze ab und legte sie auf den Packtisch.

Im Radio tickte es noch immer.

Fiedler horchte beunruhigt auf. »Wie ist denn die Luftlage?« fragte er besorgt.

»Nach Nordosten abgedreht«, berichtete Monika.

»Oiweh, da muß ich mich ja ranhalten! Na ja, ich brauch ja nur zehn Stück«, sagte Fiedler und ging zum Vervielfältigungsapparat.

»Moment, die Matrize . . .«, rief Monika hastig.

»Die ist doch noch drauf!« Fiedler begann zu drehen.

Monika starrte wie hypnotisiert auf die Bögen, die aus der Maschine kamen.

Fiedler drehte und drehte und begann dann die fertigen Bögen zu schichten. »Die Maschine ist Gold wert. Gucken Sie mal, alles schön zu lesen.« Fiedler hielt ihr einen Bogen hin, warf dann selbst einen Blick darauf und runzelte befremdet die Stirn. »NSDAP-Ortsgruppe Köln/Aachen...«, las er laut. »Ortsgruppe Köln/Aachen...« wiederholte er und blickte Monika an. »Was ist denn das, Frau Wagner?« fragte er in drohendem Ton. »Können Sie mir erklären, was das zu bedeuten hat? Wie kommen Sie dazu, hier ein Formular der Gauleitung nachzumachen? Das ist doch..., eine richtige Fälschung ist das!«

Monika senkte den Blick und schwieg.

»Na gut...« Fiedler stemmte die Arme in die Seite, »keine Antwort ist auch eine Antwort. Dafür haben wir ja unsere Leute. Die werden das schon herausbekommen. Die Matrize nehme ich lieber gleich mit, sonst ist sie nachher verschwunden.« Er löste die Matrize von der Walze und deponierte sie, zusammen mit den bereits abgezogenen Bögen auf dem Packtisch. Dann drehte er sich wieder zu Monika um und machte ein höchst zufriedenes Gesicht. Er hatte jetzt Oberwasser. »Tja, Frau Wagner, das ist heute ein großer Tag für mich. Darauf habe ich schon lange gewartet. Meinen Sie, ich habe das damals nicht mitgekriegt, Ihre Mauschelei mit Herrn Fränkel? Sein Haus hat er Ihnen auch zugeschanzt. Hat sich gelohnt, wie? Erst haben Sie die Firma von Fränkel bekommen, dann die Villa..., und dann den Sohn!«

»Das... das ist nicht wahr!« stieß Monika hervor.

»Wissen Sie, wie man so was nennt?« fuhr Fiedler fort, »Rassenschande!«

Monika versuchte Haltung zu bewahren. »Herr Fiedler, der Vater meines Kindes ist an der Front.«

»Ich weiß, aber das war er damals auch«, trumpfte Fiedler auf. »Und Herr Fränkel war hier.«

»Mein Mann hatte einen Tag Urlaub«, verteidigte sich Monika, »und das reicht ja wohl.«

Fiedler wischte dieses Argument mit einer Handbewegung beiseite. »Bis heute konnte ich Ihnen nichts beweisen, aber das hier ...«, er zeigte auf die Matrize und die abgezogenen Bögen, »das dürfte reichen! Chefin sind Sie die längste Zeit gewesen. Jetzt bin ich dran!« Er griff nach seiner Mütze, setzte sie auf, klemmte die Unterlagen unter den linken Arm und hob die Rechte: »Heil Hitler, Frau Wagner!«

In diesem Moment wurde von innen an die Tür des Privatkontors geklopft.

Fiedler horchte überrascht auf. »Wer ist das?« wollte er wissen.

»Ich weiß nicht, was Sie meinen«, antwortete Monika nervös.

»Da hat doch eben jemand geklopft!«

Noch einmal wurde an die Tür gepocht.

»Frau Wagner, wer ist da drin?« bellte Fiedler.

»Monika, mach auf!« rief Salomon.

Fiedler legte die Unterlagen wieder auf den Packtisch, marschierte zur Tür des Privatkontors, schloß auf und postierte sich neben der Tür. »Kommen Sie raus!« kommandierte er barsch.

Salomon verließ das Privatkontor. »Guten Tag, Herr Fiedler«, sagte er höflich.

Fiedler war einen Augenblick völlig verwirrt und machte eine tiefe Verbeugung vor seinem ehemaligen Chef. »Guten Tag, Herr Salomon. Wie kommen Sie denn hierher?« fragte er äußerst liebenswürdig. »Ich dachte, Sie sind schon längst ...«

»Ich habe Sie auch woanders vermutet. Ich dachte, Sie sind an der Front«, meinte Salomon ironisch.

»Ich kämpfe da, wo mein Führer mich hingestellt hat!« Fiedler warf sich in die Brust.

»Schöner Kämpfer ...« Salomon lachte auf. »Der größte Lump im ganzen Land ...«

»Herr Salomon ...« unterbrach Monika ihn erschrocken.

»Warum läßt du mich nicht ausreden?« fragte Salomon.

»Ich habe Sie schon verstanden«, Fiedler war tödlich beleidigt. »Aber ich tue nur meine Pflicht als Staatsbürger.«

»Dann tun Sie Ihre Pflicht!« Salomon straffte sich. »Nehmen Sie mich gleich mit. Das mit dem Formular, das war meine Idee. Frau Wagner hat damit nichts zu tun . . . Ich allein . . .«

Das Ticken im Radio brach ab. Der Sprecher meldete sich wieder: »Die schweren Kampfverbände haben den Raum Hannover verlassen und befinden sich im Anflug auf die Reichshauptstadt.«

Fiedler zitterte vor Angst. »Es gibt gleich Alarm. Sie bleiben hier, bis ich wiederkomme«, ordnete er an, wollte zum Vordereingang gehen, überlegte es sich aber, lief erst einmal nach hinten und vergewisserte sich, ob da abgeschlossen war. Dann rannte er zum Vordereingang, zog den Schlüssel heraus, verließ die Firma und schloß von draußen ab.

Monika, die wie erstarrt dagestanden hatte, blickte auf. »Er hat uns eingeschlossen . . . mit meinem Schlüssel!«

»Ich hab' noch einen.« Salomon griff in die Tasche und holte ihn heraus. »Den trage ich immer bei mir, als Talismann. Bis heute habe ich an so was nicht geglaubt.«

»Na, dann gehen Sie . . . schnell!« beschwor Monika ihn.

»Und du?« wollte Salomon wissen.

»Wohin?« Monika zuckte die Achseln.

»Dann nützt mir der Schlüssel auch nichts.« Salomon steckte ihn wieder ein.

»Und was wollen Sie nun machen?« fragte Monika aufgeregt.

»Ich esse das Kotelett, das du mir vorhin offeriert hast«, antwortete Salomon seelenruhig.

»Daß Sie jetzt etwas herunterbekommen . . .« Monika sah ihn fassungslos an.

»Es wird nicht einfach sein«, meinte Salomon. »Aber wer weiß, wann ich wieder so was Gutes zu essen bekomme.«

Draußen heulten die Sirenen auf.

»Alarm! Ich muß vorne die Fenster aufmachen.« Monika lief in den Verkaufsraum.

»Ich helfe dir.« Salomon folgte ihr. Er öffnete das linke Fenster, Monika das rechte und blickte nach unten. »Da rennt er!« sagte sie.

Salomon beugte sich ebenfalls hinaus und sah, daß Fiedler im Eilschritt die Taubenstraße in Richtung Gendarmenmarkt entlanglief. »Wo will er hin?« fragte er.

»In den Bunker«, erklärte Monika. »Wie er läuft . . . wie ein Hase! Er wird sich noch mal vor Angst in die Hosen machen.«

»Kein Unglück, bei der Farbe«, konstatierte Salomon.

Monika faltete die Hände. »Lieber Gott . . .«, betete sie, ». . . laß das nicht zu. Er darf uns nicht anzeigen. Laß irgendwas passieren!«

Auf der Straße kreischten Bremsen. Fiedler hatte versucht, die Charlottenstraße zu überqueren, ohne nach links oder rechts zu gucken. Der Fahrer des Wehrmachtwagens, der in schneller Fahrt herangekommen war, riß das Steuer herum und stoppte, konnte es aber offenbar nicht verhindern, daß Fiedler vom Kotflügel erfaßt wurde. Der Wagen kam erst einige Meter weiter zum Stehen. Fiedler lag leblos am Boden.

Monika, die alles beobachtet hatte, erschrak. »Lieber Gott, das wollte ich nicht!« sagte sie.

»Nein?« fragte Salomon leise.

Monika senkte den Blick, drehte sich wieder um und sah auf die Straße.

Der Fahrer und der Offizier, der neben ihm saß, waren ausgestiegen. Beide hoben Fiedler hoch.

»Ich glaube, er lebt noch. Gott sei Dank!« stieß Monika erleichtert hervor.

Salomon wiegte den Kopf. »Gott wird sich fragen, was will sie denn nun wirklich?«

»Sie schaffen ihn auf den Bürgersteig«, berichtete Monika.

»Liegt noch etwas auf der Straße? Die Matrize? Die Formulare?« Salomon lehnte sich auch aus dem Fenster und kniff die Augen zusammen. »Ich kann nicht soweit sehen.«

»Nein!« Monika schüttelte den Kopf.

»Dann hat er alles bei sich und wird es gegen uns verwenden.« Salomon nickte sorgenvoll.

Das Sirenengeheul erstarb. In der Ferne hörte man Geschützdonner.

»Mein Gott, die Flak schießt ja schon! Du gehst in den Keller, Monika«, ordnete Salomon an.

Beide verließen den Verkaufsraum.

»Und ... was machen Sie?« fragte Monika.

»Ich esse das Kotelett. Wäre ja schade drum.« Salomon ging nach hinten. Monika folgte ihm und blieb plötzlich stehen. Sie schlug die Hände vors Gesicht. »Lieber Gott, was soll nun werden ...?« Sie war völlig verzweifelt.

Salomon drehte sich um. »Man sagt viel zu oft lieber Gott und guter Gott. Warum soll Gott lieb und gut sein? Bei *den* Menschen! Man sollte sagen: Gott der Gerechte. Das legt ihm auch eine gewisse Verpflichtung auf.«

Monika nickte. Ihr Blick fiel auf den Packtisch. »Die Matrize!!« rief sie aufgeregt. »Herr Salomon, Fiedler hat alles hiergelassen!« Salomon hob die Hände. »No ...«, sagte er nur. Aber mit diesem einen Wort konnte er alles ausdrücken: »Was hab' ich gesagt? Gott, der Gerechte. Auf Ihn ist Verlaß!«

Der Lastwagen, der vor einem Bauernhaus in der Nähe von Stahnsdorf parkte, wurde mit Holzgas betrieben. An der

Seite war eine Art Badezimmerofen angebracht, der mit Holzscheiten bestückt werden mußte. Am IA-Nummernschild des Wagens prangte der rote Winkel, der ihn zum Fahren berechtigte. Der Keller des Bauernhauses war von außen erreichbar, die Tür geöffnet. Man sah, daß der Fahrer des Wagens gerade wieder einen Ballen Stoff ablud.

Die Bäuerin, eine kräftige Frau, Ende Dreißig, und ihre zwölfjährige Tochter standen neben der Kellertür und beobachteten die Einlagerung. Beide waren ziemlich vermummt, denn es war über Nacht sehr kalt geworden. Aber sie ließen es sich nicht nehmen dabeizusein, sie waren zu sehr interessiert an den schönen Stoffen.

Gütschow nahm den letzten Ballen der blau-rot-karierten Waren von der Ladefläche des Wagens, packte sie auf die Schulter und ging auf die Kellertür zu. Der Fahrer, ein grauhaariger Mittsechziger, kam gerade wieder heraus.

»Fertig?« fragte er.

Gütschow nickte. »Das ist der letzte.«

»Ein Glück!« Der Fahrer wischte sich den Schweiß von der Stirn.

»Heiz doch schon mal deinen Ofen an, damit das Gas bis Berlin reicht«, schlug Gütschow vor.

»Das reicht!« antwortete der Fahrer. »Ich hab' vorhin ein paar Scheite zugelegt.« Er klappte die seitliche Begrenzung der Ladefläche hoch und kletterte in das Führerhaus.

Gütschow verschwand mit dem Ballen im Keller. Dort waren bereits vierzig bis fünfzig Stück eingelagert. Darunter mindestens zwanzig Ballen des blau-rot-karierten Stoffes.

Die Bauerstochter blickte sehnsüchtig auf die Stoffe. »So 'n karierten Rock möchte ich haben«, flüsterte sie ihrer Mutter zu.

»Wart's doch ab!« tröstete die Bäuerin sie. »Wenn der Krieg erst mal zu Ende ist...« Sie sah, daß Gütschow näher kam, brach ab und beendete den Satz vorsichtshalber etwas anders, als sie es vorgehabt hatte. ». . . dann gibt's ja wieder alles, nicht wahr?« Sie blickte Gütschow an.

Gütschow nickte gutmütig, knipste das Licht im Keller aus, machte die Tür zu und brachte ein großes Vorhängeschloß an. »So, hier draußen wird ja hoffentlich nichts passieren«, sagte er und schloß ab.

»Nee, hier passiert nichts. Wir sind ehrliche Leute«, versicherte die Bäuerin etwas beleidigt.

»An Sie hatte ich eigentlich nicht gedacht.« Gütschow lachte. »Ich meinte . . .«, er zeigte zum Himmel, »die Bomber.«

»Hier kommt nichts runter«, sagte die Bäuerin überzeugt. »Bei uns fliegen sie nur rüber, wenn sie nach Berlin wollen. Ist ja keine Industrie in der Nähe.«

Gütschow steckte den Schlüssel ein. »Die Miete für den Keller habe ich Ihnen gegeben, unterschrieben haben Sie auch schon, dann hoffe ich, daß wir uns alle gesund wiedersehen. Die Stoffe natürlich auch.« Er winkte der Bäuerin verabschiedend zu, ging zum Lastwagen und stieg ein.

Der Fahrer startete den Wagen und wendete. Dann tuckerte das Gefährt langsam die holperige Dorfstraße entlang und bog in die Chaussee ein. Gütschow machte es sich bequem. »So . . .«, er reckte sich, »jetzt ab nach Hause!« Er sah aus dem Fenster auf die verschlafenen Häuschen des Dorfes. »Möchtest du hier leben?« fragte er den Fahrer.

Der schüttelte den Kopf. »Freiwillig nicht«, antwortete er. Er wich einem Radfahrer aus und sinnierte weiter: »Aber wer weiß, was noch kommt . . . Ist doch keiner mehr da, wo er hingehört. Mein Ältester ist im Westen, mein Jüngster im Osten, meine Enkel im Süden – Kinderlandverschickung – meine Frau ist im Norden, ihre Schwester wohnt in Schleswig, Herr Jacobsohn, mein ehemaliger Chef, ist in Südamerika, und ich bin immer auf Achse. Ist eigentlich euer Herr Salomon noch rausgekommen?«

Gütschow zuckte die Achseln. »Ich möchte auch gern wissen, wo er gelandet ist«, meinte er nachdenklich.

Die Landstraße, die nach Löbsterwerda führte, war schmal. Rechts und links standen Bäume. Im Sommer konnte man dort wunderbar spazierengehen, denn die Äste vereinigten sich über der Straße, und man ging dort immer im Schatten. Die Elbe lag zwar einige Kilometer weiter im Westen, aber es kam von dort her eine frische Brise. Jetzt, im Winter, ragten die entlaubten Äste traurig in den bleigrauen Himmel. Ab und zu fielen ein paar Schneeflocken, die der kräftige Ostwind sofort von der Straße wehte. Es war bitterkalt, und Max Salomon, der auf dem Weg nach Löbsterwerda war, fror erbärmlich. Er war auch schon ziemlich erschöpft, seine Schritte wurden immer langsamer. Er trug zwar Hut und Mantel und hatte einen dicken Wollschal – aus der Ware machte die Firma schicke Wintermäntel für den Export – um den Hals geschlungen, aber das half alles nur wenig. In der linken Hand trug er ein kleines Köfferchen, der rechte Arm ruhte in einer Schlinge und der fror am meisten, weil er nicht bewegt wurde.

Salomon blieb stehen und verpustete sich. Sein Atem bildete sofort eine kleine Reifwolke. Er setzte das Köfferchen ab und versuchte, mit der linken Hand die rechte warmzureiben. »Der Weg nimmt und nimmt kein Ende«, murmelte er mißmutig. »Nur ein Katzensprung hat der Stationsvorsteher gesagt. Die Katze möchte ich sehen!« Fröstelnd zog er die Schultern hoch. »Und kalt ist mir.« Er schien das Gefühl zu haben, daß er sich wegen seiner Meckerei bei seiner Frau entschuldigen müßte, und blickte nach oben. »Du hast ja recht, Selma, ich darf nicht jammern . . . Dankbar sollte ich sein, daß alles geklappt hat. Aber fassen kann ich das immer noch nicht.« Er schüttelte verwundert den Kopf. »Ein Stück Papier, nicht mal ein echtes, macht aus einem Juden einen Volksgenossen. Alle Bescheinigungen habe ich und sogar Lebensmittelmarken. Jeder hält mich für Werner Baumann, sogar ich selbst bin manchmal im Zweifel, ob ich noch ich bin. Ich komme mir irgendwie vor wie verheiratet, so wie ein Werner Baumann, geborener Salomon. Aber dieser verdammte Weg zieht sich in die Länge.« Er ahnte, was ihm seine Frau darauf antworten würde. »Wie?« fragte er zurück. »Du hast schon wieder recht, Selma. Wenn ich stehenbleibe, dauert es noch länger.« Er nahm den Koffer wieder in die Hand und trottete weiter. Die Landstraße machte einen Knick, und dahinter stand gleich rechts das Ortsschild »Löbsterwerda«. »Wir sind ja schon da«, stellte Salomon erfreut fest. »Schon ist gut«, fügte er stirnrunzelnd hinzu und marschierte flotten Schrittes in den kleinen Ort hinein.

Am ersten Haus, auf der rechten Seite der Straße, prangte ein Schild mit der Aufschrift: »NSDAP-Ortsgruppe Löbsterwerda«.

Salomon verzog das Gesicht. »Der Ort fängt ja gut an«, murmelte er.

Willi, ein vierzehnjähriger Junge in winterlicher HJ-Uniform, kam die Straße herunter und grüßte Salomon mit erhobenen Arm. »Heil Hitler!«

»Eitler«, antwortete Salomon und ging an ihm vorbei. Plötzlich fiel ihm ein, daß der junge Eingeborene ja den Ort kennen müßte. »Moment mal, mein Junge, kannst du mir sagen, wo hier Herr Zeidler wohnt?« fragte er rasch.

»Da drüben, im ersten Haus«, antwortete Willi.

Salomon blickte ihn überrascht an. »Da ist doch die Ortsgruppe drin.«

»Ja eben!« meinte Willi. »Herr Zeidler ist unser Ortsgruppenleiter.«

Salomon erschrak. »Bei dem haben sie mich einquartiert?!« Er zuckte ergeben die Achseln und seufzte. »Na ja. Danke, mein Junge.«

»Gern geschehen. Heil Hitler!« Willi grüßte und ging weiter.

»Eitler!« erwiderte Salomon, drehte sich um und ging auf das erste Haus zu.

Dort öffnete sich gerade die Tür. Herr Zeidler, ein etwas beleibter Mann in Zivil, kam heraus. Er war so groß wie Salomon, trug Joppe, Reithosen, Schaftstiefel und natürlich das Parteiabzeichen am Revers. Zeidler war von jener lauten Biederkeit, die auf übermäßigen Alkoholgenuß zurückzuführen ist. »Sie sind doch bestimmt Werner Baumann aus Aachen?« rief er fröhlich über den Zaun hinweg in unverfälschtem Sächsisch.

»Sie sagen es«, antwortete Salomon diplomatisch.

»Dacht ich mir's doch gleich«, meinte Zeidler, öffnete die Gartentür und hob die Hand zum deutschen Gruß. »Heil Hitler, Volksgenosse. Willkommen in Löbsterwerda.« Er senkte die Rechte wieder und streckte sie Salomon entgegen.

»Eitler, Herr Zeidler!« sagte Salomon höflich.

»Nicht doch so förmlich, Werner.« Zeidler schüttelte den Kopf. »Ich bin der Hermann.«

Salomon reichte ihm die Linke.

Zeidler blickte fragend auf Salomons Rechte und entschied sich schnell. »Nu, da nähm ich eben die Linke, die gommt vom Herzen. Was hast du denn mit deinem rechten Arm gemacht? Will er nich mähr?«

»Nein, er will nicht«, antwortete Salomon wahrheitsgemäß.

Zeidler nickte mitleidig. »Schlimm, und ganz verfroren sieh'ste aus. Da woll'n wir mal schnell rein. Drinnen ist es warm. Ich nähm schon mal dein'n Goffer. Gomm, ich geh' voran.« Er ergriff Salomons Koffer und marschierte ins Haus.

Salomon trottete langsam hinterher.

Im Korridor wartete Zeidler auf ihn. »Immer rin' in die gute Stube!« forderte er seinen neuen Mitbewohner auf.

Salomon trat ein und nahm den Hut ab. »Da gannste dich aufhäng'!« Zeidler wies auf die Flurgarderobe und öffnete die Tür eines winzigen Raumes. »Das hier ist deine Gammer. Da stell'n wir gleich mal den Goffer rein.« Er ging hinein und deponierte den Koffer auf dem Stuhl, der vor der zugedeckten Nähmaschine stand. Sonst gab es in dem Raum nur noch ein Sofa, das als Bett zurechtgemacht worden war. Auf dem dicken Plumeau schlief Ottokar, ein gutgenährter Kater, der, als die Tür geöffnet wurde, müde blinzelte. An der Wand hing ein mit Recht lieblos gerahmtes Foto von Zeidlers Schwiegermutter.

Salomon zog seinen Mantel aus und hing ihn auf.

Zeidler redete inzwischen munter weiter. »Ist zwar nur eine Schässelong, aber darauf schläft sich's gut. Nicht wahr, Ottokar?«

Der Kater schloß gelangweilt die Augen.

»Geh sofort runter, du Mistvieh!« befahl der Ortsgruppenleiter.

Ottokar rührte sich nicht.

Zeidler nahm ihn hoch. »Er will auf den Arm. Gomm' mei' Gut'ster. Ein neugieriges Luder. Er wollte dich säh'n«, sagte er zu Salomon, als der eintrat und sich wenig begeistert im Zimmer umsah.

»Das ist das Nähzimmer meiner Frau. Die hat rübergemacht, nach Leipzsch. Arbeitet beim Gau. Sind wir Männer unter uns.« Zeidler grinste vertraulich. »Is' ja ooch mal ganz hibsch. So, nu pack mal in aller Ruhe aus. Ich hau' uns inzwischen ein paar Eier in die Pfanne, mit 'ner scheenen

Scheibe Speck. Aber vorher nähm' wir noch een zur Brust. Een Doppelten!«

Salomon hatte den ganze Wortschwall schweigend über sich ergehen lassen. Jetzt hob er abwehrend die Hand.

»Geene Widerrede!« meinte Zeidler. »Das ist doch die reinste Medizin bei dem Wedder. Ich mach' das jetzt jeden Tach. Vormittach und Nachmittach, und ich bin den ganzen Winder lang nich e enzsches Mal ergäldet gewäsen. Jetzt muß ich bloß noch was gucken.« Er ging mit dem Kater auf dem Arm nach draußen, besah sich Salomons Mantel, hob die linke Vorderseite hoch und hielt sie gegen das Licht. »Hab' ich doch vorhin richtig gesäh'n!« meinte er triumphierend, ». . . da war doch e Judenstern drof.«

Salomon wurde vor Schreck ganz blaß.

»Hast du gar nich gemärkt, was?« sagte Zeidler, als er wieder ins Zimmer kam. »Wo hast'n den här? Billich gekooft was?«

In Salomons Gesicht kehrte die Farbe langsam wieder zurück. Er zwang sich zu einem Nicken.

»Mein Vedder hat ooch so 'n paar Mändel verscherbelt. Sogar e Bersianer war dabei«, erzählte Zeidler fröhlich. »Der ist nämlich beim Bewachungspersonal. Die Mändel nähm'se den Juden doch glei' ab, wenn' se angomm im Lager.«

»Die nehmen sie ihnen ab?« Salomon hob verwundert die Augenbrauen. »Aber da frieren die doch?«

»Geene Angst, die frier'n nich lange.« Zeidler kicherte. »Die gomm' doch gleich in den Ofen!«

»In den Ofen?« Salomon sah den Ortsgruppenleiter fassungslos an.

»Nu, die wär'n doch verbrannt!« plauderte Zeidler munter und kraulte dabei seinen Kater.

»Bei lebendigem Leibe?« Salomon war entsetzt.

Mit dieser Frage hatte er das Dritte Reich beleidigt. »Wie

gommste denn oof so was? Wir sind doch geene Unmenschen! Natürlich erscht, wenn'se dod sind. Aber das geht hopp, hopp, hat mein Vedder erzählt. Rin in die Gammer und schon sind'se ...« er machte mit der freien Hand eine Bewegung, die das enorme Tempo der Menschenvernichtung demonstrieren sollte. »Das ist alles brima organisiert.«

Der Kater begann zu schnurren.

Zeidler blickte auf ihn herunter und war richtig gerührt. »Er schnurrt. Ist das ein liebes Vieh. Und so anhänglich. Er stinkt bloß ab und zu 'e bißschen. Nu ja, ich hab' ihn nich kastriern lassen. Das hab' ich nich übers Herz gebracht. Man kann doch so ee'm Dier nich die einz'sche Freude nähm'.« Der Ortsgruppenleiter bekräftigte das mit einem Nicken und verließ mit dem Kater auf dem Arm das Zimmer.

Salomon starrte ihm nach. Er hatte schon viel munkeln hören, aber jetzt war er zum ersten Mal mit der brutalen Realität konfrontiert worden und versuchte zu erfassen, was man nicht fassen konnte. Er ließ sich auf den Stuhl sinken. Als er näherkommende Schritte hörte, blickte er auf.

Zeidler kam wieder herein, in jeder Hand ein gutgefülltes Glas. »Ich hab' uns glei' was eingeschenkt. Du sahst mir nämlich'e bißschen blaß aus um die Nase rum.« Er reichte Salomon ein Glas und beugte sich vertraulich vor. »Übrigens, was ich dir eben erzählt habe, du weißt schon ... das muß natierlich unter uns blei'm. Ich bin sonst geene Blaudertasche, aber der Schnaps macht mich manchmal'e bißschen gesprächisch.« Kichernd hob er sein Glas. »Das is' nämlich heute schon mei' finfter. Oof den Endsiech!« Er leerte sein Glas mit einem Zug.

Salomon wollte erst nur so tun, als ob er einen Schluck nahm, aber dann trank er den Schnaps auch aus. Er hatte ihn nötig.

1945

Monika saß am Schreibtisch im Privatkontor und versuchte, sich auf ihre Arbeit zu konzentrieren. Es gelang ihr nicht. Nervös klopfte sie mit den Fingerspitzen auf die Schreibtischplatte. Als an die Tür geklopft wurde, blickte sie auf. »Ja?«

Der Hausdiener trat ein.

Monika sprang auf. »Na endlich, Gütschow. Was ist?«

Gütschow machte die Tür hinter sich zu und kam näher. »Ich habe eine gute und eine schlechte Nachricht«, verkündete er und lächelte geheimnisvoll.

»Nun sagen Sie doch schon! Haben Sie ihn gesprochen?« fragte Monika ungeduldig.

Gütschow schüttelte den Kopf. »Nur seine Frau. Also Fiedler ist gar nicht überfahren worden.«

»Aber er . . .«, begann Monika.

Gütschow unterbrach sie sofort. »Das sah nur so aus. Er hat einen Schlaganfall bekommen, mitten auf der Straße.«

»Einen Schlaganfall?« wiederholte Monika ungläubig.

»Wahrscheinlich die Aufregung.« Gütschow zuckte die Achseln. »Einen hohen Blutdruck hatte er immer schon.«

»Und? Wird er sich erholen?« wollte Monika wissen.

Gütschow nickte. »Aber es dauert. Sein Gedächtnis ist weg . . . völlig!«

»Er kann sich also an nichts erinnern?« fragte Monika.

»Vorläufig nicht«, antwortete Gütschow. »Das kommt erst ganz allmählich wieder, so pöh a pöh. Seine Frau meint, so nett, wie er augenblicklich zu ihr ist, müßte sein Gedächtnis gerade bei der Verlobungszeit angelangt sein und die liegt zwanzig Jahre zurück. Also bis der beim Krieg ist, ist der längst vorbei.«

Monika atmete auf. »Danke, Gütschow! Jetzt kann ich endlich wieder ruhig schlafen.«

»Wenn sie ihn entlassen, nimmt seine Frau ihn gleich mit nach Bayern zu ihren Eltern«, erzählte Gütschow weiter. »Die haben da ein Haus.«

»Und was ist denn nun die schlechte Nachricht?« fragte Monika.

»Ich muß zum Volkssturm.«

»Sie, mit Ihrem Bein?« Monika sah den Hausdiener entgeistert an.

»Das ist das letzte Aufgebot«, meinte Gütschow mit einem bitteren Auflachen. »Übermorgen geht's los.«

»Dann haben wir ja keinen einzigen Mann mehr in der Firma.« Monika seufzte bedrückt. »Günther mit seinem Herzfehler haben sie auch eingezogen. Ich weiß gar nicht, wie wir ...« Sie unterbrach sich und blickte überrascht zur Tür.

Dort trat eben ein magerer Mann ein, in einer viel zu weiten Uniform. Sein Haar war ganz kurz geschnitten, er hatte einen grämlichen Zug um den Mund.

»Was wollen Sie?« fragte Monika etwas barsch.

Der Dürre lächelte wehmütig. »Du erkennst mich nicht, was?« fragte er vorwurfsvoll.

»Helmut!« rief Monika überrascht.

»Herr Naumann?« Gütschow sah ihn fassungslos an.

»Ich erkenn' mich ja selbst nicht mehr«, meinte Naumann traurig.

»Wie geht's dir?« Monika reichte ihm die Hand.

»Das siehst du doch!« antwortete Naumann. »Des Haarschmucks fast beraubt, in des Führers Rock gehüllt. Was sagt ihr zu der Uniform? Schmuck, nicht?« Er drehte sich vor den beiden wie ein fußkrankes Mannequin. Monika entschied sich zu einem diplomatischen: »Na ja ...«

Gütschow war ehrlicher. »Nach Maß isse nicht.«

»Daß sie dich so rausgelassen haben?« Monika staunte.

»So habe ich sogar Wache gestanden«, antwortete Naumann. »Vor der Kaserne, vor dem großen Tor, wie einst Lilli Marlen. Du, ich muß mich erst mal setzen.« Er ließ sich völlig erschöpft in den Sessel fallen. »Was dieser Feldwebel mit mir anstellt . . .«

»Ein richtiger Schleifer, was?« erkundigte sch Gütschow voller Mitleid. Er kannte so was aus dem Ersten Weltkrieg.

»Er will aus mir einen richtigen Mann machen!« Naumann lächelte müde. »Na ja, die Hoffnung wollte ich ihm nicht gleich nehmen.«

»Kann man denn da gar nichts machen?« forschte Monika.

»Deswegen bin ich ja hier.« erwiderte Naumann. »Seine Frau braucht Stoff für einen Rock. Wir haben doch sicher noch einen Rest da?«

»Bestimmt! Komm, wir gehen in die Einrichtung.« sagte Monika. »Aber bitte erkundige dich bei Frau Nitschke nicht, wie es ihrem Mann geht.«

»Wieso? Ist er . . .?«

»Vermißt!« erklärte Monika.

»Das tut mir leid!« sagte Naumann betroffen.

»Sie ist völlig fertig«, berichtete Monika.

»Sie hat sich schon wieder etwas gefangen«, meinte Gütschow.

»Ich weiß nicht . . .« Monika war skeptisch. »Heute morgen hat sie mir gar nicht gefallen.« Sie öffnete die Tür und ging hinaus.

Naumann und Gütschow trotteten hinterher.

»Meine Füße . . .!« stöhnte Naumann. »Ich mußte ja durch die halbe Stadt laufen. Und Berlin sieht jetzt aus . . .«

»Schrecklich, was?« Monika seufzte.

»Es steht ja fast nichts mehr. Überall Trümmer, Trümmer, Trümmer!« Naumann schlug die Augen zum Himmel.

»Kennen Sie den neuesten Witz?« erkundigte sich Gütschow. »Wenn die Amerikaner noch etwas bombardieren wollen, müssen sie sich die Häuser selbst mitbringen.« Monika und Naumann nickten nur.

»Na ja, so richtig lachen kann man darüber auch nicht mehr.« Gütschow war etwas enttäuscht. »Ich mach' mal die Post fertig«, erklärte er und ging zum Packtisch.

Die Regale in der Einrichtung waren fast leer.

Frau Nitschke saß am großen Tisch und sortierte Knöpfe. Sie sah blaß und verweint aus.

Monika kam mit Naumann herein. »Frau Nitschke, wir haben doch noch ein paar Rockreste?« erkundigte sich Monika.

Frau Nitschke blickte auf.

»Jede Menge!« Sie entdeckte ihren Chef. »Herr Naumann?« fragte sie vorsichtshalber, denn sie war sich nicht ganz sicher.

»Guten Tag, Frau Nitschke«, sagte der Uniformierte.

»Haben Sie Urlaub?« wollte die Einrichterin wissen.

»Nein...« antwortete Naumann, »... ich bin sozusagen dienstlich hier.«

»Soll der Rest für Sie sein?«

»Nicht direkt«, meinte Naumann ausweichend.

Frau Nitschke ging an das kleine Regal. Ganz unten lagen die Reste. Sie bückte sich und begann zu suchen. »Was Elegantes habe ich leider nicht da«, bedauerte sie.

»Ist ja auch nicht nötig«, meinte Naumann.

Frau Nitschke beförderte ein ausgesprochen häßliches Stück Stoff zu Tage. »Geht das?« fragte sie.

Naumann nickte.

»Wirklich?« Monika wunderte sich.

»Genau das richtige für die Ische«, Naumann nahm Frau Nitschke den Stoffrest ab und wandte sich an Monika. »Viel

Geschmack kann die ja nicht haben, wenn sie den Kerl geheiratet hat.«

Daisy erschien in der Tür des Kabuffs. »Wo ist denn Herr Naumann? Ich habe doch eben seine Stimme gehört«, erkundigte sie sich und blickte sich suchend um.

Hinter ihr tauchten Gloria und Margot auf.

»Ich auch ... Aber ...?« Gloria guckte in die Runde.

»Ich seh' ihn auch nicht!« stellte Margot fest.

»Hier!« Naumann hob seinen Zeigefinger.

»Wie sehen Sie denn aus?« Daisy war sichtlich erschüttert.

»Oh, Gott!« Margot schüttelte mitleidig den Kopf.

»Das ist doch nicht möglich!« Gloria war fassungslos.

»Was wollt ihr denn von mir?« fragte Naumann beleidigt. »Ich habe das Modell nicht entworfen.« Er entdeckte das leere Regal. »Wo sind denn unsere ganzen Stoffe?«

»Verlagert!« antwortete Monika. »Der größte Teil nach außerhalb und der Rest in Siegfrieds Haus.«

»Können Sie uns nicht auch ein bißchen verlagern?« erkundigte sich Daisy mit sehnsüchtigem Blick.

»Ja, gern«, meinte Monika lakonisch. »Die Rüstungsindustrie wartet schon auf euch.«

»Bloß nicht!« Daisy erschrak.

»Bitte nicht!« rief Gloria.

Auch Margot wurde es himmelangst. »Das fehlte uns noch!«

»Da müßt ihr euch jetzt umstellen«, sagte Monika. »Gütschow ist ab Mittwoch nicht mehr da. Ihr müßt den Versand übernehmen, packen und die Pakete zur Post bringen.«

Die Mannequins sahen sich nicht gerade begeistert an. »Na ja, immer noch besser als Granaten drehen«, seufzte Daisy ergeben.

Fräulein Hiller tauchte auf und entdeckte ihren Chef. »Da

ist ja Herr Naumann!« flötete sie. »Sie möchten jetzt sicher ein Täßchen Kaffee, nicht?«

»Gern!« Naumann nickte erfreut.

»Ich auch!« Fräulein Hiller kamen fast die Tränen. »Es ist aber nichts mehr da. Keine einzige Bohne. Schrecklich nicht?«

»Zu Rauchen gibt es auch nichts.« Daisy seufzte. »Und ich habe so einen Jieper. Hat nicht jemand eine Zigarette für mich?« Sie blickte sich um.

»Jede Menge!« sagte Frau Nitschke tonlos, öffnete ihre Handtasche und holte ein größeres Päckchen heraus. »Hier, fangen Sie auf!« Sie warf es ihr über den Tisch zu.

»Danke!« meinte Daisy überrascht. Als sie entdeckte, daß sie ein Feldpostpäckchen in der Hand hatte, erstarb ihr Lächeln. »Ja wollen Sie das denn nicht abschicken?« fragte sie.

Frau Nitschke schüttelte den Kopf. »Das habe ich abgeschickt... vor zwei Wochen. Heute ist es zurückgekommen. Unzustellbar!« Ihr kamen die Tränen. »Unzustellbar, das hat so was Endgültiges.« Sie wandte sich schnell ab. Die anderen sollten nicht sehen, daß sie weinte. Die Umstehenden blickten sich betroffen an. Und jetzt passierte etwas, womit keiner gerechnet hatte. Ausgerechnet Daisy, die immer schnorrte, die jeder für oberflächlich hielt, wuchs über sich hinaus. Sie fuhr Frau Nitschke direkt an: »Na hören Sie mal... ich rauch' doch ihrem Mann nicht die Zigaretten weg! Die heben Sie mal schön für ihn auf. Was meinen Sie, was der für ein Gesicht machen würde, wenn er zurückkommt, und es ist keine Zigarette im Haus?!«

Frau Nitschke drehte sich wieder um und putzte sich die Nase. »Meinen Sie denn wirklich, daß er...?« fragte sie ungläubig.

»Der kommt wieder!« Monika tat auch so, als ob sie davon völlig überzeugt wäre.

»Ganz bestimmt!« fügte Daisy hinzu.

»Sie werden schon sehen . . .« meinte Margot.

»Der kommt, Frau Nitschke!« behauptete Gloria.

»Vielleicht steht er morgen schon vor der Tür.« Auch Fräulein Hiller versuchte, Optimismus zu verbreiten.

»Der kommt ganz bestimmt wieder!« versprach Naumann mit fester Stimme. Frau Nitschke blickte von einem zum anderen. Ihre Tränen versiegten zwar nicht gleich, aber es kam kein Nachschub. Und dann blühte auf ihrem Gesicht ein kleines hoffnungsvolles Lächeln auf.

Das Wohnzimmer des Ortsgruppenleiters in Löbsterwerda strahlte eine scheußliche Gemütlichkeit aus. An der Wand hing nicht nur das unvermeidliche Hitlerbild, sondern auch noch ein gerahmtes Foto von Gauleiter Mutschmann. Ein kleines Tischchen, auf dem der »Völkische Beobachter« lag, stand am Fenster, davor ein kleiner häßlicher Sessel, unweit davon ein Kachelofen. Auf dem Sofa, das mit Spitzendeckchen verziert war, saß Salomon, Ottokar auf seinem Schoß. Das war jetzt der Lieblingsplatz des Katers.

Zeidler stand in brauner Uniform am Schreibtisch und nahm in strammer Haltung Befehle entgegen, die er telefonisch erhielt. »Jawohl, Gruppenführer! Sie können sich auf mich verlassen.« rief er und schlug sogar die Hacken zusammen. »Heil Hitler!« er legte auf, wischte sich den Schweiß von der Stirn, überlegte und wandte sich an Salomon: »Werner, du warst doch im Weltkrieg Soldat?«

Salomon nickte.

»Sehr gut!« fand Zeidler. »Ich habe nämlich eben den Befähl begomm', den Volkssturm oofzustell'n. Und da brauch' ich natierlich jeden Mann.«

»Aber ich war nur Gefreiter«, gab Salomon zu bedenken.

»Nur is' gut«, antwortete Zeidler. »Der Fiehrer war ooch

Gefreiter. Und was ist aus dem für ein Feldherr geworden. Der greeßte aller Zeiten.«

»Ich möchte mich aber nicht mit ihm vergleichen«, antwortete Salomon. Es hörte sich bescheiden an, war aber ganz anders gemeint.

Zeidler winkte ab. »Sei ma ruhich, ich überleche gerade, wen ich da einsetzen gann. Also, da ha'm wir den Herrn Grunewald, das is unser alter Lährer...« Er notierte den Namen. »Der war schon in Pension, aber jetzt ha'm 'sen wiedergeholt. Er hat zwar einen Arm im Weltkriech verlor'n, gleich 14, aber mit 'm andern gann er ganz hibsch hinlang'. Die Backpfeifen spür' ich heute noch.« Er faßte sich an die Wange und grinste. »Dann ha'm wir den Manni, das ist der Manfred Krüger an der Ecke, und den Paul... und natierlich den Willi. Der is ja schon von der HJ geschult. Na ja, eine Armee is das ja nich' gerade, aber eins gommt zum ander'n.« Einige Augenblicke lang schritt er in Gedanken die Front seiner »Truppe« ab. Dann straffte er sich. »So, morchen frieh fang' wer mit der Ausbildung an! Dann gönn' se gomm, aber ich glaube nich', daß se gomm' wärn.«

»Nein?« Salomon sah ihn überrascht an.

»Nee!« Zeidler dämpfte seine Stimme und flüsterte geheimnisvoll: »Es gann sich ja nur noch um Stunden handeln, dann setzt der Fiehrer die neuen Waffen ein. Da pusten wir die Amerikaner und die Briten runter vom Kontinent. Und die Russen, ich sage dir, die wär'n rennen, bis zum Ural!«

Der große Raum der Firma Naumann und Wagner war so gut wie leer. Das Pult, der Schreibmaschinentisch, ein großer Teil der Ständer, die restlichen Stoffe, die Sofas und die Tischchen des Verkaufsraums, alles, was man rausschleppen konnte, lag unten auf dem Damm der Taubenstraße. Gestern nacht hatten die Engländer auch Brandbomben abgeworfen, die den Dachstuhl getroffen hatten. Stundenlang hatten alle versucht das Feuer zu löschen, und gegen morgen glaubte man, daß man es geschafft hätte. Aber dann kam der Tagesangriff der Amerikaner. In mehreren Wellen überflogen sie Berlin, und obwohl keine Bombe direkt in der Taubenstraße einschlug, entflammte der Feuersturm der anderen Brände auch die noch glimmenden Reste im Dachstuhl, und nun waren die Flammen nicht mehr zu löschen. – Die Feuerwehr kam nicht, die hatte zuviel zu tun.

»Es brennt, und die Feuerwehr löscht nicht«, hatte Herr Lehmann traurig gesagt, und Monika erinnerte sich ganz genau, wann und von wem sie das schon einmal gehört hatte. Sie war als letzte noch einmal nach oben gegangen und ging nun langsam durch die Räume der Firma. Verdreckt sah sie aus, verrußt und unendlich müde. Von oben konnte man das Knistern des Feuers hören und das Klirren der berstenden Scheiben. Es war schon ziemlich warm und rauchig, aber Monika konnte sich noch immer nicht trennen.

Herr Lehmann stieß die Eingangstür auf. »Hallo!« rief er. ». . . ist hier noch jemand?« Er kam herein, den Stahlhelm auf dem Kopf, das Gesicht vom Feuer gerötet, die Augen entzündet, der Overall schwarz vor Qualm. »Frau Wagner, Sie müssen jetzt hier raus!« schrie er, als er Monika entdeckte. »Die vierte Etage brennt schon!«

»Hm . . .« Monika nickte und ging auf ihn zu. Plötzlich fiel ihr noch etwas ein. »Mein Mantel . . .« Sie lief zum Garderobenschrank und holte ihn heraus.

»Frau Wagner, bitte!« drängelte der Hausmeister. »Es ist höchste Zeit, die anderen sind schon alle auf der Straße!« Monika nickte traurig und sah sich noch einmal verabschiedend um. »Ist eigentlich eine ganz hübsche Firma . . . gewesen. Und jetzt brennt alles ab.« Sie drehte sich schnell um. Herr Lehmann sollte nicht sehen, daß sie weinte.

»Was ist denn?« fragte der Hausmeister nervös.

»Nichts weiter.« Monika wischte sich die Augen. »Meine Augen tränen, dieser verdammte Rauch.«

Lehmann verstand, wie ihr zumute war. »Mir ist auch zum Heulen... Wissen Sie, wie lange ich hier schon Hausmeister bin? Seit 1919.«

Monika kniff die Augen zusammen. »Los gehen wir!« sagte sie forsch und preßte sich das Taschentuch vors Gesicht.

Als beide die Treppe hinunterliefen, fielen brennende Balken durch den Fahrstuhlschacht nach unten. Im Tordurchgang brannte es lichterloh, und Herr Lehmann konnte nicht mal mehr sein kleines Radio retten.

Der Ortsgruppenleiter Zeidler stand mit seiner braunen Uniform am Schreibtisch und versuchte zu telefonieren. Vor seinem Bauch baumelte ein Feldstecher, den Stahlhelm hatte er für einen Moment abgelegt. Wieder wählte er eine Nummer, wartete, lauschte und schüttelte den Kopf. »Immer noch besetzt«, murmelte er nervös, legte auf, nahm den Hörer wieder ab und wählte von neuem, jetzt ganz langsam, Zahl für Zahl.

Es wurde an die Tür geklopft. »Ja?« Zeidler blickte auf. Salomon kam herein. Er trug eine provisorische Volkssturmuniform, einen Stahlhelm auf dem Kopf, den rechten Arm immer noch in der Schlinge. »Ich wollte bloß melden...« begann er.

Zeidler unterbrach ihn sofort. »Moment... ich versuche gerade Leipzich zu erreichen. Beim Gau is' immer besetzt.« Er wählte die letzte Nummer. »Ich mechte bloß mal wissen, was die... Nee, jetzt ist frei!« rief er erfreut. »Heil Hitler, hier ist Zeidler, Löbsterwerda. Gennt ihr mir mal bitte meine Frau...« Er runzelte die Stirn, hörte zu und meinte unwirsch: »Was is? Ich versteh' Sie nich'. Sie sprechen so undeutlich. Moment...« Er reichte Salomon den Hörer.

»Red du mal mit dem, ich glaube, da will mich einer vergackeiern.«

Salomon drückte den Hörer ans Ohr. »Hallo?« rief er höflich. Dann horchte er überrascht auf. Einen Augenblick lang huschte ein Lächeln über sein Gesicht. Er bestätigte das, was er gehört hatte, mit einem »Hm, . . . hm . . . Thank you, Sergeant, thank you very much.« Er legte auf.

»Was ist denn?« fragte Zeidler mißtrauisch. »Warum hast du denn mit dem Heini englisch gesprochen?«

»Weil er mich sonst nicht verstanden hätte. Das war ein Amerikaner.«

»Ein Amerikaner . . . in Leipzsch?!« Zeidler blickte Salomon entsetzt an. »Das heißt doch nicht etwa . . .?«

»Doch!« erwiderte Salomon.

»Die sind schon in Leipzsch?« Zeidler war höchst beunruhigt. »Da wird es höchste Zeit. Steht unser Graben schon?«

»Das wollte ich ja gerade melden«, antwortete Salomon.

Die Tage, in denen die Verteidigungslinie von Löbsterwerda entstand, war für alle Beteiligten sehr anstrengend gewesen, außer für Zeidler, der den Oberbefehl hatte, aber selbst kaum zugriff. Ein etwa zehn Meter langer Graben war ausgehoben worden. Die aufgeschüttete Erde bildete im Westen einen Schutzwall, hinter dem sich die Verteidiger aufhielten. Ein paar Karabiner standen zur Verfügung und eine Panzerfaust, die Willi angeblich zu bedienen verstand. Er blickte angestrengt nach Westen und wartete auf den nächsten amerikanischen Panzer, der sich aber nicht sehen ließ.

Zeidler stand gerade neben Salomon, oben auf dem Wall, und blickte suchend durch den Feldstecher, als näherkommendes Motorengeräusch zu hören war. »Da kommt was!« schrie Zeidler und rutschte sofort in den Graben. »Werner runter! Oder willste da als Schießscheibe stehen?«

Salomon folgte seinem Beispiel.

Willi begann zu zielen. »Den hol'ich mir!« murmelte er kampflustig. »Aber erst Feuer geben, wenn ich es befehle«, ordnete Zeidler an.

»Die haben nämlich noch mehrere davon«, warnte Salomon.

Zeidler spähte wieder durch den Feldstecher. Plötzlich hob er die Hand. »Nicht schießen, das ist jemand von uns!« rief er aufgeregt.

Ein Motorrad mit Beiwagen preschte heran. Zeidler stieg sofort aus dem Graben. Der junge Leutnant, der im Beiwagen saß, ließ stoppen und schob seine Schutzbrille auf die Stirn. Übermüdet sah er aus, seine Uniform war zerdrückt. Er richtete sich auf und sah sich die Verteidigungslinie von Löbsterwerda an. »Was soll denn das hier sein?« wollte er wissen.

Zeidler nahm Haltung an und hob den rechten Arm. »Heil Hitler, Herr Leutnant. Wir warten auf die Amerikaner.«

Dem Leutnant gelang es, ein mitleidiges Lächeln zu unterdrücken. »Da könnt' ihr lange warten«, sagte er freundlich. »Die sind an der Elbe stehengeblieben.«

»Stehengeblieben?« Zeidler lächelte nur einen Augenblick lang erleichtert. Dann tat er so, als ob er schrecklich enttäuscht wäre. »Warum?«

»Wahrscheinlich haben sie euch gesehen und Angst bekommen«, meinte der Leutnant ironisch. »Aber . . .« er zeigte nach Osten. »Da hinten kommt der Iwan!«

Zeidler wurde blaß. »Da hinten? Wo? Sie sind schon so nah?«

Willi drehte sich sofort zur anderen Seite um und zielte. »Einen russischen Panzer hol' ich mir.«

»Mach' keinen Scheiß, Junge!« ermahnte der Leutnant ihn besorgt. »Überlaß das uns. Wir versuchen sie aufzuhalten. Aber es sind leider sehr viele.«

Im Osten hörte man Geschützfeuer. Der Leutnant nickte dem Fahrer zu.

»Los, wir müssen weiter!«

»Meinen Sie, die Russen können bis Löbsterwerda kommen?« wollte Zeidler wissen.

»Vielleicht.« Der Leutnant zuckte die Achseln. »Aber auf keinen Fall vor morgen abend . . ., und wenn ich euch einen guten Rat geben darf . . .«

»Aber natürlich Herr Leutnant!« rief Zeidler rasch. »Was würden Sie uns raten?«

Der Leutnant zögerte einen Augenblick. »Verpißt euch!« sagte er kurz. Dann drehte er sich zum Fahrer um, der sofort Gas gab. Das Motorrad mit Beiwagen sauste knatternd davon und verschwand im nahen Wald.

»Ich bleibe hier!« verkündete Willi. Die anderen blickten sich betreten an.

»Ich möchte mal wissen, was wir gegen Panzer ausrichten sollen . . .« Der Lehrer wiegte skeptisch den Kopf.

»Mit unseren alten Gewehren . . .« Herr Krüger hatte auch berechtigte Zweifel an der Kampfkraft der Verteidiger.

»Wir werden es ihnen schon zeigen!« Willi war fest entschlossen, er zielte und zielte, obwohl immer noch kein Panzer in Sicht war.

Der Ortsgruppenleiter starrte nachdenklich vor sich hin. Salomon beobachtete ihn. Irgendwas ging in Zeidler vor. Der hat Schiß! dachte Salomon und wartete neugierig auf die weiteren Befehle. »Alle mal herhören!« schnarrte Zeidler plötzlich. Die anderen wandten sich ihm zu. »Kameraden! Ihr habt gehört, was der Leutnant eben gesagt hat.« Der Ortsgruppenleiter blickte in die Runde. »Vor morgen abend werden wir keine Feindberührung haben. Ihr geht jetzt alle nach Hause und schlaft euch aus, damit ihr frisch seid, wenn der Feind kommt. Das ist ein Befehl! Denen werden wir einen Empfang bereiten.« Er schob sein Kinn energisch vor. »Und eins versprech' ich euch, solange ich in Löbsterwerda bin, wird sich kein feindlicher Panzer hier sehen lassen.«

Salomon schlief in dieser Nacht ganz fest. Er lag in Unterwäsche auf dem Bett. Es war heiß, und er hatte eigentlich nicht damit gerechnet, daß er einschlafen würde. Zu viele Gedanken schossen ihm durch den Kopf. Der Krieg war so gut wie vorbei, der Endsieg stand vor der Tür, allerdings nicht so, wie Adolf Hitler ihn sich vorgestellt hatte: die anderen siegten. Er überlegte, wie er sich den Russen zu erkennen geben sollte, streichelte dabei den Kopf von Ottokar, der neben ihm lag und behaglich schnurrte. Dabei mußte er eingeschlafen sein.

In aller Frühe wurde er vom Rasseln vieler Panzerketten geweckt. Salomon öffnete die Augen und richtete sich auf. »Entschuldige bitte«, sagte er zu dem der Störung wegen etwas beleidigten Ottokar, stieg über ihn hinweg und ging rasch zum Fenster. Dort schob er das Verdunklungsrollo etwas zur Seite und spähte hinaus. »Das sind doch ...« murmelte er verblüfft, als er feststellte, daß es russische Panzer waren, die über die Dorfstraße von Löbsterwerda rollten. Er atmete erleichtert auf, lief rasch über den Korridor, knipste das Licht an, bemerkte nicht, daß die Haustür nicht geschlossen war und klopfte an die Tür des Schlafzimmers. »Hermann, die Russen sind da!« rief er halblaut.

Zeidler antwortete nicht.

Salomon klopfte noch einmal. »Hermann, wach auf!« Der schläft aber fest, dachte er und öffnete die Tür, die nicht ganz aufging. Irgendwas klemmte. »Hermann!« Salomon knipste das Licht an und sah sich um. Das Zimmer war leer. Er blickte nach unten und entdeckte, warum die Tür nicht ganz aufging: Zeidlers braune Uniformjacke lag am Boden und hatte sich unter der Tür verklemmt. Salomon machte die Tür wieder etwa halb zu, ging dann ins Zimmer und hob die Jacke mit beiden Händen auf. Am Boden lagen noch die braune Hose und die Schaftstiefel. Es sah alles nach einer eiligen Flucht aus. »Das ist doch ...!« murmelte Salomon überrascht. Als er näherkommende Schritte hörte, atmete er auf. »Ach, da bist du ...« meinte er. »Ich dachte schon, du wärst getürmt!« Er drehte sich mit der Uniform in den Händen um und erstarrte. In der Tür standen zwei russische Soldaten, die Kalaschnikows im Anschlag. Die beiden betrachteten ihn höchst interessiert. Der eine wandte sich um und rief etwas in Richtung der Eingangstür. Bald darauf tauchte hinter ihm ein Offizier auf, der einen kurzen Blick auf Salomon warf, nickte und dann mit dem Finger winkte. »Du komm ... Kommandantura!« befahl er, und dann wurde der protestierende Salomon abgeführt.

Der Krieg ist aus

Der Raum, in dem das Verhör stattfand, war noch vor wenigen Tagen das Dienstzimmer des Bürgermeisters einer kleinen sächsischen Stadt gewesen. Auf dem Schreibtisch stand jetzt ein Feldtelefon, daneben lagen Akten. Auf der ausgeblichenen Tapete war ein rechteckiger dunkler Fleck. Dort hatte das große Hitlerbild gehangen. Jetzt war daneben ein gerahmtes Foto von Josef Stalin angebracht worden. Hinter dem Schreibtisch saß Major Deutschländer, ein hagerer, intelligent und etwas semitisch aussehender russischer Offizier.

Neben dem Schreibtisch stand der Dolmetscher, ein älterer Leutnant, der dem Major in russischer Sprache berichtete, daß man den Gefangenen, mit einer Naziuniform in der

Hand, im Hause des Ortsgruppenleiters überrascht hätte.

Vor dem Schreibtisch lag die Uniform über einem Sessel. Dahinter stand Salomon mit gesenktem Kopf. Er sah mitleiderregend aus. Seine Kleidung war seit vielen Tagen weder gewaschen noch gebügelt worden, seine Haare nicht gekämmt, geschweige denn geschnitten. Sein Gesicht zierte ein Zehntagebart. Was der Dolmetscher sagte, verstand er nicht, aber als er den Namen Werner Baumann hörte, blickte er auf. »Aber ich heiße nicht Baumann!« protestierte er. »Ich schwöre, bei allem was mir heilig ist!«

Der Major blickte ihn schweigend an, in seinem Gesicht regte sich nichts.

Der Dolmetscher begann das, was Salomon eben gesagt hat, zu übersetzen.

Salomon unterbrach ihn. »Ach, lassen Sie das doch!« Er winkte ab. »Wozu? Die anderen fünf Offiziere, die mich verhört haben, die haben mir ja auch nicht geglaubt. Warum sollte er...« er wies mit dem Kopf in Richtung des Majors, »eine Ausnahme machen. Wenn er auch etwas intelligenter aussieht, man möchte fast sagen, etwas bekowelter...«

Im Gesicht des Majors zuckte einen Augenblick lang ein amüsiertes Lächeln auf.

»Ach, übersetzen Sie das lieber nicht«, sagte Salomon zu dem Dolmetscher. »Er könnte das in die falsche Kehle bekommen.«

Der Dolmetscher wollte etwas erwidern, aber der Major bedeutete ihm zu schweigen.

Salomon kam in Fahrt. Seine Geduld war zu Ende. Ihm war jetzt alles egal. Mit dem Mut der Verzweiflung schrie er den Major an: »Jahrelang mußte ich mich vor den Nazis verstecken! Jetzt ist der Krieg vorbei, und jetzt lassen mich die Russen nicht in Frieden. Ich bin kein Ortsgruppenleiter, und ich heiße nicht Werner Baumann! Mein Name ist Max Salomon.«

Der Major sagte etwas zu dem Dolmetscher, und der übersetzte: »Der Major fragt, warum Sie leben ... mit fremden Papieren?«

»Weil ich ohne Papiere nicht mehr leben würde. Ich bin Jude«, antwortete Salomon.

Der Dolmetscher übersetzte. Der Major hörte zu, legte den Kopf schief und sagte nur einen russischen Satz.

Der Dolmetscher lachte.

»Haben Sie ihm gesagt, daß ich Jude bin?« fragte Salomon ungeduldig. Der Dolmetscher nickte.

»Na und? Was hat er gesagt?« wollte Salomon wissen.

»Das kann jeder sagen!« meinte plötzlich der Major.

Salomon blickte ihn überrascht an. »Sie sprechen deutsch?«

»Unter anderem«, erwiderte der Major kühl. »Sie sind also Jude? Karascho ... Was können Sie mir bieten in hebräisch?«

Salomon erschrak. »Oiweh! Hebräisch war nie meine starke Seite. Noch nicht mal unser Glaubensbekenntnis bekomme ich zusammen. Ich weiß wie es beginnt: Sch'ma israel ... aber wie es weitergeht ...?« Er schüttelte mutlos den Kopf. »Alles vergessen! Bei meiner Bar Mitzwa habe ich es noch gewußt ... Aber das ist lange her. Wenn das mein Großvater wüßte ... Oiweh!« Salomon hatte einen Moment lang ein richtig schlechtes Gewissen. »Menachem Salomon hieß er. Der war fromm, viel frommer als mein Vater. Nu ja, der Name verpflichtet. Wenn ich da als kleiner Junge hinkam am Freitagabend ...« erinnerte sich Salomon lächelnd, »hungrig wie ein Wolf, mußte ich immer warten, erst betete er ... ich hör' ihn heute noch ... Baruch ata adonoj elohenu mäläch haolam hamozi lechem min ha'aretz.«

»Omen«, sagte der Major wie automatisch.

»Und dann brach er das Brot, und dann gab es erst etwas zu essen – essen.« Salomon stutzte. Das war doch eben Hebräisch?« meinte er erstaunt.

Der Major nickte, und jetzt lächelte er zum ersten Mal freundlich. »Herr Salomon, ich würde sagen, Sie sind frei.«

»Ich bin frei?« Salomon sah ihn fassungslos an. »Ich bin wirklich frei?« Ihm kamen die Tränen.

Der Major hob den Zeigefinger. »Aber zu Ihrer Information, es heißt: Sch'ma israel adonoi eluhenu adonoi echad. Ich finde, wenn man Jude ist, sollte man wenigstens sein Glaubensbekenntnis kennen.«

Die Straßenkämpfe der letzten Kriegstage hatten an der Villa Fränkel ihre Spuren hinterlassen. Es gab nicht eine einzige Fensterscheibe mehr, aber die Glassplitter, die in den Rahmen übriggeblieben waren, hatte man sorgfältig entfernt. Das Badezimmerfenster war provisorisch mit belichteten Röntgenfilmen verkleidet worden. Wer das Bad benutzte, hatte einen interessanten Ausblick auf das Innenleben unbekannter Patienten. Im Röntgeninstitut um die Ecke war eine Granate eingeschlagen, und der ganze Bürgersteig lag tagelang voller Aufnahmen.

Vor der Villa war ein kleiner Bombentrichter. Das schöne Gartentor war aus den Angeln gesprungen und lehnte jetzt am Gitter. Am Pfeiler des Gartentors war das alte Schild befestigt. Naumann & Wagner. Als das Feuer in der Taubenstraße erloschen war, hatte Monika es abgeschraubt. Es war zwar etwas angesengt, aber immer noch luxuriöser als die Pappschilder, mit denen sich andere Firmen im Augenblick begnügen mußten. Naumann stand am offenen Fenster im Erdgeschoß. Er trug ein weißes Oberhemd, eine graue Hose, die ihm etwas zu weit war, und einen schwarzen Schal.

Selbstvergessen stand er vor einer Schneiderpuppe und drapierte darauf weißen Stoff und Tüll.

Richard Fränkels schöne Wohnhalle sah kahl aus. Der große Tisch, den man aus dem Eßzimmer geholt hatte, stand mitten im Raum, Salomons Stehpult in der Ecke. Auf einem geretteten Regal graulten sich zwei einsame Stoffballen, auf einem Ständer hing ein Mantel aus dem blaurot-karierten Material, die Vorhänge und Stores waren nicht mehr da, an den Wänden sah man noch die Brandspuren. Mitten im Raum stand eine große Schneiderpuppe, deren Busen man gewaltig aufgepolstert hatte. Neben der Eingangstür warteten zwei leere Eimer darauf, mit Wasser gefüllt zu werden. An einer Wand lehnte am Boden ein Bild, das dem Betrachter den Rücken zukehrte.

Naumann blickte nach draußen. Auf der anderen Straßenseite stand ein ausgebrannter Panzerwagen der Wehrmacht, daneben, an der alten Pumpe, standen viele Frauen mit Eimern in den Händen nach Wasser an.

Die Stranitzki bog um die Ecke, die Schneiderdecke über dem Arm. Sie war völlig ungeschminkt, trug Hosen, die in Stiefeln steckten, eine Windjacke und statt des obligatorischen Hutes ein Kopftuch. Als sie den Konfektionär am Fenster stehen sah, rief sie fröhlich, »Hallo, Herr Naumann«, und marschierte zum Eingang.

»Na endlich!« meinte Naumann. »Ich mach' auf.« Er lief zur Tür und ließ sie eintreten.

»Ich weiß, ich bin ein bißchen spät . . .«, entschuldigte sich die Stranitzki atemlos. »Aber wissen Sie, daß ich am Kurfürstendamm eine Viertelstunde warten mußte . . . bei der Hitze! Es war nicht über den Damm zu kommen! Eine endlose Kolonne . . . Die Russen ziehen ab.« Naumann nickte und schloß die Tür. »Ein Panjewagen nach dem anderen«, erzählte die Stranitzki weiter, während sie auf den Eßtisch zusteuerte, auf den sie ihre Schneiderdecke legte und die

Stecknadeln zu lösen begann. ». . . alle vollbeladen mit Teppichen, Lampen und Möbeln. Acht Klaviere habe ich gezählt. Ein musikalisches Volk!«

»Die Engländer sind schon da . . ., die Amerikaner auch«, sagte Naumann, der sich an das Pult lehnte. »Die werden sich wundern. Die Russen haben gestern noch ganz Siemens demontiert.«

»Ihr habt Glück, ihr werdet englischer Sektor«, meinte die Stranitzki neidisch, nahm das Kleid, das sie ausgepackt hatte hoch und streifte es über die ausgepolsterte Schneiderpuppe.

»Laß mal sehen«, drängelte Naumann.

Die Schneiderin zupfte das Kleid glatt und drehte die Puppe. Von der Seite gesehen sah die Brust wie ein Balkon aus. »Hübsch, nicht?« Die Stranitzki schüttelte den Kopf. »Jetzt kann sich Frau Oberstleutnant Tschernikow freuen. Die Mädchen bei mir im Atelier dachten, ich hätte nicht richtig Maß genommen. Bei der Oberweite . . . wissen Sie, was die gesagt haben? Das ist ja keine Brust, das ist eine Bugwelle!«

Naumann musterte das Kleid. »Der Knopf sitzt zu hoch«, stellte er fest.

Die Stranitzki nickte. »Ich seh' schon.« Sie griff nach ihrem Nähzeug und trennte den Knopf ab.

Kurz nach Kriegsende war es gar nicht leicht, einen Wagen zu bekommen, mit dem man in die Umgebung fahren konnte. Aber der zuständige Mann hatte eine Frau, die eine Bluse brauchte. Die Firma spendierte einen Seidenrest, und schon konnte Gütschow mit einem Tempo-Dreirad-Lieferwagen in die Nähe von Stahnsdorf fahren.

Als der Wagen vor dem Bauernhaus hielt, stutzte Gütschow und stieg aus. Er hatte sich nicht getäuscht. Die Kellertür stand sperrangelweit offen. Das Vorhängeschloß lag am Boden. Die Befestigung war abgerissen. Gütschow ging zur Tür und knipste den Schalter an. Das Licht funktionierte nicht, aber er sah auch so, daß der Keller so gut wie leer war.

Die Bäuerin kam in einem dunklen Kleid aus dem Haus. »Ach, Sie sind das!« sagte sie wenig begeistert.

»Wo sind denn unsere ganzen Stoffe?« wollte Gütschow wissen. »Es ist ja kaum noch was da.«

»Alles geplündert!« jammerte die Bäuerin und übertrieb dabei ein bißchen. »Die Russen! Sie haben ja keine Ahnung, was sich hier getan hat.« Zu allem Überfluß rang sie jetzt auch noch die Hände.

In diesem Augenblick erschien die Tochter an einem Fenster. »Mutti, ich wollte dir doch sagen, daß . . .«

Die Bäuerin unterbrach sie sofort: »Bleib drinnen, ich komme gleich«, sagte sie nervös und wandte sich wieder an Gütschow. »Tja, so sieht es aus.« Sie seufzte mitleidserregend.

Die Tochter mußte sie nicht richtig verstanden haben, denn sie kam doch aus dem Haus. Sie trug einen Rock aus dem blau-rot-karierten Stoff. »Mutti, es ist aber ziemlich eilig, denn . . .« Sie entdeckte Gütschow und brach ab.

»Ach nee, den Stoff kenn' ich doch!« meinte der Hausdiener gedehnt. »Alles scheinen sie ja nicht geplündert zu haben!«

Die Bäuerin hatte sofort eine Ausrede parat: »Das Stück Stoff haben ihr die Russen geschenkt. Die sind ja so kinderlieb«, log sie mit süßlicher Stimme.

Gütschow lachte auf und sah sich das Kleid der Bäuerin näher an. »Die Ware kommt mir auch bekannt vor.« Er strich über den Ärmel. »Natürlich, davon waren zwanzig Stück hier. Na, ich werde mich jetzt mal ein bißchen umsehen«, meinte er in drohendem Ton. Und das tat er dann auch.

Die Stranitzki biß den Faden ab. »So, fertig! Wann kommt denn die Frau Oberstleutnant?«

»Das weiß man bei ihr nie so genau.« Naumann stand wieder an der Puppe und drapierte weiter. Das Gebilde hatte jetzt schon Ähnlichkeit mit einem Brautkleid. »Auf jedem Fall bin ich nicht da!«

Es klingelte.

Naumann zuckte zusammen. »Ist sie das etwa schon?« Er lugte vorsichtig aus dem Fenster. »Nein, kein Jeep zu sehen«, sagte er beruhigt und ging zur Eingangstür. »Wer ist da?« fragte er.

»Ich bin's, Daisy!« hörte man draußen eine Stimme.

»Ach nee . . .« meinte die Stranitzki.

»Daisy?« Naumann öffnete die Tür. »Mein Gott, du lebst!«

»Das sieht nur so aus.« Daisy trat ein. Sie trug ein Herrenoberhemd, eine viel zu weite Hose, klobiges Schuhzeug und ein Kopftuch. Auch sie war ungeschminkt, die Nase etwas von der Sonne gerötet. »Guten Tag, Herr Naumann«, sagte sie müde. Sie entdeckte die Schneiderin. »Die Stranitzki gibt es ja auch noch.«

»Die arbeitet sogar schon wieder.«

Naumann musterte Daisy von oben bis unten und schüttelte angeekelt den Kopf. »Wo warst du denn die ganze Zeit?« wollte er dann wissen.

»Bei meinen Eltern. Die wollten mich nicht weglassen. Ich muß mich erst mal setzen.« Sie hinkte zu dem einzigen Stuhl und nahm Platz.

»Was hast du mit deinen Beinen gemacht?« fragte Naumann.

»Was man mit Beinen so macht. Gelaufen bin ich. Von Potsdam bis hierher.«

»Was denn, die ganze Strecke zu Fuß?« Die Stranitzki staunte. Daisy schüttelte den Kopf. »Nein, die ersten hundert Meter bin ich gefahren, mit meinem Rad. Dann kam ein Russe . . .«

»Ist was passiert?« Die Schneiderin blickte Daisy erschrocken an.

»Nein, zum Glück gefiel ihm nur das Rad.«

»Da sind sie ja auch ganz verrückt nach.« Die Stranitzki schlug die Augen zum Himmel.

»Und wie! Die sind den Kurfürstendamm rauf und runter gefahren, auf Fahrrädern, auf Dreirädern, sogar auf Rollstühlen, wie die Kinder«, erzählte Naumann. »Na ja, nun sind ja die Engländer da. Jetzt passiert nichts mehr . . . Ihr könnt euch wieder schön machen.« Er bedachte das Äußere der anwesenden Damen mit einem vorwurfsvollen Blick.

»Hat jemand eine Zigarette für mich?« erkundigte sich Daisy. Naumann holte eine Packung aus seiner Tasche und hielt sie ihr hin. Sie bediente sich. »Danke! Das ist ja eine Papyrossi?« stellte sie verblüfft fest.

»Von einer neuen Kundin.« Naumann gab ihr Feuer. »Frau Oberstleutnant Tschernikow.«

Daisy nahm einen tiefen Zug. »Wie seid ihr denn an die gekommen?« fragte sie neugierig.

»Die ist eines Tages hier einfach reinmarschiert«, berichtete Naumann. »Eine unheimlich nette Person . . ., das heißt, mehr unheimlich als nett.«

»Stell dir vor . . ., die hat es auf Naumännchen abgesehen!« Die Stranitzki kicherte.

»Ausgerechnet auf mich.« Naumann konnte es nicht fassen, daß er das Ziel weiblicher Avancen war.

»Nein!« Daisy mußte lachen.

»Doch! Die hat natürlich keine Ahnung . . . So was kennen die anscheinend dort drüben gar nicht«, erklärte Naumann. »Ich flüchte schon immer, wenn sie anmarschiert. Da hat man nun den ganzen Krieg glücklich überstanden, . . . da will man doch nicht jetzt noch zu Schaden kommen!«

»Wo waren Sie denn, als die Russen kamen?« erkundigte sich Daisy.

»Zu Hause«, antwortete Naumann.

»Aber Sie waren doch eingezogen!« wunderte sich Daisy.

»War ich auch. Wir sollten den russischen Vormarsch aufhalten. Zehn Hitlerjungs und ich. Einer von den Knaben hatte Bläschen im Gesicht. Nach vierzehn Tagen bekamen wir erst Panzerfäuste und dann die Windpocken, alle Mann. Ja, und dann schickte uns der Leutnant nach Hause. Und so erlebte ich das Kriegsende in den Federn, gemieden von Freund und Feind.«

»Und die Chefin?« fragte Daisy.

»Die hat mich aus dem Bett geholt«, sagte Naumann.

»Sie konnte ja den Laden nicht früh genug wieder aufmachen«, ergänzte die Stranitzki.

»Wie geht's ihr denn? Hat sie denn das inzwischen verkraftet... Ich meine, das mit ihrem Mann?«

Naumann zuckte die Achseln. »Du kennst sie doch, sie läßt sich nie was anmerken. Arbeitet wie eine Wilde... ohne sie wären wir völlig aufgeschmissen. Es gibt doch nichts mehr zu kaufen, keinen Knopf, keinen Reißverschluß... nicht mal 'ne Rolle Garn! Aber sie organisiert alles... Heute abend wird hier bei uns neu verglast!«

»Was denn?« Die Stranitzki blickte Naumann überrascht an. »Ihr kriegt Fensterscheiben?«

Naumann nickte. »Weißt du, was das bedeutet?« fragte er.

»Mindestens zwei Kleider für die Frau vom Glasermeister«, vermutete die Stranitzki.

»Eigentlich wollte sie drei haben, diese gierige Person!« Naumann verzog das Gesicht.

»Haben Sie denn überhaupt was zu tun für mich?« erkundigte sich Daisy.

»Zu tun bestimmt... aber vorführen?« Naumann seufzte

traurig. »Für wen sollen wir denn jetzt Mode machen? Für die Trümmerfrauen?«

Daisy blickte auf die schlanke Puppe. »Für wen ist das denn?«

»Für niemand«, hauchte Naumann elegisch. »Ab und zu muß man ein bißchen träumen . . . von normalen Zeiten.« Er wandte sich an die Schneiderin. »Weißt du noch, Stranitzki, am Schluß jeder Schau kam immer ein Brautkleid von dir. Und Daisy bekam dafür jedesmal Applaus. Ich hab' mir gedacht, man könnte es auch mal ganz schlicht machen . . . aber mit einem üppigen Schleier.« Er nahm einen Gardinenschal und drapierte ihn über die Puppe. »Ungefähr so . . ., wie findet ihr das?«

»Süß!« Daisy war begeistert.

»Das hat was!« fand die Stranitzki.

»Man bekommt direkt Lust zum Heiraten.« Daisy lächelte sehnsüchtig.

»Laß bloß die Finger von den Kerlen!« Naumann winkte ab. »Sie sind keinen Schuß Pulver wert . . ., alle miteinander! Es gibt keine Treue mehr unter den Männern!« Er seufzte resigniert.

»Nanu?« Daisy sah ihn verwundert an.

»Ich hab's doch gerade erlebt mit meinem U-Boot-Maat.« Man sah es Naumann an, wie enttäuscht er war. »Daß er der Frau Konteradmiral ein Kind gemacht hat, das hätte ich ihm ja noch verziehen . . . Aber, daß es ihm Spaß gemacht hat! Der Kerl soll ja anschließend halb Flensburg geschwängert haben. Der Konteradmiral hat am Telefon geweint, als er mir das erzählte.«

Die Eingangstür wurde geöffnet.

Monika kam herein. Auch sie hatte Hosen an, darüber eine alte Bluse, auf dem Kopf einen Turban aus Wollstoff. In jeder Hand schleppte sie eine vollgepackte Einkaufstasche. »Ist Gütschow schon da?« rief sie von der Tür aus.

»Nein!« erwiderte Naumann.

»So 'n Mist! Jetzt könnte er so schön Wasser holen. An der Pumpe stehen nur fünf Personen.«

»Guck' doch mal, wer hier ist!« rief Naumann.

»Wer?« Monika blickte sich um. »Mein Gott, Daisy ... Das ist ja ... !« Sie setzte ihre schweren Einkaufstaschen ab. »Ich hätte dich beinahe nicht erkannt.«

»Kein Wunder.« Daisy stand auf. Beide umarmten sich.

»Tach, Frau Wagner!« sagte die Stranitzki.

»Hallo, Frau Stranitzki.« Monika wandte sich an Naumann. »Ich hab' Kaffee bekommen.«

»Richtigen?« Daisy bekam ganz große Augen.

»Himmlisch!« Naumann war hingerissen.

»Aber noch nicht gebrannt.« Monika holte eine winzige Tüte aus ihrer Tasche.

»Gib her.« Naumann nahm sie ihr sofort ab. »Ich eile zur Pfanne.« Er tänzelte, die Tüte in der erhobenen Hand schwenkend, in Richtung Küche.

»Mach aber die Tür zu! Muß ja nicht jeder riechen«, rief ihm Monika nach.

»Wann kommt denn der Glaser?« fragte die Stranitzki.

»Überhaupt nicht«, antwortete Monika. »Ich habe ihn gerade abbestellt. Ist zu gefährlich.«

»Aber die Engländer sind doch jetzt da«, meinte Daisy.

»Eben! Die beschlagnahmen jede Villa, die einigermaßen in Ordnung ist«, erklärte Monika.

Die Küchentür öffnete sich. Naumann steckte den Kopf ins Zimmer. »Du, wir haben keinen Tropfen Wasser im Haus.« Und schon machte er die Tür wieder zu.

»Ich geh' gleich zur Pumpe«, Monika nahm ihre Taschen und stellte sie auf den Tisch.

»Daisy wollte sich doch nützlich machen«, warf die Stranitzki ein.

»Bin ja schon dabei.« Daisy erhob sich. »Wo stehen die Eimer?«

»Neben der Tür«, antwortete Monika.

»Bis gleich!« Daisy ging mit den leeren Eimern nach draußen.

»So, ich marschiere jetzt nach Hause«, verkündete die Stranitzki.

»Wollen Sie nicht eine Tasse mittrinken?« fragte Monika.

»Liebend gern.« Die Stranitzki lächelte sehnsüchtig. »Aber wenn ich jetzt nicht losgehe, schaffe ich es nicht bis zur Sperrstunde. Und eh' ich am Friedrichshain bin...«

»Wollen wir nicht noch rasch abrechnen?«

Die Stranitzki schüttelte den Kopf. »Das nächste Mal. Wenn wir alles soviel hätten wie Geld...« Sie reichte Monika die Hand. »Was macht denn der Kleine?«

»Kläuschen geht es gut.«

»Bei den Großeltern...« die Stranitzki lächelte ein wenig neidisch. »Ich möchte auch einen Opa haben, der eine Schlächterei hat. Auf Wiedersehen, Frau Wagner.« Sie ging zur Tür. »Auf Wiedersehen, Frau Stranitzki.« Monika winkte ihr verabschiedend zu.

Die Schneiderin verließ die Firma.

Naumann kam aus der Küche. »Hast du mal ein Streichholz? Das Feuer ist ausgegangen.«

»Auch das noch!« Monika griff in ihre Handtasche, holte eine Schachtel heraus und reichte sie ihm. »Aber brauch sie nicht alle auf«, ermahnte sie ihn, »das sind unsere letzten.«

An der Pumpe gegenüber der Firma stand eine ältere Frau und füllte ihre Eimer. Eine kleine Schlange wartete hinter ihr. Daisy war die vorletzte in der Reihe. Sie hatte ihre Eimer abgesetzt und langweilte sich. Die Sonne schien ihr direkt ins Gesicht, darum drehte sie sich um. Ein alter Mann bog mit müden Schritten um die Ecke. Als er näher kam, erkannte ihn Daisy. »Herr Salomon!« schrie sie aufgeregt.

Salomon blieb stehen und sah sie an. »Daisy?« Er kniff die Augen zusammen, denn er war sich seiner Sache nicht ganz sicher.

Daisy stürzte auf ihn zu und umarmte ihn. »Nein! Herr Salomon!« Sie schluchzte gerührt.

Salomon wischte sich eine Träne aus den Augen. »Warum weinst du?«

»Weil Sie leben!« antwortete Daisy.

Salomon überlegte einen Augenblick. »Und was machst du, wenn ich tot bin?« erkundigte er sich dann. »Da bin ich direkt gespannt.« Er löste sich von ihr und sah sich suchend um. ». . . wo ist denn jetzt die Firma?«

Daisy wies auf die Villa. »Da drüben!«

Salomon nickte. »Und was ist mit Frau Wagner? Ist sie . . .«, er zögerte etwas, ». . . da?«

»Und wie! Wir staunen alle, daß sie das so schnell verkraftet hat.«

»Was?«

»Ihr Mann ist doch gefallen«, berichtete Daisy leise.

»Ach!« Salomon senkte betroffen den Kopf.

»In den letzten Kriegstagen. Aber sie läßt sich nichts anmerken. Arbeitet wie eine Wilde. Organisiert alles«, erzählte Daisy. »Eben ist sie wiedergekommen.« Sie drehte sich um und sah, daß die Frau, die hinter ihr gestanden hatte, gerade damit begann, ihre Eimer zu füllen.

»Halt!« schrie Daisy sofort. ». . . ich bin dran!«

»Soll ich helfen?« bot Salomon an.

»Nicht nötig. Das schaff' ich allein. Pumpen war ja schon immer meine Stärke.« Sie lief rasch zu ihren Eimern.

Salomon ging über den Fahrdamm auf die Villa zu.

Monika hatte jetzt alles, was sie ergattert hatte, in einem Schrank im Nebenzimmer verstaut, kam wieder zurück und entdeckte jetzt erst die Puppe mit der weißen Drapierung. Neugierig ging sie näher heran, besah sich das Material, ging daraufhin sofort zur Küchentür und öffnete sie. »Helmut, was soll denn das da bedeuten?« fragte sie und zeigte auf die Puppe.

Naumann erschien an der Tür. »Ach, nichts weiter . . .« meinte er, aber man merkte ihm an, daß er ein schlechtes Gewissen hatte.

»Wo hast du denn die Gardine her?« wollte Monika wissen. »Und das da sind doch zwei Laken?«

»Hab' ich oben gefunden«, antwortete Naumann.

»Gefunden? In Siegfrieds Wäscheschrank?« Monika wurde wütend. »Tu das sofort wieder zurück! Das gehört uns nicht!«

»Mein Gott!« Naumann fand das etwas übertrieben. »Es ist doch dein Haus.«

»Nur auf dem Papier«, betonte Monika. »Und wenn Sigi eines Tages wiederkommt . . .«

»Ja, wenn . . .«

»Er kommt!« Monika war sich ganz sicher.

»Na ja, er wird doch nicht als erstes die Bettwäsche zählen.« Naumann schlug die Augen zum Himmel.

Monika entdeckte das Gemälde, das gegen die Wand gelehnt war. »Das Bild hast du auch wieder abgehängt.« Sie bedachte Naumann mit einem vernichtenden Blick. »Sigis Mutter!!« Sie drehte das Portrait um.

»Ich kann einfach nicht arbeiten, wenn die mir immer auf die Finger guckt«, verteidigte sich Naumann. »Immer dieser vorwurfsvolle Blick!«

»Sie hat doch recht«, stellte Monika fest. »Wenn du hier Laken klaust!«

Naumann war tödlich beleidigt. »Ich geh' jetzt in die Küche, sonst brennt mir der Kaffee noch an . . . sollte Sigi inzwischen hier eintreffen, sag' mir Bescheid. Dann werde ich à tempo die Stecknadeln wieder entfernen, damit er sich nicht piekt, wenn er sich ins gemachte Bett setzt!« Er machte auf dem Absatz kehrt, verschwand in der Küche und knallte die Tür hinter sich zu.

Monika hängte das Bild wieder auf. Als sie hörte, daß die Eingangstür geöffnet wurde, drehte sie sich um und traute ihren Augen nicht.

Salomon trat ein und sah sich um, ohne Monika zu bemerken.

»Herr Salomon!« rief Monika und strahlte vor Glück. Sie lief sofort auf ihn zu.

»Monika, mein Kind!« Salomon lächelte erschöpft und schloß sie in die Arme. »Mein Gott, bin ich froh«, sagte er leise. »Ob du es glaubst oder nicht, gezittert habe ich, ob dieses Haus noch steht . . . Aber es steht, es hat sogar ein Dach, was heute ein Wunder ist.« Er stieß geräuschvoll die Luft auf. »Bin ich müde!«

Monika zog sofort den Stuhl näher heran. Salomon setzte sich. »In meinem ganzen Leben bin ich nicht soviel gelaufen, wie in den letzten Tagen. Guck' dir das an!« Er hielt seine Füße hoch. Die Schuhsohlen waren voller Löcher. »Ehrlich gesagt, ich hätte nie geglaubt, daß meine Füße mehr aushalten, als meine Schuhe . . .« Ihm fiel etwas ein. »Was macht der Kleine, ist er gesund?«

Monika nickte.

»Das ist die Hauptsache. Das mit deinem Mann habe ich eben erfahren, von Daisy.« Er legte seine Hand tröstend auf Monikas Hand. »Schade um ihn!«

Monika wechselte schnell das Thema. »Ich habe mir solche Sorgen um Sie gemacht.«

»Mit Recht! Weißt du, wie lange sie mich eingesperrt haben?«

»Die Nazis?«

»Nein, die Russen«, seufzte Salomon.

»Die haben Sie eingesperrt, Herr Salomon?« Monika sah ihn fassungslos an.

»Nein!« erwiderte Salomon. »Die dachten doch, ich bin ... Aber das ist eine lange Geschichte!« Er winkte ab. »Erzähl' ich dir mal, wenn ich etwas munterer bin. Zum Glück verhörte mich dann Major Deutschländer. Der Mann hat eine Nase, in jeder Beziehung, der hat mich laufen lassen ... von Löbsterwerda bis Berlin. Ich sage dir, die Odyssee ist dagegen ein Tagesausflug. Dann habe ich hier erst meine ganzen Freunde gesucht, die Weinbergers, die Gutmanns, die Rosenbergs, aber keiner ist wiedergekommen ... keiner!« Einige Augenblicke lang starrte er schweigend vor sich hin. Dann blickte er auf. »Weißt du, wen ich getroffen habe? Meinen alten Hauswirt, den PG, der mich damals auf die Straße gesetzt hat. Der hat mich gleich wiedererkannt.«

»Na und?« Monika beugte sich neugierig vor.

»Ich habe noch nie einen Menschen so rennen gesehen.« Salomon lächelte schadenfroh und wurde gleich wieder ernst. »Ich war in der Stadt, in der Mohrenstraße, der Kronenstraße, in der Taubenstraße ...« Er schüttelte traurig den Kopf. »Nichts steht mehr. Dann habe ich euer Schild gesehen ... an der Ruine. Ich bin gleich losmarschiert ... bis hierher. Eine dreiviertel Stunde. Es fährt doch nichts, keine S-Bahn, keine Autobusse, keine U-Bahn, nicht mal eine Straßenbahn. Zustände sind das! So was wäre unter ...« Er bekam einen Schreck. »Beinahe hätte ich doch gesagt: So was wäre unter Hitler nicht vorgekommen. Das hat man davon, wenn man mit einem Ortsgruppenleiter unter einem

Dach gelebt hat.« Er hob plötzlich den Kopf, begann zu schnuppern und atmete geräuschvoll ein.

»Was ist, Herr Salomon?« fragte Monika besorgt. »Bekommen Sie keine Luft?«

»Aber das gibt es doch nicht!« Salomon schnupperte weiter. »Kann man in der Nase auch eine Fata Morgana haben?«

»Wieso?« fragte Monika verblüfft.

»Ich bilde mir ein, es riecht nach Kaffee«, sagte Salomon, der seiner Nase immer noch nicht traute.

»Das ist keine Einbildung.« Monika lachte. »Naumännchen röstet ihn gerade. Wir trinken gleich eine Tasse.«

»Heb sie mir auf.« sagte Salomon. »Ich möchte jetzt lieber ...« er blickte sich suchend um. »Kann man sich hier irgendwo eine Stunde hinlegen?«

»Natürlich. Kommen Sie mit nach oben. Einer von uns schläft immer hier, damit nachts nicht geklaut wird. Sie sind müde«, stellte sie fest. »von der vielen Lauferei.«

»Nicht nur davon!« Salomon erhob sich ächzend. »Am meisten hat mich die Stadt mitgenommen. Das ganze Konfektionsviertel ... alles hin. Am liebsten möchte ich auswandern ...«

»Als Sie mußten, wollten Sie nicht«, argumentierte Monika. »Warum jetzt? Steigen Sie wieder ein bei uns. Es ist doch schließlich Ihre Firma.«

Salomon blickte sie skeptisch an. »Und was sollen wir verkaufen?« fragte er.

»Wir haben noch ein bißchen was hier im Keller und ... warten Sie, ich zeige Ihnen was ...« Sie nahm den blau-rotkarierten Mantel vom Ständer und präsentierte ihn Salomon. »Wie finden Sie die Ware?«

Salomon befühlte den Stoff prüfend und wußte sofort, wer der Fabrikant war. »Sager Söhne!«

Monika staunte. »Richtig! Und davon haben wir über tausend Meter. In der Nähe von Stahnsdorf. Und dann noch fast eintausendfünfhundert Meter andere Ware. Gütschow holt sie gerade ab.«

»Nu ja«, meinte Salomon bedächtig, »damit kann man schon was anfangen.«

Naumann kam aus der Küche mit der rauchenden Pfanne in der Hand. »Wo bleibt denn Daisy mit meinem Kaffeewasser?« wollte er wissen. Er stutzte. »Herr Salomon? Sie sind wieder da?«

»Mit Gottes Hilfe«, antwortete Salomon. »Aber zwei Menschen haben mir auch geholfen.«

Daisy stieß die Eingangstür mit der Schulter auf, ohne die beiden gefüllten Eimer loszulassen. »Gütschow kommt!« meldete sie aufgeregt und stellte die Eimer ab.

»Gütschow!!« Salomon ging sofort ans Fenster und sah hinunter.

Vor der Haustür hielt der Tempo-Lieferwagen. Gütschow kletterte gerade heraus. Er wirkte sehr niedergeschlagen. Als er Salomon am Fenster entdeckte, strahlte er überrascht. »Nein?!« rief er.

»Doch, Gütschow.« Salomon winkte ihm zu.

»Daß Sie das tausendjährige Reich überstanden haben!«, freute sich Gütschow.

»Jetzt sind wir fast komplett«, sagte Monika.

»Ja, fast!« Salomon nickte. »Hast du was gehört?«

Monika schüttelte den Kopf. Dann gab sie sich einen Ruck. »So, nun können wir alle rausgehen und Gütschow beim Abladen helfen.«

In diesen Augenblick kam der Hausdiener zur Tür herein, zwei winzige Stoffballen unter dem Arm. »Da ist nichts zu helfen«, meinte er bekümmert. »Das ist das einzige, was noch da war.«

»Mehr nicht?« Naumann fiel aus allen Wolken.

»Alles andere ist weg«, berichtete Gütschow.

»Die Russen?« wollte Monika wissen.

Gütschow schüttelte den Kopf. Nein, das waren unsere Landsleute! Die halbe Gegend trägt karierte Röcke, und die Bäuerin, bei der die Stoffe gelagert waren, hat sich damit ihr Sofa bezogen. Die hatte wohl nicht mehr mit uns gerechnet.«

Monika war völlig niedergeschlagen. »Mann . . .! So eine Gemeinheit!« stieß sie hervor.

»Das ist ja schlimm!« Daisy war auch deprimiert.

Naumann bekam einen hysterischen Anfall. »Schlimm ist gar kein Ausdruck! Wenn wir die paar Meter im Keller aufgebraucht haben, können wir dichtmachen!«

»Das einzige, was ich rausholen konnte, sind zwei Zentner Kartoffeln. Die liegen da unten im Wagen«, sagte Gütschow, um die Anwesenden zu trösten.

Daisy hob erfreut den Kopf. »Ja?«

»Ich könnte . . . heulen könnte ich!« flüsterte Monika und schon kamen ihr die Tränen.

Salomon meldete sich zu Wort. »Warum?« fragte er. »Erstens werdet ihr nicht die einzige Firma sein, die beklaut worden ist, und zweitens . . . die Stoffe sind doch nicht aus der Welt.«

»Wieso?« Monika sah ihn verständnislos an.

»Nun ja, die Leute, die sie geklaut haben, lassen sie bestimmt nicht herumliegen«, folgerte Salomon logisch. »Also, man wird sich ein Kleid machen lassen wollen oder einen Mantel, oder ein Kostüm. Und wer wird ihnen das anfertigen? Wir! Aus unserem Stoff, den uns die Kunden bringen.« Er zuckte die Achseln und hob die Hände. »Reich kann man davon nicht werden, aber die Firma hält sich am Leben. Und dann werden wir weitersehen. So und jetzt möchte ich mich hinlegen! Für diese Zeiten muß man ausgeschlafen sein.«

»Kommen Sie, Herr Salomon!« Monika nahm seine Hand und ging mit ihm die Treppe hinauf in die erste Etage.

»Ich werde jetzt mal die Kartoffeln reinholen«, erklärte Gütschow und deponierte die kleinen Stoffballen im Regal.

Naumann wandte sich an Daisy. »Und wir kochen Kaffee. Kommst du mal mit dem Wasser. Ich würde dir ja gerne helfen, aber ich habe beide Hände voll.« Er hielt demonstrativ die Pfanne, deren Stiel er mit beiden Händen umklammert hatte, hoch.

Daisy seufzte ergeben, lief zu den Eimern und trug sie pustend in die Küche.

Gütschow kam am Fenster vorbei und stutzte. »Da hält ein Jeep!« meldete er.

Naumann erschrak. »Vor unserer Tür?«

»Ja!«

»Russen?« fragte Naumann.

»Nein, Engländer!« Gütschow zog sich etwas vom Fenster zurück und spähte vorsichtig nach unten. »Einer steigt aus.«

»Gut, daß wir noch keine Scheiben drin haben«, meinte Daisy.

»Will der etwa zu uns?« erkundigte sich Naumann.

»Ich glaube, ja. Er guckt sich unsere Villa an.«

»Das fehlte noch . . .« Naumann wurde es himmelangst. »Jetzt wird das Haus beschlagnahmt. Gehen Sie weg vom Fenster«, flüsterte er. »Wir dürfen uns nicht sehen lassen. Und wenn es klingelt, nicht aufmachen. Wir verschwinden nach oben. Schließen Sie schnell ab und ziehen Sie den Schlüssel raus, damit keiner merkt, daß jemand da ist.« Und schon nahm er Daisys Hand und lief mit ihr die Treppe hinauf.

Gütschow ging zur Tür, schloß ab, nahm den Schlüssel und steckte ihn sich in die Tasche. Als er auf dem ersten Treppenabsatz war, hörte er, daß sich ein Schlüssel im

Schloß drehte. Er stutzte und versteckte sich hinter dem Treppengeländer.

Die Tür öffnete sich. Siegfried Fränkel kam herein. Er trug die Uniform der Royal Air Force, die ihm sehr gut stand. Seine Schläfen waren grau. An der Tür blieb er stehen, blickte sich um und nahm sein Käppi ab. Er war in den letzten vier Jahren mindestens zehn Jahre älter geworden.

Gütschow erkannte ihn sofort. Er kam hinter dem Treppengeländer hervor. »Herr Fränkel! Sie sind das?!« rief er freudig überrascht. »Wir dachten schon, jetzt kommt ein richtiger Engländer.«

Fränkel lächelte. »Das sieht nur so aus. Gütschow, wollen Sie mir nicht die Hand geben?«

»Ja, natürlich.« Der Hausdiener war etwas verlegen. »Ich wußte bloß nicht, ob ich darf, weil Sie doch jetzt Alliierter sind.« Er schüttelte Fränkel die Hand. »Wir haben Sie sehr vermißt, Herr Fränkel«, sagte er herzlich. »Das muß ich gleich den anderen erzählen.«

»Sind denn alle wieder da?« wollte Fränkel wissen.

»Nicht alle. Leider.« Gütschow seufzte traurig. »Unser Werner Böhm ist in Rußland geblieben, Frau Nitschke... das war unser Fräulein Vogel, ist bei einem Bombenangriff umgekommen.«

Fränkel zögerte einen Moment. Von der Beantwortung der nächsten Frage hing alles weitere ab. Er war ja nur zurückgekommen, um Monika wieder in die Arme zu schließen. »Und Fräulein Helmholtz...?«

»Fräulein Helmholtz? Die ist da... und wie!« Gütschow lächelte. »Die schmeißt doch hier den Laden!«

Siegfried atmete erleichtert auf und strahlte glücklich. Plötzlich erinnerte er sich an etwas, das er eben gelesen hatte. »Draußen auf dem Schild steht doch Wagner. Wer ist denn Wagner?«

»Na, das ist sie doch!« antwortete Gütschow fröhlich. »Sie heißt doch jetzt Wagner.«

Fränkels Lächeln erstarb. »Sie hat geheiratet?!«

»Ja! Ein paar Monate nachdem Sie weg waren ... ihren Vetter«, berichtete Gütschow.

»Ach ...« Für Fränkel brach eine Welt zusammen.

»Der hat auch nicht viel von dem Jungen gehabt«, sinnierte Gütschow.

»Von welchem Jungen?« fragte Siegfried.

»Na, von seinem Sohn! Armer Kerl!« Gütschow seufzte mitleidig.

»Kurz vor Schluß ist er noch gefallen. Tja ...« Er nickte bedeutungsvoll und wandte sich dann an Fränkel. »Wie ist es denn bei Ihnen, Herr Fränkel, haben Sie wieder geheiratet?«

»Nein.« Fränkel schüttelte den Kopf. »Habe auch nicht die Absicht.«

»Ach, wissen Sie, es lebt sich doch ganz anders zu zweit«, plauderte der ahnungslose Gütschow munter weiter. »Jedenfalls bei uns hier. Schon wegen der Lebensmittelkarten.«

»Ach ja, richtig«, erinnerte sich Fränkel. »Gehen Sie doch mal zum Jeep. Der Fahrer weiß Bescheid. Da liegt was für euch, aber nur Zigaretten und ein paar Büchsen.« Gütschows Augen leuchteten auf. »*Nur?* Nur ist gut!« Und schon drehte er sich um und lief auf die Straße hinaus.

Monika, Naumann und Daisy standen in einem Zimmer in der ersten Etage zusammen und verhielten sich mucksmäuschenstill. Alle waren höchst beunruhigt.

»Gütschow muß ihn reingelassen haben«, flüsterte Monika. Sie ging zum Fenster und spähte nach unten. »Jetzt läuft er zum Jeep.« Sie wußte überhaupt nicht mehr, was sie von der Sache halten sollte. »Ich geh' lieber runter und seh' nach, was da los ist«, sagte sie und verließ schnell das Zimmer. So leise wie möglich schlich sie die Treppe hinunter, blickte um die Ecke und stutzte.

Fränkel, der ihr den Rücken zukehrte, hatte das Bild seiner Mutter von der Wand genommen und betrachtete es.

»He! ... you!« rief Monika energisch. »This picture is british property!«

Fränkel drehte sich um. »Was du nicht sagst ...«

»Sigi! Sigi Fränkel!« schrie Monika glücklich und lief auf ihn zu. »Mann, ich hab' ja gewußt, daß du kommst!«

»Warum hast du dann geheiratet?« fragte Fränkel verhalten und kühl.

»Mußte ich doch ...« antwortete Monika immer noch lächelnd.

»Konntest du nicht warten?«

Monika schüttelte den Kopf. »Unser Kind war doch unterwegs.«

»Ich verstehe ...« Fränkel nickte.

»Nee, gar nichts verstehste!« Monika wollte ihm alles erklären, aber Fränkel unterbrach sie.

»Doch!« sagte er ziemlich schroff. »Ich bin ja auch nicht lange allein geblieben ... Nächsten Monat wollen wir heiraten.«

Das strahlende Lächeln auf Monikas Gesicht erlosch schlagartig. »Ach«, meinte sie tonlos, »... gratuliere.«

»Danke!« Siegfried hatte es plötzlich sehr eilig. »Ich muß jetzt los ..., heute abend geht es wieder zurück nach London. Das Bild nehme ich mit. Grüß die anderen.«

»Gute Reise!« wünschte Monika.

Fränkel ging zur Tür. Dort drehte er sich noch einmal um. Er hatte das Gefühl, noch etwas sagen zu müssen. »Du Monika ... es ... es tut mir leid. Ich meine, das mit deinem Mann ... Auch für den Jungen ... so ohne Vater aufzuwachsen ...«

»Das muß er jetzt wohl«, meinte Monika mit einem bitteren Lächeln. Fränkel nickte verabschiedend und verließ das Haus.

Monika blickte ihm wie erstarrt nach, aber dann schob sie trotzig die Unterlippe vor. Sie mußte es jetzt allein schaffen. Und das würde sie auch!

Gütschow kam vom Jeep her auf die Villa zu. Er schleppte einen großen Karton, in dem sich Konserven, Zigaretten und Schokolade stapelten. An der Gartenpforte begegnete er Siegfried. »Herr Fränkel, Sie müssen schon los?« fragte er verwundert.

Fränkel nickte und ging zum Jeep.

Gütschow hob den Karton hoch. »Danke!« sagte er. »Und lassen Sie sich bald mal wieder sehen!« rief er fröhlich.

Fränkel hob verabschiedend die Hand und stieg ein. Der Jeep fuhr an, bog in die nächste Seitenstraße ein und entschwand.

Gütschow blickte ihm nach. Dann lief er schnell ins Haus, um die Kostbarkeiten, die Fränkel mitgebracht hatte, mit den anderen zu teilen. Wenn er gewußt hätte, was er eben angerichtet hatte, wäre er nicht so fröhlich gewesen.

Epilog

1991

Am 12. August saß Monika nervös im Fond eines Taxis, mit dem sie zum jüdischen Altersheim fuhr. Max Salomon wurde heute 95 Jahre alt. Monika wollte ihn abholen und zur Presseschau der Firma bringen. Hinterher war eine große Feier im Kempinski vorgesehen. Hoffentlich wird er sich über mein Geburtstagsgeschenk freuen! dachte sie und versuchte sich umzudrehen, um sich davon zu überzeugen, daß der Lieferwagen mit dem Geschenk dem Taxi noch folgte. Aber das Umdrehen gelang ihr nicht ganz: erstens war sie angeschnallt und zweitens nicht mehr ganz so gelenkig.

Der Taxichauffeur hatte das gesehen. »Keine Angst, junge Frau«, sagte er fröhlich. »Die sind immer noch hinter uns.«

»Danke!« Monika lehnte sich erleichtert zurück und holte den kleinen Spiegel aus ihrer Handtasche. Zum dritten Mal kontrollierte sie ihr Make-up und puderte sich jetzt zum dritten Mal die Nase. Anschließend betrachtete sie sich prüfend im Spiegel. Eigentlich sehe ich wirklich nicht aus wie sechsundsiebzig, dachte sie und lächelte ihrem Spiegelbild zu. »Du siehst aus wie Mitte Sechzig, aber höchstens«, hatte ihr Sohn vor ein paar Wochen gesagt, doch Kläuschen machte gern Komplimente. Komisch, dachte sie, für mich ist er immer noch Kläuschen, obwohl der Junge jetzt auch bald fünfzig wird. Die Zeit vergeht schnell. Neulich hatte sie erst festgestellt, daß sie in den letzten Jahren zwei Zentimeter kleiner geworden war, und einige Falten hatte sie auch schon. Einige ist gut, dachte sie. Aber die Falten hatte sie sich auf Amrum geholt. Vor dreißig Jahren waren sie Besitzer eines kleinen Hauses geworden, und in der ersten Zeit hatte sie viel zu lange in der Sonne gelegen. Monika fuhr sich noch einmal über das Haar, das sie sich seit zwei Jahren nicht mehr färben ließ. Das natürliche Weiß stand ihr sehr gut, das fand auch ihre Schwiegertochter. Nun bin ich etwas geworden, was ich nie erwartet hätte zu werden, eine kleine alte Dame, dachte Monika. Nun ja, Großmutter war sie schon seit zwanzig Jahren, und das Leben hatte sie nicht immer mit Schokolade begossen. Ihr erster Mann war gefallen, und ihren zweiten, der eigentlich der erste Mann ihres Lebens gewesen war, hatte sie auch verloren. Aber es gab ja noch ihre Enkel, die ihre Ferien immer bei ihr auf Amrum verbrachten. Monika steckte den Spiegel wieder ein und strich den Rock ihres Jackenkleides glatt. Es war ein Modell aus der letzten Kollektion und saß ausgezeichnet. Die Tochter der Stranitzki war fast genauso begabt wie ihre Mutter, die auch schon einige Jahre auf dem Friedhof in Friedrichshain lag. Da müßte ich eigentlich auch mal wieder hin, dachte Monika und vergaß es sofort wieder.

»Sie müssen gleich da vorne abbiegen!« rief sie dem Taxichauffeur zu.

»Ich weiß, meine Dame. Aber die da vorne ist seit zwei Monaten Einbahnstraße. Ich muß eine weiter abbiegen. Ich fahre nicht zum ersten Mal zum jüdischen Altersheim«, belehrte sie der Taxichauffeur.

Ich auch nicht! dachte Monika. Vor fünf Jahren hatte sie Herrn Salomon dort zum ersten Mal besucht. Seine dritte Haushälterin war gestorben und zu Monika wollte er nicht ziehen. Eines Tages fand sie in ihrem Briefkasten eine Postkarte, auf der er ihr seine neue Adresse mitteilte. Monika war sofort hingefahren und hatte einen höchst unzufriedenen

Salomon vorgefunden. »Zu viele alte Leute hier!« flüsterte er ihr zu, obwohl er schon damals der älteste von allen gewesen war.

Der Fahrer bog in die kleine Straße ein und sah schon von weitem, daß vor dem Altersheim ein VW-Kombi des Berliner Fernsehens parkte. Er hielt genau dahinter.

Der Fahrer des Lieferwagens stoppte auch.

Monika stieg mit Schwung aus dem Taxi. Manche Dreißigjährige könnte sich an ihr ein Beispiel nehmen – hätte allerdings nicht hinterher solche Schmerzen im Kreuz. Kaum war sie draußen, fiel ihr ein, daß sie etwas vergessen hatte. Sie bückte sich, holte eine langstielige Baccararose aus dem Fond, schloß die Tür und wandte sich dem Lieferwagen zu.

Die beiden jungen Männer waren schon ausgestiegen, öffneten die Ladeklappe und machten sich daran, Salomons altes Pult abzuladen. Es war generalüberholt worden, neu gebeizt, und auf der Schreibplatte hatte man eine große goldene »95« angebracht.

Monika ging zur Eingangstür des Altersheims und winkte den jungen Männern, ihr mit dem Pult zu folgen. Durch das Glasfenster schimmerte Scheinwerferlicht. Monika öffnete die Tür ganz vorsichtig und blickte in die Halle. Dort waren fast sämtliche Heiminsassen versammelt, auch einige Angehörige hatten sie benachrichtigt. Es war daher sehr voll in dem Raum. Alle schwiegen, was ihnen schwerfiel, aber sie wollten sich kein Wort des Interviews entgehen lassen.

Der 95jährige Salomon, der etwas abseits auf einem Sessel Platz genommen hatte, inmitten von vielen, mit der Zahl 95 geschmückten Blumenarrangements – die ganze Branche hatte gratuliert –, war auch kleiner geworden, sein schütteres Haar weiß, sein Teint von vielen kleinen Fältchen durchzogen, aber er saß kerzengerade, und seine Augen waren genauso wach wie früher.

Ihm gegenüber saß Doris Bender, eine junge Fernsehreporterin, die dafür bekannt war, daß sie mit flüssiger Zunge Überflüssiges von sich geben konnte. Beide wurden von zwei Scheinwerfern beleuchtet und hatten an den Revers der Jacken winzige Mikrophone. Der Tonmeister, der Kopfhöhrer aufhatte, hockte etwas abseits an seinem Aufnahmegerät, und der Kameramann nahm mit einer elektronischen Kamera das Interview auf.

Doris Bender hatte den ersten Teil des Interviews im Alleingang bewältigt. Sie sprach schnell, ohne Punkt und Komma. Böswillige Kollegen meinten, sie rede immer erst und überlege dann hinterher, was sie eben gesagt hatte. Noch böswilligere behaupteten, sie überlege auch hinterher nicht mehr, sonst würde sie ja jedesmal einen Schock kriegen.

Jetzt wollte sie ihren Gesprächspartner auch mal zu Wort kommen lassen. ». . . aber gleich nach Kriegsende waren Sie wieder da, Herr Salomon.« Sie sah ihn fragend an und erwartete eine längere interessante Antwort.

Salomon nickte nur zustimmend.

». . . wie waren denn eigentlich damals so Ihre Empfindungen, wie haben Sie sich gefühlt?« wollte Doris Bender wissen.

Salomon überlegte kurz. »Erleichtert«, antwortete er dann wahrheitsgemäß.

Doris Bender hätte liebend gern mehr gehört. Blitzschnell mußte sie sich die nächste Frage überlegen. »Herr Salomon, Sie sind einer der wenigen Zeitzeugen und können sicher viel über diese Zeit erzählen«, begann sie hoffnungsvoll. »1945! Berlin! In der Stunde Null!« Sie machte das sehr dramatisch. »Wie war denn damals so der Neubeginn?«

Salomon überlegte wieder. »Schwer«, sagte er dann bedächtig.

Doris Bender ließ sich ihre Enttäuschung über die Einsilbigkeit des Interviewten nicht anmerken. Sie machte auch keine Pause, das konnte sie gar nicht. »Und die Stimmung in Ihrer Firma?« meinte sie mit mitfühlender Miene. »Sicher waren doch alle sehr bedrückt?«

Salomon schüttelte den Kopf. »Im Gegenteil . . ., glücklich waren wir und dankbar!«

»Wofür?« fragte die Bender erstaunt. »Es gab doch nichts.«

»Es gab Frieden! Ist das etwa nichts?« Salomon sah die Reporterin fragend an. »Dafür mußte man doch dankbar sein!« Nach einer kurzen Pause fuhr er nachdenklich fort. »Oder besser gesagt, man müßte . . . Heute haben wir bei uns sechsundvierzig Jahre Frieden. Sechsundvierzig Jahre! Aber gucken Sie sich mal die unzufriedenen Gesichter der Menschen an. Die meisten haben vergessen, wie dankbar man dafür eigentlich sein müßte.« Erschöpft von der für ihn ungewöhnlich langen Rede, lehnte er sich zurück.

Doris Bender strahlte. Endlich hatte sie dem Alten ein paar Sätze entlockt und noch dazu gute Sätze. Einen besseren Schluß gab es nicht. Sie winkte dem Kameramann zu, der schwenkte auf die goldene »95«, die auf einem Arrangement steckte und zog die Zahl ganz nah heran. Er wartete einige Augenblicke. »Reicht dir das?« fragte er.

»Ja, danke!« Doris Bender sah zum Tonmeister hin. »War für dich alles in Ordnung?«

Der Tonmeister nickte. Die Scheinwerfer erloschen. Sofort redeten alle Bewohner des Altenheims und ihre Besucher durcheinander. Man besprach das, was man gehört hatte und bestimmt viel besser gesagt hätte.

Doris Bender löste ihr Mikrophon von der Kostümjacke und reichte es dem Tonmeister. »Dann baut schnell ab!« rief sie ihren Mitarbeitern zu. »In der ›Schaubühne‹ warten sie schon auf uns.« Sie drehte sich wieder um. »Herr Salomon, ich bedanke mich und wünsche Ihnen einen schönen

Geburtstag. Ich muß jetzt leider wieder los.« Und schon machte sie sich auf den Weg zum Ausgang.

»Ja, bitte«, murmelte Salomon abwesend. Er war vom Licht der Scheinwerfer die ganze Zeit geblendet worden, jetzt fehlte es ihm plötzlich. Er kniff die Augen zusammen und spähte in Richtung Eingang. »Ich glaube, ich werde abgeholt«, sagte er zu der bereits abwesenden Doris Bender, erhob sich etwas mühsam und wollte Monika, die er eben entdeckt hatte, entgegenkommen.

»Augenblick, Herr Salomon, das Mikrophon!« Der Tonmeister nahm es schnell von Salomons Jackett. »So, danke!«

»Bitte!« antwortete Salomon mechanisch. Er lächelte Monika zu, die näher kam und mit der Rose winkte. »Monika, meine Kleine!« rief er und stapfte mit kurzen, etwas unsicheren Schritten auf sie zu.

Monika umarmte ihn. »Herr Salomon, ich gratuliere Ihnen! Sie wissen, was ich Ihnen wünsche: vor allem Gesundheit und . . .«

Salomon unterbrach sie ungeduldig: »Ich weiß, aber es ist bereits zehn nach halb! Und ich bin nicht gern unpünktlich.«

»Wir haben noch viel Zeit«, beruhigte Monika ihn. »Die Presseschau beginnt erst um halb zwölf, und das Taxi wartet draußen.« Sie überreichte ihm die Rose. »Gucken Sie sich doch erst mal mein Geburtstagsgeschenk an.« Sie zeigte auf das geschmückte Pult, daß die beiden Männer abgestellt hatten.

Salomon entdeckte es jetzt erst und bekam ganz große, ungläubige Augen. »Mein Pult . . .?!« sagte er fassungslos.

Monika nickte.

»Mein altes Pult . . .« flüsterte Salomon, es klang fast andächtig.

»Ich habe es ein bißchen aufarbeiten lassen«, berichtete Monika. »Als ich mich neulich beklagt habe, daß ich keine Post von Ihnen bekomme, haben Sie mir gesagt: ›Schreiben kann ich nur an meinem Pult.‹ Jetzt haben Sie keine Ausrede mehr!«

»Danke, Monika.« Salomon blickte, ohne den Kopf zu heben – das fiel ihm in der letzten Zeit etwas schwer – nach oben. »Selma, die Kleine hat mir mein Pult gebracht. Was sagst du dazu?« Er wartete einen Moment. ». . . da bist du sprachlos!« meinte er dann erfreut.

Herr Goldberg, ein Bewohner des Altenheims, auch schon Ende Siebzig, wandte sich an den achtzigjährigen Herrn Rosenstein, der neben ihm stand. »Mit wem spricht er?« erkundigte er sich mit kräftiger Stimme. Er war schwerhörig.

»Mit seiner Frau«, flüsterte ihm Herr Rosenstein so laut wie möglich ins Ohr.

»Aber die ist doch schon längst . . .« Herr Goldberg machte eine Handbewegung, die besagen sollte: die Frau ist schon jahrelang tot!

Herr Rosenstein nickte.

»Der wird hier nicht alt!« prophezeite Herr Goldberg.

Salomon hatte das gehört und drehte sich um. »Fünfundneunzig, Herr Goldberg!« sagte er und wiegte den Kopf. »Wie alt noch, soll ich Ihrer Ansicht nach nicht mehr werden?« Indigniert schüttelte er den Kopf und wandte sich dann wieder seinem Geburtstagsgeschenk zu. Zögernd ging er an das Pult heran, stellte sich davor und tat so, als ob er schreiben wollte. Aber er konnte die Arme kaum noch auf die Platte legen. »Das war doch früher nicht so hoch?« meinte er betroffen. »Oder bin ich etwa inzwischen . . .«

»Nein, nein!« rettete Monika die Situation. Sie wandte sich an die beiden Männer. »Da hat es Ihr Chef wohl etwas gut gemeint. Die neuen Füße unten, die hat er viel zu lang gemacht.«

»Die Füße?« wiederholte der eine, der etwas begriffsstutzig war.

»Die da unten!« sagte Monika beschwörend und zwinkerte den Männern zu. »Nehmt das Pult mal gleich wieder mit.«

Jetzt hatten die beiden verstanden, sie nickten, hoben das Pult hoch und schleppten es wieder hinaus.

Salomon hatte inzwischen nachgedacht und zog jetzt das Fazit: »Na ja, ganz so geschrumpft kann ich ja nicht sein, obwohl . . .«, er seufzte bekümmert. »Sag mal, Monika, lohnt es sich denn überhaupt noch, andere Füße anzubringen? Bald bin ich nicht mehr da . . .«

»Herr Salomon, das haben Sie uns schon vor dreißig Jahren versprochen.« Monika lächelte überlegen. »Kommen Sie, wir haben noch viel vor.«

Salomon nickte und machte ein paar tapperige Schritte in Richtung der Tür.

Als Monika das bemerkte, nahm sie fürsorglich seinen Arm. Salomon blieb sofort stehen. »Wieso hakst du mich unter?« erkundigte er sich mißtrauisch. »Ich kann noch sehr gut alleine gehen.« Er löste sich von ihr.

»Aber ich nicht!« schwindelte Monika. »Ich bin heute etwas wacklig auf den Beinen.«

»Ach so!« meinte Salomon beruhigt. »Dann hak' dich lieber bei mir ein.«

Beide gingen langsam zur Tür. Salomon ließ Monika natürlich den Vortritt. Dann nahm er sofort wieder ihren Arm, brachte sie zum Taxi und riß die Tür auf. »Bitte . . .« sagte er einladend.

Monika zögerte. »Wollen Sie nicht erst?«

Salomon schüttelte den Kopf. »Ich steige auf der anderen Seite ein«, erklärte er.

»Das fehlte noch«, brummte Monika und stieg ein. »Kommen Sie, ich rutsche rüber!« Und schon rutschte sie auf die andere Seite. Salomon knallte ärgerlich die Tür zu, ging langsam um den Wagen herum und öffnete die linke Tür.

Monika blickte ihn an, seufzte verärgert und rutschte wieder auf die rechte Seite zurück.

Salomon stieg ein und schloß die Tür.

Monika winkte dem Fahrer zu. Das Taxi fuhr an. Dann richtete sie ihr Kleid, das sich durch das Hinundherrutschen etwas verschoben hatte, und strich es glatt.

Salomon beobachtete das. »Siehst du, . . . das wäre alles nicht nötig gewesen«, behauptete er rechthaberisch. »Aber du mußt ja deinen Dickkopf durchsetzen.«

Monika antwortete nicht. Sie warf einen verstohlenen Blick auf Salomon. Mein Dickkopf ist gut . . ., dachte sie, ganz schön abgebaut hat er in den letzten Monaten.

»Na ja«, brummte Salomon und blickte kurz rüber zu Monika. Alt ist sie geworden, sehr alt, dachte er, aber immer noch so eigensinnig wie früher. Dabei hätte sie damals ruhig auf mich hören sollen, ein paar glückliche Jahre mehr hätte sie gehabt . . . Damals war sie erst Mitte Dreißig . . . ein hübsches buntes Sommerkleid hatte sie an . . . Dessin 435 . . . Und wer war damals eigentlich bei mir? Salomon rieb sich nachdenklich die Nase . . ., und dann wußte er es: Ruth hieß sie, dachte er erleichtert, noch funktioniert mein Gedächtnis gut. Salomon schloß die Augen und sah alles wieder vor sich.

Es war im August, im August 1948. Er saß auf dem Balkon seiner Wohnung, natürlich nicht allein.

Er war selten allein, obwohl er kein schöner Mann war, und reich war er auch nicht. Aber er strahlte sehr viel maskulinen Charme aus, er war Anfang Fünfzig, ein Mann in den besten Jahren. Seine Zweizimmerwohnung lag in einer kleinen Seitenstraße des Tempelhofer Damms, ziemlich weit entfernt von der Firma, die immer noch in Richard Fränkels Villa residierte. Aber Monika, die in Niederschöneweide wohnte, holte ihn jeden Morgen mit ihrem Wagen ab und brachte ihn abends wieder nach Hause. Der Wagen hatte früher einem rührigen Filmproduzenten gehört, der die Firma gebeten hatte, die Hauptdarstellerin seines ersten Nachkriegsfilms friedensmäßig auszustatten. Naumann hatte zwei wunderschöne, sündhaft teure Abendkleider entworfen, der Produzent die Hälfte angezahlt, als der Film fertig war, mußte er Konkurs anmelden und der Firma den Wagen überlassen, einen Fiat 1500, ein Vorkriegsmodell, das 1938 neu und überaus fahrtüchtig gewesen war, seitdem durch viele Hände gegangen sein mußte, die nicht immer sauber gewesen waren. Ganz abgesehen davon, daß die Vorderräder, sowie man über 50 km/h fuhr, zu flattern anfingen, die Lichtmaschine lud auch nicht mehr richtig, deshalb hatte man immer Schwierigkeiten, den Wagen zu starten.

Monika parkte am liebsten am höchsten Punkt einer abschüssigen Straße. Wenn sie anfahren wollte, drückte sie die Kupplung runter, legte den zweiten Gang ein, stellte die Zündung an und löste die Bremse. Sowie der Wagen genügend Fahrt hatte, ließ sie die Kupplung los, es gab einen kleinen Ruck, und der Motor sprang an. Auch akustisch bot der Wagen einiges. Der Motor produzierte laufend Fehlzündungen, das Getriebe gab komische Geräusche von sich, und die Hupe war unverwechselbar heiser. Man hörte den Wagen unter tausend anderen heraus, und so viele waren 1948 noch nicht unterwegs.

Salomon hatte die Markise heruntergelassen, die ihn und Ruth nun vor der mittäglichen Augustsonne schützte. Die Balkonkästen hatte Gütschow mit Geranien vollgepflanzt, und so konnte man von der Straße aus nicht sehen, wer da saß. Salomon und Ruth hatten gerade gefrühstückt. Am Abend zuvor war es spät geworden, sie hatten sich im Hebbel-Theater Wolfgang Borcherts »Draußen vor der Tür« angesehen, waren zu Fuß nach Hause gegangen und in der Nacht kaum zum Schlafen gekommen. Das hatte nicht nur daran gelegen, daß sich das Haus direkt in der Einflugschneise befand – »sehr verkehrsgünstig gelegen«, pflegte Salomon ironisch zu sagen –, und die amerikanischen Flugzeuge, die Berlin in der Blockadezeit mit dem Nötigsten versorgten, donnerten Tag und Nacht direkt über das Haus, man war verliebt und hatte Besseres zu tun, als zu schlafen.

Jetzt saßen sie auf dem Balkon, und Ruth Hansen – so hieß die attraktive Mittdreißigerin – schwärmte von Paul Edwin Roth, dem Hauptdarsteller des gestrigen Theaterabends. Ruth war Mannequin, hatte sich bei Salomon vorgestellt, ging aber dann zu der Firma Strelitz & Co. Eines Abends sahen sie sich auf einer amerikanischen Party in Dahlem wieder, und seit drei Monaten waren sie zusammen.

Salomon hatte sich gerade vorgebeugt, um Ruths Hand zärtlich zu küssen, als ein Wagen näher kam, dessen Motor Fehlzündungen produzierte. Salomon horchte auf und bekam einen Schreck. »Monika kommt!« rief er und bat Ruth, den Kopf etwas zu senken, damit ihr dunkler Schopf nicht zwischen den Geranien zu sehen war.

»Wieso?« fragte Ruth. ». . . sie kennt mich doch?«

»Eben deshalb!« Salomon richtete sich auf und spähte durch die Geranien nach draußen.

Vor der Tür hielt der Fiat. Monika saß am Steuer, drückte auf die Hupe und stieg aus. Eine viermotorige Maschine flog gerade über das Haus hinweg, und Monika zog unwillkürlich den Kopf ein.

Kläuschen, der neben ihr saß, rutschte schnell auf den Fahrersitz, um von dort aus das Flugzeug verschwinden zu sehen.

Monika wartete ab, bis das Motorengeräusch etwas leiser wurde. »Herr Salomon! Herr Salomon!« rief sie dann in Richtung des Balkons.

Salomons Kopf tauchte über den Geranien auf. »Monika!«

rief er und tat erstaunt. »Das ist ja eine Überraschung! Warte, ich komm' raus.« Und schon verschwand er im Inneren der Wohnung.

Monika blickte neugierig zur anderen Seite des Balkons, entdeckte einen Moment lang Ruths schwarzen Schopf, guckte sofort wieder weg und lächelte.

Kläuschen, der im Wagen sitzen geblieben war, benutzte die günstige Gelegenheit. Der Sechsjährige drückte kräftig auf die Hupe.

Monika zuckte zusammen. »Kläuschen, bitte!« ermahnte sie ihren Sohn. »Und steig jetzt aus!«

Kläuschen zog ein Gesicht und gehorchte.

Salomon kam aus dem Haus und ging auf Monika zu. »Na so was, ich hatte ja keine Ahnung, daß du vorbeikommst.« Er schüttelte ihr die Hand. »Warum hast du mich nicht vorher angerufen?« Er entdeckte den Kleinen.

»Kläuschen, du bist ja auch da. Hallo!«

»Guten Tag, Onkel Max«, sagte der Junge und machte einen artigen Diener.

»Du bist ja schon wieder größer geworden«, sagte Salomon gespielt vorwurfsvoll. »Wenn du so weitermachst, wächst du mir bald über den Kopf.«

»Bestümmt!« antwortete Kläuschen, denn er war ein echter Berliner. In diesem Augenblick kam ein Flugzeug näher.

Kläuschen sah sofort nach oben. »Da kommt ja schon wieder eine Maschine. Und ganz tief!« sagte er aufgeregt.

Salomon nickte. »Die Luftbrücke funktioniert! Sogar am Sonntag. Jeden Tag kommen mehr Flugzeuge.«

»Eine Zweimotorige«, stellte der Junge fest.

»Kläuschen, wenn du da nach vorn läufst, wo die Gärten sind, kannst du sie landen sehen.« Salomon wies in die Richtung.

»Au ja!« rief Kläuschen begeistert und rannte los.

Die Maschine flog jetzt genau über sie hinweg. Das Motorengeräusch war ohrenbetäubend.

Salomon blickte noch einmal kurz zu seinem Balkon. »Wir gehen auch ein Stück!« schrie er dann. »Laufen ist gesund. Ich gehe sonntags immer spazieren.« Er hakte Monika ein, beide entfernten sich etwas von dem Balkon.

»Tut mir leid«, sagte Monika.

»Was?«

»Daß wir Sie gestört haben. Sie haben doch Besuch!«

»Ach so . . ., nicht wichtig, nur eine alte Bekannte«, wiegelte Salomon ab.

Monika lächelte. »Sehr alt wird sie schon nicht sein, so wie ich Sie kenne.«

Salomon fühlte sich ertappt und schwieg vorsichtshalber.

»Jetzt landet sie!« schrie Klaus von weitem.

Salomon war ganz froh, das Thema wechseln zu können. »Ein süßer kleiner Kerl. Er hat seine Augen.«

»Herr Salomon . . .«, sagte Monika warnend.

»Na, ist doch wahr«, antwortete Salomon. »Und der arme Sigi hat keine Ahnung, daß er einen Sohn hat.«

»Bitte!« Monika wurde wütend.

»Es ist nicht recht«, fand Salomon. »Du solltest auch an den Jungen denken.«

»Der hat alles, was er braucht«, behauptete Monika und machte ein ganz verbissenes Gesicht.

»Nur keinen Vater!« Salomon warf einen verstohlenen Blick auf Monika, die sich abgewandt hatte. »Sigi hat mir übrigens geschrieben«, erzählte er. »Er hat erfahren, daß seine Frau und Traudl in Dresden wohnten, in der Zeit, als der große Angriff war. Er hat Nachforschungen angestellt, über das Rote Kreuz. Aber es ist nichts dabei rausgekommen. Er meint, die beiden sind bestimmt . . .« Er nickte traurig.

»Tut mir leid«, sagte Monika tonlos.

»Er ist jetzt noch in London, aber er will . . .«

Monika unterbrach ihn. »Herr Salomon, was er macht, interessiert mich nicht mehr!« erklärte sie energisch. »Das Kapitel Sigi ist für mich abgeschlossen.«

Salomon machte noch einen Versuch. »Der Junge ist so allein.« Er seufzte bekümmert.

»Allein?« Monika lachte auf. »Er hat doch gerade wieder geheiratet!«

»Ach, das weißt du . . .« Salomon blickte sie unangenehm überrascht an. »Na ja, was sollte er machen, wenn er von dir nichts hört.« Das nächste Flugzeug tauchte am Horizont auf.

»Da hinten kommt schon wieder eine!« schrie Kläuschen. »Eine Viermotorige!«

»Ja-a!« antwortete Monika laut. Dann wandte sie sich wieder an Salomon. »Daß Klaus Sigis Sohn ist, wissen nur zwei Menschen auf der Welt. Sie haben mir Ihr Wort gegeben, daß Sie nicht darüber reden, und von mir wird er es nie erfahren. Nie! Denn glauben Sie mir . . .« Das Motorengeräusch des Flugzeugs übertönte das Ende des Satzes.

1991

Salomon saß im Taxi und hielt sich die Ohren zu. Seine Augen waren halb geschlossen. Er hatte das, was 1948 passiert war, nicht nur vor sich gesehen, sondern auch gehört. »Also so was von . . .« murmelte er und schüttelte den Kopf.

»Was ist, Herr Salomon?« Monika sah ihn beunruhigt an.

Salomon schreckte auf, öffnete die Augen ganz und war wieder in der Gegenwart. »Ach, nichts weiter!« meinte er und ließ die Hände sinken. »Ich hatte eben nur so ein Dröhnen in den Ohren, aber es ist schon vorbei.« Er guckte aus dem Seitenfenster und runzelte die Stirn. »Wo fahren wir denn lang? Das ist doch ein Umweg!«

»Sie wollten doch immer mal gern das Haus wiedersehen, in dem wir 1945 angefangen haben. Da vorn ist es. Halten Sie bitte mal an!« rief sie dem Chauffeur zu.

Der Taxifahrer bremste und hielt an der Bordsteinkante gegenüber der Villa.

Salomon kurbelte die Scheibe herunter und blickte hinaus. »Da haben wir fünfzehn Jahre gearbeitet«, sagte er leise.

Die Villa, die früher einmal Richard Fränkel gehört hatte, war zu einem kleinen Appartementhaus umgebaut worden. Acht Mietparteien wohnten dort. Man konnte sich vorstellen, wie klein ein Appartement sein mußte und wie hoch dessen Miete war. Hier konnten nur Singles wohnen, die Geld hatten.

Salomon wandte sich an Monika. »Weißt du noch, wie es hier aussah, als wir '45 angefangen haben?«

Monika nickte. Beide konnten sich an die verpappten Fenster erinnern und das primitive Schild mit der Aufschrift:

SAWANA – MODELLE
Salomon, Wagner und Naumann

und an die zwei Ofenrohre, die im Winter aus den Fenstern ragten. Alle versuchten, sich möglichst nah am Eisenofen aufzuhalten. Dennoch fror man. Frau Oberstleutnant Tschernikow war damals der rettende Engel der Firma. Sie schickte nicht nur fünf Sack Kohle, sondern auch zwei Zentner Kartoffeln, die eigentlich für Schauspieler des Deutschen Theaters bestimmt waren. Als sie von dem Diebstahl der Stoffe hörte, wollte sie sofort den Kommandanten des Kreises benachrichtigen, der die russische Militärpolizei einschalten sollte. Salomon konnte sie nur mit großer Mühe davon abhalten und bat sie nur, von russischer Seite aus der örtlichen Polizei einen Wink zu geben. Daraufhin klapperte Gütschow mit einem Polizisten die ganze Gegend ab und fand über dreißig Stoffballen wieder, die in verschiedenen Scheunen versteckt waren. Mit diesen Stoffen kam die Firma über die Runden. Nach der Währungsreform kam die Blockade, es wurde weiter rationiert, es gab Stromsperren und im RIAS die »Insulaner«-Sendungen. Und dann begannen endlich normale Zeiten. Die Heizungen kamen wieder in Gang, das ganze Haus wurde renoviert, innen und außen.

»Erinnerst du dich an unsere erste große Presseschau?« fragte Salomon. Monika nickte. »Alles, was Rang und Namen hatte, war da. Wir ließen einen Flügel kommen, und Fritz Schulz-Reichel spielte. Daisy hat hinterher gesagt, sie und die anderen Mannequins sind beim Vorführen förmlich geschwebt.«

»Ein Reporter vom RIAS kam«, erinnerte sich Salomon. »Und wir waren plötzlich so bekannt wie Gehringer und Glupp und Staebe-Seeger.«

»Die Presse war begeistert. Naumännchen hatte sich selbst übertroffen«, meinte Monika.

»Das war seine große Zeit!« Salomon nickte wehmütig und kurbelte die Scheibe wieder hoch. »Sie können jetzt weiterfahren«, sagte er zu dem Taxichauffeur.

Der Fahrer nickte, legte den Gang ein und fuhr an.

»Zehn Jahre später sind wir umgezogen«, sinnierte Salomon. »Und weißt du noch, wie wir . . .« Er unterbrach sich. »Nein, Schluß damit!«

»Womit?« Monika blickte ihn überrascht an.

»Womit?!« Salomon wurde ärgerlich. »Unsere Unterhaltung besteht doch nur aus ›Weißt-du-Nochs!‹ So was darf man gar nicht erst einreißen lassen.«

Der Taxichauffeur war der gleichen Meinung. Er drehte sich um und nickte bestätigend.

»Nach vorn soll man blicken, nach vorn!« verkündete Salomon. Als er entdeckte, daß der Chauffeur sich immer noch umguckte, fuhr er ihn an: »Sie aber auch!« Der Fahrer zuckte zusammen und drehte sich um. Gerade noch zur rechten Zeit, denn die Ampel an der nächsten Kreuzung zeigte Rot.

Die Firma SAWANA-MODELLE GmbH residierte in einem der Häuser, die Ende der Fünfziger Jahre in der Nähe der Gedächtniskirche errichtet wurden. Die hellen, lichtdurchfluteten Räume waren modern eingerichtet, bis auf den Verkaufsraum, in dem Kristallüster hingen und antike Tischchen vor bequemen Sofas standen. Die Wände waren mit alten, handkolorierten Modestichen förmlich bepflastert, und die Vorhänge an den vielen Fenstern waren aus teurer Seide. Man konnte von dort aus direkt auf die Gedächtniskirche blicken, während man von der Einrichtung, der Abnahme und den übrigen Räumen in den Zoologischen Garten sah. Das Privatkontor war eine Symphonie in Chrom und Glas, an dem großen Doppelschreibtisch konnten sich Chef und Chefin gegenübersitzen und gemeinsam das funkelnagelneue Telefon benutzen. An den Wänden hingen ein paar entzückende Modeskizzen von Gerd Hartung. Ein modernes Sofa, zwei Sessel und ein Glastisch, hinter denen ein großer Spiegel hing, sowie zwei Stühle, vervollständigten die Einrichtung.

Die Stühle hatte man heute an die Wand gerückt, und darauf stand ein gerahmtes Foto, eigentlich schon mehr ein Poster. Es war zirka einsfünfzig breit und einszwanzig hoch, die Reproduktion eines Fotos, das 1931 aufgenommen worden war. Der junge Max Salomon saß stolz lächelnd im Kreise seiner Mitarbeiter: Monika, Fränkel, Naumann, Gütschow, Daisy, Margot, Gloria, Fräulein Vogel, Fräulein Hiller und Fiedler. Vor der Gruppe hatte man ein kleines Schild aufgestellt, darauf stand, mit Blumen umkränzt:

5 Jahre

1928–1933

Klaus Fränkel kam herein, entdeckte das Foto, warf einen kurzen Blick darauf, lief sofort zum Telefon und wählte eine zweistellige Nummer. Während er darauf wartete, daß der Angerufene sich meldete, guckte er rasch in den Spiegel. Karin, seine Frau, behauptete, er könne an keinem Spiegel vorbeigehen, ohne reinzugucken. Das stimmte. Klaus Fränkel war eitel, machte eine Diät nach der anderen, ohne verhindern zu können, daß er zwei Wochen später sein altes Gewicht wieder hatte. Einem guten Schneider gelang es, seinen Bauch zu kaschieren. Klaus war Ende Vierzig, hatte schon schütteres Haar und wurde seinem Vater von Tag zu Tag ähnlicher.

Am anderen Ende der Leitung wurde abgehoben. »Karin, kannst du mal schnell . . .« sagte Klaus. »Ja, vor zehn Minuten . . . Gut!« Er legte auf, betrachtete das Foto und trat etwas zurück, um einen Gesamteindruck zu bekommen.

Karin trat ein. Sie war Mitte Vierzig und sah bezaubernd aus. Das elegante Schneiderkostüm stand ihr gut, sie war schlank, dezent geschminkt und wurde oft für die Schwester ihrer Tochter gehalten. »Wo ist es denn?« erkundigte sie sich neugierig und entdeckte das Bild im gleichen Moment. »Das haben sie aber gut hinbekommen!« meinte sie anerkennend.

Klaus nickte. »Wenn man bedenkt, daß das Original eine Postkarte war.«

»Er wird sich bestimmt freuen«, glaubte Karin. Sie sah

sich Salomon auf dem Foto genauer an. »Wie jung er damals noch war«, sagte sie leise.

»Na ja, 1931«, Klaus zuckte die Achseln.

Aber gelächelt hat er später noch genauso, dachte Karin und erinnerte sich an die Begegnung im Jahre 1960, an dem ihre Karriere begann.

Sie saß damals in der Einrichtung, die sich in der ersten Etage in der Villa im Grunewald befand. Sechzehn Jahre war sie alt, ein kleines Lehrmädchen, das davon träumte, einmal eine zweite Coco Chanel zu werden. Der Stoff für die Fuchsen lag schon abgeschnitten auf dem großen Tisch. Eigentlich hätte sie die Zutaten, wie Gurtband, Knöpfe, Reißverschlüsse und so weiter, dazutun müssen, aber sie saß auf dem Hocker und entwarf ein Kostüm. Sie skizzierte es auf der Rückseite eines Lieferscheins und war so in ihre Arbeit vertieft, daß sie ihren Chef nicht kommen hörte. Als sie den Rauch seiner Zigarre roch, war es schon zu spät. Karin bekam einen Schreck und zog schnell einen Arbeitszettel heran, mit dem sie ihre Zeichnung verdecken konnte.

Salomon tat zunächst so, als hätte er nichts bemerkt. »Ist Frau Gerlach nicht da?« fragte er.

»Nein, Herr Salomon.« antwortete Karin. »Die ist bei Gerber & Co, wegen der Reklamation. Aber sie muß bald zurückkommen.«

»Gut!« brummte der Chef und kam neugierig näher. »Was hast du denn da eben gezeichnet?«

Karin bekam einen roten Kopf. »Ach, nichts weiter«, stammelte sie verlegen.

»Zeig doch mal!« Salomon ließ nicht locker.

Karin reichte ihm die Skizze.

Der Chef sah sich die Zeichnung genau an und schüttelte verwundert den Kopf. »Das ist doch kein Kostüm aus unserer Kollektion. Hast du das entworfen?«

Karin nickte. »Das mach' ich ab und zu.«

»Das ist nicht gut . . .« meinte Salomon.

Karin blickte ihn enttäuscht an.

»So was solltest du nicht ab und zu machen, sondern öfter. Das ist nämlich sehr hübsch«, fand der Chef. »Das wäre was für Dolezal, der macht solche Kostüme am besten. Ich spreche gleich mal mit Herrn Naumann. Der soll entscheiden, welchen Stoff wir nehmen.«

»Herr Salomon, wird er nicht böse sein?« Karin sah ihren Chef besorgt an. »Ich meine, Herr Naumann, wenn ich ihm ins Handwerk pfusche.«

»Du pfuschst ja nicht. Das ist gekonnt!« beruhigte der Chef sie. »Und genau das fehlt noch in unserer neuen Kollektion. Mach dir mal keine Sorgen. Wenn er eifersüchtig werden sollte, was durchaus möglich sein könnte, werde ich ihn daran erinnern, daß er vor dreißig Jahren genauso angefangen hat.« Salomon zwinkerte ihr lächelnd zu und verließ die Einrichtung. Noch heute erinnerte sich Karin an jedes Wort. »Eigentlich verdanke ich ihm alles«, meinte sie versonnen.

Klaus verbesserte sie. »Eigentlich verdanken *wir* ihm alles.« Er warf einen Blick auf seine Rolex. »So, und jetzt müssen wir uns beeilen«, sagte er resolut. »In knapp vierzig Minuten geht es los. Ist das Brautkleid fertig?«

»Es wird gerade aufgedämpft«, antwortete Karin. »Ich lauf' gleich mal rauf ins Atelier.« Sie ging zur Tür.

Klaus folgte ihr. »Ich seh' mal nach, ob sie den Straßgürtel schon geliefert haben.«

»Und wenn sie inzwischen kommen?« gab Karin zu bedenken.

»Keine Angst . . .« erwiderte Klaus, »der Kleine wartet unten an der Tür. Sowie sie da sind, klingelt er zweimal und dann haben wir noch dreißig Sekunden Zeit, um uns aufzustellen.«

Der »Kleine«, war ein Meter achtundachtzig groß, einundzwanzig Jahre alt und hieß Benjamin. Er war Karin wie aus dem Gesicht geschnitten und zeichnete schon ebensogut wie seine Mutter. Er wollte eigentlich das Abitur machen, verließ aber nach der elften Klasse die Schule und wurde Lehrling in der väterlichen Firma, was oft zu Familienkrächen führte. Sämtliche Mannequins schwärmten von ihm. Besonders die schon etwas älteren.

Jetzt stand er unten vor der Tür, trug einen schicken Blazer, eine Flanellhose, ein blaues Hemd und eine Krawatte von Cardin. Er begrüßte einige Damen, die zur Schau kamen mit Handkuß, schüttelte die Hände der Pressefotografen und mopste sich sichtlich. Von Onkel Max und seiner Großmutter war noch nichts zu sehen.

Die steckten im Taxi im Stau. In der Lietzenburger Straße ging nichts mehr.

»Jetzt sitzen wir schon wieder fest«, murmelte Salomon ärgerlich. Ein Radfahrer schlängelte sich zwischen den Autos durch, erreichte ganz schnell die Kreuzung Uhlandstraße und bog nach rechts ab. Salomon folgte ihm mit seinem Blick. »Radfahrer müßte man sein!« meinte er neidisch. Dann guckte er zur anderen Straßenseite und überlegte: »Du . . . da drüben das Haus . . .«

Monika beugte sich zu ihm rüber, um rausgucken zu können.

»Das ist doch . . .« fuhr Salomon fort.

»Mhm«, Monika nickte. »Das war Naumännchens Haus.«

Salomon kurbelte die Scheibe herunter und betrachtete das Mietshaus. In der fünften Etage des repräsentativen Altbaus befand sich eine große Terrasse, im Erdgeschoß ein Blumengeschäft.

Salomon seufzte. »Darauf war er so stolz . . .«

»Und seine Mutter erst!« ergänzte Monika.

»Unten ist immer noch ein Blumengeschäft«, stellte Salomon fest.

»Aber das gehört jetzt auch jemand anders.« Monika lehnte sich wieder zurück.

Salomon blickte sie an. »Was bleibt von einem Menschen übrig, wenn er gegangen ist?« Er starrte einen Augenblick lang in wehmütige Gedanken versunken vor sich hin. »Ich würde ja gern mal sein Grab besuchen ... aber erst nach Capri fahren.« Er kurbelte die Scheibe wieder hoch, als ob er seine trüben Gedanken ausschließen wollte.

Das Taxi fuhr langsam an.

»Es geht weiter!« verkündete Monika.

Salomon nickte abwesend. Ihm war plötzlich etwas eingefallen. »Damals sind wir hier auch vorbeigefahren. Das war ...«

»Wann?« wollte Monika wissen.

»Ich überlege ja gerade«, meinte Salomon etwas gereizt. Er hatte es nicht gern, wenn er sich an etwas nicht gleich erinnern konnte. »Erst hast du mich abgeholt, dann haben wir Naumännchen abgeholt und sind zu diesem Wirtschaftssenator gefahren. Aber wann das war ...?«

»An Ihrem Fünfundsechzigsten. Am 12. August 1961.« Monikas Gedächtnis litt noch nicht unter Altersschwäche. »Erinnern Sie sich jetzt?«

Salomon wiegte den Kopf und machte ein beleidigtes Gesicht. »Den Tag werd' ich nie vergessen! Du wohl auch nicht.«

»Bestimmt nicht!« antwortete Monika.

»Wie der schon anfing ... Der Senator brachte das Kunststück fertig, eine halbe Stunde zu reden, ohne etwas zu sagen. Und wir waren froh, als wir wieder in der Firma waren.«

Der 12. August 1961

Die Eingangstür wurde von außen geöffnet. Naumann kam herein und hielt sie für Monika und Salomon auf. Alle drei waren festlich gekleidet. Salomon trug einen Stresemann, die sechsundvierzig Jahre alte Monika ein dunkles Kleid, und Naumann, der im letzten Mai ein halbes Jahrhundert vollendet hatte, einen eleganten, dunkelgrauen Zweireiher. Die Farben seiner überaus schicken Krawatte waren vielleicht etwas zu bunt für den Anlaß, aber sie paßten zu seiner Stimmung.

»Wir sind wieder da!« rief er laut und vernehmlich.

In dem kleinen Guckfenster, durch das man vom Kontor aus die Eintretenden beobachten konnte, wurde Fräulein Hiller sichtbar. Ihr Haar war knallrot gefärbt, ihre mit falschen Steinen besetzte Brille etwas die Nase abwärts gerutscht. Als sie die Ankommenden sah, verschwand sie sofort wieder.

»Das hätten wir hinter uns.« Salomon atmete erleichtert auf.

»Der war süß«, Monika verzog das Gesicht.

»Der Senator?« Naumann blickte sie fassungslos an.

»Nein, der Senatssekt«, antwortete Monika lachend.

Und dann gingen sie alle zur Tür, die zum großen Raum der Firma führte.

Fräulein Hiller erschien dort mit einem kleinen Sträußchen in der Hand. »Sie kommen!« meldete sie aufgeregt.

Die Stranitzki war gerade dabei, eine Torte auszupacken. Auf dem Tisch lag in der schwarzen Schneiderdecke ein Kleid. Daisy, im Kittel über ihrem schwarzen Unterkleid, beobachtete das Auspacken höchst interessiert. Sie war jetzt Anfang Fünfzig und sah immer noch bezaubernd aus, brauchte aber dafür jetzt wesentlich mehr Zeit als früher. Diät mußte sie auch halten, strenge Diät.

Karin und Klaus warteten mit einem kleinen Päckchen in der Hand auf ihren Chef. Überall standen Blumenarrangements herum, auf einigen steckte die silberne Zahl 65. Die Branche und vor allem die Lieferanten hatten sich nicht lumpen lassen.

Als Salomon, Monika und Naumann eintraten, stürzte Fräulein Hiller sofort auf Salomon zu und machte so etwas ähnliches wie einen Knicks. »Meine herzlichsten Glückwünsche zum Geburtstag und zum Bundesverdienstkreuz!« flötete sie und überreichte den Strauß.

Salomon dankte und blickte sich um. »Das ist ja ein richtiger Auflauf«, stellte er überrascht fest.

Daisy, Karin und Klaus gratulierten ihm auch.

»Danke Kinder, danke!« Salomon war gerührt. Dann gab er erst mal Fräulein Hiller die Blumen zurück. »Stellen Sie die am besten gleich in eine Vase.«

Fräulein Hiller nickte und wippte auf hohen Absätzen zum Kontor.

»Und die Stranitzki ist ja auch da!« Salomon ging auf die Schneiderin zu.

»Und die möchte Ihnen auch die Hand drücken.« Die Stranitzki tat das, und zwar kräftig. »Ich habe Sie heute morgen schon gehört, im RIAS, um acht Uhr.«

»Da haben sie mich schon interviewt. Früher ging's nicht«, stöhnte Salomon. »Habe ich was Vernünftiges gesagt?«

»Sie haben so menschlich gesprochen«, fand die Stranitzki.

»Ich war wohl noch nicht ganz wach«, knurrte Salomon.

»Und ich konnte wieder kaum ein Wort verstehen.« Die Schneiderin seufzte.

»Habe ich etwa wieder so genuschelt?« fragte Salomon unangenehm überrascht.

Die Stranitzki lachte. »Nein, aber Sie wissen doch, der

RIAS bei uns im Ostsektor . . . Unsere Störsender waren mal wieder sehr fleißig.«

»Es wird Zeit, daß Sie endlich rüberkommen«, ermahnte Salomon die Schneiderin.

Daisy, die die Torte die ganze Zeit nicht aus den Augen gelassen hatte, wandte sich an ihren Chef. »Herr Salomon, gucken Sie doch mal, was Frau Stranitzki Ihnen mitgebracht hat.«

»Eine Torte?« Salomon staunte.

»Zu Ihrem Ehrentag.« Die Schneiderin nahm die Torte und präsentierte sie Salomon.

»Buttercremetorte.« Daisy ließ das Wort förmlich im Mund zergehen.

»Aus der HO?« erkundigte sich Naumann.

»Selbstgebacken natürlich!« antwortete die Stranitzki beleidigt. »Mit guter Butter!«

Monika schnupperte begeistert. »Wie die schon riecht!«

»Da möchte man am liebsten gleich . . .« Daisy kam mit ihrem Zeigefinger der Verzierung der Torte verdächtig nahe.

»Noch nicht!« warnte die Stranitzki.

Fräulein Hiller erschien in der Kontortür. »Gütschow kommt!« kündigte sie an. »Aber kriegen sie keinen Schreck. Er sieht aus . . .« Sie schlug die Augen zum Himmel.

Die Tür öffnete sich. Gütschow trat ein, blaß, dünn, ein Bild des Jammers. Er mußte sich auf einen Stock stützen. »Tach, allerseits!« wünschte er mit schwacher Stimme.

Die Anwesenden wechselten erschrockene Blicke und versuchten jetzt, ihre Betroffenheit zu überspielen.

Salomon faßte sich als erster. »Gütschow! Na das ist ja eine Überraschung«, sagte er lächelnd und gab ihm die Hand.

»Mein Glückwunsch, Herr Salomon«, antwortete Gütschow.

»Danke. Wie geht es Ihnen denn?« erkundigte sich Salomon.

Gütschow winkte traurig ab. »Ach, Sie sehen es ja, das Bein will nicht mehr und überhaupt . . . Wenn man die Siebzig erst hinter sich hat, dann ist . . .«

Salomon unterbrach ihn. »Setzen Sie sich erst mal.« Er wandte sich an Klaus. »Schieb doch mal meinen Sessel her.« Er wies auf das Privatkontor, dessen Tür offenstand.

Klaus ging sofort hin und holte den Sessel.

Die anderen bemühten sich, Gütschow gesundzureden.

»Aber aussehen tun Sie prima, nicht wahr Daisy?« meinte die Stranitzki.

»Großartig!« Daisy log mit.

»Wirklich, Herr Gütschow, fabelhaft«, beeilte sich Monika zu sagen.

»Find' ich auch«, versicherte Fräulein Hiller.

»Direkt beneidenswert gut!« Naumann übertrieb wie immer.

Gütschow blickte von einem zum anderen und wunderte sich. »Komisch, als ich noch gesund war, hat das nie einer zu mir gesagt.« Er bedankte sich bei Klaus und nahm Platz.

Salomon klatschte in die Hände. »So, Kinder, jetzt essen wir erst mal die Torte. Ich habe großen Hunger. Beim Senator gab es nur Kekse, und die waren so trocken wie seine Rede!«

Fräulein Hiller sah ihren Chef erwartungsvoll an. »Soll ich Kaffee machen?« fragte sie.

»Ja, bitte!« erwiderte Salomon.

Fräulein Hiller machte sich freudig erregt auf den Weg zum Frühstücksraum. Alles an ihr wippte, und es wippte jetzt wesentlich mehr als in den dreißiger und vierziger Jahren.

Salomon drehte sich zu Daisy um. »Und du schneidest die Torte auf«, ordnete er an.

»Au ja!« Daisy freute sich.

Naumann machte ein bedenkliches Gesicht. »Kann man denn die beiden allein lassen, die Torte und die verfressene Person?«

»Ich darf jetzt . . . ich hör' ja auf.« Daisy lächelte triumphierend, nahm die Torte und ging los.

»Wie fühlst du dich denn überhaupt?« wollte die Stranitzki wissen.

Daisy drehte sich wieder um und zuckte die Achseln. »Wie man sich so fühlt, als Deutschlands dienstältestes Mannequin, kurz vor dem Ruhestand.«

»Ich meinte eigentlich vor dem Ehestand«, hakte die Stranitzki nach.

»Ach, mir geht's prima«, antwortete Daisy. »Nur Edwin ist schon ziemlich nervös.«

»Sag mal, dein Wachtmeister . . .«, begann Naumann.

Daisy unterbrach ihn sofort. »Hauptwachtmeister!«

»Also dein Hauptwachtmeister, frißt der auch so gern wie du?«

»Wahnsinnig gern, und er kocht . . .!« Schon bei dem Gedanken daran lief Daisy das Wasser im Mund zusammen.

»Da haben sich ja zwei gefunden!« konstatierte die Stranitzki.

»Gott sei Dank!« Daisy gab einen erleichterten Seufzer von sich. »Ich war ja schon überfällig«, bekannte sie und ging mit der Torte zum Frühstücksraum.

Naumann wartete, bis sie draußen war, und wandte sich dann an die Stranitzki. »Haben Sie das Kleid mit?« erkundigte er sich leise.

»Natürlich!« antwortete die Stanitzki.

»Schnell auspacken!« drängelte Monika. Die Stranitzki begann die Nadeln, mit denen die Schneiderdecke zusammengesteckt war, herauszuziehen.

Karin wollte inzwischen ihr Geschenk überreichen. »Danke, mein Kind.« sagte Salomon hastig. »Leg's ins Privatkontor. Ich guck's mir nachher an. Du hast mir sicher wieder etwas gezeichnet...?«

Karin nickte.

Salomon fiel etwas ein. »Sag mal, sind die Skizzen für Brenner und Co. schon fertig?«

Karin kam wieder zurück. »Ich bin noch dabei«, antwortete sie.

»Dann mach' mal, die müssen heute noch weg. Ein Stück Torte hebe ich dir auf«, versprach der Chef.

Karin verschwand in der Einrichtung.

Salomon drehte sich zu Klaus um, nahm dessen Geschenk dankend entgegen, erinnerte ihn an den Rest Stoff, auf den Glaser und Strauß warteten und schickte Klaus auch weg. Sein Blick fiel auf den Kalender. »Immer dasselbe!« meinte er ärgerlich. »Heute ist bereits der zwölfte!« Er riß das Blatt ab, warf es in den Papierkorb und wandte sich dann Gütschow zu, der ganz still im Sessel saß. »Na, Gütschow, da wird sich Ihre Frau ja freuen, daß Sie wieder auf den Beinen sind.«

»Die weiß das gar nicht.« Gütschow kicherte. »Ich bin heimlich abgehauen. Bei so was will man doch dabeisein. Das ist schließlich ein großer Tag.«

»Besonders für die Blumengeschäfte«, meinte Salomon ironisch. Er blickte auf ein besonders schönes Arrangement und erkundigte sich: »Von wem ist das eigentlich?«

»Von Detlef«, antwortete Naumann und senkte verschämt die Augen.

»Ach, von deinem Rosenkavalier.« Salomon schmunzelte. »Wie geht denn sein Blumengeschäft?«

»Es blüht!« Naumann war sichtlich stolz auf seinen tüchtigen Lebensgefährten. »Deshalb läßt er sich entschuldigen. Er wäre gerne selbst gekommen, aber heute ist eine große Trauerfeier im Krematorium, da macht er den Blumenschmuck. Über tausend Rosen! Detlef hat sich so gefreut.«

»Vielleicht mach' ich ihm auch bald die Freude«, unkte Salomon.

»Herr Salomon . . ., aber wirklich!«, riefen die anderen vorwurfsvoll.

»Weiß man's?« Salomon zuckte die Achseln. »Zum Glück weiß man's nicht.«

Die Einrichtung war viel größer als in der Taubenstraße. Die Regale reichten bis zur Decke und waren gefüllt mit Woll- und Seidenstoffen. Frau Gerlach maß Stoff ab, Karin hatte sich in eine Ecke verzogen und zeichnete. Mehrere Skizzen waren schon fertig.

Klaus trat an Karin heran und blickte ihr über die Schulter. »So möcht' ich auch mal zeichnen können!« sagte er bewundernd. »Na ja, ich bin ja erst im ersten Lehrjahr.«

»Das schaffst du auch im dritten nicht«, erwiderte Karin, ohne ihre Arbeit zu unterbrechen. »Das ist . . . Begabung ist das.« Sie blickte kurz zu ihm auf. Gut sieht er aus, dachte sie, groß und schlank und diese blauen Augen. Ich mochte ihn vom ersten Augenblick an! Karin war verliebt in ihn und gab sich große Mühe, es ihn nicht merken zu lassen.

Klaus legte seine Hände auf ihre Schultern.

Karin zuckte zusammen und schon war die Mittelfalte auf der Zeichnung verrutscht. »Nicht doch! Sieh mal, jetzt muß ich das Ganze noch mal machen«, sagte sie vorwurfsvoll, knüllte die fast fertige Skizze zusammen und ließ sie im Papierkorb verschwinden.

»Ich wollte ja bloß mal sehen, wie du die Falten hinkriegst«, schwindelte Klaus, ohne die Hände von ihren Schultern zu nehmen.

»Aha!« Karin warf ihm einen ironischen Blick zu. »Wieso

bist du eigentlich in der Konfektion gelandet? Nur weil du der Sohn von der Chefin bist?«

»Nee, an und für sich wollte ich Arzt werden« antwortete Klaus. »Aber in der Anatomie bin ich umgekippt. Und da habe ich mir gedacht, in der Konfektion befaßt man sich ja auch mit der Anatomie, angenehmerweise mit der weiblichen.« Dabei streichelte er Karins Schultern und machte das äußerst liebevoll.

Karin spürte, daß sie das erregte. »Mit meiner befaßt du dich jetzt schon etwas zu lange«, sagte sie betont kaltschnäuzig. »Nicht, daß mir das direkt unangenehm ist, aber so kann ich nicht zeichnen. Und du willst doch nicht, daß ich Ärger bekomme.«

»Nein.« Klaus ließ Karins Schultern los. »Aber ich komme noch mal darauf zurück«, kündigte er an und ging in die Abnahme. Karin guckte ihm nach, nahm ein neues Blatt und arbeitete weiter.

Daisy kam mit einem großen Tablett zurück, auf dem die Torte stand, dazu Teller, Kuchengabeln und Servietten. Sie kaute noch und beeilte sich den Rest, den sie noch im Mund hatte, herunterzuschlucken.

»So, ich habe sie aufgeschnitten!« verkündete sie.

»Und auch schon probiert«, konstatierte Naumann vorwurfsvoll.

»Ein Stückchen war abgebrochen«, verteidigte sich Daisy. »Der Kaffee kommt gleich.« Sie stellte das Tablett auf ein Tischchen und blieb abwartend daneben stehen.

»Monika tust du mal die Torte auf!« rief Salomon.

Daisy protestierte. »Das kann ich doch machen.«

»Nein, du mußt noch rasch was überziehen«, sagte Naumann.

»Die Stranitzki hat ein Kleid mitgebracht, für die neue Kollektion«, erklärte Salomon.

»Wieso?« fragte Daisy verwundert. »In der nächsten Saison bin ich doch gar nicht mehr hier!«

»Aber die Steffi ist noch nicht da«, behauptete Naumann. »Und ich möchte gern mal sehen, wie es angezogen wirkt.«

»Kann ich nicht vorher ein Stückchen Torte . . .?« Daisy warf einen sehnsüchtigen Blick auf die einzelnen Tortenstücke, die von Monika auf den Tellern verteilt wurden.

Monika hatte gerade Gütschow ein Stück geben wollen, der prompt abwinkte. »Hier, damit Sie nicht umfallen!« Sie reichte Daisy den Teller.

Das Mannequin strahlte. »Danke! Ein Glück, daß endlich Schluß ist mit der Hungerei. In drei Wochen steh' ich vor dem Traualtar.«

Sie nahm das Stück Buttercremetorte einfach in die Hand, biß ab und gab Monika den Teller mit dem Rest zurück. »Was soll ich überziehen?« erkundigte sie sich mit vollem Mund und zog ihren Kittel aus.

Die Stranitzki kam mit dem weißen Brautkleid, das sie mitgebracht hatte.

Daisy sah es. »Auch das noch!« seufzte sie. »Da muß ich mich ja völlig entblättern. Halten Sie mal . . .« Sie reichte der Schneiderin ihren Kittel, verschwand hinter dem Kleiderständer und zog sich vor dem Spiegel ihr schwarzes Satinunterkleid über den Kopf.

Die Stranitzki folgte ihr mit dem Brautkleid.

»Ich bin gleich wieder da«, versprach Naumann und verschwand in seinem Studio.

»Stranitzki, das ist aber ein Gedicht!« lobte Salomon.

»Das Kleid oder die Torte?« wollte die Schneiderin wissen.

»Beides!« antwortete Salomon, nahm den letzten Happen und stellte den Teller ab.

Naumann kam zurück. Er hatte einen Brautschleier in der

Hand, den er hinter seinem Rücken verbarg. »Geht der Reißverschluß zu?« rief er.

»Ja«, antwortete Daisy.

»Mit Ach und Krach!« fügte die Stranitzki hinzu.

Die anderen warteten auf das Erscheinen von Daisy. Monika stellte ihren Teller ab.

»Na, dann komm mal her«, drängelte Naumann.

Daisy kam im Brautkleid hinter dem Ständer hervor, gefolgt von der Stranitzki, die den Kittel und das Unterkleid des Mannequins über dem Arm trug und immer noch ein bißchen an dem Brautkleid herumzupfte. Daisy sah hinreißend aus.

Naumann betrachtete sie und tat so, als ob er unzufrieden wäre. »Da oben fehlt noch was. Dreh dich mal um!«

Daisy tat das.

Naumann holte schnell den Brautschleier hinter seinem Rücken hervor und befestigte ihn an ihrer Frisur. »So!« sagte er, »... jetzt laß dich mal ansehen.«

Daisy drehte sich um.

Fräulein Hiller, die gerade mit dem Kaffeetablett ankam, blieb sofort stehen. »Oh!« stieß sie verzückt hervor.

Salomon, Monika und Gütschow applaudierten.

»Nicht schlecht, wie?« Naumann sah sich beifallheischend um.

Daisy ging zum Spiegel und betrachtete sich. »Ist das schön!« Sie war völlig hingerissen von dem Anblick, ging ein paar Schritte auf und ab und besah sich von allen Seiten. »Ein Traum ...« hauchte sie. »In so einem Brautkleid wollte ich schon immer mal heiraten. Schon seit Jahrzehnten.« Sie zuckte die Achseln und lächelte wehmütig. »Na ja, selbst wenn ich mir das kaufen wollte, so was kann man nicht bezahlen.«

»Kannste auch nicht«, meinte Salomon schnoddrig.

»Eben!« Daisy nickte traurig.

Monika lächelte verschmitzt. »Das ist nämlich gar nicht für die neue Kollektion.«

»... das ist unser Abschiedsgeschenk«, erklärte Naumann.

»Ist das wirklich wahr?« Daisy sah ihn ungläubig an.

Er nickte. Die anderen nickten auch.

»Mann, das ist ja ...!« Daisy war zu Tränen gerührt. Dann schoß ihr ein Gedanke durch den Kopf. »Und Edwin hat keinen Frack! Ach, Quatsch, dann heiratet er eben in Uniform. Danke!« Sie fiel Salomon schluchzend um den Hals und gab ihm einen Kuß. Dann küßte sie Monika, Naumann und die Stranitzki.

Gütschow hob den Zeigefinger. »Und was ist mit mir?«

»Na ja, wenn ich schon mal dabei bin ...« Daisy ging zu Gütschow hin und drückte ihm einen Kuß auf die Wange. Und schon fiel ihr wieder ein, daß sie Hunger hatte. »Und was ist mit meiner Torte?«

»Hier!« Monika reichte ihr den Teller.

Daisy ignorierte auch diesmal die auf dem Teller liegende Kuchengabel, nahm das Stück Torte in die Hand, wollte reinbeißen und hielt plötzlich erschrocken inne. »Scheiße! Daran habe ich ja gar nicht gedacht ... Jetzt muß ich ja weiter fasten bis zur Hochzeit, sonst komme ich nicht mehr in das Kleid rein.« Sie überlegte kurz und gab sich einen Ruck. »Ach, was, heute wird noch mal gesündigt!« Sie steckte den Rest der Torte in den Mund und kaute strahlend.

»Vorsicht, das Kleid!« warnte die Stranitzki.

»Zieh' ich ja gleich aus«, versicherte Daisy mit vollem Mund.

»Aber vorher wäschst du dir die Hände«, ermahnte die Schneiderin sie. »Buttercreme macht Flecke!« Und schon bugsierte sie Daisy zum Waschraum.

Fräulein Hiller stand noch immer mit dem vollen Tablett da, wie bestellt und nicht abgeholt. »Und was ist mit dem Kaffee?« erkundigte sie sich etwas beleidigt, weil man sie anscheinend vergessen hatte.

Salomon blickte auf seine Uhr. »Später Hiller'n!« entschied er. »Die Leute von Westkauf müssen gleich kommen. Hinterher trinken wir in aller Ruhe.« Er blickte auf die Thermoskanne. »Der hält sich ja warm. Und dann kriegen Sie auch Ihr Stück Torte.«

»Aber ein kleines«, sagte Naumann schnell.

Fräulein Hiller protestierte sofort. »Nein, ein ganz großes!«

Naumann war entsetzt. »Haben Sie denn keine Angst um Ihre Taille?«

»Schon lange nicht mehr. Sehen Sie mich an . . .« Fräulein Hiller drehte sich einmal graziös um sich selbst. »Ich habe seit zwanzig Jahren kein Gramm zugenommen und fühle mich rundum froh wie der Mops im Paletot!« Und schon rauschte sie ab in Richtung Küche. Alles wippte, und nur der Verschluß der Thermoskanne hielt den Kaffee davon ab, überzuschwappen.

Naumann sah ihr nach. »Da ist etwas dran«, meinte er doppeldeutig.

»Habt ihr die Sachen schon rausgesucht?« wollte Salomon wissen.

»Nein, noch nicht«, antwortete Monika.

»Na dann mal los!« drängelte Salomon.

»Ich helfe dir«, bot Naumann an. »Übrigens Westkauf hat einen neuen Chefeinkäufer. Soll ein Herr ›Wichtig‹ sein.«

»Und wer ist das?« forschte Salomon.

»Keine Ahnung!« Naumann zuckte die Achseln. »Na ja, Monika wird ihn schon becircen. Komm! Hast du die Zettel?«

Monika nickte und ging mit Naumann zu den Ständern vor dem Verkaufsraum, auf denen die Kollektion hing. Die Einkäuferinnen von Westkauf hatten sie gesehen, angesagt, was in die engere Wahl kam, und der Chefeinkäufer würde heute entscheiden, was geordert werden sollte.

»Wenn ihr fertig seid, kommt mal zu mir!« rief Salomon den beiden nach. »Ich muß etwas mit euch besprechen.« Er ging zu Gütschow, der gerade mühsam aufstehen wollte.

»Tja, Herr Salomon ...« sagte er, »es wird Zeit für mich.«

Salomon drückte ihn sofort wieder in den Sessel zurück. »Was denn? Jetzt schon? Ich dachte, wir trinken noch zusammen Kaffee?«

Gütschow winkte traurig ab. »Kaffee ...? Mit meinem Herzen ...!«

Salomon schüttelte besorgt den Kopf. »Torte haben Sie auch nicht gegessen. Aber einen Cognac werden Sie mir doch nicht abschlagen?«

»Alkohol? Mit meiner Leber!« Gütschow winkte wieder ab und seufzte. »Ach, Herr Salomon, es ist nichts, wenn man alt wird.« Er blickte seinen ehemaligen Chef neidisch an. »Ihnen fehlt wohl gar nichts?« erkundigte er sich.

»Doch, der Blinddarm. Den haben sie mir rausgenommen.« Salomon nahm eine Zigarre aus seinem Etui. »Aber sonst fühle ich mich ausgezeichnet.« Er biß die Spitze der Zigarre ab.

»Das sieht man.« Gütschow blickte auf die Schleife des Bundesverdienstkreuzes.

Salomon faßte an sein Revers. »Ach, Sie meinen das Ding hier. Eigentlich wollte ich das gar nicht annehmen. Aber dann habe ich mir gedacht: im Ersten Weltkrieg das Eiserne Kreuz, im Zweiten den Stern und jetzt das Bundesverdienstkreuz. So was nennt man eine jüdische Karriere in Deutschland!« Er holte eine Schachtel Streichhölzer aus der Tasche, wollte die Zigarre anzünden, hielt aber plötzlich inne. »Rauchen tun Sie auch nicht mehr?« vergewisserte er sich.

Gütschow schüttelte bekümmert den Kopf. Salomon gab sich Feuer und stieß genüßlich den Rauch aus.

Gütschow schnupperte und lächelte plötzlich. »Wenn ich die Zigarre rieche und die Augen zumache ... wie in alten Zeiten.«

»Die sind vorbei!« sagte Salomon. »... die kommen auch nicht wieder.«

»Na ja, wir sind auch nicht mehr die alten«, sinnierte Gütschow.

»Doch! Jetzt sind wir die Alten!« stellte Salomon fest. Und es klang ein wenig elegisch.

»Sie haben es nötig, mit ihren fünfundsechzig Jahren!« regte Gütschow sich auf. »Ihnen laufen die Damen doch heute noch nach. Wenn ich denke, was ich mit Ihnen alles erlebt habe. Vor vier Jahren, diese verrückte Ungarin, die hieß ...«

Salomon unterbrach ihn schnell. »Pst, Gütschow, keine Namen! Meine Frau hört mit.« Er warf einen verstohlenen Blick nach oben. Dabei fiel ihm etwas ein. »Oiweh, wir haben ja noch Schabbes! Entschuldige Selma ..., ich lege sie schon weg.« Er deponierte die Zigarre im Aschenbecher.

»Tja, Herr Salomon, jetzt muß ich aber wirklich.« Gütschow stand ächzend auf.

Salomon sah Klaus aus der Einrichtung kommen und winkte ihn heran.

»Und bleiben Sie schön gesund, Herr Salomon«, wünschte Gütschow.

»Sie auch«, sagte Salomon.

»Ach!« Gütschow seufzte schon wieder, »... wenn man so krank ist wie ich ...«

»Dann kann es doch nur besser werden.« Salomon wandte sich an Klaus. »Begleitest du mal Herrn Gütschow nach unten. Und besorg ihm ein Taxi! Falls wir uns nicht mehr sehen sollten, Gütschow, alles Gute!«

Gütschow verabschiedete sich und schüttelte Salomon die Hand.

»Auf Wiedersehen, Gütschow. – Und erledige das mit dem Chauffeur«, flüsterte Salomon Klaus zu. »Hast du was dabei?« Er rieb Daumen und Zeigefinger.

Klaus nickte, hakte Gütschow unter und ging mit ihm zum Fahrstuhl. Salomon sah ihm nach, guckte auf seine Uhr und bekam einen Schreck. »Oiweh, es wird höchste Zeit!« Er lief schnell in das Privatkontor und lehnte die Tür nur an. Plötzlich ging er wie ein ganz alter Mann gebückt auf und ab und beobachtete sich dabei im Spiegel. »Sehr gut!« meinte er und war mit seiner Darbietung höchst zufrieden. In diesem Augenblick fiel ihm ein, daß seine Frau das mißverstehen könnte. Er blickte schnell nach oben. »Selma! Nur zu deiner Information: Ich spiele jetzt bloß den Gebrechlichen. Nicht, daß du glaubst, du kannst bald mit mir rechnen!« Als er hörte, daß Monika und Naumann näher kamen, ging er sofort wieder gebeugt und spielte den Greis. »Kommt rein, Kinder!« rief er und bemühte sich seiner Stimme einen zittrigen Klang zu geben.

Monika und Naumann traten ein und meldeten, daß sie alles fertig gemacht hätten, Westkauf könnte kommen.

»Ich muß etwas mit euch besprechen. Etwas sehr Wichtiges«, kündigte Salomon schwer atmend an. Er ging langsam zu einem Sessel und setzte sich ganz vorsichtig.

Monika und Naumann blickten sich überrascht an. »Was ist mit Ihnen los?« fragte Monika.

»Der Rücken!« stöhnte Salomon. ». . . und überhaupt . . . setzt euch.«

»Nanu, so feierlich?« wunderte Monika sich. Sie nahm Platz.

»Da wird man ja direkt neugierig.« Naumann setzte sich neben Monika auf das Sofa.

»Es ist nichts, wenn man alt wird.« Salomon gelang es genauso bemitleidenswert zu wirken wie Gütschow.

»Wie bitte?« Monika blickte ihn verblüfft an.

»Herr Salomon . . .« Naumann glaubte nicht richtig gehört zu haben.

»Guckt mich an, Kinder«, meinte Salomon mit wehmütigem Blick.

»Sie sehen aus wie Mitte Fünfzig«, fand Monika.

»Höchstens!« fügte Naumann hinzu.

»Aber ich bin fünfundsechzig geworden. Und da sollte man langsam daran denken aufzuhören.« Salomon starrte melancholisch vor sich hin.

»Aufhören?!« Monika war fassungslos.

Naumann schlug die Augen zum Himmel. »Sie können doch gar nicht leben ohne die Firma!«

Salomon hob den rechten Zeigefinger und gab sich alle Mühe, die Hand etwas zittern zu lassen. »Viel wichtiger ist: Kann die Firma leben ohne mich?«

»Nein!« antwortete Monika.

»Wie stellen Sie sich das vor?« wollte Naumann wissen.

Salomon lächelte geheimnisvoll. »Ganz einfach. Ich werde einem jüngeren Platz machen.«

»Und wem?« fragte Monika.

»Wissen Sie vielleicht einen?« forschte Naumann.

»Am besten wäre natürlich jemand, der bei mir gelernt hat.« Salomon wiegte bedächtig den Kopf. »So einer wie Sigi . . .«

Naumann seufzte. »Schön wär's!«

»So was wie Sigi gibt's nur einmal.« Monika konnte nicht verhindern, daß ihre Stimme etwas traurig klang.

Salomon lächelte verschmitzt. »Das reicht doch!«

Monika horchte auf. »Haben Sie denn mit ihm gesprochen?«

Salomon nickte. »Er hat mich heute morgen angerufen.«

»Wo ist er denn jetzt? In London?« erkundigte sich Naumann.

Salomon schüttelte den Kopf. »Schon auf dem Weg hierher.«

Monikas Augen wurden ganz groß. »Nach Berlin? Und wann kommt er?«

»Ein bißchen mußt du schon noch warten...« Salomon legte eine kleine, äußerst wirkungsvolle Pause ein. »... mindestens fünf Minuten.«

»Was denn?« Monika bekam einen Schreck und stand abrupt auf. »Und das sagen Sie mir erst jetzt?!«

»Dann wären wir ja alle wieder vereint. Alle drei Lehrlinge«, meinte Naumann.

Jemand klopfte an die Tür. Salomon hab den Kopf. »Ja?«

Klaus trat ein. »Entschuldigung, Herr Naumann, draußen ist eine Frau Horny.«

»Aha!« Naumann stand auf.

»Wer ist das denn?« fragte Monika.

»Daisys Nachfolgerin«, antwortete Naumann. »Ich bringe sie nach hinten. Sie soll gleich was überziehen.« Er verließ das Privatkontor.

»Die ist super!« schwärmte Klaus.

»Gefällt sie dir?« Salomon schmunzelte.

»Und wie!« Klaus war ganz begeistert. »Groß und blond, genau meine Kragenweite.« Er pfiff durch die Zähne und verschwand, ohne die Tür ganz zu schließen.

»Ganz der Vater!« stellte Salomon fest.

Monika nickte. Plötzlich fiel ihr etwas ein. »Sie haben Sigi doch nichts erzählt..., ich meine von dem Jungen?«

»Kein Wort!« versicherte Salomon. »Ich hab's dir doch versprochen. Also ich sage dir, wenn der Sigi erfährt, daß er einen Sohn hat, dann springt er vor Freude in die Luft. Und wenn er wieder unten ist, wird er dich sofort heiraten.«

Monika lachte bitter auf. »Weil er der Vater meines Kindes ist... aus lauter Anständigkeit? Das ist mir nicht genug!«

Salomon blickte Monika in die Augen. »Und ich habe mir immer eingebildet, ihr liebt euch.«

Monika bekam ganz schmale Lippen. »Wissen Sie das so genau?« fragte sie.

Salomon wußte es, sagte aber kein Wort. Er stand auf, ging ein paar Schritte auf und ab und vergaß dabei ganz, daß er ja gebrechlich wirken wollte, dann blieb er stehen. »Monika... jetzt mußt du es ihm aber sagen.«

»Mal sehen...« Monika zögerte, »wenn es sich ergibt...« Salomon rang verzweifelt die Hände.

Im großen Raum der Firma hörte man die Stranitzki aufschreien. »Herr Fränkel, das ist ja eine Überraschung.«

Daisy kam dazu. »Was denn, Herr Fränkel ist da? Das ist doch nicht möglich!«

Naumann rief: »Sigi, du siehst ja blendend aus!«

»Da kommt er...« sagte Salomon leise. »Soll ich euch allein lassen?«

»Nein!« antwortete Monika nervös.

Jetzt wurde Salomon wütend: »Ich möchte mal wissen, wie es sich ergeben soll, wenn ich dabei bin?!«

Die Tür wurde ganz geöffnet. Naumann kam mit Fränkel herein und präsentierte ihn. »Da ist er. Heimgekehrt ins Reich.«

Fränkels Haar war grau geworden, sein Gesicht schmaler. Er trug einen schicken Tweedanzug. »Hallo!« sagte er. Es klang etwas gehemmt.

»Hallo!« Monika war genauso befangen wie er.

Salomon wandte sich an sie. »Erwachsen ist er geworden.«

»Hoffentlich!« Monika war noch skeptisch. »Guten Tag, Sigi. Komm, ruhig näher.«

»Du bist doch bei uns zu Hause«, fügte Salomon hinzu.

»Früher war er nicht so schüchtern«, fand Naumann.

Sigi Fränkel ging auf Monika zu. »Schön dich zu sehen.« Er gab ihr die Hand.

»Das ist doch wenigstens etwas«, meinte Monika ironisch.

»Guten Tag, Herr Salomon.« Fränkel wollte ihm die Hand reichen.

Salomon übersah sie, nahm Sigi einfach in die Arme und drückte ihn an sich. »Herzlich willkommen, mein Junge! Laß dich mal anschauen...« Er löste sich von ihm. »... graue Haare hat er auch schon.« stellte er fest.

»Aber Sie, Herr Salomon...« Fränkel sah ihn bewundernd an. »Sie haben sich überhaupt nicht verändert!«

Salomon wiegte den Kopf. »Ich könnte jetzt sagen, du dich auch nicht, aber ich finde es reicht, wenn einer von uns beiden lügt.« In diesem Moment bemerkte er, daß die Schneiderin in der Tür stand. »Ich glaube, die Stranitzki hat etwas auf dem Herzen.«

»Ich will nicht stören ...« entschuldigte sie sich. »Nur eine Frage, Naumännchen. Haben Sie noch etwas für mich?«

»Ja, natürlich«, antwortete Naumann. »Die Skizzen liegen bei mir im Studio. Wir müssen nur noch die Stoffe aussuchen.«

»Könnten wir das gleich machen?« bat die Stanitzki. »Ich will nämlich heute noch zu meiner Schwester nach Rostock. Bei meiner Nichte ist wieder mal Taufe, und ich muß noch nach Hause, das Geschenk holen.«

»Wie war die Fahrt hierher?« erkundigte sich Salomon interessiert. »War die S-Bahn voll?«

»Knüppeldickevoll«, berichtete die Schneiderin. »Mit Sack und Pack kommen sie rüber nach Westberlin!«

»Und wann kommen Sie endlich?« fragte Monika.

»Bald!« versprach die Schneiderin.

»Das Atelier ist fertig, die Wohnung wartet seit dem ersten August auf Sie, und heute ist schon der zwölfte«, mahnte Monika.

Naumann seufzte. »Habe ich ihr alles schon gesagt.«

Die Stranitzki nickte bestätigend.

»Aber sie schiebt es immer wieder auf.« Naumann blickte die Schneiderin vorwurfsvoll an.

»Mein Gott, können Sie das denn nicht verstehen?« Die Stranitzki seufzte wehmütig. »Solange ich denken kann, wohne ich am Friedrichshain. Wenn auch die Gegend nicht mehr das ist, was sie mal war . . ., aber man kennt doch dort jeden. Man ist doch da zu Hause. Und dann . . . irgendwo ganz von vorne anfangen? So was geht nicht von heute auf morgen.«

»Mir wäre lieber heute als morgen«, sagte Salomon eindringlich.

»Ich weiß . . .« gab die Stranitzki zu. »Aber heute geht es ja nun wirklich nicht mehr . . . Und morgen ist der dreizehnte, da kann man doch nicht umziehen, das bringt Pech. Aber nächste Woche komme ich. Nächste Woche, Dienstag. Ehrenwort!«

»Warten Sie nicht zu lange!« riet Salomon.

»Irgendwas passiert . . .« unkte Naumann.

»Es kommen zu viele rüber.« Monika sah die Folgen voraus, denn die DDR entvölkerte sich von Tag zu Tag.

Die Stranitzki hielt die Situation nicht für so ernst. »Was soll denn passieren?« fragte sie überlegen lächelnd. »Eine Stadt wie Berlin kann man doch nicht teilen. Und außerdem . . . der Ulbricht hat sich ja neulich direkt festgelegt. ›Bei uns‹, hat er gesagt, ›bei uns hat niemand die Absicht, eine Mauer zu bauen.‹«

Salomon wiegte den Kopf. »Und wenn er nun doch eine baut?«

»Das kann er nicht.« Die Stranitzki war sich ganz sicher. »Dann verliert er doch seine ganze Glaubwürdigkeit.«

»Also dann wäre er der erste Politiker, den das stört.« Salomon lächelte ironisch.

»Meisterin, Ihr müßt nach Rostock«, erinnerte Naumann die Schneiderin. ». . . das kleine Wurm krümmt sich schon über dem Taufbecken.«

»Also dann . . .« Die Stranitzki ging zur Tür und drehte sich dort noch einmal um. »Außerdem lassen das die Alliierten gar nicht zu!« trumpfte sie auf und verließ das Privatkontor.

Naumann, der nicht so optimistisch war, warf den Zurückgebliebenen einen vielsagenden Blick zu und entschwand ebenfalls.

»Die Alliierten . . .« Salomon traute weder den Amerikanern, noch den Franzosen zu, daß sie im Ernstfall eingreifen würden.

»Fragen wir doch mal unseren Alliierten«, meinte Monika.

»Er war doch in Australien«, warf Salomon ein.

»In Australien?« wiederholte Monika erstaunt.

»Ich habe mich da ein bißchen umgesehen«, erklärte Fränkel.

»Unter den Damen?« erkundigte sich Monika spitz.

»Auch!« antwortete Fränkel.

»Wie oft hast du dich inzwischen scheiden lassen?« wollte Monika wissen.

»Zweimal.«

»Zweimal? Öfter ging's wohl nicht?«

»Nein, ich war ja nur zweimal verheiratet. Und du?«

»Ich bin dem Vater meines Kindes treu geblieben«, erklärte Monika wahrheitsgemäß.

»Aha!« sagte Fränkel ernüchtert.

Salomon wurde immer verzweifelter. Er schlug die Augen zum Himmel und warf Monika einen wütenden Blick zu.

Sie bemerkte das. »Na, stimmt doch!« meinte sie herausfordernd.

Salomon machte ihr hinter Fränkels Rücken ein Zeichen. Sag's ihm doch! bedeutete das. Er ging langsam zur Tür.

Monika ahnte sofort, daß er im Begriff war, sie mit Fränkel allein zu lassen. »Herr Salomon, wo wollen Sie denn hin?« fragte sie mißtrauisch. Salomon war schon an der Tür. »Ich muß noch was kalkulieren«, antwortete er hastig. »Die Fuchsen hat vorhin ein Abendkleid geliefert. Das wollte ich den Leuten von Westkauf noch zeigen.« Plötzlich schoß ihm eine Idee durch den Kopf. Er wandte sich an Fränkel. »Oder würdest du das für mich tun?«

»Gern, Herr Salomon.«

»Schön, dann komm!« Salomon ging hinaus. Monika und Fränkel folgten ihm in den großen Raum der Firma.

»Monika, du guckst bitte die Ware für Westkauf noch mal durch«, ordnete Salomon an.

Monika war verblüfft. »Aber wir haben doch schon . . .«

»Dann kontrollierst du sie eben noch mal.« Salomon hatte einen Plan, und dabei störte ihn Monika, die sich sichtlich ungern zu dem Ständer mit der ausgesuchten Ware zurückzog.

»Kläuschen!« rief Salomon in die Einrichtung. »Kann ich mal das Kleid von der Fuchsen haben?«

»Sofort!« antwortete Klaus.

»Unser neuer Lehrling. Ein netter Junge.« erklärte Salomon, während er mit Fränkel zum Pult ging.

Sigi nickte. »Ich habe ihn vorhin kennengelernt.«

»Weißt du, wer das ist? Der Sohn von Monika! Und . . .

und . . .« begann Salomon und blickte Monika, die ihn beobachtete, herausfordernd an.

». . . und von seinem Vater, nehme ich an«, ergänzte Fränkel kühl.

»Du sagst es!« meinte Salomon erfreut.

Klaus kam mit dem Abendkleid heran. »Hier, Herr Salomon.«

»Danke, mein Junge. Und gib es gleich deinem . . . deinem . . .« Er warf Monika einen listigen Blick zu. »Herrn Fränkel kennst du ja schon. Ich kümmere mich jetzt mal um die Ware für Westkauf.« Er ging schnell zu dem Ständer und stellte sich neben Monika, die kein Auge von Fränkel und Klaus ließ. Vater und Sohn standen nebeneinander und sahen sich verblüffend ähnlich.

Fränkel nahm den Zettel, der an dem Kleid steckte, ab. »Also . . . das ist im Grunde genommen ganz einfach«, belehrte er Klaus. »Hier auf dem Arbeitszettel steht alles. Wieviel sind drin?« Er guckte auf den Arbeitszettel. »Sechs Meter zwanzig. Und der Meter kostet fünfunddreißig Mark. Sechs Meter zwanzig mal fünfunddreißig . . .«

»Zweihundertsiebzehn Mark«, sagte Klaus prompt.

»Zweihundertsiebzehn?« wiederholte Fränkel. »Stimmt!« Er notierte das. Dann erst wurde ihm klar, daß Klaus genauso schnell gerechnet hatte wie er. »Was denn . . .? Haben Sie das eben im Kopf . . .?« Klaus nickte.

»Gut!« meinte Fränkel anerkennend.

»Habe ich von meinem Vater.« Klaus nickte stolz. »Der hat auch immer alles im Kopf ausgerechnet«, sagte meine Mutter.«

»So was vererbt sich«, meinte Sigi.

»Recht hat er«, flüsterte Salomon Monika zu.

»Kannten Sie ihn eigentlich?« erkundigte sich Klaus.

Fränkel schüttelte den Kopf.

»Schade!« Klaus seufzte bekümmert. »Ich dachte, weil Sie doch damals hier waren.«

»Ich habe nur von ihm gehört«, antwortete Fränkel. »In die Firma ist er nie gekommen. Ich glaube, er hatte etwas gegen die Konfektion.«

»Na ja, ich wollte eigentlich auch lieber studieren«, gab Klaus zu.

»Wer nicht!« murmelte Fränkel, während er das Etikett beschriftete. »Wenn mein Vater noch gelebt hätte, dann hätte ich das wahrscheinlich gekonnt!«

»Auch gefallen?« forschte Klaus.

Fränkel nickte gedankenverloren. »1917. An meinem zweiten Schultag.«

»Da hatten Sie noch Schwein. Ich habe meinen Vater nie gesehen«, berichtete Klaus traurig. »Und die Fotos sind alle verbrannt... Wir haben nur ein kleines Bild aus Rußland. Aber darauf ist er nicht gut getroffen. Meine Mutter sagt, er sah in Wirklichkeit ganz anders aus.«

»Bravo!« lobte Salomon Monika leise. »Nicht gelogen, aber auch nicht die Wahrheit gesagt!«

»Schade«, bedauerte Klaus, »muß ein toller Mann gewesen sein.«

»Muß er wohl, wenn deine Mutter ihn geheiratet hat«, sagte Fränkel leise. Jedes Wort über Monikas Mann gab ihm einen kleinen Stich.

»Wenn sie von ihm erzählt..., und das tut sie oft..., bekommt sie jedesmal einen ganz verklärten Blick«, beschrieb Klaus den Gemütszustand seiner Mutter, und Fränkel wurde immer trauriger.

Salomon blickte Monika an, die wütend ihr Kinn vorschob. Ihr reichte es jetzt. »Klaus, könntest du mal kommen?« rief sie und ging zum Pult. »Entschuldige, Sigi, aber ich brauch' ihn jetzt. Er muß noch mal unsere Musterbücher durchsehen.«

Klaus sah sie erstaunt an. »Das habe ich doch schon gestern abend gemacht.«

Salomon war eingeschnappt. »Tu deiner Mutter den Gefallen. Sie wird schon wissen, warum sie dich wegschickt.« Er warf Monika einen giftigen Blick zu, und sie sah ihn drohend an.

Klaus verschwand im Verkaufsraum.

Naumann kam aus seinem Studio. »Sigi, du arbeitest schon wieder bei uns?« meinte er angenehm überrascht.

»Ich bin gleich fertig.« Fränkel befestigte das Etikett am Kleid. »Was ist denn?«

»Ich habe da gerade was abgesteckt. Etwas ganz Entzückendes ...« schwärmte Naumann. »Und da dachte ich ... Du hast doch früher auch immer alles als erster gesehen.«

»Ich komme schon.« Fränkel legte den Arbeitszettel zur Seite.

»Heißt das, daß du bei uns bleibst?« erkundigte sich Naumann hoffnungsvoll.

»Eigentlich wollte ich. Aber jetzt ...«, Fränkel war sichtlich niedergeschlagen. »... ich glaube, ich geh' doch lieber wieder rüber. Was soll ich in Berlin? Ich habe hier niemand.«

»Schade!« Naumann legte die Hand um Fränkels Schulter und ging mit ihm in sein Studio.

»Da hast du's!« zischte Salomon erbittert. »Er will weg. Weil er hier niemand hat. Also wenn du es ihm jetzt nicht sagst, dann ... dann ...«

»Was ist dann?« wollte Monika wissen.

»Du wirst es schon sehen!« orakelte Salomon.

»Was?«

»Mach mich doch nicht nervös! Ich bin gerade am Überlegen.«

Monika starrte vor sich hin. »Ich weiß nicht ...« sagte sie bedrückt. »Ich glaube, es ist zu spät ...«

Salomon drehte sich abrupt um, entfernte sich ein paar Schritte von ihr und blickte nach oben. »Selma . . .« flüsterte er, »hast du das eben gehört?« Er legte bittend die Hände zusammen. »Könntest du nicht mal . . . Du bist doch da oben an der Quelle. Ein kleines Wunder würde genügen . . .«

Aus dem Verkaufsraum hörte man jetzt Stimmengewirr und Lachen.

Salomon horchte auf. »Aha! Westkauf!«

Monika drehte sich um. »Endlich!«

Klaus kam durch den Vorhang. »Westkauf ist da!« meldete er. »Fünf Damen und ein Herr.«

»Geh gleich wieder rein und frage, ob sie was trinken wollen«, ordnete Salomon an. »Kaffee, Tee oder etwas Alkoholisches . . .«

»Und sag dann in der Küche Bescheid«, ergänzte Monika.

»Wir kommen sofort«, fügte Salomon hinzu.

»Mach' ich!« Klaus ging wieder in den Verkaufsraum.

Salomon blickte in den Spiegel und fuhr sich noch mal über das Haar. Auch Monika richtete sich ihre Frisur. »Na dann mal los. Auf sie mit Gebrüll!«

»Wir müssen uns anstrengen.« Salomon nickte nachdenklich. »Diese Durchreise war bis jetzt . . .« Er machte ein bedenkliches Gesicht. »Also weinen kann man nicht gerade vor Glück, denn unsere Kollektion . . . Naumann war leider nicht in Hochform!«

»Eigentlich sind nur Karins Kleider gegangen.« Monika wußte, daß der Umsatz gefallen war.

»Westkauf könnte uns rausreißen«, sagte Salomon hoffnungsvoll. »Wenn ich bedenke, was die letzte Saison geordert haben . . .«

Im Verkaufsraum lachten die Damen auf.

Salomon öffnete den Vorhang einen Spalt und spähte neugierig hindurch.

Der Chefeinkäufer unterhielt sich mit seinen Damen und kehrte Salomon den Rücken zu. »Also, dann trinken wir Tee. Einigkeit macht stark! Hoffentlich auch den Tee«, scherzte er und seine Einkäuferinnen lachten.

Salomon zuckte zusammen und blickte Monika an. »Das ist also der neue Chefeinkäufer?«

»Das fürchte ich auch.« Monika war genauso entsetzt wie Salomon.

Klaus kam aus dem Verkaufsraum. »Also Tee für alle«, murmelte er vor sich hin und lief an den beiden vorbei zur Küche.

»Kennen Sie schon den Witz von dem Herrn Cohn, der in Ost-Berlin in die HO kommt?« fragte der Chefeinkäufer seine Damen.

»Nein!« riefen die Damen fröhlich. »Erzählen Sie mal.«

Salomon schloß den Vorhang jetzt ganz sorgfältig. »Herr Fiedler . . .!« sagte er erschüttert.

»Der lebt also noch!« stellte Monika betroffen fest.

Im Verkaufsraum wurde laut gelacht.

»Es hört sich leider ganz so an«, meinte Salomon.

»Daß der sich überhaupt hertraut«, wunderte sich Monika.

»Er ist jetzt Kunde, unser größter«, antwortete Salomon. »Und er wird wissen, daß wir ihn brauchen.«

Monika schüttelte den Kopf. »Nein, den brauchen wir nicht!« sagte sie bestimmt.

»Weißt du, wieviel Umsatz wir in der letzten Saison mit Westkauf gemacht haben?« gab Salomon zu bedenken. »Einhundertfünfundsiebzig Mille! Aber wenn der glaubt, daß ich deshalb . . .« Salomon schob energisch sein Kinn vor. »Nein, dem Kerl gebe ich nicht die Hand!«

»Bravo!« lobte Monika ihn.

»Den bedien' ich nicht!« fuhr Salomon fort. »Bedien du . . .« Erschrocken hielt er inne. »Beinahe hätte ich doch gesagt, bedien du ihn.«

Monika sah ihn schweigend an.

Salomon senkte den Blick. »Ich schäme mich ja schon«, gestand er ein.

Jetzt wurde Monika resolut. »Herr Salomon, Sie haben mir einmal etwas gesagt, was ich nie vergessen habe: Stolz kostet nichts, trotzdem können ihn die Armen sich nicht leisten.«

Salomon nickte. »Das hat meine Frau immer gesagt, aber ...« er seufzte bekümmert, »er ist unser größter Kunde.«

»Sind wir wirklich so arm, daß wir uns keinen Stolz leisten können?« fragte Monika eindringlich. »Mit dem Mann mache ich keine Geschäfte, ich nicht! Ich bin oben im Atelier.« Sie drehte sich auf dem Absatz um und marschierte nach hinten.

Salomon starrte vor sich hin. »Sie hat recht ..., völlig recht«, murmelte er und machte ein unglückliches Gesicht. »Aber einhundertfünfundsiebzig Mille, ein stolzer Preis für Stolz!«

»Das ist doch eine Chuzpe!« schrie Fiedler wütend im Verkaufsraum. »Der Junge geht weg, und kein Mensch läßt sich blicken.« Und dann kam er aus dem Verkaufsraum. Grau war er geworden, schlanker, er trug eine Brille und am Revers die Schleife des Bundesverdienstkreuzes. Fiedler wandte sich an Salomon: »Sagen Sie mal, wir warten hier und ...« Er brach ab, weil er seinen ehemaligen Chef erkannte.

Salomon blickte ihn an, er war wie erstarrt.

Fiedler faßte sich schnell wieder. Hocherfreut klatschte er in die Hände und strahlte. »Ich werd' meschugge, das ist doch unser Herr Salomon!«

Salomon nickte in Zeitlupe.

»Ja, erkennen Sie mich denn nicht?« fragte der ehemalige Verkäufer erstaunt. »Ich bin's doch, Fiedler! Ach so, die Brille ...« Er nahm sie ab und sah Salomon erwartungsvoll an. »Na? Man ist natürlich älter geworden. Die Zores haben Runen in das Ponim gegraben.« Er seufzte, setzte die Brille wieder auf und betrachtete Salomon. »Aber Sie sehen aus, wie das blühende Leben«, stellte er fest. »Mein Gott, freue ich mich, daß Sie gesund und munter sind!«

»Und ich mich erst«, antwortete Salomon trocken.

»Ja, wir haben es überstanden, Herr Salomon«, meinte Fiedler mit großer Geste, und er meinte wirklich, was er sagte. »Haben es ja beide nicht leicht gehabt, in der schweren Zeit.« Er machte eine kleine Pause und dann »gestand« er seinem ehemaligen Chef: »Heute kann ich es ja sagen: Ich habe mir damals große Sorgen um Sie gemacht, große Sorgen, das können Sie mir glauben. In des Teufels Küche hätten Sie doch kommen können, Sie und Frau Wagner.« Er drohte Salomon tatsächlich mit dem Zeigefinger und fuhr im vorwurfsvollem Ton fort. »Wissen Sie, daß ich Ihnen damals direkt böse war? Warum, habe ich mich gefragt, warum kommt Herr Salomon nicht zu mir? Wo er mich doch schon so lange kennt. Sie hätten doch wirklich wissen müssen, daß ich der erste gewesen wäre, der Ihnen geholfen hätte.«

»Sie?!« Salomon war mit Recht skeptisch.

»Nu, wer sonst?« Fiedler breitete die Arme aus. »Ja, glauben Sie denn, Sie wären der einzige Jude gewesen, den ich gerettet habe?« Er senkte die Stimme und fuhr im vertraulichen Ton fort: »Ich spreche sonst nie darüber, aber Ihnen kann ich es ja sagen. Ich habe nicht eine Sekunde gezögert, als ich diesen armen jüdischen Mitbürger nachts in unserem Garten traf... in Bayern, bei meinen Schwiegereltern. Sofort in den Keller, habe ich gesagt! Sie wissen ja selbst, wie gefährlich so was damals war. Wir haben ihn mit durchgefüttert... die ganze Nacht. Und als dann am nächsten Morgen die Amerikaner kamen...«

»Hatten Sie einen Juden im Keller versteckt!« Salomon war fassungslos. »Herr Fiedler, ich bewundere Sie . . .«

»Das hat George damals auch gesagt, Captain George Breslauer, der Kommandeur der amerikanischen Einheit, die uns damals überrollte. Tränen hatte er in den Augen.« berichtete Fiedler gerührt. ». . . ein feiner Kerl. Voriges Jahr habe ich ihn besucht, in New York. Sein Sohn hatte Bar Mitzwa . . ., Einsegnung«, übersetzte er überflüssigerweise. »Den ganzen Abend mußte ich Witze erzählen. Wissen Sie, was der alte Breslauer zu mir gesagt hat? Herr Fiedler hat er gesagt, Herr Fiedler, sie besitzen mehr Chuzpe als eine ganze Synagoge. Sie wissen doch, was Chuzpe ist?«

Salomon nickte. »Selbst wenn ich es vergessen hätte . . ., seit eben weiß ich es wieder!«

Fiedler entdeckte die Schleife auf Salomons Revers. »Mein Gott, das sehe ich jetzt erst!«

»Was?« fragte Salomon verständnislos.

»Sie haben ja auch das Bundesverdienstkreuz. Gratuliere, Herr Salomon!« Er ergriff Salomons Hand, bevor der sie zurückziehen konnte.

»Überhaupt, alles Gute, Massel und Broche!« wünschte er mit übertriebener Herzlichkeit.

Salomon starrte auf die Hand, die Fiedler eben gedrückt hatte. »Entschuldigen Sie«, sagte er hastig, ». . . ich muß mir nur mal schnell die Hände waschen.« Er lief rasch ins Privatkontor und schloß die Tür nicht ganz.

Fiedler blickte ihm erstaunt nach und wiegte den Kopf. »Nu, ein bißchen nervös ist er doch geworden.«

»Wo ist Monika?« hörte man Fränkel im Studio fragen. »Ich will ihr doch auf Wiedersehen sagen.«

»Ich glaube, oben im Atelier. Sie ist vorhin hier vorbeigelaufen«, antwortete Naumann. »Die Treppe ist hinten in der Einrichtung.«

»Ich geh' bloß rasch zu Fräulein Hiller, die soll für mich buchen.«

Fiedler hatte aufgehorcht.

Fränkel kam aus dem Studio und ging an ihm vorbei zur Kontortür.

Fiedler folgte ihm mit dem Blick und erkannte ihn jetzt. »Das ist doch Herr Fränkel . . . unser Herr Fränkel!« rief er geradezu entzückt. Fränkel blieb sofort stehen und drehte sich um. »Herr Fiedler?!« meinte er unangenehm überrascht. »Was machen Sie denn hier?«

»Ich kaufe ein«, erwiderte Fiedler mit dem liebenswürdigsten Lächeln der Welt. »Und Sie können sich darauf verlassen, das wird a Order«, versicherte er. »Fiedler vergißt doch seine alten Freunde nicht.« Er atmete tief ein und breitete dann wieder seine Arme aus. »Ist das nicht schön? Wir sind alle wieder da. Ich erinnere mich noch ganz genau, wie Sie damals bei uns anfingen . . . als Lehrling . . ., vor dreißig Jahren.« Und schon war er wieder gerührt. »Wissen Sie, daß ich vorhin fast geheult hätte, als ich reinkam und den Jungen sah? Nun ist der auch schon Lehrling. Diese Ähnlichkeit! Ganz der Vater!«

Fränkel runzelte die Stirn. »Kannten Sie ihn denn?«

»Wen?« fragte Fiedler erstaunt.

»Na, seinen Vater!«

»Also Herr Fränkel, jetzt machen Sie aber Witze.« Fiedler drohte ihm schelmisch mit dem Zeigefinger. »Mir können Sie doch nichts vormachen!« meinte er überlegen lächelnd. »Ich hab's doch gewußt, von Anfang an. Der Wagner konnte doch gar nicht der Vater gewesen sein. Der stand um diese Zeit im Osten und kam erst zwei Monate später wieder auf Urlaub. Aber Sie waren hier. Na also, wenn man nur ein bißchen rechnen konnte, war einem doch alles klar.«

Fränkel, der Fiedlers Worten mit immer größer werdenden

Augen gefolgt war, stand einen Augenblick lang da, wie vom Donner gerührt. »Monika! Monika!« schrie er dann und lief zur Treppe.

Fiedler sah ihm nach und schüttelte den Kopf. »Alles rennt! Eine gutlaufende Firma«, murmelte er und ging wieder in den Verkaufsraum zurück.

Salomon stand im Privatkontor direkt hinter der Tür. Er hatte alles mitangehört, lehnte sich jetzt an die Wand und blickte nach oben. »Da kannst du mal sehen, Selma, immer habe ich mir den Kopf zerbrochen, warum Gott so einen miesen Bocher hat auf die Welt kommen lassen. Jetzt weiß ich wozu. Er hat sich auch dabei etwas gedacht . . .«

Die Stranitzki kam draußen vorbei. »Auf Wiedersehen, Herr Salomon!« rief sie.

Salomon zuckte zusammen, er war mit seinen Gedanken noch ganz woanders. »Auf Wiedersehen«, antwortete er.

»Bis Dienstag!« verabschiedete sich die Stranitzki.

1991

Salomon saß im Taxi, seine Augen waren fast geschlossen. »Bis Dienstag . . .« wiederholte er, schüttelte den Kopf und lachte traurig auf.

Monika blickte ihn überrascht an. »Bis Dienstag?«

Salomon öffnete die Augen und war ganz erstaunt, daß Monika nicht wußte, was ihm da eben durch den Kopf gegangen war. »Hat die Stranitzki doch damals gesagt . . . Wiedergesehen habe ich sie erst Jahre später.« Er zuckte die Achseln. »Nu ja, wer hat auch am zwölften August schon damit gerechnet, daß am nächsten Tag der dreizehnte sein wird, der dreizehnte August 1961. Der Tag, an dem Herr

Ulbricht seine Glaubwürdigkeit verlor und die Mauer bauen ließ.«

Monika nickte nachdenklich. »Als meine Mutter in der Charité lag, konnte ich sie nicht besuchen. Zur Beerdigung haben sie mich dann rübergelassen.«

»Das war damals eine schwere Zeit...« begann Salomon.

Monika unterbrach ihn. »Das kann man wohl sagen. Fast sämtliche Zwischenmeister im Osten, hinter der Mauer, ... wir mußten alles umstellen...«

»Ich meinte eigentlich mehr für dich.« Salomon blickte sie mitleidig an. »Das war doch eine sehr schwere Zeit für dich. Erst hat dir der Bengel so viel Kummer gemacht und dann...«

1967

Klaus kam aus dem Privatkontor und war im Begriff, die Tür hinter sich zu schließen.

»Moment, mein Junge!« rief ihm Fränkel nach.

Klaus drehte sich um. »Ja?«

»Sind die Stickereien schon geliefert worden?« wollte Fränkel wissen.

»Nein«, antwortete Klaus.

»Dann ruf gleich bei Milewski an«, bat Fränkel. »Wir brauchen sie heute noch!«

»Mach' ich, Chef!« Klaus schloß die Tür, drehte sich um und entdeckte seine Mutter, die ganz in der Nähe Ware sortierte. Monika guckte ihn vorwurfsvoll an.

»Stimmt doch!« Klaus zuckte die Achseln. »Er ist doch mein Chef.«

»Er ist dein Vater!« verbesserte ihn Monika.

»Ich weiß ja, aber...« Klaus war sofort gereizt. Das

Thema war schon oft zur Sprache gekommen. »Ich kann mich einfach nicht daran gewöhnen. Ihr müßt mir Zeit lassen.«

»Noch mehr Zeit?« fragte Monika traurig. »Weißt du, wie lange er schon wieder hier ist? Du trägst seinen Namen, Klaus, und du hast noch nie Vater zu ihm gesagt.«

Klaus seufzte. »Kannst du das denn nicht verstehen? Zwanzig Jahre lang war ich Klaus Wagner. Dann kommt plötzlich ein wildfremder Mann aus England, und ihr behauptet, er ist mein Vater.«

»Er *ist* dein Vater!« wiederholte Monika eindringlich.

»Und warum hast du mir die ganze Zeit nichts von ihm erzählt?« fragte Klaus.

»Ich habe dir nur von ihm erzählt«, antwortete Monika leise.

»Ich dachte immer, du sprichst von meinem Vater.« Im nächsten Augenblick wurde Klaus klar, was er da eben gesagt hatte. »Entschuldige ... ich weiß ja«, meinte er zerknirscht.

»Merkst du nicht, daß du ihm damit sehr weh tust. Und mir auch.« Monikas Augen waren feucht.

»Tut mir leid, Mutti, aber ...«

»Er liebt dich!«

»Ich mag ihn ja auch«, gab Klaus widerwillig zu. »Und wenn er früher gekommen wäre, dann ...« Er hatte es plötzlich sehr eilig. »Du, ich muß jetzt mit Milewski telefonieren, und Carola wartete auch auf meinen Anruf.« Hastig lief er in die Einrichtung.

Monika blickte ihm nach, ihre Augen füllten sich mit Tränen.

Die Eingangstür öffnete sich. Salomon kam herein in Hut und Mantel, eine kleine Reisetasche in der Hand. Seine einundsiebzig Jahre sah man ihm nicht an. Er hielt sich gerade und war genauso unternehmungslustig wie eh und je. »Mahlzeit!« wünschte er laut und vernehmlich.

Monika zuckte zusammen, wischte sich schnell die Tränen ab, drehte sich um und lächelte Salomon so fröhlich wie möglich an. »Mahlzeit, Herr Salomon. Wie war der Flug?«

»Wie immer!« antwortete er etwas unwirsch. »Bis zum Luftkorridor gut, dann wurde es wacklig.« Er stellte seine Reisetasche ab und betrachtete Monika prüfend. »Was ist?«

»Was soll sein?« fragte Monika zurück und bemühte sich, ein harmloses Gesicht zu machen.

»Du hast geweint!« stellte Salomon fest.

Monika schüttelte den Kopf. »Mir ist etwas ins Auge gekommen«, versicherte sie.

»Aha!« meinte Salomon ungläubig und schälte sich aus seinem Mantel. »Du hast auch schon mal besser gelogen! Was macht Sigi?«

»Zuviel!« berichtete Monika besorgt. »Ein Herzinfarkt scheint ihm nicht zu genügen. Die halbe Nacht hat er wieder über den Büchern gesessen und gerechnet. Wie war's denn in Düsseldorf?«

Salomon hob die Hände. »Frag nicht!«

»Haben Sie nicht gut verkauft?« Monika sah ihn beunruhigt an.

»Nicht gut ist gut.« knurrte Salomon. »Mit *der* Kollektion. Wenn die Minis von Karin nicht gewesen wären . . ., die sind gegangen, aber sonst . . .« Er deutete mit den Händen ein ganz schlimmes »Oiweh« an.

»Die letzte Saison war noch ganz gut«, Monika sah ein Lehrmädchen kommen, das einen äußerst knappen Mini trug, und dämpfte ihre Stimme: »Aber jetzt . . . Naumännchen ist stehengeblieben.«

»Guten Tag, Herr Salomon.« Die junge Angestellte deutete einen Knicks an.

»Guten Tag, Betty.« Salomon blickte ihr höchst interessiert nach. Die Kleine ging in die Einrichtung.

»Die Jugend trägt heute nur Mini«, sagte Monika.

»Das sind Aussichten.« Salomon lächelte stillvergnügt, dann riß er sich von dem erfreulichen Anblick los. »Karin geht mit der Zeit«, konstatierte er.

Monika nickte. »Sie will leider kündigen«, erzählte sie bekümmert.

»Kündigen?« Salomon erschrak. »Na ja, wir beide wissen ja, warum.« Er wechselte mit Monika einen bedeutungsvollen Blick. »Aber das werde ich ihr ausreden«, versprach er und überlegte: »Was meinst du, könnte sie die ganze Kollektion allein machen?«

»Sie würde es schaffen«, meinte Monika, »aber . . .«

Salomon unterbrach sie. »Das ›Aber‹ ist meine Sache«, sagte er energisch. »Kannst du dich erinnern . . . 1931, als dem Stengel nichts mehr einfiel? Da standen wir genauso da. Und ich mußte ihm sagen, daß es so nicht weitergeht, daß er aufhören muß. Oiweh, er war so geknickt, daß er versucht hat, sich das Leben zu nehmen. Damals ist Naumännchen eingesprungen. Da war er noch jung und voller Ideen. Und jetzt . . .« Salomon winkte ab. »Es wiederholt sich alles im Leben.« Er seufzte und gab sich einen Ruck. »Ich werde gleich mal mit ihm sprechen.«

»Und was werden Sie ihm sagen?« wollte Monika wissen.

»Die Wahrheit!« antwortete Salomon.

»Hoffentlich bricht er Ihnen nicht zusammen.« Monika wußte, wie leicht verletzlich Naumann war.

»Hoffentlich . . .« wiederholte Salomon, der die gleichen Befürchtungen hatte. »Ich werde natürlich nicht gleich mit der Tür ins Haus fallen. Man muß es ganz vorsichtig anfangen, wenn man jemand beibringen will, daß er aufhören muß.«

Er ging mit festen Schritten zur Tür von Naumanns Studio und klopfte an.

»Ja?« hörte man die leidende Stimme des Konfektionärs.

Salomon trat ein.

Das Studio war wesentlich moderner als das in der Taubenstraße, aber einiges von damals war gerettet worden. Und das, was neu angeschafft wurde, war auch antik. Auf dem Recamiersofa ruhte Naumann wie eine welke Diva.

»Naumännchen, was ist los?« fragte Salomon überrascht. »Bist du krank?«

»Herr Salomon . . .!« Naumann wollte sich erheben.

»Bleib liegen!« sagte Salomon schnell. »Bleib doch liegen. Du fühlst dich nicht, was?«

Naumann sank wieder zurück und legte die Hand auf seinen Leib. »Mein Magen!« stöhnte er. ». . . er nimmt sich immer alles so zu Herzen.«

»Und was nimmt er sich zu Herzen?« erkundigte sich Salomon interessiert.

»Ach, es ist so schrecklich.« Naumann zögerte und faßte dann Mut: »Herr Salomon, ich muß Ihnen etwas sagen. Ich . . ., ich möchte aufhören.«

»Du willst aussteigen? Aus der Firma?« Salomon glaubte nicht richtig zu hören.

Naumann nickte und machte ein elegisches Gesicht.

Salomon mußte sich die größte Mühe geben, seine Erleichterung zu verbergen. »Na, das ist ja . . . und was willst du machen?«

»Leben, Herr Salomon, leben!« rief Naumann emphatisch. Gleich darauf verdüsterte sich seine Miene. »Wer weiß, wie lange noch. Meint Detlef auch.« Jetzt verdrängte ein Lächeln seine leidende Miene. »Er sagt, dann haben wir endlich mehr voneinander. Wir verstehen uns so gut. Dabei ist er doch viel jünger.«

»Was sind schon fünfundzwanzig Jahre«, warf Salomon großzügig ein.

»Er hat extra einen Assistenten eingestellt, Albert, übrigens ein reizender Franzose, der ihn etwas entlastet, denn der Laden läuft wie die Feuerwehr«, berichtete Naumann voller Stolz.

»Wie schön«, sagte Salomon.

»Ich war übrigens gestern beim Anwalt und habe Detlef das ganze Haus überschrieben«, erzählte Naumann weiter. »Dann spart er doch später Erbschaftssteuer . . ., ich meine, wenn ich mal gehen muß. Und dafür ist auch schon gesorgt. Ich habe für uns beide ein sehr hübsch gelegenes Doppelgrab gekauft. Am Hüttenweg war gerade etwas frei.«

»Und uns willst du hier allein lassen . . .«

Salomon tat enttäuscht.

»Herr Salomon . . .«, Naumann erhob sich, »meinen Sie, ich weiß nicht, was los ist? Auf meinen Modellen sind wir doch sitzengeblieben.« Er seufzte niedergeschlagen. »Ich passe nicht in eine Zeit, in der Frauen Röcke tragen, die bis hier gehen«. Er demonstrierte das mit seiner Rechten und übertrieb dabei wie immer. »Da kommen Schenkel zum Vorschein, die von der Mode bisher gnädig verhüllt wurden. Widerlich!« Angeekelt schüttelte er den Kopf.

Salomon wurde geschäftlich. »Na schön, wir müssen dann noch über alles sprechen. Mit Sigi und Monika. Falls du es dir nicht noch anders überlegst.«

»Nein, nein!« Naumann winkte ab.

»Dann ist gut.« Salomon nickte. »Aber es tut mir natürlich sehr leid«, log er, machte ein bitterernstes Gesicht und verließ das Studio. Als er die Tür hinter sich geschlossen hatte, atmete er erleichtert auf, und auf dem Weg zum Privatkontor pfiff er leise, aber sehr vergnügt vor sich hin.

Die Eingangstür öffnete sich. Eine blonde, junge Frau trat

ein. Sie sah genauso aus wie Dagmar, ihre Mutter, die sich 1937 von Fränkel hatte scheiden lassen. Sie trug Jeans, und wenn man genau hinhörte, merkte man, daß sie früher mal mit sächsischem Dialekt gesprochen haben mußte.

»Guten Tag!« wünschte sie.

Salomon drehte sich automatisch um. »Guten ...« Er konnte nicht weitersprechen und machte ein Gesicht, als ob er ein Gespenst vor sich hatte. »Das ..., das ist doch nicht möglich!« stammelte er.

»Was?« fragte sie erstaunt.

Salomon hatte sich schon wieder gefaßt. »Natürlich ist das möglich. Sie sind Traudl.«

»Woher wissen Sie das?« Die junge Frau sah ihn verwundert an.

»Ich kannte Ihre Mutter«, erklärte Salomon, stellte sich vor und reichte ihr die Hand.

»Ich bin Traudl Uhlig.«

»Und ich dachte immer, Sie sind bei dem großen Bombenangriff ...« Salomon konnte es noch immer nicht fassen, daß Sigis Tochter vor ihm stand.

Traudl schüttelte den Kopf. »Wir waren damals zu Besuch bei Bekannten, in der Nähe von Dresden, und sind dann gar nicht mehr nach Hause gekommen. Wozu auch? Es stand ja nichts mehr!«

»Und Ihre Mutter ...? Geht es ihr gut?« erkundigte sich Salomon vorsichtig.

»Ja, jetzt wieder!« antwortete Traudl. »Vor zwei Jahren war sie sehr krank. Und als sie glaubte, sie würde ... ich meine, es geht zu Ende, da hat sie mir erzählt, daß ich in Wirklichkeit gar nicht Uhlig heißen dürfte, sondern Fränkel.« Traudl machte eine kleine Pause. »Als sie wieder gesund war, hat es ihr leid getan. Aber ich wollte ja sowieso schon lange weg. Mein Stiefvater ist ein großes Tier in der SED.«

»Und wie sind Sie über die Mauer gekommen?« forschte Salomon.

»Nicht drüber, sondern unten durch«, erwiderte Traudl. »Wir hatten einen Tunnel gegraben.«

»Einen Tunnel?« Salomon runzelte die Stirn.

»Es ist schon eine Weile her«, erklärte Traudl. »Als ich meine Papiere hatte, habe ich mich gleich rüber nach England gemacht und meinen Vater gesucht. Aber da . . .«

Salomon fiel ihr ins Wort! »Da haben Sie ihn natürlich nicht gefunden. Kein Wunder!«

»Lebt er nicht mehr?« fragte Traudl beklommen.

»Doch«, Salomon lächelte geheimnisvoll. »Sie brauchen bloß da reinzugehen . . .« Er zeigte auf die Tür des Privatkontors. »Da drinnen sitzt er.«

»Da drinnen?« Traudl atmete tief durch. »Ich habe richtig Herzklopfen.«

»Gut, daß Sie mich daran erinnern«, sagte Salomon schnell. »Warten Sie, ich werde ihn lieber ein bißchen vorbereiten.« Er ging zur Tür des Privatkontors, öffnete sie ein wenig und blickte hinein. »Sigi? Es ist jemand hier«, sagte er behutsam.

»Herr Salomon!« rief Fränkel erfreut. »Sie sind da?«

»Aber noch jemand«, fügte Salomon hinzu.

»Wer?« fragte Fränkel.

»Das wirst du gleich sehen, mein Junge. Aber reg dich bloß nicht auf«, beschwor ihn Salomon und öffnete die Tür ganz. »Bitte . . .« sagte er mit einer einladenden Geste zu Traudl.

Sie trat ein und blieb abwartend stehen.

Salomon schloß die Tür hinter ihr.

Fränkel saß am Schreibtisch, sah die Post durch und unterschrieb Briefe. »Ich bin sofort fertig« sagte er, ohne sich umzudrehen. »Bitte, nehmen Sie doch Platz.«

Traudl setzte sich nicht. Sie starrte Fränkel von der Seite

an. Das ist also mein Vater, dachte sie, und ihr wurde warm ums Herz.

Salomon stand vor der Tür, die Hand noch auf der Klinke und freute sich für Sigi. Klaus kam näher. »Wer war denn das eben?« erkundigte er sich neugierig. »Die sah nett aus.«

Salomon hob abwehrend die Hand. »Ist aber nichts für dich. Erstens bist du verheiratet, und zweitens ist das deine Halbschwester!«

»Was?« Klaus war perplex.

Im Privatkontor klappte Sigi die Unterschriftenmappe zu, stand auf und drehte sich um. »So, entschuldigen Sie, daß ich...« Er brach ab und starrte seine Tochter ungläubig an. »Traudl?! Nein, das ist ja...«

Traudl lief auf ihn zu. Fränkel schloß sie in die Arme, drückte sie an sich und strahlte vor Glück. Plötzlich verzerrte sich sein Gesicht, er rang nach Atem und griff sich ans Herz. »Traudl..., ich..., ich...« stieß er hervor.

»Was hast du denn?« fragte seine Tochter erschrocken.

Fränkel versuchte noch etwas zu sagen, schaffte es aber nicht mehr. Er brach zusammen.

Traudl schrie auf, versuchte ihren Vater zu halten, aber es gelang ihr nicht. Sie ließ ihn langsam zu Boden gleiten.

Von Traudls Schrei alarmiert, riß Salomon die Tür auf und blickte herein.

»Bitte, helfen Sie mir doch! Er ist plötzlich umgefallen. Wahrscheinlich ohnmächtig...« Traudls Stimme zitterte.

Salomon entdeckte den wie leblos am Boden liegenden Fränkel. »Nein!!« stieß er bestürzt hervor.

Klaus stürmte an ihm vorbei ins Privatkontor und beugte sich über Fränkel. »Vater...! Vater...! Sag doch was!« rief er entsetzt.

1991

Im Taxi

Monika hatte Tränen in den Augen.

Salomon betrachtete sie mitleidig. »Ich weiß, woran du eben gedacht hast.« Er nickte bedächtig. »Auch an Freude kann man sterben«, sagte er bedeutungsvoll. »Aber gibt es einen schöneren Tod?« versuchte er Monika zu trösten, machte aber gleich eine Einschränkung: »Das heißt, man hat noch keinen hinterher gesprochen.« Nach einem langen Atemzug fuhr er fort: »Schade, daß er das nicht mehr erlebt hat: die Mauer weg, die Grenze weg. Er hatte es sich so gewünscht. Nu ja, wer nicht! Hast du geglaubt, daß wir das noch erleben würden?«

Monika hatte sich inzwischen ihre Tränen abgetrocknet. »Gehofft habe ich es natürlich . . .«

»Gehofft habe ich es auch, aber geglaubt . . .« Salomon schüttelte nachdenklich den Kopf. »Und dann ist es passiert. Was für eine Freude war das . . ., ein Jubel! In die Arme ist man sich gefallen. Also, wenn mir da einer prophezeit hätte, daß es schon ein Jahr später Menschen geben würde, die sich die Mauer wieder zurückwünschen, den hätte ich für verrückt erklärt!« Salomon blickte auf und runzelte die Stirn. »Warum halten wir hier eigentlich so lange?«

»Wir sind da«, antwortete der Taxichauffeur.

»Warum haben Sie uns das nicht gesagt?« fragte Monika ärgerlich.

»Ich wollte Sie nicht stören«, meinte der Fahrer.

»Komm, die warten doch auf uns«, sagte Salomon energisch.

Monika öffnete die rechte Tür, Salomon die linke.

»Vorsicht!« warnte ihn Monika. »Steigen Sie lieber hier aus.«

Salomon kletterte bereits aus dem Wagen. »Ich kann schon allein auf die Straße gehen, ich bin alt genug«, knurrte er eigensinnig. – Das war etwas voreilig von ihm.

Ein Mercedesfahrer mußte scharf bremsen, um ihn nicht anzufahren, und hupte böse.

Der fünfundneunzigjährige Salomon hob entschuldigend die Hand, lüftete den Hut, lächelte entwaffnend und ging langsam um das Taxi herum. Der Mercedesfahrer blickte ihm entgeistert nach und vergaß weiterzufahren. Das Hupen der hinter ihm Wartenden erinnerte ihn daran. Salomon war inzwischen auf dem Bürgersteig angelangt, blieb stehen und sah sich um. Er blickte zum Europa-Center hoch, dann zum »Wasserklops«, auf dem viele Kinder spielten, auf den Turm der alten Gedächtniskirche, auf die neue Kirche, das Bürohaus, in dem sich der Gloriapalast befand. Er freute sich über die vielen Autos, die von der Budapester- zur Hardenbergstraße fuhren, warf einen Blick auf den Kurfürstendamm und war begeistert. Obwohl die Luft dort gar nicht so gut war, atmete er tief durch. »Schön!« meinte er. »Hier hat man doch das Gefühl, daß man noch lebt . . ., man sollte viel öfter herkommen!« Er nahm Monikas Arm und ging auf die Eingangstür zu.

Benjamin Fränkel hatte die beiden aussteigen sehen und sofort auf die Klingel gedrückt, die sich unter dem Messingschild »SAWANA GmbH, Kleider, Mäntel, Kostüme« befand. Jetzt lief er den beiden entgegen und begrüßte sie. »Hallo, Omi, hallo, Onkel Max, gratuliere!«

»Danke!« antwortete Salomon. Er wollte ihm über das Haar streichen, ließ es aber sein, weil es zu anstrengend war. Er reichte nicht mehr heran. Der Junge war zu groß geworden.

Monika hatte inzwischen ihren Enkel gemustert. »Schick siehst du aus!« fand sie.

Salomon betrachtete den jungen Mann. »Er wird Karin immer ähnlicher«, stellte er fest. Dann erkundigte er sich, ob er schon ausgelernt habe.

»Nein, mir fehlt noch ein halbes Jahr«, bedauerte Benjamin.

»Das habe ich deinem Großvater damals geschenkt«, Salomon zwinkerte ihm zu. »Ich werde deinen Vater daran erinnern.«

»Spitze!« rief Benjamin erfreut. »Ich hol' schon mal den Fahrstuhl runter.« Und schon war er im Hausflur verschwunden.

Salomon blieb mit Monika im Eingang stehen und betrachtete das Firmenschild. »SAWANA, Salomon, Wagner und Naumann«, murmelte er. »Wagner heißt heute niemand mehr, Naumann ist tot, na, und ich . . .« Er unterbrach sich lieber und fuhr dann fort. »Ich komme nur noch zu Besuch. Daß der Junge die Firma nicht umbenannt hat . . .« sagte er, während sie auf die Tür zum Fahrstuhl zugingen. »Er ist schließlich Sigis Sohn, aber er konnte ja zu seinem Vater nicht mal Vater sagen, erst als es fast zu spät war . . .«

»Herr Salomon, er hat sich doch geändert«, meinte Monika begütigend.

»Ja, aber vorher hat er noch dieses Mannequin geheiratet, diese Carola.« Salomon regte sich jetzt noch darüber auf. »Warum müssen Söhne unbedingt die selben Dummheiten machen wie ihre Väter?«

»Psst . . .« Monika legte den Finger auf die Lippen. Benjamin, der an der offenen Fahrstuhltür auf sie wartete, sollte nichts davon hören. Salomon verstummte sofort.

Beide stiegen in den Fahrstuhl, Benjamin folgte ihnen und schloß die Tür hinter sich. Er drückte auf den Knopf, die Innentür ging zu, und der Fahrstuhl setzte sich in Bewegung.

»Wie ist die neue Kollektion?« wollte Salomon wissen.

»Super!« antwortete Benjamin. »Die kommt an.«

»Wir wollen es nicht beschreien.« Salomon klopfte sofort dreimal gegen die Holzwand des Fahrstuhls.

»Diesmal sind acht Modelle von mir dabei«, erzählte Benjamin voller Stolz.

»Von dir?« Salomon sah Monika fragend an. Monika nickte.

»Vier Kleider, drei Mäntel und ein Kostüm«, berichtete Benjamin. »Sehr schicke Sachen.« Monika war von den Modellen ihres Enkels sichtlich angetan.

»Ach, du kennst sie schon?« Salomon war etwas eingeschnappt. »Na schön, stoß' mich bitte an, wenn sie vorgeführt werden.«

Der Fahrstuhl hielt. Die Innentür öffnete sich. Benjamin stieß die Außentür auf und ließ Monika und Salomon aussteigen.

Die Eingangstür der Firma stand offen, ebenso die Türen zum Verkaufsraum und zum großen Raum der Firma. Lautes Stimmengewirr drang aus dem Verkaufsraum. Die Presse und die geladenen Gäste unterhielten sich angeregt.

Klaus kam ihnen entgegen. »In fünf Minuten wollen wir anfangen. Meinen herzlichsten Glückwunsch!« Er drückte Salomon die Hand.

Karin kam mit einem großen Blumenstrauß in der Hand heran und überreichte ihn Salomon. »Auch von mir alles Gute!«

»Danke!« Salomon guckte auf den großen Strauß und wußte nicht, wohin damit.

»Ich stell' ihn mal gleich ins Wasser.« Die hilfsbereite Monika nahm ihm den Strauß ab und ging damit in die Küche.

Klaus war sichtlich nervös. »Benny, zeigst du mal unser Geschenk? Ich muß die Damen von der *Vogue* begrüßen.« Er lief in den Verkaufsraum.

»Immer diese Aufregung vor jeder Durchreise«, stellte Salomon fest. »Es hat sich nichts verändert.« Er warf im Vorbeigehen einen kurzen Blick in den Verkaufsraum und stellte fest, daß dort viele elegant angezogene Damen und Herren saßen. In einer Ecke wartete ein kleiner Flügel auf den Pianisten. Sehr gut, dachte Salomon, besser als diese Diskomusik, und ging mit Karin und Benjamin in das Privatkontor.

Karin zeigte ihm gleich das große gerahmte Foto vom Firmenjubiläum im Jahr 1933.

»Mein Gott, das ist ja . . .« Salomon bekam ganz große Augen. »Ich wußte gar nicht, daß das Foto noch existiert!«

»Der Enkel von Herrn Gütschow hat es in einem alten Koffer gefunden«, berichtete Karin.

Salomon holte die Brille aus seiner Tasche und setzte sie auf, um sich keine Einzelheit des Fotos entgehen zu lassen.

Karin schob den Sessel heran. »Onkel Max, willst du dich nicht setzen?« fragte sie fürsorglich.

»Nein!« antwortete Salomon, ohne den Blick von dem Foto zu wenden. »Stehen ist in meinem Alter etwas sehr Schönes, eine Art Erfolgserlebnis, weil . . ., man hat das Schwierigste schon hinter sich, das Aufstehen!«

Klaus erschien an der offenen Tür. »Benny, könntest du mal . . .? Zeig doch bitte den Geislers, wo ihre Plätze sind. Ich muß mich um die Frau vom Regierenden Bürgermeister kümmern.«

»Ich komme!« Benny lief hinaus.

Salomon starrte noch immer auf das Bild. »Damit habt ihr mir eine große Freude gemacht«, sagte er gerührt. »Die ganze Firma . . ., wie jung wir damals waren!« Er seufzte wehmütig. »So voller Leben und jetzt . . ., fast alle . . ., einige sind umgekommen, andere ganz friedlich gegangen, aber Naumann, unsere Primadonna . . .« Er winkte ab und drehte sich zu Karin um. »Als er sich damals zur Ruhe setzen mußte, viel zu früh, aber es ging ja nicht anders, da war er noch so glücklich. Für meinen Detlef ist gesorgt, nach meinem Tod, hat er gesagt.« Salomon lachte traurig auf. »Und als ich aus New York zurückkam, war Detlef gestorben, die Beerdigung längst vorbei.«

»Es war schrecklich . . .« erinnerte sich Karin. »Naumann hat so laut geschluchzt, der Pfarrer mußte schreien, damit man ihn verstehen konnte.«

»Und dann habe ich ihn besucht. Wann war das . . .? Nicht sagen . . . ich komm' schon drauf.« Salomon überlegte. »Ich hab's! Das war das Jahr, in dem die Studenten so unruhig wurden . . .«

1968

Naumanns Wohnzimmer war mit wertvollen ostasiatischen Möbeln ausgestattet. In den Vasen standen viele Blumen, die Tür zur großen Terrasse stand offen. Dort schützten hohe Büsche vor neugierigen Blicken, außerdem dämpften sie auch den Verkehrslärm, der von der belebten Lietzenburger Straße heraufkam. Die Sonne schien ins Zimmer. Es war alles hell und luftig, und die Vögel zwitscherten fröhlich.

Naumanns Stimmung paßte so gar nicht dazu. Er saß im Kimono in einem Sessel und starrte vergrämt vor sich hin.

Salomon trat ein und bekam einen Schreck. Naumann ist doch erst Mitte Sechzig, dachte er, aber er sieht älter aus als ich, und ich bin schon sechsundsiebzig.

Naumann war sofort aufgesprungen. »Herr Salomon!« rief er überrascht.

Salomon drückte ihm wortlos die Hand.

Naumann bat ihn, Platz zu nehmen.

Salomon setzte sich und wollte ihm kondolieren. »Naumännchen, du tust mir so leid . . .« begann er voller Mitgefühl.

»Und ich mir erst!« Naumann preßte die Lippen zusammen, und dann brach es aus ihm heraus: »Weil ich so dämlich war, weil ich ihm vertraut habe, diesem miesen, verlogenen Kerl, der mich betrogen hat, mit diesem Albert . . .!«

»Von wem sprichst du?« fragte Salomon verwundert.

»Von Detlef!« stieß Naumann hervor.

»Von Detlef?« wiederholte Salomon fassungslos.

»Von wem sonst?« Naumann sprühte förmlich vor Gift. »Aus der Gosse habe ich ihn geholt, adoptiert habe ich ihn, das Blumengeschäft habe ich ihm gekauft, das Haus habe ich ihm überschrieben und jetzt . . .« Naumann schlug die Hände vors Gesicht. »Umbringen könnte ich ihn!«

»Dazu ist es nun zu spät«, stellte Salomon fest und beugte sich vor. »Was ist denn passiert?«

Naumann richtete sich wieder auf. »Was passiert ist?« Er war völlig außer sich und heulte vor Enttäuschung. »Vorhin war Testamentseröffnung. Wissen Sie, wem er dieses Haus vermacht hat? Diesem Albert, mit dem er mich betrogen hat. Aber ich werde nicht in meinem Haus zur Miete wohnen. Ich nicht! Ich geh' nach Capri, in meine kleine Hütte.«

Er nickte bekräftigend. Dann fiel ihm noch etwas ein. »Und ich lege mich auch nicht zu ihm in das Doppelgrab. Darauf kann er warten, bis er schwarz wird! Da sollen sie den reinlegen, mit dem er mich reingelegt hat!« Und dann begann Naumann zu schluchzen und wollte damit gar nicht mehr aufhören.

»Ich konnte ihn nicht trösten, obwohl ich mir große Mühe gegeben habe.« sagte Salomon. »Armer Naumann! Er hat nicht lange was von Capri gehabt. Auch an Enttäuschung kann man sterben.« Einige Augenblicke lang blickte er nachdenklich vor sich hin und drehte sich dann zu Karin um. »Du hast mir auch mal große Sorgen gemacht«, meinte er vorwurfsvoll. »Damals, als du plötzlich kündigen wolltest. Wir hätten dann dagestanden, ohne jemand, der die Kollektion macht. Und alles nur, weil du so eifersüchtig warst, weil Klaus diese Carola geheiratet hat. Weißt du noch, was ich dir damals gesagt habe?«

Karin nickte. »Gib nicht auf, haben Sie gesagt, die Fränkels machen immer Umwege.«

»Na und . . .« Salomon lächelte äußerst zufrieden mit sich. »Wann habt ihr geheiratet?«

»Ein halbes Jahr nach seiner Scheidung«, antwortete Karin und strahlte Salomon dankbar an.

»Und vier Monate später kam Benny.« Salomon schmunzelte. »Ihr habt wirklich keine Zeit verloren.«

Im Verkaufsraum spielte der Pianist »Night and Day«. Karin horchte auf und blickte in den großen Raum. Dort standen die Mannequins schon fertig angezogen vor dem Vorhang und warteten auf das Zeichen zum Beginn der Vorführung.

»Herr Salomon, ich glaube es fängt an«, sagte Karin.

Salomon ging gar nicht darauf ein. »Und jetzt entwirft er schon! Ist er begabt?« wollte er wissen.

»Ja!« antwortete Karin stolz.

»Wie schön, die Firma geht weiter«, meinte Salomon. »Jetzt kann ich beruhigt sterben.«

»Herr Salomon . . .« Karin sah ihn strafend an.

Salomon winkte ab. »Will ich denn schon . . .? Aber meine Frau will. Sie wartet auf mich. Sie ist schon ungeduldig.« Er blickte nach oben, ohne den Kopf zu heben. »Stimmt doch, Selma! Du drängelst, aber ich habe es nicht so eilig . . . Sieh mal, auf so ein Wiedersehen will man sich doch freuen . . .« Mit einem listigen Lächeln fügte er hinzu: »Wenn es nach mir geht, noch ziemlich lange. Denk immer daran, wir beide sind ja dann noch eine Ewigkeit zusammen!« Salomon wandte sich Karin zu. »Eine Ewigkeit . . . was sind dagegen schon fünfundneunzig Jahre?« Er hakte sich bei Karin ein und machte sich mit tapprigen Schritten auf den Weg zum Verkaufsraum. »Sie sind vorübergerast wie ein D-Zug«, sinnierte er. »Man kommt irgendwoher, und schon geht man irgendwohin.« An der Tür blieb er stehen und zog das Fazit: »Im Grunde sind wir Menschen hier auf Erden doch nur auf der Durchreise . . .«

Jüdische Vokabeln

Bar Mitzwa	entspricht der Konfirmation
Bekowelt	schlau, intelligent
Bocher	junger Mann
Bowel	Ladenhüter
Chammer	Esel, Dummkopf
Chuzpe	Frechheit
Deigetzen	beratschlagen, etwas besprechen
Eizes	gute Ratschläge
Ganeff	Gauner
Goi, Goite, Gojim	Bezeichnung für Nichtjuden
Jonteff	Feiertag
Massel und Broche	Glück und Segen
Menuche	Ruhe, langsam sein
Meschugge	verrückt
Mischpoche	Familie, Verwandtschaft
Ponim	Gesicht
Schabbes	Sabbat
Tacheles reden	zur Sache kommen
Tinnef	schlechte Ware
Zores	Ärger, Sorgen
Man lacht	bedeutet eigentlich fast das Gegenteil, also: nicht besonders, nicht aufregend, nicht befriedigend.